本书系山东大学基本科研业务费资助项目

山东大学文史哲研究专刊

衣食行：
《醒世姻缘传》中的
物质生活

刘晓艺 著

上海古籍出版社

图书在版编目（CIP）数据

衣食行：《醒世姻缘传》中的物质生活 / 刘晓艺著.
—上海：上海古籍出版社,2019.9
（山东大学文史哲研究专刊）
ISBN 978-7-5325-9327-9

Ⅰ.①衣… Ⅱ.①刘… Ⅲ.①《醒世姻缘传》—小说
研究②社会生活—研究—中国—明代 Ⅳ.①I207.419
②D691.9

中国版本图书馆 CIP 数据核字（2019）第 189731 号

山东大学文史哲研究专刊
衣食行
——《醒世姻缘传》中的物质生活
刘晓艺　著
上海古籍出版社出版、发行
（上海瑞金二路 272 号　邮政编码 200020）
（1）网址：www.guji.com.cn
（2）E-mail：guji1@guji.com.cn
（3）易文网网址：www.ewen.co
江阴金马印刷有限公司印刷
开本 890×1240　1/32　印张 12.625　插页 5　字数 317,000
2019 年 9 月第 1 版　2019 年 9 月第 1 次印刷
印数：1-1,500
ISBN 978-7-5325-9327-9
I.3418　定价：58.00 元
如有质量问题,请与承印公司联系

出版说明

山东大学素以文史见长。二十世纪三十年代,以闻一多、梁实秋、杨振声、老舍、沈从文、洪深等为代表的著名作家、学者,在这里曾谱写过辉煌的篇章。二十世纪五十年代以来,以冯沅君、陆侃如、高亨、萧涤非、殷孟伦、殷焕先为代表的中国古典文学、汉语言文字学研究,以丁山、郑鹤声、黄云眉、张维华、杨向奎、童书业、王仲荦、赵俪生为代表的中国古代史研究,将山东大学的人文学术地位推向巅峰。但是,随着时代的深刻变迁,和国内其他重点高校一样,山东大学的文史研究也面临着挑战。如何重振昔日的辉煌,是山东大学领导和师生的共同课题。"周虽旧邦,其命维新"。山东大学文史哲研究院正是在这一特殊历史背景下成立的,肩负着不可推卸的历史责任,将形成山东大学文史学科一个新的增长点。

文史哲研究院是一个专门从事基础研究的学术机构,所含专业有中国古典文献学、中国古代文学、汉语言文字学、史学理论与史学史、中国古代史、科技哲学、文艺学、民俗学、中国民间文学等。主要从事科研工作,同时培养硕士、博士研究生。著名学者蒋维崧、王绍曾、吉常宏、董治安等在本院工作,成为各领域的学科带头人。

"兴灭业,继绝学,铸新知",是本院基本的科研方针;重点扶持高精尖科研项目,优先资助相关成果的出版,是本院工作的重中之重。《山东大学文史哲研究院专刊》正是为实现上述目标而编辑的研究丛书。感谢上海古籍出版社对本丛书的支持,欢迎海内外学友对我们进行批评和指导。

山东大学文史哲研究院
2003 年 10 月

【附记】

《山东大学文史哲研究院专刊》已陆续编辑出版多种,在海内外引起广泛关注和好评。2012 年 1 月,山东大学文史哲研究院与山东大学儒学高等研究院、山东大学儒学研究中心和《文史哲》编辑部的研究力量整合组建为新的山东大学儒学高等研究院,许嘉璐先生任院长,庞朴先生任学术委员会主任(庞朴先生于 2015 年病故)。本院一如既往,以中国古典学术为主要研究范围,其中尤以儒学研究为重点。鉴于新的格局,专刊名称改为《山东大学文史哲研究专刊》,继续编辑出版。欢迎海内外朋友提出宝贵意见。

2019 年 3 月

目　录

一、《醒世姻缘传》简介

《醒世姻缘传》(*The Story of a Marital Fate to Awaken the World*，以下简称"《醒》书")是一部成于中国晚帝国时期的长篇世情小说。有关它的作者西周生的真实身份，后世的研究者们多揣测其为文士，成年时代应接近或正逢明清鼎革。西周生若非山东籍贯，也应对山东方言及文化有过深度接触，并对明代官场的运作极为熟悉。小说中的场景人物，从时间框架上来讲都属于明代，年限上起正统年间(1436—1449)，下至成化年间(1465—1487)。

此一前后共一百章、百多万字的长篇章回巨著，主要围绕一个主题展开：惧内。作者将其视为婚姻制度中角力倒悬的怪异现象。书中所写的两世姻缘冤冤相报由长短不一的前世故事和今世故事构成，两者相互独立，仅仅基于果报关系而疏松关联。

晁家故事占据《醒》书的第一章至第二十二章，叙述了山东武城县晁氏家族的起落。晁家的独子晁源，在将其嫡妻计氏逼至上吊自尽，为恶百端之余，还无情地猎杀了一只狐精，将其剥皮剔骨，于是这只有着千年道行的狐精死后誓言复仇。在晁家故事终结的第二十二章中，经由狐精干预，现世果报已显，晁源已被与他私通之妇人的亲夫割头斩杀，但晁家故事尚有余绪，主要为褒扬晁家老夫人及晁源半弟晁梁之贤，其文间或插行于此后的章节，与狄家故事时有并行。

狄家故事发生于山东明水，与晁家所属的武城相去不远。在狄家故事中,作者已重墨诠释了为何恶姻缘为天定,而悍妻之夫,必是在为他前生所作之孽遭受果报。在第二世的生命轮回中,晁源托生为富裕农家的独子狄希陈,而他所猎杀的狐精则托生为薛素姐——其家亦富足,自外省而侨寓于山东明水。希陈之父狄员外以勤俭苦作而聚家致富,素姐之父薛教授则是一名未达儒士,老来经营布店为生。希陈头婚娶素姐,二婚娶他旧时房东家的女儿,乃为前世投缳的计氏所托生之寄姐,两番婚姻生活都噩梦如魇。作者之笔意复杂,既有欣快娱乐,惊奇赞叹,又不乏严厉直板的儒家说教,总体来说,其叙述家庭中帏间勃溪细故,辗转曲折,将萎丈夫与悍娘子一并痛斥。

自叙事之初,小说文本就显示出对物质细节的极大关注,无论写人物还是写事物。正如一匹好布,其质地潜于内在的纹理,《醒世姻缘传》也是如此:通过文学的手笔,它逐渐抟织成就一幅中国十七世纪的风俗画卷,其复杂广阔而全景全息,但如此一来就不由得减弱了其作为一部道德小说拟对悍妻现象进行挞伐的说教本意。

在《醒世姻缘传》中,小说与历史交汇于多处,最清晰无疑处乃为土木堡之变。此事变之来龙去脉皆被重头描写,而事变后明官场的一派恐慌及政府的善后种种,亦在作者的记叙评述之中。尽管《醒》书未赋予另外的历史事件以等量的篇幅笔墨,但如行文所至,需要提及重要的明代史实,譬如景帝登基、大太监王振党羽被清算、英宗夺门复辟、"一条鞭"税法等,作者都能直抒胸臆,不矫笔假借于"假雨村言"。《醒》书所具有的历史"高保真"性,并非由于它对真实事件的无删节记录成就——若此,则其书亦不过为一历史抄写员之作而已;《醒》书之秀出于文林同侪,端在其丰厚的细节描写能够还原明代物质生活的场景,这就使其成为珍贵的史学资料源泉。

1931年12月,胡适完成了《〈醒世姻缘传〉考证》一文,在结尾

处,他第一次以超越文学的眼光来评价《醒》书之于社会经济史、历史书写和风俗研究的重要性:

> 　　读这部大书的人,应该这样读,才可算是用历史眼光去读古书。有了历史的眼光,我们自然会承认这部百万字的小说不但是志摩说的中国"五名内的一部大小说",并且是一部最丰富又最详细的文化史料。我可以预言:将来研究十七世纪中国社会风俗史的学者,必定要研究这部书;将来研究十七世纪中国教育史的学者,必定要研究这部书;将来研究十七世纪中国经济史(如粮食价格,如灾报,如捐官价格,等等)的学者,必定要研究这部书;将来研究十七世纪中国政治腐败,民生苦痛,宗教生活的学者,也必定要研究这部书。①

从彼时至如今,八十多年过去了,胡适与他的挚友徐志摩的预言并未实现。《醒世姻缘传》在文学史上的地位远未达到"五名以内"。在多数文学评论家眼中,《醒》书不过为二流作品;比之于中国四大古典名著《红楼梦》《西游记》《三国演义》和《水浒传》,它既乏人知,读者与研究者的人数也不能相俦。无论在名气还是流行性上,它都比不过《金瓶梅》;在常规的高校文学史教材中,《儒林外史》《聊斋志异》等书所占的介绍篇幅一定会比《醒》书要长。现代读者常将《醒世姻缘传》与鸳蝴派作家张恨水的《啼笑因缘》一书搞混,而后者的情节其实是以二十世纪二十年代的北京为背景的。有时,逐利的书商们会将《醒》书与明清情色小说《肉蒲团》《如意君传》等并置以招徕买家,当然《醒》书亦自不乏色情描写的卖点——所以此一并置也不为无因——但将其视为纯粹的情色小说,无疑对其不公,亦是贬损。由于《醒世姻缘传》

---

　　①　胡适:《〈醒世姻缘传〉考证》,易竹贤编著,《胡适论中国古典小说》,武汉:长江文艺出版社,1987年,第406页。

一书的题目与《三言二拍》中的《醒世恒言》相似,有时《醒》书也会使读者困惑,误以为是明末文人冯梦龙"工作室"出版的另外一部短篇小说集。

不过《醒》书的确在某些领域独领风骚。由于独特的方言价值,它实实在在地引起了语言学家的兴趣;长期以来,《醒》书一直被当作山东方言研究的一方宝藏。文字学家亦将其视为珍书。使用中国最大的学术数据库之一万方数据,以"醒世姻缘传"为关键字进行检索,共得468条纪录,其中语言文字学类文献有150篇,文学类有270篇,历史地理类则只有17篇,且其中的2篇是以方言现象来考察文化现象的。

鲁迅之著《中国小说史略》,成书原在胡、徐的褒扬之前,但以鲁迅的眼光,这样一部煌煌巨著,终篇竟未被点到。① 此一疏忽几可以构成《中国小说史略》之玷,至少亦使《史略》作为小说批评传世名著的全面性价值受损。鲁迅追求个人自由和性别平等的立场,以及他对包办婚姻的切身恶感,当然可能会使他对《醒》书过度强调女性卑顺的言论感到反感,但鲁迅其实很少以个人的道德好恶来决定一部著作的文学重要性。他在《史略》中选择何种小说进行文学批评,其实是自有其标准的,其中,小说内容的综合广度是个很重要的因素。即使在"才子佳人"之属,连老套的《品花宝鉴》《平山冷燕》等三流作品都在《中国小说史略》的收录之列,而鲁迅的评价也都是基于作品本身的文学价值。后来鲁迅在致钱玄同的信中曾解释道:

> 尝闻醒世姻缘其书也者,一名恶姻缘者也,孰为原名,则不得而知之矣。间尝览之,其为书也,至多至烦,难乎其终卷矣,然就其大意而言之,则无非以报应因果之谈,写社会家庭

---

① 参见许友工:《鲁迅没见过〈醒世姻缘传〉吗?》,《读书》,1987年第2期。

之事,描写则颇仔细矣,讥讽则亦或锋利矣,较之《平山冷燕》之流,盖诚乎其杰出者也,然而不佞未尝终卷也,然而殆由不佞粗心之故也哉,而非此书之罪也夫!①

这说明鲁迅读过此书,虽然承认此书的一些高明之处,然而嫌其芜杂,未能终卷。而《中国小说史略》之于中国小说批评的重要性,是怎么强调也不会过分的。总而言之,直到二十世纪三十年代初,《醒世姻缘传》一直被拒于中国古典小说的精英俱乐部门外。其后,它的名声则因一系列名家关注而鹊起。

1933 年,经上海亚东图书馆标点铅印,由徐志摩作序,胡适做了三万字的考证文字,此书得以新的形式出版。此后又有周振甫、孙楷第等古典小说专家撰文对之加以评论或考据,似乎掀起了一场《醒世姻缘传》研究的小高潮。② 嗣后抗战军兴,北平已经"容不下一张安静的书桌",乱世之中,学术的生存环境艰难,学者流亡到穷乡僻省,再未见对此书的大规模讨论;新中国成立后,在文化大革命前,大陆学术界中倒是一直存在对此书的兴趣,如路大荒反驳西周生为蒲松龄说,③如王守义证《醒》书成书于明末说等,④都一定程度上代表着《醒》书研究的继续和发展。"文革"十年,学术荒芜,此书更无人提起,直至二十世纪八十年代,随着"回到乾嘉去"学术思潮的兴起,⑤新的研究成果相继问世,最值得一提的是徐复

---

① 参见鲁迅:《致钱玄同》,《鲁迅选集·书信》,北京:中国文史出版社,2002 年,第 30 页。

② 参见叶桂桐:《〈醒世姻缘传〉研究述评》,《蒲松龄研究》,1994 年第 1 期。

③ 参见路大荒:《蒲松龄年谱》,济南:齐鲁书社,1980 年。

④ 参见王守义:《〈醒世姻缘传〉的成书年代》,《光明日报》,1961 年 5 月 28 日。

⑤ 参见王学典:《新时期史学思潮的演变》,山东大学历史文化学院编著,《历史文化论集》,济南:山东大学出版社,2000 年,第 670—671 页。

岭的作者为贾凫西说和张清吉的作者为丁耀亢说,①二者为《醒》书研究带来新的斑斓生机。此外还有金性尧的作者非蒲松龄而为章丘人说,②童万周的作者可能为长期跟随李粹然的幕宾说;③更为晚近的还有刘洪强的作者为章丘文士说等。④ 由于海峡两岸学术界在文革前后交流不畅,我们无法确定早期各种假说的提出是否得到过对岸学者相关研究的启发。如"丁耀亢说"在大陆的提出,最早出现于1962年中国社会科学院文学研究所编写的《中国文学史》,⑤后于二十世纪八十年代中后期由田璞⑥、张清吉发扬光大。但台湾学者也早有提出此说者,分别为王素存和刘阶平。⑦

　　然而需要指出的是,从二十世纪三十年代以降,所有针对《醒世姻缘传》的研究工作,都存在一个问题,那就是:最为严肃、有力

---

　　① 参见以下三篇文章:徐复岭:《〈醒世姻缘传〉作者为兖州府人贾凫西续考》,《济宁师范专科学校学报》,2005年第24卷第4期;张清吉:《〈醒世姻缘传〉作者是丁耀亢》,《江苏师范大学学报(哲学社会科学版)》,1989年第3期;张清吉:《〈醒世姻缘传〉作者补证》,《明清小说研究》,1995年第1期。

　　② 参见金性尧:《〈醒世姻缘传〉作者非蒲松龄说》,《中华文史论丛》,1980年第4期。

　　③ 参见童万周校注:《醒世姻缘传·后记》,郑州:中州古籍出版社,1982年。

　　④ 参见刘洪强:《〈醒世姻缘传〉的作者为章丘文士考》,《江汉大学学报:人文科学版》,2010年第二十九卷第3期。

　　⑤ 参见中国社会科学院文学研究所编纂,《中国文学史》,北京:人民文学出版社,1962年,第1031页。

　　⑥ 参见田璞:《〈醒世姻缘传〉作者新探》,《河南大学学报(哲学社会科学版)》,1985年第5期。

　　⑦ 分别参见王素存:《〈醒世姻缘传〉作者西周生考》,(台湾)《大陆杂志》,1958年第十七卷第3期;刘阶平:《〈醒世姻缘传〉作者西周生考异》,(台湾)《书目季刊》,1976年第十卷第2期。

度的研究基本上都是围绕着作者、版本和成书年代来进行的。其原因自不待言：以胡适先生研究中国小说史的盛名，他"敢为天下先"地提出了《醒》书与《聊斋志异》为同一作者蒲松龄，而此说又不能免于纰漏，则后来者无论是附议胡之假说，还是证胡之假说为伪，都算是参与了一代文化大师的考据工作，俱有荣焉。故有功力的研究者，往往乐此而不疲。

《醒》书被盛称为语言学界之金矿者，因作者刻意追求"刊播将来，以昭鉴戒"，故其于遣词命语，"造句涉俚，用字多鄙，惟用东方土音从事"①，由于这个原因，此书尤被从事山东方言研究的语言学者视为难得的样本。

但是我们要面对的现实是，《醒世姻缘传》的研究已经背离了胡适先生早在1931年提出的方向。② 就胡适自己而言，尽管他对此书不乏清醒的认识和裁鉴，但他还是更愿意去做满足自己"考据癖"的工作，洋洋三万言的长文，针对的是小说作者和版本的考据，而并无对"十七世纪风俗史"的涉猎，从这一点上说，胡适的工作是令人遗憾的。当然，考量胡适一生的学术事业，特别是自他卸任驻美大使后至他在台湾"中研院"院长任上去世为止这段时期的研究工作，我们不难发现，他其实一直固守着考据的狭窄兴趣。多数胡适的研究者——包括他晚年的弟子唐德刚也在内——都认为，胡适对考据学的一生钟情，其实是妨害了他在学术上走向更辉煌的高度。胡适的传记作者格里德（Jerome Grieder）形容胡适这位"中国的文艺复兴之父"到晚年已经成为一个"令人失望的人物，拿他早年赢得的名声四处进行虚荣的游行"；但以同样的视角，

---

① （明）西周生：《凡例》，《醒世姻缘传》，翟冰校点，济南：齐鲁书社，1993年。

② 参见胡适的《〈醒世姻缘传〉考证》一文实作于1931年12月13日，载入亚东图书馆汪乃刚标点版《醒世姻缘传》为后记的时间则在1933年。

格里德也看到晚年的胡适是一个"深深失望的人"。① 胡适在学界的一位重量级反对者萨孟武先生曾说：

> 余不反对考证。但认为考证只能助人于研究学问之时，解决一些问题。即考证在学术上只居于协助地位，而为一种手段，其本身并无单独存在的价值，所以吾人不宜为考证而考证，满足于考证。自胡适之先生考证《水浒传》《红楼梦》之后，此种研究作风影响于吾国史学界者甚大。许多学者喜致力于考证历史上微乎又微的事件，而又不能由这微末事件的考证，求出历史演变的因果关系。②

台湾学者林毓生对胡适的批评一向是很著名的。他不但对胡适的考据倾向不屑、就连对胡适所提倡的科学方法，也不假以辞色：

> 学术的进展在于重大与原创问题的提出；重大与原创问题提出的时候，不必做功利的考虑，但不是每个纯学术的问题都是重大与原创的问题。从这个观点来看，解答材料问题的考据工作是在严格的学术价值等差观念中层次较低的工作。无论考据做得如何精细，考据本身是无法提出重大与原创的

---

① Jerome B. Grieder, "Preface," *Hu Shih and the Chinese renaissance*; *liberalism in the Chinese revolution*, *1917－1937*, Cambridge：Harvard University Press, 1970.

② 引自胡文辉：《地妖星摸着天杜迁：萨孟武》，《现代学林点将录》，广州：广东人民出版社，2010年，第395页。萨孟武最负盛名的作品，为《〈水浒传〉与中国社会》《〈西游记〉与中国政治》《〈红楼梦〉与中国旧家庭》三部曲。此三书皆援古典小说名著入题，展开对传统社会诸现象的分析，实为别具一格的社会史专著。他的治学路数，与胡适有绝大的不同。萨氏又尝云："本人由于考证学之盛行，于是研究文史的人往往不就大处着眼，而只对小处推敲。这个版本是什么字，那个版本是什么字，由我们研究社会科学的人观之，不甚重要。"

思想性的问题的。不同的学术问题不是因为应用"科学方法"加以纯学术的研究就都同样的重要了。而重大与原创的问题不是应用胡适所谓的"科学方法"可以得到的。①

由于胡适在近代中国学术史上的影响,特别是他对《醒世姻缘传》研究的影响,胡适对考据学的特殊情结及其有害效果必须在此一提。

尽管胡适及其后的中国研究者对《醒》书的考据领域情有独钟,但这考据的热情却并不为同一著作的西方研究者所分享。浦安迪(Andrew Plaks)认为胡适的"蒲松龄作者说"是"不可信"(discredited)、"不能定论"(inconclusive)及"幻想的"(fanciful),而对此说持反对态度的贬低者们"同样地立足于间接证据的地基,很少能行澄清问题之事"(equally based on circumstantial grounds, and doing little to clear up the issue)。② 吴燕娜尽管承认孙楷第之确立小说的最晚成书时间为1661年的功劳,但也认为"没有切实证据能够解决作者的身份争议"(no hard evidence is available to resolve the controversy on authorship)。③ 密歇根大学的台湾学者张春树与夫人骆雪伦都相当熟悉有关此书的作者考据之争,他们以时间为轴线,一一梳理了这些争议问题,并对每一个时间段的主要论点都作出了简短的评议。作者出身台湾,所以亦能兼评到台湾学者的研究成果,如1978年台湾大学朱燕静的硕士论文,既驳"蒲松龄

---

① 林毓生对胡适学术及思想的批判,当然也与他师承了殷海光道统的自由主义思想和治学路数、从传灯录上就与胡适异辙有关。林毓生:《中国传统的创造性转化》(增订本),北京:三联书店,2011年,第53—54页。

② Andrew H. Plaks, "After the Fall: Hsing-shih yin-yuan chuan and the Seventeenth-Century Chinese Novel," *Harvard Journal of Asiatic Studies*, vol.45, no.2 (1985), p.555.

③ Yenna Wu, "From history to allegory: surviving famine in the Xingshi yinyuan zhuan," *Chinese Culture (Taipei)*, vol.38, no.4 (1997), p.88.

说",亦驳"丁耀亢说"。① 张春树与骆雪伦认为胡适的"蒲松龄说"尽管受到挑战,但"无外部证据可以证明其非,而内部证据仅敷指向非定论性结论,如'丁耀亢说'。"张、骆二人较为重视具科学实验性质的考据,其文中提及台湾学者陈炳藻1985年的一项研究——是以计算机技术分析蒲松龄俚曲中与《醒》书中所使用名词之不同,②以及另外一项纯以语法分析来比对两种文本之不同的研究,认为这两项研究确可证明蒲松龄与西周生行文风格之不同。至此,"蒲松龄说"才真正是"被证明有问题的"。③

长期在剑桥牛津两校执教的英国学者杜德桥(Glen Dudbridge)尝以素姐的泰山朝圣之旅为素材来研究中国十七世纪的民间旅行,就其1991年发表于《通报》的长篇论文《十七世纪小说中的一次朝圣之旅:泰山与〈醒世姻缘传〉》来看,④他对有关《醒》书的版本与作者考据都相当熟稔。在算不上显学的《醒世姻缘传》研究中,版本与作者考据在海峡两岸学界却一直都相当地"显",而早在二十世纪八十年代和九十年代初,海外研究者更占据资讯优势,也确实能够做到对各方考据成果敷说陈列,但却无人专治考据,更无人提出有关作者身份的创新之说,这确实是个发人深思的现象。

我国古典小说研究界的一个热门活动就是对作者身份提出创新之说;越是有名的小说,有关作者的假说越是密集,这主要集中于《红楼梦》《金瓶梅》《醒世姻缘传》这三部。而此种创新假说,往往仅能举

---

① 　参见朱燕静:《〈醒世姻缘传〉研究》,台湾大学1978年。

② 　参见陈炳藻:《蒲松龄也是西周生吗》,(台湾)《中报月刊》,1985年第六十九卷。

③ 　参见 Chun-shu Chang, Shelley Hsueh-lun Chang, *Redefining History: Ghosts, Spirits, and Human Society in P'u Sung-ling's World, 1640 – 1715*, Ann Abbor: University of Michigan Press, 1998, pp.209 – 211.

④ 　参见 Glen Dudbridge, "A Pilgrimage in Seventeenth-Century Fiction: T'ai-shan and the 'Hsing-shih yin-yüan chuan'," *T'oung Pao* (1991).

一二处假说之创作者与作者的相似相关性,证据牵强单薄,没有以逻辑服人的能力。南京红学家严中尝总结道,自乾隆五十年(1785)开始,除曹雪芹外,还有63人也被各种研究者认为是《红楼梦》的作者。这现象背后其实反映的是红学研究的利益链。这个利益链,引得行外人士也欲进来分一杯羹。如冒辟疆后人冒廉泉欲证《红楼梦》作者为冒辟疆,他也同样看到《红楼梦》的著作权是"一个利害问题"。他说:

> 《红楼梦》及胡适研究考证的曹雪芹著作,每年要印刷几百万本,红楼景点,胡适考证的曹雪芹景点,每年接待游客数千万,已形成一个巨大的产业链,一个巨大的利益集团……否定胡适考证的曹雪芹著作《红楼梦》,研究讨论冒辟疆用笔名曹雪芹著作《红楼梦》,将要影响许多地区、许多团体的切身利益。①

如果说作者的未知身份已经使人感到困扰,那么该书的成书年代问题更是一个"戈耳狄俄斯之结"(Gordian Knot)。段江丽、夏薇、邹宗良、徐复岭等都参与了成书年代的大讨论,我们以为杨东方的观点持论最允:"鉴于材料,现在断定《醒世姻缘》的具体成书年代还为时过早。我们只能笼统地说其为明末清初的作品,这是最妥当,也是最应该的态度。"②

胡适只是笼统地说《醒》书为"研究十七世纪中国社会风俗史"所必需。但十七世纪也是漫长、复杂、一言难尽的,它见证了由明到清的鼎革之变。以清人入关的1644年为分水岭,它的上半叶和下半叶在社会构造的诸多方面可谓截然不同。两个时代的社会气质是相反的。晚明社会为物质享乐所俘虏,中上层阶级如感末世来临般地在物欲中狂欢,全然不顾穷困百姓日益深重的苦难。

---

① 严葭淇:《"红学"之争背后的利益链》,《华夏时报》,2015 年 12 月 17 日。

② 杨东方:《也谈〈醒世姻缘传〉的成书年代——与夏薇女士商榷》,《蒲松龄研究》,2008 年第 2 期。

清初则是一段政治和道德的重整时期,它使得当时的物质生活带有清教徒气息,但社会底层民众的生计无疑得到改善。胡适既认为《醒》书为蒲松龄(1640—1715)所著,就等于给《醒》书打上了蒲氏所生活的十七世纪下半叶、甚至十八世纪初的戳印。从《醒》书对物质文化描写的笔墨之丰厚来判断,再考虑到书中未有任何一处提及——哪怕些微暗示——明清鼎革的史实,作为研究者可以合理地提出争议:"蒲松龄为作者"论所带来的断代戳印——即《醒》书所反映的是十七世纪下半叶、且近于十七世纪末的时代——很难成立,此一历史时钟应该上拨五十年左右。《醒世姻缘传》第六回曾在敷写司礼监太监王振生日盛况时转录了一副对联:"君恩深似海;臣节重如山。"这是洪承畴在享受崇祯圣恩时期的自作对联,洪于1642年的松锦之战后降清。此外,第三十一回中提到了守道副使李粹然在绣江(章丘)赈济灾民的事。李粹然为明末真实人物,曾在天启元年至三年(1621—1623)在淄川任过县令。西周生的主要生平经历应当在十七世纪中前叶。他有可能经历了明清鼎革。小说中没有反映这一重大历史事实,可能有三个原因:一是避祸;二是这一历史事件与小说主题无关;三是清兵入关前后,小说的主体创作已经完成。

二、《醒世姻缘传》的优长 之处及其史料价值

在中国古典小说中,能被称得上是"世情小说"者,多乎哉不多也。在"世情小说"类中,能同时拥有对世事的洞悉力和优美的文学表达者,更是寥若晨星,也只有当这二美兼具,才能最完美地反映当时的社会。这一类的作品,文学研究界公认以《红楼梦》和《金瓶梅》二著为冠顶之珠,弥足珍贵。不过,《醒》书有三个特点,使它有别于、甚至在某种意义上超越了以上两部伟大的世情小说。

《金》《红》两书又可被视为《醒》书的前导者和后继者。

第一,《醒世姻缘传》是一部完整而原创的长篇小说。它的主题明确而独立,从始至终贯穿文本。它的情节——分为两条并行的故事线——完全由作者自己创设,并不像《金瓶梅》之开章部分取材于《水浒》,或像《水浒》《三国演义》那样,在创作之前已有流传久远的话本作基础。

第二,《醒世姻缘传》是一部手笔始终如一、由同一作者从头写到尾的文学作品。这就使它在连贯性上优于未能卒篇的《红楼梦》,或其他经由太多编辑或续貂之手的小说。

第三,《醒世姻缘传》是一部"国朝人写国朝事"的著作。可以说,没有任何一部前现代的长篇小说具有如此的历史共时性。《金瓶梅》尽管反映明代社会极为深广周微,但它的背景幕布还是托言北宋的,而《红楼梦》则声称其书"无朝代年纪可考"。作者西周生——无论其真实身份为谁——本人确凿无疑为明代社会的百科全书式的人物。他骄傲地称之为"国朝"的明代在他笔下活了起来,有了气息。从其对"国朝"诸多史实的记录、包括土木堡之变等重大历史事件都用明写而非暗写来看,作者创作与生活的时代政治语境宽松,文网不织,故此他可以随心所欲地评论时下政治——这自然也构成《醒》书更具有"明末属性"而非"清初属性"的一个证明,因为从清初一直到清中叶,文字审查制度一直都是非常严酷的。

众所周知,曹雪芹之作《红楼》,为避清文字狱,不得不大量使用隐喻和暗指,他著作中留下的大量未解之谜简直可以形成一座文字迷宫。今日之读者,即使将解密"曹雪芹密码"视为一种娱乐,也不能不承认《红》书的史学"高保真"度是要打些折扣的。而一部来自宽松的文字审查环境的作品,往往会更准确丰富地还原其内容所源自的社会。正是因为环境未尝将作者逼迫到非用隐语暗喻不可的地步,他既然不必那般小心翼翼地藏起对他的社会的批评,那么他的作品的历史性——尽管不见得是文学性——价值就会高于创作于文字狱酷网之下的战战兢兢之作。

当然,一部小说作为史料的价值,并非完全取决于其能否幸运地甩脱文字狱。它能够引发史学研究者的兴趣,应该还是在于它的文本中具有如一匹布的纹理般细致丰厚的社会风俗史细节。

然而,著史而搜求于文学文本,此事在什么层面上才可行?历史研究者应如何为自己辩解:他本有汗牛充栋的史学资料可供发掘,但却偏偏要往文学的领域去探求寻索?前述杜德桥(Glen Dudbridge)的研究,亦曾困惑于此一问题。杜德桥强调《醒》书"奉献出了它的一百个章回中的两章用以描述来自山东乡村的妇人们组团进行的一程泰山之旅"的珍贵价值,因这文本描述了"这一团体在妇女宗教首领领导之下的形成过程,既有财政方面的准备工作,又有与当地导游人员的计划性合作,一路之上,又有实际旅行的种种困难及对仪式的奉献精神"——这些资料已经堪称罕见,而文中反映出的妇女为追求旅行权而与其家庭之间产生的"内闱紧张"(domestic tensions),以及该社团组织在表面的普世无等差精神下的"巧妙掩饰着的阶级差别"(subtle colourings of the class distinction),更令这位具有社会史研究倾向的史学家觉得着迷,以至于他竟自承,"对于研究朝圣之旅的历史学家或社会学家来说,这段文本看去简直像是一口诱人的美食"(inviting morsel)。

但是杜德桥也完全能意识到,使用文学文本来做社会学研究的"源",会给研究者带来某些"人所共知的困难"(notorious difficulties)。他于是倒向他的同行——普林斯顿大学研究中国古典小说叙事的蒲安迪(Andrew H. Plaks)的评价:蒲认为此书既有"像电影镜头还原细节般的彻底的现实主义",亦有作者的想象成分,"游离迷失在现实描写的疆界之外",①这对于研究者不能不说

①　Plaks, "After the Fall: Hsing-shih yin-yuan chuan and the Seventeenth-Century Chinese Novel," pp.564-566.

是个严峻的考验,因为这样一来,研究者对文本就势必产生首鼠两端的态度:既不能不信其所云,也不能尽信其所云。杜德桥自己提出对应的办法有二:一是要将小说描写与实际史料结合进行考察;二是要系统性地去认知作者在文本中所使用的"坦率的与活灵活现的"价值(道德)判断。①

我们并非不赞同杜教授的提法。但是,有关历史研究为何不必与文学切分,而且可以从后者中大得益处,我们还有更多可以补充。

中国历史书写的源头本就是文史不分家的。《春秋左氏传》《战国策》《史记》等,既是伟大的史学作品,同时也是优秀的文学作品。如《史记·刺客列传》等史家名章,文字上也代表着秦汉文学的光芒魅力,遂成为后世,尤其是唐宋散文家的模仿对象。好的历史作品若假以好的文字会更加出色,而伟大的史学作品一定是以优秀的文学性为底蕴的。我们未尝见一部优秀的历史作品文字不堪。同样的原则也适用于中国早期史家的西方同侪:荷马、希罗多德和修昔底德。他们的著作以类似的方式同时滋养了西方的史学和文学传统。

现代小说家张爱玲在《烬余录》中描写1941年冬英治香港被日军侵犯时,曾用了一个譬喻:"现实这样东西是没有系统的,像七八个话匣子同时开唱,各唱各的,打成一片混沌。在那不可解的喧器中偶然也有清澄的,使人心酸眼亮的一刹那……历史如果过于注重艺术上的完整性,便成为小说了。"②我们是否也可以反向言之:小说,当具有了惊人丰厚的细节,就成为了历史。

---

① 参见 Dudbridge, "A Pilgrimage in Seventeenth-Century Fiction: T'ai-shan and the 'Hsing-shih yin-yüan chuan'," pp.229–230.

② 张爱玲:《烬余录》,《张爱玲作品集》,太原:北岳文艺出版社,2004年,第282页。

战后法国的年鉴派史学家布罗代尔著《菲利普二世时期的地中海和地中海地区》，认为历史不受它的"自觉的表演者"控制。所谓"自觉的表演者"，即中国历史语境中的"帝王将相"。的确，布氏著史的风格，就是"将材料纵横曲折容纳于一炉"，比如他笔下的初期伦敦证券交易所，连"建筑物和地图""卖股票的口语和零售咖啡童子的插嘴"都记入书中，①丛碎芜杂之余，给人以材料丰厚鲜明之感。年鉴派之史作，跳出正史的书写窠臼，将历史人物的作用减低，强调下部构造（在布氏的语境中往往意指气候、土壤、植被、食物种植和加工、畜牧、地理位置、山川河流等因素）与上层建筑同等重要，认为两相作用，才反映出长久的社会、经济、文化现实，这一思路对中国历史话语的过分强调道德性、人为性和偶然性是一个很有力的纠正。

梁启超尝将二十四史讽刺地称为"二十四姓之家谱"，以我国传统史家的心态为不可取："天下者，君主一人之天下，故其为史也，不过叙某朝以何而得之，以何而治之，以何而失之而已，舍此则非所闻也。"②1920年，唯物史观派先驱李大钊抨击旧史著述范式："中国旧史，其中所载，大抵不外帝王爵贵的起居，一家一姓的谱系；而于社会文化方面，则屏之弗录"。③的确，传统治史总是花费太多笔墨来记录高层政务、党争倾轧、宫闱妃后的内斗及朝代鼎革。传统史家对稗官野史不愿问津，对笔记闲谈、戏剧小说不肯寓目的惯性做法，与其说是君国家天下的观念造成，倒不如说是中国悠长的治史理念铸就：对于一位明代的撰史者来说，他当然认为

---

① 参见黄仁宇：《资本主义与二十一世纪》，北京：三联书店，2001年，第13页。

② 参见梁启超：《中国之旧史》，《饮冰室合集·文集第九册》，上海：中华书局，1936年，第3页。

③ 参见李大钊：《史学要论》，《李大钊史学论集》，石家庄：河北人民出版社，1984年，第200页。

只有潜心追迹《史》《汉》才是保证他的著作名山传世的不二法门，对身边的杂谈巷议、吃穿柴米，他当然认为所关注的程度不应超过《平准》《食货》早已搭建好的框架范畴。班固所谓"闾里小知者之所及"（《汉书·艺文志》），孔子高徒子夏所谓"虽小道，必有可观者焉，致远恐泥"（《论语·子张》），都是指这些不入正史撰写者法眼的历史书写的内容与形式。

正史真的就是那么高大、端严、无懈可击吗？十九世纪兴起的德国兰克史学对中国近代史学的影响和冲击最大，其基本方法是重视原始资料，重视政治史。重视政治史，这与中国的史学书写传统一致，没有什么新鲜的；重视原始资料，特别是年鉴档案类文献，则为中国传统史学所阙。在史学地位上，这一被誉为"科学史学"的德国语文考证派后来居上，在巨变的时代潮流中取代——至少是部分取代——了中国原有的史学传统，因此也可被视作近代性质的中国正史流派。"五四"后，清华与北大历史系所标榜的"科学的历史"即来自兰克，其旗帜人物由两校教史学史与史学方法的张贵永（致远）和姚从吾担任，他们都曾在德国留学，对兰克推崇备至。1949 年后，张、姚移席台大，仍以兰克作为史学史教学的重点。姚言必称兰克，而张曾将兰克所有的德文著作写在西洋史学史讲堂的黑板上。兰克史学方法亦完全得到在大陆、台湾都曾执学界之牛耳的傅斯年的赞同。傅于抗战前曾告诉张贵永，他创办的中央研究院历史语言研究所，系根据汉学与德国语文考证学派的优良传统奠基。他的宏愿是要把"历史学建设得和生物学、地质学同样"。中国史学在近代学院化与专业化之后，所产生的史学论文与专书，莫不以"科学报告"为尚，以是否具科学性作为评鉴严谨的标准。历史研究变得几与科研工作等同。① 其实兰克史学的

---

① 汪荣祖：《顾近代史学之父兰克的史学》，《史学九章》，北京：生活·读书·新知三联书店，2006 年，第 23、28 页。

端倪,不待兰克之生而已于十八世纪就滥觞于欧洲史学界。英国文学家塞缪尔·约翰逊(Samuel Johnson)就毫不掩饰对这种"单纯的年报或官报编者"的轻蔑,他说,"真正真实的历史难得一见。某些国王统治过,或某些战争发生过,这些我们可相信是真实的;但是,其他添加上的色彩,所有的历史哲学,都不外只是臆测……历史不过是一部年鉴,仅仅是一串依年序排列的著名事件。"①在十九世纪科学验证的风气横扫欧洲史学界之时,只有英国史学界仍在坚持:历史应与文学相辅相成,"坚持渊博的学术风格和客观的专业立场,还要讲究文体的简洁、明晰和优雅",②这都应归于爱德华·吉本的流风遗韵。

　　历史,若是缺失了织就它的千万根经纬,就不能成其为它本身。今日,治史的理念变化了,那些被正史撰写者所忽略的琐屑被认为是重要的了。正史撰写者当日所不能写、所不愿写者,存乎何处?无非是稗官野史、笔记闲谈、戏剧小说之中。对这一类文本,我们若硬要区分其文学性与史学性,恐怕就很难了。而且吊诡的是,那些表面上看去具有史学性质的野史,特别是闲谈笔记类,多成于街谈巷语,道听途说,因其多载时代名人的轶闻琐事,上欲以奉公卿省览,中欲以为文士诵阅,下欲以供百姓消闲,于是笔墨间常常不求信实、真伪芜杂,且又往往离日常民生细故甚远;而真正的文学类作品,大凡有描摹人生世态之劲笔者,反倒会于当时的社会生活记录详实,令人读之如临其境。要之,中国传统的著史倾向若要得到订正,我们就需要不吝笔墨地将普罗百姓、芸芸众生的生活写给读者看。而成书于我们欲进行探研的历史时代的文学素

---

①　James Boswell, *The Life of Dr. Johnson*, London：J. M. Dent & Son, 1933, pp.558－559.

②　杨肃献:《吉朋与〈罗马帝国衰亡史〉》,(台湾)《历史月刊》,2004年第二百零二卷。

材,今之治史者若因自框于胸中的文史之别,遂致不能用或不敢用,就未免太胶柱鼓瑟了。

历史,原不必是提纲挈领、高头讲章式的无趣死书,真正的历史,愈在细枝末节处就愈动人。历史,原不必是帝王将相的家谱,太史公山高可以仰止,但如果今人仍然仅仅知道从"列传""本纪"的泛黄册页中去探求历史,而从不问升斗小民的喜怒哀乐、衣食住行,则往轻里说,是治史心态还不出中古;往重里说,是逆现代思想意识的潮流而动。而研究历史上普通百姓的生活,最不能避免的就是物质生活,普通百姓的物质生活又以衣食住行为最重要。

历史书写不能没有对其"自觉的表演者"的记录,但绝不能仅止于此。左翼德国剧作家和诗人贝尔托·布莱希特(Bertolt Brecht)曾在他的诗歌中、以一位"能阅读的工人"的语气质疑道:"年轻的亚历山大征服了印度/他是一个人干的吗?/凯撒击败了高卢人/他竟未曾带上一个厨子吗?/无敌舰队的沉没/令西班牙的菲利普哭泣/他是一个人在哭泣吗?/腓特烈二世打赢了七年战争/还有谁也赢了?"①

旅美历史学家唐德刚尝用一个钱塘观潮的场景来比拟历史书写:"观潮的人要看的是横空而来,白浪滔天的海潮。"至于那些"手把红旗旗不湿"的弄潮儿,"只是点缀而已。究天人之际,通古今之变,是重在潮的本身,而不在潮上面人为的表演。如果观潮的游客不看潮,只是看'表演',那就是三尺之童的兴致了。"②唐德刚将"弄潮儿"比作帝王将相,哪怕是周公孔子秦皇汉武,也不过是一群"自觉的表演者"而已,他们固然重要,但相比于历史的大潮又是次要的了。莎翁有言:"整个世界是个舞台,男男

① Bertolt Brecht, "Questions from a worker who reads," in Reinhold Grimm eds., *Poetry and Prose*, New York: Continuum, 2003, p.63.

② 唐德刚:《胡适杂忆》,北京:华文出版社,1990年,第145页。

女女,演员而已。"①"弄潮儿"们在历史的潮头上摇旗滑水,做出种种惊人之戏,但他们不能改变历史的终极方向。观潮者,也就是"我们",作为有意识的历史书写者,应该知道,我们的责任不仅仅是要记录下弄潮儿的戏潮手段,而且还要记录下那"来疑沧海尽成空"的巨潮本身。

当然这并不是说,我们应该忽视历史的"自觉的表演者"的事迹,不再强调其重要性。在本书中,我们必须首先廓清一个概念,即,历史的"自觉的表演者"对其社会气质往往会有巨大的铸模作用,这一点在明太祖洪武皇帝朱元璋身上表现得尤其明显。有时候,他们所采用的手段阻挠了社会进步,干犯了经济规律,严重影响了民生生计,导致几乎每一个社会经济角落都出现了倒退。以晚明的情形为例,开国皇帝所定下的简朴基调已经被末世般的享乐主义毫无道义感地取代,但另一方面说,压抑消费性的经济框架仍旧存在,而且很强劲,足以将自然经济规律折弯到令亚当·斯密惊讶的地步。本书因此也格外关注社会经济发展的常规惯性与明代开国皇帝试图将他的帝国打造为一个小自耕农式自给自足乌托邦的这两股力道之间的角力,且将这种探研的领域限制在物质文化上,并以《醒世姻缘传》为其主要研究素材来源。中国文学中尚未有另外一部作品——包括《桃花源记》在内——曾以如此的热情歌颂过乌托邦主义。作者笔下的山东明水,风调雨顺,小农春种秋收,丰衣足食,俨然一处自耕农的天堂,忠实地还原了洪武皇帝理想的乡村蓝图。

如果洪武生活在西周生的时代,则他必会如作者一般困扰惊骇:既往安稳的社会秩序已经无存,新的社会在不断流动、变化

---

① "All the world's a stage, And all the men and women merely player." William Shakespeare, *As You Like It*, *Woodstock*, Ontario: Devoted Publishing, 2016, p.36.

中,金钱成为主导元素,旧日的社会等级正在倒塌,贵族和平民之间的社会藩篱被频繁践踏。这些乱象首先体现在"四大民生"方面,在物质舒适面前,普通人对衣食住行的世俗追求已经打破了想要把他们规范于简朴生活状态下的朝廷制度。

《醒世姻缘传》不厌其烦地描述了这样一个正在经历着惊人转变的社会。作者形象地写出了富贵阶层的失落以及旧日贫贱之属暴富后的洋洋自得,他们怎样地以裘马房舍炫世,冲击践踏着前者认为所不应凌犯的社会藩篱——这一切,都发生在物质生活的领域内。作者似乎有着展示明代社会之浮世绘般的创作激情,他给予物质细节的关注无比巨大。对"物的写实"具有同等迷恋的,也只有接近于"拜物狂"的《金瓶梅》一书了,台湾研究者丁乃非不为无因地将这种写作风格称为"过分及奢侈消费的写作法……对物的狂热迷恋,物之成其为物,一定会并且总是会有种种标识。"①《醒》书作者也以同样的热情投入到细节的描述中,有时简直使读者感到这种恋物描写未免对文本叙述的流畅性产生滞阻。两书的不同在于,《金瓶梅》着重笔墨在"奢侈消费"上,而《醒世姻缘传》则着眼于富裕农家或普通市民的生计。

三、方 法 和 资 料

在本书中,作者希望能够沿着胡适最早提出的方向,对明代世俗生活中的物质层面作一番梳理和廓清,涉及面可包括风俗、法律、宗教、妇女生活等,而以经济层面牵涉最频。通过爬梳明代社会的物质文化,本书将着重探研"衣食住行"这四大生计中的三者——衣,食和行。对民俗习惯、法律及宗教实践、妇女地位等问

---

① Naifei Ding, *Obscene things: sexual politics in Jin Ping Mei*, Durham: Duke University Press, 2002, pp.188 – 189.

题,本书也会拿出相当的篇幅,但不会如前述三大题目般详细深入。本书会涉及明初政治对当时社会气质和社会经济的影响。

由于《醒世姻缘传》一书中对"住房"的描写资料不足,本书将不涉及四大生计中的"住"这个题目,但会以一个独立章节来探讨奢侈品经济与金融制度。在结构中如此的一加一减,并非兴之所至的结果,实乃深入研究之必须。无论从实践上还是理论上,明代物质文化这样的一个大题目,都不可能通过一部专书的长度来完成通透的梳理。在这样深广的大题目面前,研究者需将材料加以裁定,控制好研究的范畴,只有资料足、且富有原生态价值,才值得给予较多的学术关注。"住房"虽为四大民生之一,但我们既然将材料限制在《醒世姻缘传》之内,对于这一资料严重不足的领域,也就只能忍而弃之了。而《醒》书中有大量不能归类为四大民生的物质描写,多与奢侈品相关,所以我们专辟一章,在对这些奢侈品进行名物考证之余,亦探讨禁奢性社会气质与禁奢律的关系及其对经济发展的滞阻作用。因为明末金融制度中有一种貌似繁荣、实则滞后的情况,故此我们将汇兑、白银和铸币的问题也放在此章中一起讨论。

由于《醒世姻缘传》的若干版本不同之于本研究的重要性极小,而且本书从立意上就是要与此前的考据工作走完全不同的道路,故此在截取引用原文时,本书将仅使用一个现代版本,即以首都图书馆藏同德堂版为底本的齐鲁书社1993年版。[①] 同德堂版是现代研究者所知的最全版本,系同治年间刊本,其后不久又有同治庚午九年(1870)覆刻本、怀德堂本以及坊间翻刻本问世。光绪二十四年(1898)有上海书局铅印本、民国年间有上海受古书店石印本刊行,但论影响力和流行性,它们都不及1933年亚东图书馆的现代校点本。齐鲁书社版由翟冰校点,在同德堂版的基础上,又

---

① 西周生:《醒世姻缘传》,济南:齐鲁书社,1993年。

参照了同治翻刻本和亚东图书馆版,将内容加以少量增补。齐鲁书社版虽采用了简体字,但对书中无数生僻字、方言字的使用,都是严谨而准确的。它又是一个足而全的版本,完全没有因为情色描写或政治禁忌而删节的内容。除了字体过小的缺点外,它对于大陆背景的中文读者和研究者来说都堪称为一个很理想的本子。在引用《醒》书文本时,为省要起见,不会每次都格外加注,仅在文本后的括号内将章节数与页数以阿拉伯数字标出,中间隔以点号。

《醒世姻缘传》有一个不完全的英译版本,由 Eve Alison Nyren 翻译了其前二十回,书名并不是“醒世姻缘传”这五个字的直译,而是意译为“婚姻之束约”(The Bonds of Matrimony)①。它对于以此为题目的英文论文写作者来说是一个很便捷的资源,尽管二十回仅仅为全书的五分之一而已。在本书的原英文稿中,凡涉及前二十回的引文,都直接使用了 Eve Alison Nyren 的英译,但其后的章节引文则由作者自己译出。

尽管本书不拟对《醒世姻缘传》的版本多致篇幅,详加介绍,但在此,我们还是要推介两位版本研究者。一为美国的李国庆,他应中华书局之邀校注《醒世姻缘传》,因此梳理了《醒》书所有的现存版本——不仅仅是国内的,也包括英、美、日及台湾的藏本,他对每种藏本都做了非常有用的标注,告诉读者这些藏本的特色,以及哪些学者亲见过它们②;二为杨春宇,他曾亲自跑遍中国的多家图书馆、以田野调查的方式研究了不同版本③。

本书欲避免对版本、作者和成书年代的繁琐考据,但并不是要

---

①　Eve Alison Nyren, *The Bonds of Matrimony*, New York: Edwin Mellen Press, 1995.

②　参见李国庆:《〈醒世姻缘传〉版本新探》,《明清小说研究》,2005 年第七十六卷第 2 期。

③　参见杨春宇:《〈醒世姻缘传〉的研究序说——关于版本和成书年代问题》,《明清小说研究》,2003 年第六十八卷第 2 期。

追求所谓"摆落训诂,直寻义理"①。一部以物质生活为主题的专书绝不可能"摆落训诂",相反,在具体的名物问题上,作者所欲师法的,正是清儒那种"由故训以明义理""执义理而后能考核"的治学方式。名物的背后是人与制度,是生动活泼的社会物质生活。本书作者绝不将训释名物与寻求义理做对立的看待。

在既有的《醒世姻缘传》研究中,有关明代"社会经济史和风俗史"的先行研究数量稀缺②,这就给本研究既带来新的机遇,也带来挑战。这一稀缺意味着新的疆域有待征服,但也警示着要靠更多个人努力才能艰难蹚过这片荒野。为了更好地定义本书的性质,在此我们有必要介绍一下在相关题目上的学术成果。

中文著作中,比较值得注意的是原山东大学毕业的夏薇的博士论文,成书为《〈醒世姻缘传〉研究》③。此书以相当篇幅讨论《醒》书成书的时代问题。夏薇的意见是,这个时间应为雍正四年(1725)到乾隆五十七(1792)年间。国内《醒》书考据中,对"康熙说"尚多有持不同意见者,如邹宗良等,④对雍乾说自然更不能许。前所述及,我们认为此书的成书时间更早,但不欲在成书时代上多做纠缠,因为更希望着眼于文本所折射的十七世纪物质生活。夏薇的专著又以很大篇幅来讨论薛素姐和狄希陈之间的虐恋关系,借用的是弗洛伊德的虐/受理论。尽管以虐/受理论来避开传统的

---

① 此言为宋代学者黄震对宋朝经学的概括性描述。

② 此处所云的"稀缺",是指已经成书的专著。自 2010 年后,以《醒世姻缘传》文本打底,对明清社会风俗史中的某一类项进行分析的研究并不少,多数为 30 页至 60 页之间的硕士论文。题目则涉及山东礼俗、婚俗、士商关系、农村生活、服饰等。博士论文非语言类仅有吴晓龙:《〈醒世姻缘传〉与明代世俗生活》,上海师范大学 2006 年。

③ 夏薇:《〈醒世姻缘传〉研究》,北京:中华书局,2007 年。

④ 参见邹宗良:《〈醒世姻缘传〉康熙成书说驳议——〈醒世姻缘传〉写作年代考之一》,《社会科学》,1989 年第 6 期。

"悍妇"理论也不失为躲开老套常谈的一种聪明做法,但对文学人物进行过多的心理分析和推导无异减弱了其严肃的文学批评的价值。同名同性质的研究还有段江丽的专著 2003 年由岳麓书社出版,从文学本位角度分析《醒》书的叙事艺术,也兼及版本、人物性格、两性关系和果报观等问题。夏、段两书都源自文学专业的博士论文,以文学为本位自然宜当。

英文作者中,以加州大学河滨分校的吴燕娜(Yenna Wu)用力最勤,已先后出版《善意讽刺与十七世纪中国小说:〈醒世姻缘传〉》(*Ameliorative satire and the seventeenth-century Chinese novel*, *Xingshi yinyuan zhuan-marriage as retribution*, *awakening the world*)和《中式悍妇:一个文学主题》(*The Chinese virago: a literary theme*)两部专著。前者原是基于吴燕娜在哈佛大学时的文学方向的博士论文。[①] 此书提供了迄今为止对《醒世姻缘传》最为详尽的英文介绍,包括一份各章内容简介;但由于此书的立意原为讨论"善意讽刺"(一译"改良讽刺")这一文学手段的使用,故它所采用的方法论以及它的终极研究目标都是文学的,而非历史的。《中式悍妇》一书在择选资料方面手段巧妙,对文学原材料和历史原材料同时撷取,除了大部头的《醒》书以外,它还使用了大量的笔记体小说和古代笑话轶闻等。其中《醒》书被充分引用、研究和分析,且书中人物薛素姐(作为古代悍妇)的形象分析当然是重中之重,《中式悍妇》以历史和文学人物来分析悍妇现象,与史学研究的诉求相去较远。吴燕娜近年来的文章也极为多产,先后有"《醒世姻

---

① Wu, *Ameliorative satire and the seventeenth-century Chinese novel*, *Xingshi yinyuan zhuan-marriage as retribution*, *awakening the world*, Lewiston: E. Mellen Press, 1999. Wu, *The Chinese virago: a literary theme*, Cambridge, Mass.: Council on East Asian Studies distributed by Harvard University Press, 1995.

缘传》中的重复"(*Repetition in 'Xingshi Yinyuan Zhuan'*),①"《醒世姻缘传》中的反英雄"(*The anti-hero in the Xingshi yinyuan zhuan*),②"明清小说中的道德和食人"(*Morality and Cannibalism in Ming-Qing Fiction*),③"从历史到寓言:《醒世姻缘传》中的饥荒生存"(*From history to allegory: surviving famine in the Xingshi yinyuan zhuan*),④"从《金瓶梅》到《醒世姻缘传》的讽刺现实主义:算命的主题"(*Satiric realism from Jin ping mei to Xingshi yinyuan zhuan: the fortunetelling motif*)等数篇问世,⑤其中"食人"与"饥荒生存"两篇都具有相当的历史相关性,其余则仍属文学批评的范畴。

此外,蒲安迪曾就《醒世姻缘传》在十七世纪中国小说中的地位问题撰文,⑥堪萨斯大学的马克梦(Keith McMahon)也曾从多妻制的角度来研究妒妇与惧内的现象。⑦ 普林斯顿大学杨玉君的博士论文《重新定向〈金瓶梅〉和〈醒世姻缘传〉》(*Reorientation of Jinpingmei*

---

① Wu, "Repetition in 'Xingshi Yinyuan Zhuan'," *Harvard Journal of Asiatic Studies*, vol.51, no.1 (1991).

② Wu, "The anti-hero in the Xingshi yinyuan zhuan," *Journal of the Chinese Language Teachers Association* (*Kalamazoo*, *MI*), vol.28, no.3 (1993).

③ Wu, "Morality and Cannibalism in Ming-Qing Fiction," *Tamkang Review: A Quarterly of Comparative Studies Between Chinese and Foreign Literatures*, vol.27, no.1 (1996).

④ Wu, "From history to allegory: surviving famine in the Xingshi yinyuan zhuan."

⑤ Wu, "Satiric realism from Jin ping mei to Xingshi yinyuan zhuan: the fortunetelling motif," *Chinese Culture* (*Taipei*), vol.39, no.1 (1998).

⑥ Plaks, "After the Fall: Hsing-shih yin-yuan chuan and the Seventeenth-Century Chinese Novel."

⑦ Keith McMahon, *Misers*, *shrews*, *and polygamists: sexuality and male-female relations in eighteenth-century China*, Durham: Duke University Press, 1995.

and *Xingshiyinyuan*），①将《金》与《醒》两著并置，通过它们的文学主题、道德说教性、审美趣味以及它们对中国文学的贡献等，分别作出了深入的比较。不过总体来说，此类研究多从文学或性别研究的角度出发，它们关注的是文学的表达问题、写作技巧问题和文学作品中的女性形象问题，有时会涉及妇女的地位问题。因此，先行的《醒世姻缘传》研究，较多关注文学批评层面，而较少关注晚帝国时期的历史细节，尤其是明代的物质生活史（History of Material Life）。

在本书使用到的英文参考书目中，唯一以《醒世姻缘传》为研究对象，而且不完全出于文学视角的专著，是达利娅·伯格（Daria Berg）的《中国的狂欢节：阅读〈醒世姻缘传〉》（*Carnival in China: A Reading of the Xingshi yinyuan zhuan*）。②伯格将《醒》书称为"反面乌托邦式讽刺"。尽管《中国的狂欢节》一书具有相当的文学研究取向，但与本书的相同之处在于：两者都通过《醒》书来探索十七世纪的中国社会；伯格提请读者注意三个完全不同的"人的领域"：一个是滚滚俗世，其中充斥着江湖郎中、庸医、书办衙役等；一个是清雅高贵的世界，由儒生、教师、儒商、学问的庇护者和儒学官员组成；一个是由改革者、圣（女）人和救世主所构成的世界。伯格的著作，通过将以上人物分置于三个不同的界域，建构、诠释和分析了被她所定义为"反面乌托邦"的世界；伯格的视野超越了小说文本，她谨慎地将小说中被赞美与被谴责的对象与同时代非小说作品中的类似关注对象联系起来，以获取"对现实的认识之一瞥"。她所采用的手法，是"去证明小说中所树立的很多人物形象，严丝合缝地

---

① Yu-chun Yang, *Reorientation of Jinpingmei and Xingshiyinyuan*, Princeton University, Dissertation, 2003.

② Daria Berg, *Carnival in China: a reading of the Xingshi Yinyuan Zhuan*, Leiden; Boston: Brill, 2002.

对应着十七世纪其他作家笔下所写的真实人物。"①伯格的作品是最接近于研究者所能找到的、以《醒世姻缘传》来诠释十七世纪中国社会风俗史的一部学术著作,但其书的研究重点是通俗文化,而非严格的物质生活史。

在前现代资料中,本书参考了如《明实录》《明史》《大明会典》等官方史料,也使用了轶事笔记、回忆录、抄本、诗话、五行术数书、食谱、地方志、佛经及其他明清小说。昔者熊大木之序《大宋演义》,谓"稗官野史实纪正史之未备";"笑花主人"之序《今古奇观》,谓"小说者,正史之余也";蔡元放之序《东周列国志》,谓"稗官固亦史之支流,特更演绎其词耳";"闲斋老人"之序《儒林外史》,谓"稗官为史之支流,善谈稗官者,可进于史"。② 此四序之语,都可证稗官之于正史有着充分的补佚作用。其他种类的非正史也很有可能达到正史所不及的高度,因其对非政治性事件、俗文化、有关物质和社会生活的潜在细节和世俗生活中的隐蔽层面的关注,常常为正史之死角。然而明史研究中有一种不待明言的通则,认为对待明末这段历史书写,特别是产生于明末清初这个时间段的作品,研究者总需格外小心,无论是正统还是非正统的历史资料,都应谨慎取用。这是由于明清鼎革与清初文字狱的缘故。

有明一朝所产生的有关它本身的史料,比之于此前朝代对自身的记录,可谓丰富得太多了。虽说明代及其后的清代都有文字狱,但综其两朝所产生的有关明代的史籍,于质于量,都甚可称道。从明至今,为期较短,出版发达,既存文稿不容易因时间过久而散

---

① Robert Hegel, "Book review: Carnival in China: A Reading of the *Xingshi Yinyuan Zhuan* by Daria Berg," *Harvard Journal of Asiatic Studies*, vol.63, no.2 (2003).

② 引自鲁德才:《古代白话小说形态发展史论》,天津:南开大学出版社,2002年,第5页。

佚湮没，这也能解释有关明代的史籍之盛。仅以德国汉学家傅吾康（Wolfgang Franke）的《明代史籍汇考》（*An Introduction to the Sources of Ming*）为例。① 这部有关明代研究的书目汇集，总列了800多则写作于明代的书籍条目及900多则地方志条目。而傅吾康的书目，比之于民国学者谢国桢的《晚明史籍考》，②则又是小巫见大巫了。谢国桢书目成书于他在北平图书馆工作时，受到梁启超的启发指导。谢氏著录明代万历年间至清朝康熙年间（1573—1722）文献一千一百四十余种，未见书目六百二十余种，蔚为大观。其收录之博之广，已经不是一部专书长度的研究所能试图去囊括的了。

为什么我们说，研究者对明末清初这一段的参考资料应持格外谨慎的态度呢？答案在此：带有意识形态的话语意义与其中的事实部分往往最难剥离。这段特殊的历史时期所经历的内压与外压，为前代之所无，文人和著史者的视角、立场和心态，在巨压下易生畸变。明末"警世"文学衍溢，它们的特点是，一面极力鞭笞这个腐败放荡的世界，一面又不厌其烦地描述这个世界在具体物质细节上是如何腐败和放荡的。这类作品常常带有道德说教的目的，夸张罗列为其特色。另外一些有关明末的著述则写于明清易鼎之后，有着粉饰新朝、取悦满人统治者的创作动机。刘知几所谓"史之不直，代有其书"（《史通·曲笔》），说的就是这种情形。这类著者既已在政治上叛明顺清，则他们长篇大论描绘明末的物质主义现实、并以批判的态度去论证此为明亡之原因，自然为新朝所乐见。而明之遗民，入清后恬于形势，

① Wolfgang Franke, *An introduction to the sources of Ming history*, Kuala Lumpur: University of Malaya Press distributed by Oxford University Press London, 1968.
② 谢国桢：《晚明史籍考》，上海：华东师范大学出版社，2011年。

要避文字狱,不能直接表达厌恶满人统治的政治情绪,只能选些安全的题目,谈谈他们在入清前是如何鉴赏美食、女人和古董的,此中又往往藏有亡国遗臣的深恨——这些则属于如刘勰所谓因"世情利害"而"寒暑笔端"(《文心雕龙·史传》)的情形。

傅斯年在谈到史料的相对价值时曾提出过史料对勘互证的研究方法,即:直接史料对间接史料;官家的记载对民间的记载;本国的记载对外国的记载;近人的记载对远人的记载;不经意的记载对经意的记载;本事对旁涉;直说对隐喻;口说的史料对著文的史料。[①] 本书虽未必穷尽所有这八对十六类史料,但凡可以采用"对位"视角之处,自会留意"对位"史料的使用。

本书亦多参考西方汉学界的研究成果。黄仁宇(Ray Huang)、卜正民(Timothy Brook)、柯律格(Craig Clunas)、包筠雅(Cynthia Brokaw)、韩书瑞(Susan Naquin)、达利娅·伯格(Daria Berg)及更多在此不能一一列举的西方汉学家,都在明代研究的不同领域中作出了前驱性质的贡献。在某种意义上说,他们的作品刚好反映了汉学家治中国史、对中国原生历史书写的一种矫正态度,因为后者常常带有过多的道德考量、道德辩护和道德评价的因素。黄仁宇从话本小说中采集发掘有关明代商业主义的有用信息的手段,[②] 卜正民有关经济变化如何影响社会文化生活的看法,包筠雅对佛教有关轮回报应概念和功过格实践之于晚明物质世界的影响的探索,韩书瑞对朝圣文化和朝圣经济的关注,[③] 以及伯格对《醒

---

① 参见傅斯年:《史学方法导论》,黄振萍、李凌己编著,《傅斯年学术文化随笔》,北京:中国青年出版社,2001年,第146—167页。

② 参见黄仁宇:《从〈三言〉看晚明商人》,《放宽历史的视界》,北京:生活·读书·新知三联书店,2001年,第1—30页。

③ 参见 Susan Naquin, Chun-fang Yu, *Pilgrims and sacred sites in China*, Berkeley: University of California, 1992.

世姻缘传》代表人物的文化分析,①对于本书来说,都有若干启迪
意义和参考价值。但是,本书与先行的明代物质史研究也有着明
显的不同。上所述及的所有著作,除了伯格的之外,都未曾系统地
触及《醒》书所反映的物质世界;而伯格的著作,虽以《醒》书为取
材,也曾触及其物质世界,但未系统关注"衣,食,行"这三项民生。
更为重要的是,以上所举,都未曾从"压抑消费经济"性质的法律
法规和社会气质的角度来探讨诠释明代物质文化。

从二十世纪九十年代开始,在英文学术界的中国妇女研究
领域,由新兴趣点的发掘而带来的开疆拓土之功有目共睹。随
着众多优秀作品的出版,原先不甚为现代学者所了解的某些特
别领域的中国妇女的生存状态被揭示出来,中国妇女研究进入
了被鲍晓兰称之为"先进阶段"的时期。这些著作的研究对象
中,有过去较少为人所知的产婆、女同性恋、悍妇和海外女留学
生等类别。② 在高产高质的研究者中,除了前述的吴燕娜之外,
本书又特别关注高彦颐(Dorothy Ko)和白馥兰(Francesca Bray),
此三位研究者都为女性,她们的研究对象的时代定域都在晚帝
国时期,与本书所定域的明代晚期有相当的重合。尽管在本书
中,妇女问题所占篇幅会比物质生活要少,但本书仍会受益于如
下:吴燕娜对悍妇形象的文学诠释,高彦颐对精英妇女文化的看
法,以及白馥兰有关妇女对科技之贡献的特别视野。由于《醒世
姻缘传》从题材上来说是写婚姻制度的,有些问题自是不能避
免,如父系家庭格局下的家庭成员关系、奴仆的身份地位和性别
关系等。

① 参见 Berg, *Carnival in China: a reading of the Xingshi Yinyuan Zhuan.*
② 参见鲍晓兰:《美国的中国妇女研究动态分析》,李小江,朱虹,董秀
玉编著,《平等与发展》,北京:生活·读书·新知三联书店,1997 年,第
361—384 页。

四、各 章 简 述

第一章"服饰篇"主要探讨从《醒世姻缘传》中所反映出来的明代的舆服制度。时至晚明，由明朝早期和中叶的法律法规及社会成俗所建立起来的、以舆服制度来区分贵贱的阶层藩篱已经屡遭践踏侵凌，这就使得旧日的富贵阶层倍感焦虑恐惧。得到圣眷宠顾的太监，由买官行贿而获高位的官员，通过出售伪劣产品而致富的工匠……这些新贵新富们的出现，颠覆了洪武皇帝所设计的以"士农工商"为阶级排序的、整齐划一的社会分层，把晚明变成了一个万花筒般的复杂世界。在这个世界里，身份卑微的戏子敢于公然无视有关优伶的贬抑性服饰规定，宠妾敢于在闺闱间以逾格服饰挑战正妻的权威，丧亡的地方官居然被画成城隍的模样以凸显其丧事规格。舆服的多元化，使得很多人，包括作者在内，心理上极端不适。通过探索这一现象，我们在还原晚明社会的舆服外貌之余，揭示其深受金钱因素影响的流动性实质。此章亦会关注社会底层的赤贫者的穿衣情形。"为何会卖儿鬻女"这一问题，会引导读者去发现以下事实：城市赤贫家庭甚至不能为女儿制一件棉衣、鬻女到富人家做丫环的部分原因居然是为了获取一件寒衣以御冬。在这个贫富两极分化的社会中，劳工仆役往往在市场上以惊人低廉的价格被买卖转手；小商小贩和小手工艺者，一旦生意上出点差池，往往是没有任何退路和生计保障的，即时就可以倾家荡产，妻离子散。

第二章"奢侈品经济与金融制度"从狄希陈远赴成都为官、童奶奶为他送礼而列出的一张礼品清单开始，枚举明代的著名奢侈品，并对所枚举的诸物事进行名物考证。考证之外，本章讨论了两大子题，一是明代的禁奢性法令的种类与品目之多，二是明代金融制度的落后与乱象。在讨论第一个子题时，我们极为重视压抑奢侈消费性的法令——亦称"禁奢令"——与禁奢性社会气质之间的关系。从国家的角度而言,制订一系列禁奢令,乃是为了将特定的衣料、饰品、食酒器、车马和居舍保留给特权阶层,如此一来,就会形成一个有分等的阶级金字塔;农民作为国家的主力生产者受到名义上的尊重,列于士农工商的排序中之第二,农工商庶民皆需要服从士人,官员从士人中产生,服务于中央政府和皇帝,这才是国家所乐见的社会秩序。禁奢令不过为维护这一社会秩序服务而产生。如此说来,禁奢令其实并不反映压制奢侈消费性经济的政府行为表象。

而禁奢性社会气质则不同。它起源于一种朴素粗糙的经济形态需求,这种经济形态是自给自足式的;考虑到妇女内闱间常见的竞争心态,最好是让她们"不见可欲,使心不乱"。禁奢性社会气质还有另一个源头,那就是儒家所持的对民众的教化不应来自政府法令的主张。孔子就有"道之以政,齐之以刑,民免而无耻;道之以德,齐之以礼,有耻且格"(《论语·为政》)的明确表述。禁奢令和禁奢性社会气质都同样关注限制物质的细节,从效果上看,两者之于明代商业经济都有压抑作用。这不仅仅表现在服饰上。当我们讨论到更多、更细琐的禁奢法规时,如什么人才能使用什么样的食器和酒器,什么级别的官员妻子才能穿什么衣服及戴什么发饰等,我们仍将检视这一论题,即明代禁奢令和禁奢性社会气质各自在什么程度上改变了明人的物质世界,对这一问题的探讨将不仅限于第二章。

第二章的后半部分讨论的是《醒世姻缘传》中的白银和钱币的流通与使用问题,并考证"当十折子钱"为天启通宝当十钱。白银成为十六至十八世纪中国市场上的主要货币,是所有的明清史学者都注意到的一个现象。金银的货币属性由自然界所赋予。我们要通过一系列比较,分析白银与黄金在铸作形式、被使用的广泛性和频繁程度上的差异,从而深入了解白银在流通领域中称王的情形。借助《醒》书研究明清经济问题,我们必须拿其与同时代的其他史料相互参看,也必须自多种世情小说中反复比对同一现象。

本章还深入探讨了一个金融史的问题,即明中后期是否存在异地汇兑制度。考察这一问题,格外需要参看其他的明清小说。真正的世情文学作品,多具描摹人生世态的劲笔,它所致力细节的经纬和叙事的逻辑性,反倒是闲谈笔记类作品所不具有的。上至成书于明中叶的《水浒传》,下至成书于清末的《儿女英雄传》,时间跨度达三百余年的文学作品,都可被用来对照验看明清经济生活中是否出现了变化,出现了什么变化。

本章因涉及明末精致繁荣的市民生活和成熟发达的城市商业、制造业,也谈及城乡富裕市民对奢侈品的消费,因此会稍涉在大陆历史学界曾被反复激辩过的"明末资本主义萌芽"问题:为何在这样的一个"近世"(early modernity)社会——如内藤湖南所定义——的属性基础之上,明末社会却未能进一步走向资本主义呢?本书诚不欲以大量篇幅投入目前仍无定论的"明末资本主义萌芽"的讨论,但由于本书的民生物质史视角,完全规避此一问题也是不可能的。结论,自对奢侈品消费和金融制度的考察中得出。两方面的考察都指向一个结论:明中后期出现了精致繁荣的经济生活和奢侈品消费的阶级下移趋势,它的表象虽然符合海外汉学家们所盛称的"近世性格",但其本质却并不符合资本主义发生的机理。

从著名的中国成语"民以食为天"出发,本书第三章对明代食品的研究,延伸到了一般性食品消费和食品供应的领域之外。此章先探讨了山东的数种主食和主要作物,在乌托邦式小自耕农的农业生态下,农人如何春耕秋收、如何为田里的佣工提供饭食等;有关食物消费和食物处理的伦理问题也在探讨之列,这又使人无法不去关注农业社会的一个无上美德——节俭。本章会有一个小节,通过《醒世姻缘传》书中记载的一则故事来检视明代的食盐专卖法,并提出该法的执行无效造成了私盐贩运的泛滥。我们探讨明代奢侈品方物消费的阶层下移现象,追究它的三个成因:明代文人的推波助澜、孝宗朝宽大的政治风气及北京美食文化的天时地利。我们也探讨"因果"观念与食物和水的消费的关系。"因果"本是来自佛教的一个观念,它与宋明理学的天命观结合后,逐渐形成一种"一饮一啄,皆有定数"的流行说法,在中国的农本文化语境中,出于厉行节俭的需要,人们愿意去相信,对食物和水的消费,是不能过分的,不然会导致果报衍生。

　　第三章的最后部分探讨的是由自然灾害造成的食物短缺乃至饥荒的现象,并以《醒》书给出的材料来比较政府赈灾、社区自救与个人慈善这三种做法之异同。"王嘉荫假说"的明末"小冰期"理论,提出"小冰期"发生与明亡之间可能存在因果关系。"小冰期"理论的确能够很好地诠释明末灾异及其导致的食人现象的产生,而两者都在《醒》书中被充分记录了。《醒》书以大量的篇幅,平静冷酷地还原了这个因果链条:天气严寒,暴雨如倾,作物颗粒无收,食物短缺,粮食价格暴涨,穷人卖儿鬻女,饥民遍野,食人发生。比较政府、社区和私人赈济这三种救灾模式,从三方化银、建"常平仓"、粜谷平市、建粥厂、抚恤幼孤等行事做法中,我们可以看到,政府的赈济模式有严重缺陷,反倒不如社区和私人的救灾方案更为行之有效。明代赈灾著作的多产,说明着官僚士绅阶级的远见卓识——他们早已看到,饥民若不得安抚,就会揭竿而起,威胁到政府的存在和现存秩序。这些著作本身是高度成熟的前现代政治智慧的结晶。尽管如此,理论上的丰富未能转化为实践上的有效运作,在这个人命关天的问题上,政府组织的饥荒赈济项目——即使由真正清廉而富有仁心的官员来领导——比起更具灵活性和自主性的社区及私人项目来说,也多失于简陋、疏忽、技穷和迷信。

　　本书的第四章"旅行篇"主要以素姐的泰山朝圣之旅来探索明代的旅游文化和旅游机制,并提出了"城乡富家女眷群"这一概念来代表晚帝国时期的一个女性旅行群体。这一概念的对立面是"明清闺秀群"——近年来的汉学研究,已经对其多所涉及,有关她们的旅行形态,也有质量上乘的专书和文章介绍。在此章中,为了突出"城乡富家女眷群"与"明清闺秀群"的不同性质,我们也对后者做了择要介绍。两个群体之间鲜明的差异,使我们愈发注意到这些现实问题:在资源不足、儒家妨闲思维强大的情势下,前者是如何突破重重的社会、家庭、伦理障碍而走出闺阁的? 缠足是否与她们的行动有碍? 如果女性旅行者的丈夫陪伴她上路,则他的角色又是什么? 这一研究因此也回顾了中国女性的缠足和幽闭传统,检视了某些非闲适性的旅行情形:家庭团聚,护送亡夫灵柩返乡埋葬等,同时也探讨了为何精英闺秀式旅行会得到与她们同阶级精英士人的赞许甚至赞助。

要诠释素姐的叛逆行为,本章亦代入了一个女性主义/现代主义的视角,即所有被《醒》书作者批判为"河东狮吼"的行为,细细分解来,十之七八都是因为素姐不能获得人身自由而与家人起生龃龉所致。本章援引先秦及汉代的"阴阳"理论来阐述"男尊女卑"观念的起源,说明传统社会对女性角色的心理预期,以及素姐决意以其强势突破女性柔顺幽闭角色的合理性。素姐争取旅行权最成功的一次,就是这趟泰山之旅,这是她平生最重要的一次旅行。而她能够达成此行,乃是拜一个流行的民间宗教组织泰山香社之赐。泰山香社的会首往往由具有佛道背景的、为人活络的三姑六婆式人物担当,她们提前预定头口,安排饮食住店,所取方针政策极为灵活,比如:会友若自行安排骡马,则会费的一部分可得返还。会首与泰山客栈店家的私人交情,可致双方受益。一方面,会首年复一年地给后者带去生意,另一方面,店家也以颇具人情味的方式招待投宿香客,并以物质报偿来回馈会首,这有类于现代旅游业给导游的提成。

从泰山香社出发,我们对晚帝国时期两种不同的香社经济的发展模式进行了比较。香社兼有宗教、旅行、贸易、休闲、赋税和

"社会逃离"等功能。观察香社经济在近现代社会的兴衰可以得知，多数香社经济走向衰败，是因为它们在前现代社会所行使的功能，在近现代社会已被分工后的专门领域所取代。只有少数名山仍保持了强势神祇的影响力，故其香社经济仍盛。本章亦关注了非香社形式的旅行情况，如交通工具的使用、水旱路各自的优缺点、大运河内河航行的杂弊等，特别留意明代官员乘船旅行给地方带来的迎送应役问题。

近年来西方学界在物质文化史（History of Material Culture）方面的研究风向，已经与布罗代尔领年鉴派风骚的时期有所不同了。布氏的目光，始终没有离开过经济史，如他考量小麦与杂粮之间的关系，随手就拿出十三世纪英国的市价曲线图做例，又将巴黎市场提供的小麦和燕麦价格做成图表，如此一来，行文中叠加着大量的经济数据，看去更像经济专著而不是史学论文。

年轻一代的物质史学家则不然，他们更倾向于从文化的视角而非经济的观点来看待过去发生的物质生活。这一代史学家往往喜欢取譬英国小说家哈特利所说的一句话："过去即异邦。"时间的距离感构建了一种异文化，因此，他们可以将时间之远隔与人类学家所研究对象的空间之远隔进行类比。从这层意义上说，此类历史学家所进行的工作，实则为历史人类学家的工作。在《历史人类学》一文中，安德烈·比尔吉埃尔谈到："我们可以将历史人类学叫做一门研究各种习惯的历史学，这些习惯包括：生理习惯、行为习惯、饮食习惯、感情习惯和心态习惯。"[1]他一方面重视与强调日常生活史与实证史之间的紧张关系，同时也提出，对日常生活史的研究并不等同于历史人类学。

另一位重要的历史人类学家彼得·伯克则将新兴的"新文化

---

[1]　［法］安德烈·比尔吉埃尔：《历史人类学》，姚蒙译，上海：上海译文出版社，1989年，第238页。

史"(或"社会文化史")大致分为七个类型：

1. 物质文化史,亦即饮食、服装、居所、家具及其他消费品如书
   的历史。
2. 身体史,它与性态史、性别史相联系。
3. 表象史,即对自我、民族及他人等的形象、想象及感知的历史
   或如法国人所称的"表象社会史"(l'histoire de l'imaginaire
   social),它正逐渐取代"集体心态史"(l'histoire des mentalités
   collectives)。
4. 表象或表象物的社会史。
5. 想象的共同体和关于政治事件的记忆。
6. 将我们带向了语言社会史的话语模式。
7. 行为社会史。[①]

物质史研究的新流行方向,已经倾向于减低强调其研究的物质对象的经济重要性。即使强调经济重要性,历史学家也会倾向于强调物质的消费层面,而非生产层面,"这就使它(经济史研究)很难与社会和文化史研究区分开来"。[②] 如此分析起来,本书的第一章"服饰篇",第二章"奢侈品经济与金融制度"和第三章"饮食篇"更接近物质文化史的范畴,但第一章中的"复古华夏衣冠"部分包含有民族形象的表象史内容,第二章中天启折十钱受抵制的部分则包含有关政治事件的记忆。第四章"旅行篇"在大范畴上接近行为社会史,而对素姐的性别与缠足的分析则包含有身体史和性别史的内容。由于本书是从文学作品中出发的有关物质生活史的研究,它不可避免地会触及社会文化史的外延。

---

① 参见侯杰：《试论历史人类学与中国近代史研究中的几个问题》,《史学月刊》,2005年第9期。

② Peter Burke, *New perspectives on historical writing*, University Park：Pennsylvania State University Press, 2001, p.1.

第一章
衣饰篇

一、历史背景：尽复华夏
衣冠，严辨阶级分层

尽管我们在今日的京剧舞台上看到的某些戏服接近于明代的服饰，但京剧戏服毕竟不是精细复杂的明代服饰的简单艺术投影。大致不错但不免粗略的说法是：明代服饰可以由京剧戏服做提纲挈领式的代表，但不能反向行之。

然而即使仅在京剧戏服内部做具体的定义和细分，已经是很可观的工作了。比方说，仪式性的袍衣中，作为帝王将相在正式场合穿的龙袍，分类就很多。[1] 蟒袍源于明代的蟒衣，用于皇帝的又可称为龙袍。龙为五爪，张口吐火珠，象征独尊；蟒为四爪，闭口，象征臣服。文官服补上的蟒稳默安静，武官服补上的蟒则好勇斗狠。不同社会地位的京剧角色穿的戏服，在不同的颜色和样式背后各有其意义。红色是亲王贵族穿的，绿色是好战的将军穿的，白色是年轻潇洒的书生穿的，黑色是正直无私的官员穿的。宫廷太监如作为一人之下万人之上的权贵出场，也可以着红，但他们的蟒袍上必须要缀有穗子。尊贵之人所穿的袍子必须要长及脚面，而绿林劫匪——即使是英雄好汉性质的——也只能穿短竖褐，袍子

---

① 参见 Young-Suk Lee，"A Study of Stage Costume of Peking Opera," *The International Journal of Costume Culture*, no.6（2003）.

只能到膝盖长度。男性官员的袍服总有玉带相配。女性的袍服，颜色的选择有限：正黄色只用于皇后，后妃和公主可以着红，服孝中的女子着白。[①] 儒生所戴头巾：老成持重者戴方巾，儒雅风流者戴飘巾，粗豪公子戴有飘带的纱帽，俊俏小生如《西厢记》中的张生戴软翅纱帽，滑稽角色戴一种两边白翅，不摇而自动的"风流帽"。[②] 明代服装比京剧戏服的这套系统复杂十倍不止。

接近百年之久的蒙元统治是一段民族交汇时期，但在汉民族主义者眼中，亦是汉文化纯洁性遭到玷污的一个世纪。元代立朝之初，由于内外战频仍，一直未能着手规范其舆服制度，这种情况一直到持续到1321年：该年元英宗参照古制，发布了一个从天子到百官都适用的服饰标准。

从一开始，元代统治者就对宋代留下的文化遗产持有首鼠两端的心态。一方面，出于征服者的优越感与维护一个种族等级制度的需要，他们要贬抑宋代的文化。另一方面，他们又情不自禁地被诱陷于汉文化之纵阔美好。质孙服就是这种矛盾感情交战的一个结果。《元史·舆服志》载，要定制一国之国服，"大抵参酌古今，随时损益，兼存国制，用备仪文。于是朝廷之盛，宗庙之美，百官之富，有以成一代之制作矣"。[③] 这话当然是写作《元史》的明朝人"今考之当时"而说的，但质之以蒙古人在朝政稳定后愿意向汉文明靠拢的心态，也并不乖谬。质孙（见图1）是蒙古人的大礼服，从天子至百官都可穿用，形制是上衣连下裳，衣式较紧窄且下裳较短，在腰间作襞积，并在其衣的肩背间贯以大珠，据说因此而兼有

---

① 参见徐城北：《中国京剧》，北京：五洲传播出版社，2003年，第53，115页。

② 参见廖奔，刘彦君：《装扮与服饰的发展》，《中国戏曲发展简史》，太原：山西教育出版社，2006年，第220页。

③ （明）宋濂编纂，《元史》卷七十八《舆服一》，北京：中华书局，1976年，第1930页。

图1　元代质孙服

汉蒙两民族服饰特质。"质孙"是蒙古语"颜色"的音译,《元史》谓"汉言一色服也",也就是说汉人将它视为元人的统一服装。质孙服多是宫廷大宴时王公贵臣之所着,清查慎行《滹山酒海歌》:"侍臣多着质孙衣,天子亲临诈马宴。"[1]这样的宫廷大宴有时一年中会多达十几次。正是由于质孙服的尊贵地位,明代立朝后,在一洗汉人前耻的民族主义心态下,它就被贬抑为明代小吏所穿的制服。[2]

　　明代民族主义者决意推翻绝大多数蒙元留下的典章制度,舆服制度是其中遭变最剧者之一。这其中有着多重的原因。面对历时一个世纪之久的蒙元异族统治,汉民族不可能没有怨愤屈抑。

---

　　① （清）查慎行:《敬业堂诗集》卷四十《长告集》,上海:上海古籍出版社,1986年,第1117页。
　　② 参见李莉莎:《质孙服考略》,《内蒙古大学学报(哲学社会科学版)》,2008年第四十卷第2期。

中国在历史上也曾受到过异族铁蹄的侵凌,特别是西晋覆灭后的五胡乱华时期、唐王朝覆灭后的五代时期以及北宋覆灭后与南宋并存的金国统治时期。但是,以上所言的外族王朝,都不曾构成对中国完全性质的占领:从文化持续性和国土完整两层意义上说来,中国未曾"完全丧失"于游牧王朝之手。也就是从理论上说,只要有一个纯正的汉民族政权在它过去所拥有的完整国域的部分土地上尚能立住足,喘息既定后还能够抵挡住异族的继续入侵,则中国文化的香火就是未斩未绝的。383年的淝水之战,东晋战胜前秦苻坚的大军。现代学者雷海宗曾给予此战以无上崇高的里程碑地位,他认为,淝水之战保证了中华文明在"胡汉混合,梵华同化"的大变动格局下其祀不绝;此战不仅奠定了南北朝的格局,还奠定了中华文明"两大周期"的分野。1937年燃起的抗日烽火,又激使雷海宗将原学说改造,并在卢沟桥事件的前夕提出:抗日战争比淝水之战更重要,它会成为中国文化第二周期的结束和第三周期的开幕。在雷海宗心目中,即将到来的中日之战会成为中华民族的"第二次重生"的机会。① 由此可见,民族情感是不分古今的。

明朝于1368年立国,其新孔嘉,明之民族主义者已经迫不及待要扫除蒙元余绪。虽然元之征服已经过去了一个世纪,但汉民族的耻辱记忆正借着新朝建立而焕发如新。当年忽必烈汗的大军不仅仅是覆灭了南宋统治而已,它甚至打断了中华文明的正统传承。蒙元还以种族划分社会等级,对汉人,尤其是"南人"极尽歧视压迫,这些留给汉民族的伤痕性民族记忆,直到明代灭亡都未能平复。

以农耕文化立国,经历了汉唐壮阔、两宋繁华的汉民族,对本出于游牧形态的蒙元文明有着一种刻骨的鄙夷,即使在臣服了一百年之后,汉人之于蒙古人的文化优越感仍然没有消散。精致高

---

① 参见雷海宗:《中国文化与中国的兵》,长沙:商务印书馆,1940年,第22—44、125—126、216—218页。

雅的成熟文化不得不折首于粗野生番的游牧文化,仅仅因为后者
有军事优势,这等滋味,世上只有中国人和罗马人最清楚。中国多
次被来自北方大草原游牧民族征服的历史,也是精英汉人所感受
到的优越感丧失的痛苦史。南宋词人张孝祥在《六州歌头·长淮望
断》中,怅望被金人侵占的北方土地,其悲叹最可代表这种痛苦的情
感:"追想当年事,殆天数,非人力;洙泗上,弦歌地,亦膻腥。"①

　　大卫·摩根研究作为世界现象的十三到十五世纪的蒙古征服
史时,曾评价说:"中华文明不乏接受蛮夷入侵的经验,它挺而受
之,然后将蛮夷驯服。"摩根提请我们注意,由明代历史学家写就的
官方《元史》,在写作格式上"符合中国在1 200年之前既已设定好
的历史书写范式。"②摩根的意思是:明朝是将元朝作为一个正规
朝代来对待的,在治史一事上,明朝的所为,符合既已流传了1 200
年的新朝对旧朝的规矩。不过摩根似乎未理解的是,对待一个异
族王朝,在历史书写上的"向上兼容性"并不等同于谅解。在汉
人民族集体记忆的最深处,元不过是一个落后、原始的游牧政
权,它之所以征服中国完全是靠血腥屠杀的战争机器,它的文化不
仅劣于中国汉文化,而且也永远不能与后者相融汇。如此一来,明
代的建立,就不仅被视作一个新政权的产生而已,它同时也被视作
一个可以扫除一切蛮夷余孽的机会:从文化上、制度上、外观上和
精神上。这一态度可以从最无关紧要的事情上得到反映,例如,孔
子像纽扣的位置(这是因为"死而左衽者中国之法,生而左衽乃戎
狄之制耳"③),以及在明初洪武年间的胡服整肃运动。《日知

---

① (宋)张孝祥:《六州歌头》,《张孝祥诗词选》,合肥:黄山出版社,
1986年,第116页。

② David Morgan, *The Mongols*, Oxford: Wiley-Blackwell, 1990, p.15.

③ (清)顾炎武:《日知录集释(下)》卷二十八《左衽》,上海:上海古
籍出版社,2006年,第1592页。

录》载：

> 《太祖实录》：初，元世祖起自朔漠，以有天下，悉以胡俗
> 变易中国之制……无复中国衣冠之旧。甚者易其姓字为胡
> 名，习胡语，俗化既久，恬不为怪。上久厌之。洪武元年二月
> 壬子诏："复衣冠如唐制，士民皆束发于顶，官则乌纱圆领袍，
> 束带黑靴，士庶则服四带巾……不得服两截胡服，其辫发椎
> 髻、胡服、胡语、胡姓一切禁止。"斟酌损益，皆断自圣心。于是
> 百有余年，胡俗悉复中国之旧矣。①

洪武的子孙们继续在"胡俗悉复中国之旧"的方向上不断进行政策强化。明英宗曾专门下旨，要求将所有纽扣在左的孔子像悉改为汉族风格的纽扣在右，"各州府县儒学孔子像，在故元时塑有左衽服者，悉改右衽"。② 在孔子像中，孔子被视为活人，依汉制，生者应右衽。汉制的左衽仅限于死者丧仪使用。孔子曾赞美管仲道："微管仲，吾其披发左衽矣。"（《论语·宪问》）可见孔子是极为抵制夷狄之俗的"左衽"的。要夏汉制，尊孔，当然就要尊重孔子的意见。不过这里要说明的是，左衽其实是金代服饰的特点，元代男性公服为右衽。《元史》载："公服，制以罗，大袖、盘领，俱右衽。"③由金入元后，元代统治者奉行因俗而治的方针，除公服外，人民服饰方面并未强加统一。《日知录》又载：

> 宋周必大《二老堂诗话》云："陈益为奉使金国属官，过滹
> 沱光武庙，见塑像左衽。"岳珂《程史》云："至涟水，宣圣殿像
> 左衽。泗州塔院设五百应真像，或塑或刻，皆左衽。"此制盖金

① （清）顾炎武：《日知录集释（下）》卷二十八《胡服》，第1590页。
② 《明实录·英宗实录》卷一百六十六《正统十三年五月壬子》，台北：台湾中研院历史语言研究所，1963年。
③ （明）宋濂编纂，《元史》卷七十八《舆服一》，第1939页。

人为之,迄于国初而未尽除。①

虽说政府决心如此之大,但在执行层面上,要将一个世纪的蒙元影响彻底清除谈何容易。永乐八年(1410),在济南长山县发现文庙圣像左衽,给事中王铎上书请革"前代夷狄之俗"。② 宣德七年(1432),河南林县儒学训导向朝廷报告类似事件:不光文庙圣像,连四配十哲神像的服制俱为左衽。③ 而正统十三年(1448)的整肃,是因为又在山西绛县发现了左衽的大成至圣先师像。故恢复汉家衣冠的运动只取得了部分性胜利,安东篱(Antonia Finnane)在其所著的《中国服饰的变化:时尚、现代性、国家》中指出,从明代墓穴中发掘出来的服饰,既显示了若干恢复汉家衣冠的努力,也提供了证据,"说明漠北对中华服饰长久持续的影响"。④

除了复汉家衣冠之古外,明初的服装规范更是出于明辨社会等级的需要。虽然以洪武皇帝之暴虐多疑,在中国帝王中,他根本就是最不可能去接受道家宽松无为的政治理念之人,他也未必赞同最早由庄子提出、继而为儒家发扬光大、反映儒道合一思想的"内圣外王"的理想君王准则,但是洪武皇帝确实在中国历代君王中,有着尊孔、推行儒教——与此同时贬抑孟子,因为孟子认为"君为轻"——和崇奉程朱最不遗余力的纪录。至于如何将人民以出身或教育划分为界限分明的不同阶级,早期的儒家学说其实从来没有给出过清晰的答案。不过,这一理论的欠缺并没有难倒洪武皇帝:既然要区分老百姓,最直截了当的办法就是让他们穿戴不

① (清)顾炎武:《日知录集释(下)》,第1591—1592页。

② 《明实录·太宗实录》卷一百八十《永乐八年九月丁亥》,台北:台湾中研院历史语言研究所,1963年。

③ 参见《明实录·宣宗实录》卷九十七《宣德七年十二月戊戌》,台北:台湾中研院历史语言研究所,1963年。

④ Antonia Finnane, *Changing clothes in China: fashion*, *history*, *nation*, New York: Columbia University Press, 2008, p.44.

同的衣服,于是洪武采取了这个简单划一的手段。这从洪武元年(1368)二月立国伊始的"悉命复衣冠如唐制"的诏令中可以得到表现。这份诏令严格、简单而粗暴地对士庶、男女的衣着样式和质地做出了一系列规定,又将乐工、乐妓与庶民、庶民妻进行了区分。然则律法若无琐屑如牛毛的细令,是管束不到社会生活的每个角落的。明代的舆服律令的发布史,一言以蔽之,就是从简单到繁复的历史:它从起初的粗线条原则,逐渐变为充斥着各种细则;从起初的规定特定阶层民众应该如何穿着,逐渐变为严格规定特定阶层民众不得如何僭越穿着。然而早在弘、正之际,民间服饰就已经如给事中周玺上疏中所指出的已脱逸出国家管制的轨辙了。

> 中外臣僚士庶之家,靡丽奢华,彼此相尚,而借贷费用,习以为常。居室则一概雕画,首饰则滥用金宝,娼优下贱以绫缎为袴,市井光棍以锦绣缘袜,工匠厮役之人任意制造,殊不畏惮。虽蒙朝廷禁止之诏屡下,而民间僭用之俗自如。①

而《醒世姻缘传》中所反映的,则是万历以后"古风渐渺","俗尚日奢",上到宦官士绅,下到走卒娼妓优伶小妾,纷纷僭越国家衣饰之制的时代乱象。

二、一个万花筒般的世界: 不同阶级的不同着装

(一)新富与新贵: 日渐模糊的社会阶级边际

《醒世姻缘传》第一章,起笔就是两世姻缘的根由所在——晁

---

① (明)周玺:《论治化疏》,顾沅编著,《乾坤正气集》卷二百四十二《周忠愍公垂光集》,清道光二十八年戊申袁江节署求是斋刊版;同治五年丙寅印行,1848年。

源打围,射杀狐仙。那晁源是暴发户之家读书无成的恶少,厌了发妻结了新欢,头一次带戏子出身的爱妾小珍哥出门打猎,务必要把伊人打扮得花团锦簇,分外齐整。

与珍哥新做了一件大红飞鱼窄袖衫,一件石青坐蟒挂肩。三十六两银子买了一把貂皮,做了一个昭君卧兔。七钱银做了一双羊皮里天青纻丝可脚的�鞋。定制了一根金黄绒辫鞓带,买了一把不长不短的鋄银顺刀,选了一匹青色骟马,使人预先调习。又拣选了六个肥胖家人媳妇,四个雄壮丫头,十余个庄家佃户老婆,每人都是一顶狐皮卧兔,天蓝布夹坐马,油绿布夹挂肩,闷青布皮里鞳鞋,鞓带腰刀,左盛右插。(1.6)

此处贵至三十六两银子的"昭君卧兔",是一种女式帽子,一般用貂皮或海獭皮制成,没有顶,能露出美丽的发髻。故准确地讲"昭君卧兔"应是帽套,又名"昭君套"(见图2)或"貂覆额"。《红楼梦》中凤姐初见刘姥姥时穿的"秋板貂鼠昭君套"[1],《金瓶梅》里吴月娘雪夜拜斗焚香时所穿的"貂鼠卧兔儿",也就是此物。"昭君卧兔"

图2 昭君套

依材质之不同,有的仅重在装饰效果,实无太多御寒作用,多用于室内,沈从文先生已在《中国古代服饰研究》一书中有证。[2] 吴月娘雪夜焚香仍戴着"卧兔儿",并不能说明它是一种户外用帽,

① (清)曹雪芹:《红楼梦》,北京:人民文学出版社,1996年,第98页。

② 参见沈从文:《中国古代服饰研究》,上海:上海书店出版社,2002年,第584页。

因为结合吴月娘当时"穿着大红潞绸对衿袄儿,软黄裙子"的情形看,[①]她跑到室外并不打算呆太久,或者故意穿着室内衣服在室外受寒来招惹西门庆的怜惜也未可知。"昭君卧兔"易被误会为"昭君出塞"画中常见的"观音兜",但后者其实是一种风帽,因帽子后沿披至颈后肩际,看上去像是佛像中观音菩萨所戴的帽子式样而得名。这两种式样的服饰无疑都受到了宋人绘画或明代版刻中"昭君出塞""胡笳十八拍"的影响,故而流行一时。

珍哥这等装扮出门,轰动里间、街坊一干妇人踏上门来与晁源正室计氏闲话,语气拈酸,纷纷谓戎装控马不是正经妇人所为。无独有偶,陈寅恪先生晚年治《柳如是别传》,录甲申年(1644)钱谦益与柳如是自常熟同往南京一事,引用了三种文献:

先是钱谦益入都,其妾柳如是戎服控马,插装雉尾,作昭君出塞状,服妖也。

吴伟业《鹿樵纪闻》上

钱谦益家妓为妻者柳隐,冠插雉尾,戎服骑入国门,如明妃出塞状。

夏完淳《续幸存录》"南都杂志"条

弘光僭立,牧翁应召,柳夫人从之。道出丹阳,同车携手,或令柳策蹇驴而己随其后,私语柳曰:"此一幅昭君出塞图也。"邑中遂传钱令柳扮昭君妆,炫煌道路。吁,众口固可畏也。

无名氏《牧斋遗事》

陈先生固为柳如是叫屈,以为钱、柳"偶一作此游戏,亦有可

---

① (明)兰陵笑笑生:《金瓶梅词话》,北京:人民文学出版社,1985年,第246页。

能,遂致众口讹传,仇人怨家藉为诋诮之资",①但妇人戎装控马被视为出格的装扮,不能为正统观念所容,亦从中可见一斑。这是由于女性戎装控马,易使时人将其与青楼产生联想,盖十七世纪的丧葬习俗,出殡人家往往雇佣妓女,妆扮"昭君出塞"或"孟日红破贼"。张政烺即因此以陈寅恪说为误,谓"造谣者之命意以为钱是去送死,柳是去送葬。"②

图3　明代高筒靴(布里丝面,百姓禁穿)

另珍哥所穿鞲鞋是明代民间所穿的一种半高统的皮鞋,穿时将裤腿扎于裤内,又称"皮扎鞲"或"皮剳鞲"。《明史·舆服志》载:"(洪武)二十五年,以民间违禁,靴(见图3)巧裁花样,嵌以金线蓝条,诏礼部严禁庶人不许穿靴,止许穿皮扎鞲,惟北地苦寒,许用牛皮直缝靴。"③原来这鞲鞋是为了辨贵贱而产生的靴子的代用品,在法令执行最严格之时,所有"军民、商贾、技艺、官下、家人、火者",有斗胆敢穿靴子的,"都押去本家门首枭令了,全家迁入云南"。这道律令之起,原是由于洪武二十六年(1393)南京五城兵马捕获颜锁住等三十八人,"将原定皮剳鞲样制,更改作半截靴。短靿靴,里儿与靴靿一般长,安上抹口,俱各穿着,或

①　陈寅恪:《柳如是别传》,上海:上海古籍出版社,1980年,第848页。
②　张政烺:《十二寡妇征西及其相关问题——〈柳如是别传〉》(下册题记),北京大学中国中古史研究中心编著,《纪念陈寅恪先生诞辰百年学术论文集》,北京:北京大学出版社,1989年。
③　(清)张廷玉编纂,《明史》卷六十七《舆服三》,北京:中华书局,1974年,第1650页。

卖与人,仍前自便于饮酒、宿娼、行走摇摆,该司送问罪名"。①

珍哥是唱戏的妓女出身,她其他的行头虽丰盛,这鞡鞋总算不太离谱。不过闷青布在外,以皮作里,也算鞡鞋中的上品了。《全元散曲》里录有高安道的一首"皮匠说谎",具体描写了鞡鞋的制作:

> [耍孩儿] 铺中选就对新材式,嘱付咱穿的样制。裁缝时用意下工夫,一桩桩听命休违:细锥粗线禁登陟,厚底团根教壮实;线脚儿深深勒,子齐上下相趁,鞡口宽脱着容易。②

我们细看珍哥穿鞡鞋的选择,可以推导出两个很奇怪的相反结论。首先,明早期的禁奢令到了明中晚期,肯定仍是存在的,这就使得一位从良妓女仍旧遵循着有关穿靴的法令。第二,选择"羊皮里天青劈丝"这种极为华贵的材料来制作其鞡鞋,又是对禁奢令精神——欲将百姓和身份低贱者的穿戴限制在最为质朴的境地——的公然嘲讽。在这层意义上说,开国皇帝洪武的算盘可谓打得失败。

法国文化社会学家迈克尔·德·塞杜的著作《日常生活的实践》,曾揭示过一个现象,证明普通人抗拒权威,往往有智而不屈。他用二分法来定义相对应的两种行为,策略(strategy)和战术(tactic)。来自权威的、强加于受方的力量叫"策略",受方的个性化反抗叫做"战术"。③ 策略是大型宰制规范体系,它以法律、语言、仪式、商业产品、文学、艺术、发明物、论域等等形式体现,塞杜认为,那些不见得拥有艺术表达力的一般人,其实并不会消极地去忍受策略方的施压,不管策略方以什么形式——政府城市规划、公司总部

---

① (明)顾起元:《客座赘语》卷十《国初榜文》,北京:中华书局,2001年,第347页。

② 高安道:《[般涉调]哨遍·皮匠说谎》,陈思思,于湘婉编著,《元曲鉴赏大全集》(下),北京:中国华侨出版社,2012年,第601页。

③ 参见 Michel de Certeau, *The Practice of Everyday Life*, Berkeley: University of California Press, 1984.

规范,国家法令——出现。尽管力量薄弱又时时刻刻受到管制,但战术方总是会在日常生活中不断侵凌策略方的领地,重新组合既定的法律法规。简单地说,两者的争斗就是大型规范的压制与普通民众的游击式反击的对抗。明初法律之于百姓穿衣戴帽的选择无疑产生了一定的影响,在这个影响的过程中,强制性的法令和国家政策并不能总是与预期结果一致;相反,它们常常会衍生出当初的立法者所完全无法预料的后果。珍哥的"羊皮里天青劈丝"鞠鞋可以作为一个具例来证明这个"战术"反抗"策略"的理论。

晁家在山东武城,按照平常年景,买断一个丫头的身价只要四五两银子,后来被晁源之父纳为小妾、并给晁家诞子延宗的沈春莺,时年十二,作价仅五两银,因晁夫人怜悯其父母的境遇额外增至七两。而晁源为爱妾买一张披风,出手就是五个丫头的身价银,其挥霍败家可知。

发妻计氏听见丈夫与小妾出门,匆忙梳洗出门探看,"一个帕子裹了头,穿了一双羔皮里的段靴,加上了一件半臂,单叉裤子"(2.9),很落魄的黄脸婆形象。计氏娘家原是有产的旧家,她的祖父曾获京城会试第一名,人称"计会元",不过她的父兄都未获功名,致使家庭景况年复一年地每况愈下,但依着"富了穷,还穿三年绫"的老说法,计氏所穿的"羔皮里的段靴"即"缎靴",大约还是娘家陪来的嫁妆。计家仍然具有社会影响力,在亲族和社区里广受尊重,这一点从计氏自杀后计氏父兄一呼百应的事实可以得到证实。① 在晁家经济困难时,计氏尚可辖御她的丈夫,但一旦晁思孝

① 普通人虽可通过科举而晋升官绅阶级,但这种身份与有生俱来的贵族身份不同。如果科举成功者的家族不再能继续产生科举成功者,则通过子孙析产及其他因素,"向下社会流动性"很快就会随之出现。曼素恩评价这一现象曰:"在中国,未有一种阶级系统可提供一张安全网,能防止既已捕获的财富和权力溜走。" Susan Mann, *Precious records: women in China's long eighteenth century*, Stanford: Stanford University Press, 1997, p.14.

得官，晁源晋身为公子，他就立即疏远了她，而且在经济上也弃置不问；计氏后一直靠的是娘家的陪嫁生活。

半臂又称"背子"，是一种半袖上衣。"背子"又作"褙子"。《日知录》载：

> 今之罩甲即对襟衣也。《戒庵漫笔》云："罩甲之制，比甲稍长，比袄减短。正德间创自武宗。近日士大夫有服者。"按《说文》："无袂衣谓之襦。"赵宦光曰："半臂衣也。武士谓之蔽甲，方俗谓之披袄。小者曰背子。"即此制也。①

花开两朵，各表一枝。此时晁思孝偕晁夫人在华亭县任上，正顺风顺水地做着鱼肉百姓的父母官，他偶然结识一生一旦两名戏子，更动了往上攀援之心。原来这梁生、胡旦的舅舅、外公都是英宗宠信的大宦官王振手下的红人，虽也是梨园出身，此时已出任锦衣卫，五日京兆，风光正好。

胡旦在华亭，本是一个社会最末流的清优小唱，可是一到了外公家，他很自然地"换了一领佛头青秋罗夹道袍，戴了一顶黑绒方巾，一顶紫貂帽套，红鞋绫袜"（5.34），俨然富贵人家的公子，差点让跟来的仆人们认不出。戏子原本是排在娼妓之后的"下九流"，若是按照洪武皇帝规定的倡优衣装规范——"乐妓，明角冠、皂褙子，不许与民妻同……教坊司伶人常服绿色巾，以别士庶之服"②——这几个衣饰僭越的戏子死有余辜。

冯沅君先生的考据名篇《古优解》及《古优解补正》，尝考证出中国古优与西方古优 Fou 在服饰上的共通性为"都用绿黄二色"。冯先生举列白的说法，证明这两种颜色常用于"叛逆

---

① （清）顾炎武：《日知录集释》（下）卷二十八《对襟衣》，第 1587 页。

② （清）张廷玉编纂，《明史》卷六十七《舆服三》，第 1650 页。又可参见 Guangren Shen, *Elite Theatre in Ming China, 1368 - 1644*, New York: Routledge, 2005, p.32.

或其他罪人身上"。① 她又考"自春秋西汉以来,绿巾向为贱者之标志,元至元五年准中书省札,遂令娼妓人家家长并亲属男子裹绿头巾。元、明人因以教坊优伶所作剧本为绿巾词"。②

不过,胡旦的僭越衣着,比起他与梁生的亲戚苏、刘二位锦衣来说,就又不算什么了。苏、刘二锦衣去给王振祝寿,"穿着大红绉纱麒麟补服,雪白蛮阔的雕花玉带(见图4),拖着牌缘印绶,摇摆进去了"(5.36)。

图4　白色雕龙玉带

王世贞《皇明异典述》记有天子赐服色事,凡麒麟衣,往往是内阁大臣考满的恩赐,规格非常之高,如嘉靖中,内阁严、徐、李皆赐服麒麟,因麒麟乃公侯服也。③ 由此观之,苏、刘二锦衣着的"大红绉纱麒麟补服",真乃荒谬之至。

---

① 冯沅君:《古优解补正》,袁世硕主编,《冯沅君古典文学论文集》,济南:山东人民出版社,1980年,第100页。
② 冯沅君:《古优解》,见袁世硕,张可礼主编《陆侃如冯沅君合集》第三卷,合肥:安徽教育出版社,2011年,第252页。
③ 参见(明)王世贞:《弇山堂别集》,北京:中华书局,1985年。见《皇明异典述》内的"赐衣文武互异""考满非常恩赐"等条目。

明永乐六年(1408)规定,在京官员俱需佩戴以凭关防出入的牙牌。一般以象牙为材质,下有八寸长的红色或青色牌穗。牙牌上刻有官职,并以字号分为几等:公、侯、伯用"勋"字,武官用"武"字,教坊官用"乐"字,大内官用"宫"字。①

苏、刘也是梨园出身,当年王振"原任文安县儒学训导,三年考满无功,被永乐爷阉割了,进内教习宫女……他做教官的时节,有两个戏子,是每日答应相熟的人。因王振得了时势,这两人就致了仕,投充王振门下,做了长随。后又兼了太师,教习梨园子弟,王振甚是喜他。后来也都到了锦衣卫都指挥的官衔,家中那金银宝物也就如粪土一般的多了"(5.33)。王振由宫廷教习位子上崛起,至英宗时成为司礼监太监,一人之下万人之上,其权倾一时的情形在历史上只有明末的魏忠贤可拟。以太监身份、梨园出身而凌驾于文官系统之上,当然构成对后者的极大冒犯,王振落势以后,后者的无情报复就说明了这一点。但当王振势力如日中天的时候,文官系统的表现却是这样的:"门上人海人山的拥挤不透,都是三阁下、六部五府、大小九卿、内府二十四监官员,伺候拜寿。"(5.36)当此之时,新贵与旧贵的边际岂止是模糊,简直是倒置了,整个文官系统都匍匐在一个太监脚下,又有谁还敢去计较他手下梨园出身的子弟不按规矩穿衣呢?

苏、刘二锦衣入见王振后,各自奉上寿礼:"苏锦衣的一个羊脂玉盆,盆内一株苍古小桃树,树上开着十数朵花,通似鲜花无异,细看是映红宝石妆的。刘锦衣的也是一样的玉盆,却是一株梅树,开的梅花却是指顶大胡珠妆的。"(5.37)这两宗贿赂果然管用,大太监立即同意将晁思孝由华亭升迁调往通州。梁生、胡旦也因为他

---

① 　参见孔德明,陈卉:《汉族服饰的艳丽余晖·皇权极至时代的帝后百官服制》,《中国服饰造型鉴赏图典》,上海:上海辞书出版社,2007年,第182页。

们的势要亲戚为晁思孝谋到了这等肥缺，即刻挣到了两千两白银。

晁源带着珍哥北行，因为不便公然将小妾带到老父在通州的衙门，就暂时把她安排在北京的沙窝门内，赁房而居，停停当当的一所房子，月租三两。价廉物值，当羡煞今日北漂一族。他的家仆晁住，很快与他的爱妾珍哥勾搭成奸。为了谋个常居北京的借口，晁源又在国子监"白衣纳监"，弄了一顶监生方巾戴到自己头上。西周生的幽默感在此毕露无遗。他拿"头巾"二字大做文章，讥讽晁源道：

> 那个晁住受了晁大官人这等厚恩，怎样报得起，所以狠命苦挣了些钱，买了一顶翠绿鹦哥色的万字头巾，还恐不十分齐整。又到金箔胡同买了甘帖升底金，送到东江米巷销金铺内，销得转枝莲，煞也好看，把与晁大官人戴。那晁大官人其实有了这顶好头巾戴上，倒也该罢了，他却辜负了晁住的一片好心，又要另戴一顶什么上舍头巾，合他父亲说了，要起文书，打通状，援例入监。（6.41）

按《明史·卷六十九·志第四十五》载："入国学者，通谓之监生。举人曰举监，生员曰贡监，品官子弟曰荫监，捐赀曰例监。"晁源的情况，不应为荫监，必为例监，此处可为一析。荫子入监，明初因前代任子之制，文官一品至七品，皆得荫一子以袭其禄。后乃渐为限制，在京三品以上方得请荫，谓之官生。出自特恩者，不限官品，谓之恩生。或即与职事，或送监读书。官生必三品京官。以晁源父晁思孝的从五品官秩，肯定不合格。

"东江米巷"即后来大大有名的北京使馆区"东交民巷"，明代《京师五城坊巷胡同集》中尚作"东江米巷"之谓，盖当时其地有个江米巷，其西又有"西江米巷"。[①] 因为离皇宫较近，属于上好的商

---

① 参见王永斌：《北京的商业街和老字号》，北京：燕山出版社，1999年，第167页。

业地段。销金铺盖为银楼或银匠铺之谓。金箔胡同是明代北京中城最著名的 75 个老胡同之一,又是著名的手工作坊胡同;① 与东江米巷相去不远,以纱帽著称于世,而东江米巷有名的则是党家靴,这些大店铺都有附属于自己的作坊。②

图 5　儒士方巾

　　明代儒巾为未达进士第但业已取得秀才资格者所戴,即使已第举人也如此。王圻《三才图会》:"儒巾(见图 5),古者士衣逢掖之衣,冠章甫之冠,此今之士冠也,凡举人未第者皆服之。"③ 儒巾既又云"方巾"或"四角方巾",则其形四角皆方,实为一种方形软帽,以黑色纱罗制成,儒生、处士都可戴。据传方巾起源于元末名士杨维桢,他入明后被朱元璋召见,正戴着这样的一顶四角皆方的帽子廷见天子,洪武皇帝好奇问帽之名目,杨答:"四方平定巾。"于是"上喜,令士人皆得戴之"。④ 但其实,"四方平定巾"的佩戴者多为庶人而非士人,因为儒生士大夫显然有更多的选择。明士大夫可戴的帽子品类繁多,有汉巾、晋巾、唐巾、诸葛巾、纯阳巾、东坡巾、阳

---

　　①　参见王越:《明清推崇胡同》,《源远流长话胡同:北京胡同的起源及胡同文化研究》,北京:中国环境科学出版社,2009 年,第 200 页。

　　②　参见北京史编写组:《明代北京的经济》,《北京史·初稿》卷一,北京:北京大学历史系,1960 年,第 70 页。

　　③　(明)王圻:《三才图会》卷二,上海:上海古籍出版社,1988 年,第 1508 页。

　　④　张亮采:《中国风俗史》,台北:商务印书馆,1993 年,第 203 页。

明巾、九华巾、逍遥巾等。而百姓基本只限于三种：网巾、四方平定巾与六合一统帽。① 洪武三年(1370)颁令士人带四方平定巾,同年亦令士人改四带巾为四方平定巾。洪武六年(1373),令庶人巾环不得用金玉、玛瑙、珊瑚、琥珀,帽不得用顶,帽珠只许用水晶、香木。②

在《醒》书的第二部分,主人公狄希陈原为秀才,纳银入国子监,又以监生身份,竭尽家身,以四千两银子纳了一个“武英殿中书舍人”的京缺。为了五日京兆的风光,狄希陈“忙着做圆领,定朝冠、幞头、纱帽,打银带,做皮靴,买玎珰锦绶,做执事伞扇”(83.639)。明代官服由展脚硬幞头和盘领宽袖长袍组成,而长袍的主体是圆领和补子。此处“圆领”在有的版本中通假作“员领”。袍服的颜色根据官品而定。银带为束带的一种,其带一品玉,二品花犀,三品金银花,四品素金,五品银钑花,六、七品素银,八、九品乌角。③ 中书舍人依明官制为从七品,是京官中的品秩较低者,并无太大实权,性质十分难辨,既可由甲科出身,也可由富家监生子弟资捐而得,加一卿衔,便俨然成为高官显爵。按正统后,文渊阁东西两房的中书舍人可参与写票,算是内阁的直属,与文华殿和武英殿的所谓“两殿”中书舍人的地位遂形成云泥之判。两房与两殿在宣德后成化前的地位,原是差别不大的,且都不及多由进士出身的中书科中书舍人地位高。而两殿中,一直又是以武英殿稍为猥杂,舍人的出身要求不高,虽称近侍,但在禁直机构中实难出头。④ 从狄希陈的行头,

---

① 参见曹鸿涛：《大明风物志》,汕头：汕头大学出版社,2008年,第5—6页。

② 参见南炳文,何孝荣,陈安丽：《明代文化研究》,北京：人民出版社,2006年,第339页。

③ 参见《明史》卷六十七《舆服三》,北京：中华书局,1974年,第1650页。

④ 参见王天有：《辅助皇帝处理政务的禁直机构》,《明代国家机构研究》,北京：北京大学出版社,1992年,第69页。

可以看出当时非甲科出身者晋身官场的冒滥和侥幸，而捐官之滥
也是公认导致明亡的原因之一。

（二）宠妾与嫡妻：日渐模糊的家庭阶级边际

晁源借口在京"坐监"，不肯去见父母于通州任上。此"坐监"
乃是国子监针对监生的一项要求，有些类似于今日美国大学的"住
校年限"要求。按，山东大学历史系的"八马"之一——明史大家
黄云眉就曾注意到国子监"住校年限"要求的积弊。原来明代的
"拨历监生"，在永乐年间本是以监生的入监年月为准的，即使用
"先入校，先毕业"的原则，但南雍祭酒陈敬宗发现很多监生以丁
忧、省祭等借口在家延住，故曾奏请"以坐监年月论浅深"。陈敬
宗与北京国子监祭酒李时勉同为士林所重，并称"南陈北李"。正
统七年（1442），李时勉再奏"乞今后惟依实坐监年月浅深，以次取
拨，其丁忧省祭祀之类，俱不作数，如此，庶勤惰有所劝惩"。黄云
眉对李时勉再奏的效果，表示并不乐观。[①]

晁思孝听到风声，派仆人前去招抚，"恰好撞见珍哥穿着油绿
云段绵袄，天蓝段背心，大红段裤，也不曾穿裙，与晁住娘子在院子
里踢毽子顽"（7.47）。段绵袄、段背心、段裤，因为踢毽子而不穿
裙，这是富贵人家女子的冬天常服，明朝因已经恢复汉俗，仿自唐
宋，上衣一般都为右衽，颇长而宽大，经常至于膝下。顾炎武记录
了女性上衣长短的演变，"弘治间，妇女衣衫仅掩裙腰，富者用罗缎
纱织金彩，通衲裙，用金彩膝襕，髻高寸余。正德间，衣衫渐大，裙
褶渐多，衫唯用金彩补子，髻渐高。嘉靖初，衣衫大至膝，裙短褶
少"[②]。正是由于后期上衣已经长到膝处，故家常不再穿裙也是使

---

① 参见黄云眉：《明史考证》（第一册），北京：中华书局，1979 年，第
493 页。

② （清）顾炎武：《日知录集释》（下）卷二十八《冠服》，第 1585 页。

得的。

穿着这样累累赘赘的衣服还能蹦蹦跳跳踢毽子,这个十八岁许姑娘童心未泯的形象一下跃然纸上,作者努力把珍哥写成"何物淫妖""坏人子弟"的邪派粉头,可不经意间还是在笔下带出了人性的气息。就是这样一个从小被卖到窑子里、不知父母姓氏的小妾,后来因一言贾祸,导致大老婆计氏上吊自杀,按明律,妾致死嫡妻,下狱待死;珍哥后来被好色的监狱刑房书手张瑞风弄到手,用"调包计"偷运出监狱,跟着张隐姓埋名地过了十来年,重被发现,再入狱,受刑打得只剩一口油气,又活了过来,按院见了,惊叫:"怎么天下有这等尤物! 还要留他!"(51.396),于是发签,活活打死——为天下男人们除了一害。

且说珍哥跟着晁源来到通州,"穿着大红通袖衫儿,白绫顾绣连裙,满头珠翠"(7.48),见到公婆,四双八拜,叩下头去;晁夫人见儿子的妾如此妖娆美丽,大生不悦,只赐了二两银子就打发去了。晁夫人在书中被塑造成天上有一,地下无双的正经贤德女人,如此一位正统老封君对珍哥这样女人的观感是可想而知的。儿子宠她,她爱儿子,所以她一时奈何不了她。可是日后只要有机会,她自会抬举她的儿媳,弹压这个妖女,以证明何为"明媒正娶"。在心理上潜在的原因,不能排除是那身"大红通袖衫儿"令她刺目。顾炎武谓:"先年,妇人非受封不敢戴梁冠,披红袍,系拖带,今富者皆服之。"①大红,本是像她本人那样的命妇,或至少像她儿媳计氏那样的嫡妻才配拥有的颜色,小妾是不配穿的。还有,珍哥所穿的白绫连裙的衣料就是下文中大惹周章的著名奢侈品——顾绣。

晁源还乡时,晁夫人特特让仆人捎带首饰和衣料给她的儿媳。金银之外,衣料是两匹生纱、一匹金坛葛布、一匹天蓝缎子、一匹水红巴家绢、两条连裙、二斤绵子(8.54),后来计氏用这些材料做了

---

① (清)顾炎武:《日知录集释》(下)卷二十八《冠服》,第1586页。

一匹蓝缎大袖衫子、银红绵裤、银红绢袄,外加绵小衣裳,严丝合缝就是一套大殓的衣服。一场家庭口角后,计氏清早起来:

> 使冷水洗了面,紧紧的梳了个头,戴了不多几件簪环戒指,缠得脚手紧紧的。下面穿了新做的银红绵裤,两腰白绣绫裙,着肉穿了一件月白绫机主腰,一件天蓝小袄,一件银红绢袄,一件月白缎衫,外面方穿了那件新做的天蓝段大袖衫,将上下一切衣裳鞋脚用针钱密密层层的缝着。口里含了一块金子,一块银子,拿了一条桃红鸾带,悄悄的开出门来,走到晁大舍中门底下,在门枋上悬梁自缢。(9.64)

若干年后,晁夫人做梦,仍梦到前儿媳穿着天蓝大袖衫子。冤死的尸体据说是盛夏而不腐坏的,而冤死的鬼则甚为灵异,晁家家宅上下,男女仆人都看到过她穿着这身衣服显灵。晁源更是屡屡为这个穿天蓝色衣服的冤死前妻所惊扰。

计氏寻死前,对自己的穿戴梳洗很是花了一番心思。可以说,她的做法既符合山东的丧葬风俗,又满足了她报复晁源的需要。寿衣不能取皮毛为材,以防死者下辈子投生到畜生道;亦不能使用锦缎,唯恐"段子"与"断子"谐音,于家族繁衍不利。本来棉布和绢布两种材料做寿衣是最受欢迎的,因为"绵绵"、"绢绢"正有螽斯衍庆、绵延不绝之意,但计氏刻意使用缎子,应有存心报复之意。死者应被洁面与净身,此事最好由子女或配偶来做;[①] 无论男女,死者的脚都应被布紧紧缠起。死者的口中应被置入贵重珠宝,最好是珍珠或纯金银的首饰钱币等。[②] 从计氏的做法看,她简直不假他人,只手就完成了自己大殓程序的一半。

书中描写葬礼有好几处,计氏的葬礼只是其中之一。《醒》书

① 张亮采:《中国风俗史》,第 203 页。

② Susan Naquin, *Funerals in North China*, James L. Watson, Evelyn Sakakida Rawski *eds.*, Berkeley: University of California Press, 1988, p.40.

作者无疑深谙华北婚丧习俗,婚礼也写得详细有致。狄希陈初婚娶薛素姐,婚礼之前尚有一个"上头"的仪式,它不同于订婚仪式,却有些像西方的"新娘贺礼茶会"(bridal shower)。"上头"仪式的重要部分是"开脸",又称"开面""绞面""绞脸",指女子出嫁前将面部汗毛绞掉的做法,既是一种美容方法,也是临出阁前的祝福仪式。开脸者最好是上有公婆父母、中有丈夫、下有子女的妇人,又称"全活人"或"全福人"。给素姐"上头"的就是她未来的婆婆本人。此日狄婆子先送礼到薛家:

> 到了吉时,请素姐出去,穿着大红装花吉服,官绿装花绣裙,环佩七事,恍如仙女临凡。见了婆婆的礼,面向东南,朝了喜神的方位,坐在一只水桶上面。狄婆子把他脸上十字缴了两钱,上了鬏髻,戴了排环首饰,又与婆婆四双八拜行礼。(44.337)

这里要补充的是,开脸要选择在背人的地方举行,坐向则或坐南朝北,或坐北朝南,忌坐东西向。开脸后娘家人会将水桶里的水泼出去,寓"嫁出去的姑娘,泼出去的水"之意。喜神是办喜事所祈的吉神,但并不是中国民间家常所祭之神,旧俗新娘坐立须对正喜神所在的方位,但这方位何在,却依时辰而不同。

> 甲巳日艮方,寅时;乙庚日乾方,戌时;丙辛日坤方,申时;丁壬日离方,午时;戊癸日巽方,辰时。曹震圭曰:大抵物之所喜者,母见子也。[1]

开脸习俗时至近代仍在民间盛行。我们从林语堂的《京华烟云》[2]及老舍《正红旗下》[3]等现代小说中都能找到有关这一习俗

---

① (清)允禄:《钦定协纪辨方书》卷七《喜神》,《影印文渊阁四库全书》第811册,台北:台湾商务印书馆,1986年,第954页。

② Yutang Lin, *Moment in Peking*, Beijing: Foreign Language Teaching and Research Press, 1999, p.156.

③ 老舍:《正红旗下》,北京:人民文学出版社,1980年,第24页。

的描写。老舍又格外提出,他母亲之常能担任"送亲太太",给将出阁的姑娘"开脸",是因为身为"全福人",丈夫子女周全;这一身份所带来的荣誉,却又使他母亲遭到他那已成了寡妇的姑母的嫉妒。

明代妇女所戴的鬏髻,是一种用马尾、头发或金属丝编成的圆框状网帽,用以编缠脑后的头发。一般来说,鬏髻是社会地位的标志,只有上层社会妇女才能戴得,同时它又标示已婚的身份。鬏髻上有孔眼,可容被称为"头面"的分心、挑心、花钿和金银簪等首饰穿过。鬏髻不必一定是金银所制,俗谓"头发壳子儿"的头发鬏髻多为家境寻常的明代妇女所戴,其性质相当于马尾或人发编成的假髻;金银所制的鬏髻所费不赀,分别叫"金丝鬏髻"(见图6)和"银丝鬏髻"。即使在富室巨家,也只有正室妻子或比较受宠的姬妾才有资格戴金银鬏髻,如果一个家庭

图6　明代纯金鬏髻

的妻妾秩序还未被彻底打乱,则鬏髻的贵重程度应该能反映从正妻到宠妾到最低妾侍的顺序。在《金瓶梅》一书中,李瓶儿刚嫁到西门庆家,本拟拿出自己的重九两纯金的金丝鬏髻来戴,但听说正室吴月娘并没有金丝鬏髻,她也就不敢戴了,只好找银匠将原鬏髻毁掉重打其他首饰。西门庆家最不受待见的妾侍孙雪娥,多数时间是不被允许戴鬏髻的。第二十五回,宋惠莲抱怨西门庆:"你许我编鬏髻,怎的还不替我编? 只教我成日戴这头发壳儿。"[1]张爱玲自传体小说《小团圆》中写她的亲戚表大爷的妾三姨奶奶头发秃了,"戴

① （明）兰陵笑笑生:《金瓶梅词话》,第304页。

个薄片子假头发壳子"①,可见头发壳子也有义髻的性质。

鬏髻毕竟是一种风尚发饰,因此其样款也呈流行性。清末扬州鬏髻风华最盛,单听其名称之全,已知其诸式之备:蝴蝶、望月、花篮、折项、罗汉鬏、懒梳头、双飞燕、到枕鬆、八面观音诸义髻、渔婆勒子等等。②

鬏髻的款式,同时也体现在"乐妇与民分良贱"的政策上。《明史·舆服志》载:"洪武三年定制,凡宫中供奉女乐、奉鸾等官妻,本色鬏髻。"③

不过,在晚明物欲横流的物质世界里,一个人能或不能穿何衣戴何帽,用何种材料制衣,衣服使用何种样式和颜色,已经越来越与其人的社会地位脱钩而与其人的经济购买能力和消费愿望相关了。由于金钱元素的冲击,社会对嫡庶、贵贱等人身等级的分际规范不力,法律虽在,实际层面上的操作却越来越不好掌控。于是在女性的世界里,不仅仅在嫡妻与宠妾之间,且在出身高贵的闺秀与名噪一时的妓女之间、在贵族夫人与暴发户的妻子之间,个人身份的边界线已经变得越来越模糊。

经过了近十年苦难的婚姻生活后,狄希陈在北京娶了他前房东的女儿寄姐——也就是晁源嫡妻计氏的再世之身——为妾。这场婚礼几乎与他的初婚一样正式,这一章的标题就叫"狄希陈两头娶大"。平妻制多见于商品经济兴盛后,商人因常年离家在外,在客旅中另置一头家室的情况,俗称"两头大"。这一现象在冯梦龙编著的反映明代世俗生活的短篇小说合集《三言二拍》中多有提及。宋元以至于明,商品经济在较多时段内呈现繁荣的局面,作为

①　张爱玲:《小团圆》,北京:北京十月文艺出版社,2009年,第137页。

②　参见(清)李斗:《扬州画舫录》卷九《小秦淮录》,周春东校注,济南:山东友谊出版社,2001年,第231页。

③　(清)张廷玉编纂,《明史》卷六十七《舆服三》,第1653页。

其副产品而产生的就是商人的地域流动性。商人既有资产,而不能与原配厮守一处,客衾寂寞,势必然会选择再娶。再娶而不必与原配置于同一屋檐之下,就形成"两头大"的婚姻,后娶者或已知先娶者的身份,或不知,但至为重要的是,双方并不共居一处,既没有同一生活空间内的碰撞与矛盾,也没有比较身份高低的尴尬。后娶者无论出于被蒙蔽还是自欺欺人,都可自称正妻。但是如果两妻最终相遇,一般还是要明辨嫡庶的。"两头大"婚姻对固有婚姻家庭模式的冲击,常在《三言二拍》类世情文学作品中得到反映。

至晚明,嫡妻与妾侍的分野虽然在法律中仍明文存在,但在实际生活中,宠妾灭妻的例子比比皆是。在家庭中,妾侍如果能干强势,或美貌得宠,或两者兼而有之,则她能统御奴仆,辖制丈夫,取代嫡妻的位置,特别是在嫡妻已亡故或嫡妻不在眼前的情况下。在社交场合中,如果她的丈夫支持,她也会以主妇的身份出外周旋。如狄希陈得官成都府经历,在赴任前后,都曾让寄姐摆酒为他招待同行的官场朋友及他们的内眷。但宠妾若走出家庭之外,在丈夫势力不及之处,她的小妾身份有时也会令她难堪,尤其当她在社交场合上碰到以嫡妻身份自负的同龄女性。

计氏亡后,珍哥在晁家完全以女主人自居;她有无数珠翠首饰、锦绣衣裳无处施展,适逢亲眷孔举人家有丧事,便以堂客的身份跑去吊孝。珍哥穿戴也齐整,侍从也前呼后拥,但身为正妻的孝家孔举人娘子却不买账:

> 司门的敲了两下鼓,孔举人娘子忙忙的接出来,认得是珍哥,便缩住了脚,不往前走。等珍哥走到跟前,往灵前行过了礼,孔举人娘子大落落待谢不谢的谢了一谢,也只得勉强让坐吃茶。孔举人娘子道:"人报说晁大奶奶来了,叫我心里疑惑道:'晁亲家是几时续娶了亲家婆,怎么就有了晁奶奶了?'原来可是你!没的是扶过堂屋了!我替晁亲家算计,还该另娶

个正经亲家婆,亲家们好相处。"

正说中间,只见又是两下鼓,报是堂客吊孝。孔举人娘子发放道:"看真着些,休得又是晁奶奶来了!"孔举人娘子虽口里说着,身子往外飞跑的迎接。吊过了孝,恭恭敬敬作谢,绝不似待那珍哥的礼数。让进待茶,却是萧乡官的夫人合儿妇。穿戴的倒也大不如那珍哥,跟从的倒也甚是寥落,见了珍哥,彼此拜了几拜,问孔举人娘子道:"这一位是那一们亲家?虽是面善,这会想不起来了。"孔举人娘子道:"可道面善。这是晁亲家宠夫人。"萧夫人道:"呵,发变的我就不认得了!"到底那萧夫人老成,不似那孔举人娘子少年轻薄,随又与珍哥拜了两拜,说道:"可是喜你!"

让坐之间,珍哥的脸就如三月的花园,一搭青,一搭紫,一搭绿,一搭红,要别了起身。萧夫人道:"你没的是怪我么?怎的见我来了就去?"珍哥说:"家里事忙,改日再会罢。"孔举人娘子也没往外送他。倒又是萧夫人说:"还着个人往外送送儿。"孔举人娘子道:"家坐客,我不送罢。"另叫了一个助忙的老婆子分付道:"你去送送晁家奶奶。"珍哥出去了。萧夫人道:"出挑的比往时越发标致,我就不认的他了。想是扶了堂屋?"孔举人娘子道:"晁亲家没正经!你老本本等等另娶个正经亲家婆,叫他出来随人情当家理纪的。留着他在家里提偶戏弄傀儡罢了,没的叫他出来做甚!叫人家低了不是,高了不是!我等后晌合那司鼓的算帐。一片声是'晁奶奶来了',叫我说晁亲家几时续了弦,慌的我往外跑不迭的。见了可是他!我也没大理他。"(11.78－11.79)

狄希陈在京纳官,得到从七品的"武英殿中书舍人"职位之后,不仅为自己置办官服,且"与寄姐做通袖袍,打光银带,穿珠翠凤冠(见图7、图8),买节节高霞佩"。(83.639)他为寄姐采买的职官之妻的衣物,理论上说是只能给嫡妻穿用的。奇怪的是,他周围甚至没有人注意到这大胆僭妄、蔑视国法的作为。明代朝廷命妇的服装,随夫君的等级而定,一般分为礼服与常服两部分。洪武二十四年(1391)曾定制,命妇朝见君后,在家见舅姑并夫及祭祀可以穿礼服。命妇的头饰,依其丈夫的品级不同,也各有严格的规定。以下仅列明律对七品至九品孺人的珠冠的规定:"七品至九品,冠用抹金银事件,珠翟二,珠月桂开头二,珠半开六,翠云二十四片,翠月桂叶一十八片,翠口圈一副,上带抹金银宝钿花八,抹金银翟二,口衔珠结子二。"①从一品到六品,无论霞帔,革带,褙子,冠饰,都各有不同的繁复规定。

图 7　明代命妇珠冠(一)　　图 8　明代命妇珠冠(二)

尽管寄姐能够以宠妾的身份周旋于丈夫的社交场合,也能瞒天过海地穿戴本应属于嫡妻的霞帔凤冠,但涉及法律问题的时候,她作为妾的身份是不能含混的。寄姐的使女小珍哥自杀,使女的家人与狄家打人命官司,狄希陈作为本夫出名与对方诉讼,诉状上就明写寄姐为"陈妾童氏"。

数年之后,悍妻素姐来到狄希陈做官的成都寻夫,一进衙门,却先被悍妾寄姐带领仆妇狠揍了一顿,然后又被后者恐吓了一番,

---

① （清）张廷玉编纂,《明史》卷六十七《舆服三》,第 1646 页。

立足了规矩。落到下风的素姐放声大哭道："悔杀我了！天老爷！我一条神龙，叫我离了大海。一个活虎，神差鬼使的离了深山，叫这鱼鳖虾蟹、猪狗猫兔，都来欺我呀！"（95.733）素姐这番败落，固然是由于背井离乡，孤身入川，毫无智谋地直接落入到已经掌握狄家权势的宠妾手中，但寄姐能够降服住这个本不是善茬的嫡妻，还是在于她掌握了明代婚姻律令里的"七出"之法，敲山震虎成功了。

"七出"这一中国古代传统的休妻条件为男性喜新厌旧留下了可钻的法理空子。"七出"又称"七去"或"七弃"，共有"不顺父母、无子、淫、妒、有恶疾、多言、窃盗"七项，理论上说，满足任何一项都可以构成男子的休妻前提。[1] 虽然又有"三不去"之说——女方经持舅姑之丧，娶时贱后贵，有所受无所归——使男人不能任意休弃妻子，多少保证了妇女的权益，但女方若犯恶疾及奸者，连"三不去"的条件也不能适用。即使"七出"不被真正使用，它的存在至少会对害怕被休掉的妻子一方有强烈的震慑作用。素姐入川时，容貌已毁，鼻子被猴咬掉，一目被猴抓瞎，寄姐抓住这一点，威胁她随时可以被休掉，称"《大明律》上：'恶疾者出。'恶疾还有利害过天疱疮的么？"（95.730）。又以自己当初有正式的婚仪，说"做官的京里娶我，三媒六证，过聘下茶，没说家里还有老婆"（95.730），不肯承认素姐的嫡妻地位。两悍相逢，最后比拼的还是实力。

妻妾间模糊的边际，镜像般地反映着晚明社会的乱序，但是我们不建议对社会角色的混淆现象进行过度诠释，特别是宠妾灭妻不能被视为180度的角色倒置，因为在晚帝制中国，法律对嫡庶从来都是明辨的，最好的例子就是珍哥因为家庭口角造成大老婆计氏上吊自杀，按妾致死嫡妻论，判成死罪，即使晁源使泼天的银子也救不了她。综上我们可以下结论说，宠妾可以借助服饰来觊觎，

---

[1] 参见 Tongzu Qu, *Law and society in traditional China*, Paris and The Hague：Mouton, 1961, pp.110 - 120.

甚至僭占正妻的身份,在"两头大"的情况下,在社交上她有一定的区间可以代行主妇之职,但走出家庭这个舒适区后,她往往还是会碰到正统派人物——通常为其他家庭的嫡妻,或正室婆婆——给她以身份认同上的尴尬难堪。设若碰到法律问题,则嫡庶之辨是由不得半点含糊的。①

(三)知州的喜神与城隍

土木堡之变后,胡旦、梁生都失了势,又遭到晁梁的蒙骗,两人落发出家。晁思孝也在官场混不下去,好在宦囊已满,于是辞官归故里。回家第一件事,就是把夫人身边年仅十六的丫头春莺收了房,但只不到两个月,就一病呜呼了。晁源做了孝子,虚文务尚整齐,定要画师画一位穿蟒玉带金幞的喜神——即死者遗像——以供乡里诸公仰瞻。喜神者,体面第一,像不像倒是不打紧的,正如晁公子吩咐那画师的:"你不必管像与不像,你只画一个白白胖胖,齐齐整整,焌黑的三花长须便是。我们只图好看,那要他像!"在这样的方针指导下,晁思孝丧榜上的名号被升级为"光禄大夫上柱国先考晁公"。再加上贿赂了二十五两银子,"那画士果然替他写了三幅文昌帝君般的三幅喜像。晁源还嫌须不甚长,都各接添了数寸,裱背完备,把那一幅蟒衣幞头的供在灵前"(18.138)。

左右柱国在明代都是正一品勋阶,且在明初并不封与文臣。洪武三年(1370)封功臣时,"李、徐二公加左柱国,自李曹公而下,俱右柱国,文臣则绝无及者"。要到正德以后,才有文臣加左柱国之事,万历时,以张居正、申时行之宰辅之劳,也要以九年满方加柱国。而上柱国的品秩更为珍罕,严嵩、徐阶都尝以勋劳加而固

---

① 如欲了解更多古代文学作品中的平妻现象,请参看鲍家麟,刘晓艺:《娥英两花并蒂开》,见鲍家麟编著,《中国妇女史论集》卷六,台北:稻乡出版社,2008年,第271—310页。

辞,王世贞以为有明一朝唯夏言与张居正得之①——他未曾算上明末顾秉谦——夏言得于生前,因贾祸弃市,张居正得于身后,仍被削尽官秩,险遭鞭尸。

晁思孝生前不过做到知州,如何僭越用得上柱国？ 于是诸公里一位方正而有脾气的陈方伯大怒了。"方伯"在明代是布政使的专称,当然亦可用于曾任布政使的致仕官员。陈方伯曾任何处布政使,书中没有详写;晁源张罗葬礼,以三十两书仪,要到了"胡翰林的墓志,陈布政的书丹,姜副使的篆盖";为葬礼点主的姜副使,②后来成为晁源半弟晁梁的岳父。陈方伯位高名重,宜其为公祭乡绅中的首席人物,大家都让他诣香案拈香,而画士起先不肯抬高规格画喜神像,也是因为"只恐又有陈老先生来责备"。(18.138)

陈方伯吊人家的丧,怒也不好使出来,天假其便,这副遗像画上的亡者戴幞头,穿大红蟒衣,白面长须,不像那城隍庙里的城隍爷更像谁？ 于是陈先生演了一出好戏:

（陈）站住了脚,且不拈香,问道:"这供养的是甚么神？"下人禀道:"这就是晁爷的像。"陈方伯道:"胡说！"向着自己的家人说道:"你不往晁爷家摆祭,你哄着我城隍庙来！"把手里的香放在桌上,抽身出来,也不曾回到厅上,坐上轿,气狠狠的回去了,差回一个家人拜上众位乡绅,说:"陈爷撞见了城隍,身上恐怕不好,不得陪众位爷上祭,先自回去了。"又说:"志铭上别要写上陈爷书丹,陈爷从来不会写字。"(18.138)

---

① 参见（明）王世贞:《弇山堂别集·皇明异典述》卷一《左柱国》,第113—114页。

② "主"有"神主"之意。为逝者制作灵牌的过程称"作主",而请人用朱笔补上灵牌上的"主"字一点的仪式则称为"点主"。事先写就的死者神位牌会有"某某之王位"等字,然后丧家会请当地最有声望的绅耆上堂,用朱砂甚至蘸鲜血在"王"字上加一点,后二字遂成为"主位"。这一点需笔墨饱满,写完后神主牌遂有了生气。Naquin, *Funerals in North China*, p.42.

正统绅耆陈方伯看不惯不符合规矩的丧仪,又不愿得罪丧家,假托"撞见了城隍"而逃之夭夭,这喜剧的一幕却揭示出夸张的晁知州喜神像与城隍的相似之处。

城隍(见图9)是一座城池的守护神,"城"为城墙,"隍"为护城河,城隍也就是该城池的阴间地方首长;他应当生前就是一位聪明正直的地方官、豪杰、功臣或英雄,他的离世相传有冤死的性质,他死后成神,在人民中仍享有巨大的声望。

图9 城隍像(山西平遥古城)

加州大学伯克利的汉学家姜士彬(David Johnson)做中国民间文化研究,他对城隍现象的考察着重在元以前的城隍形象。姜士彬举《唐书》为证,说明庞玉成为越州(今绍兴)城隍的原因:庞玉文治武功俱全,参加过隋末唐初的战争,任越州都督期间,又曾兴文教,开荒地,修城墙,建府衙。由于官绩颇善,殁后被越州民众奉为城隍。① 从现存的文学资料来看,我们得出的印象是城隍都是身穿锦袍,腰围玉带,头戴金冠,手持玉板的样子。不过要是细细地考量,我们会发现,明代城隍的穿戴,其复杂而有序的程度与他们在阳间的对应体——地方官——其实不相上下。

城隍崇拜的流行,与洪武皇帝在开国之初的有意推广有关,他的本意是借此以震慑军民之心。他曾对太子的老师、侍讲学士、开国文臣之首宋濂说:"朕立城隍神,使人知畏,人有所畏,则不敢妄为。"②洪武二年(1369),朱元璋下诏加封天下城隍,并严格规定了城隍的等级,共分为都、府、州、县四级;次年即洪武三年(1370),又下令整顿祀典,取消神爵,各地城隍严格使用行政机构名称;地方新官上任前,需到城隍庙斋宿;上任日,更需在城隍前完成祭礼才能就任。城隍庙在规模和体制上也模仿地方各级衙门建造,俨然形成一套与阳间衙门对应的阴间官吏系统。③

然而洪武的神道设教,多为正统儒家知识分子所不以为然。解缙上封事万言书《大庖西室封事》,其中就写道:

> 陛下天资至高,合于道微。神怪妄诞,臣知陛下洞瞩之矣。然犹不免所谓神道设教者,臣谓不必然也。一统之舆图已定矣,一时之人心已服矣,一切之奸雄已慑矣。天无变灾,民无患害。圣躬康宁,圣子圣孙继继绳绳。所谓得真符者矣。

---

① 参见 David Johnson, "The City-God Cults of T'ang and Sung China", *Harvard Journal of Asiatic Studies*, vol.45, 2(1985)。

② (明) 余继登:《典故纪闻》卷三,北京:中华书局,1981 年,第47 页。

③ 参见(明) 叶盛:《水东日记》卷三十《城隍神》,北京:中华书局,1980 年,第296—297 页。

何必兴师以取宝为名,谕众以神仙为征应也哉?①

明代城隍的命名、封位及冠带,都依其所在地方的地理重要性而定。金陵为明代的第一个首都,故京都金陵城隍被封为"福明灵王",而汴、濠、鸠、和、滁等五府——最后一个是朱元璋"龙兴之地",其城隍亦受封为王。不过同样为正一品的王爵,此六处城隍的土偶章服却不相同:只有京都城隍,衮冕可以十有二章,与天子同;所封诸王不过九旒九章。天子衮冕的圆柱形帽卷上端,会覆盖一顶广一尺二寸、长二尺四寸、以桐板做成的綖,綖板前圆后方,皂纱裱里。綖板前后各有 12 旒,旒以五彩丝绳 12 根穿成,每根穿五彩玉珠 12 颗,每颗间距一寸。黄仁宇提出,这 12 串旒会使人产生一种如在幕帘中的感觉,其作用在于随时提醒天子,举动要端庄严肃。② 天子与首都城隍在冠冕上的一致,也产生了一种世俗与阴间的制度化的对称效果,确实很有立意。同样道理,等而下之的城隍,以"府、州、县"为序,随着地理重要性递减而衔位、封号递减,其土偶章服上的饰品也递减。不过即使县一级的城隍,从衔位上说,仍是正四品,"县为鉴察司民城隍显佑伯,秩四品。其章服,各州、县封侯伯者,七旒七章",③比之阳间的州县级地方官,品秩仍要高出很多。

基于此,我们认为,持有正统观念的陈方伯从晁知州的葬礼上遁掉,有相当的法理严正性。他声称"撞见了城隍,身上不好",满场耆绅及丧家晁源都辩驳不得,因为晁知州无论生而为官还是死而被供,品秩都只有从五品,月俸十石,以现代官衔来类比,大致相

---

① 解缙:《谢学士文集·大庖西室封事》,《明经世文编》卷十一,北京:中华书局,1962 年,第 76 页。

② 参见 Ray Huang, *1587, a year of no significance: the Ming dynasty in decline*, New Haven: Yale University Press, 1982, p.6.

③ (清)张廷玉编纂,《明史》卷四十九《礼制三》,第 1286 页。

当于当今的地委书记。在从五品官员的葬礼上看到"光禄大夫上柱国"这样的一品勋阶——晁源是跟写丧榜的阴阳生闹了一通别扭才写上这个名目的——又看到攀蟒玉带金幞头着大红蟒衣的喜神像,无怪那脾气方正的陈老先生要假装撞客了城隍、动怒而去呢!

(四) 村妇

晁源谢了孝,到自家田庄上收麦子,邂逅了皮匠小鸦的老婆唐氏,为之着迷。唐氏虽是山妇,着实妖娆,有诗为证:"毛青布厂袖长衫,水红纱藏头膝裤。罗裙系得高高,绫袜着来窄窄。"(19.140)作者在这里特特点出"毛青布",不经意间已经与《金瓶梅》里的情节暗通款曲,盖潘金莲还是武大老婆时,穿的就是"毛青布"大袖衫。毛青布虽非绫罗,却也并不寒素,它是明代流行的一种不经上浆碾光的布料,有着舒适熨帖的布质,漂亮的女子上身,别具风韵,宛如今日衣着波西米亚的文艺范儿。唐氏所穿"水红纱藏头膝裤",不是一种女裤,而是一种无底半袜,两头皆平口;膝裤虽穿在内,却并非如我们今日所理解的丝袜或衬裤,它上达于膝,下至于踝,无腰无档,左右各一,着时以带系于胫,又称"胫衣"。赵翼对其考证甚详:"吕蓝衍《言鲭》谓袜即膝裤。然今俗袜有底,而膝裤无底,形制各别。按《炙毂子》曰:三代谓之角袜,前后两只相成,中心系带。则古时袜之制,正与今膝裤同。岂古之所谓袜,本如今膝裤之制,后人改为有底,遂分其名,而一则称袜,一则称膝裤耶?"[1]又,《阅世编》里提及膝袜有多种样式与颜色,"或彩镶,或绣画,或纯素,甚而或装金珠翡翠,饰虽不一,而体制则同也",且式样随时尚变化,"崇祯十年以后,制尚短小,仅施于胫上,而下及于履。

---

[1] (清)赵翼:《陔馀丛考》卷三十三,石家庄:河北人民出版社,1990年,第580页。

冬月,膝下或别以绵幅裹之,或长其裤以及之。考其改制之始,原为下施可以掩足,丰跌者可以藏拙也"。① 要之,膝裤是女性配裙装的必备,既可以是男子送给情人的体己礼物,也可以是社交场合馈赠亲友的佳品。

（五）妓女

狄希陈幼时,性格顽皮,不喜读书,好在老父为他找到了一位负责认真的先生,与表弟相于廷及素姐的两个弟弟薛如卞、薛如兼拘在一处读书。四人读了几年书,在十五六岁的年纪,先生带他们去省城济南考童生。狄希陈读书不怎么样,"慕少艾"的天性却不用教就有,几番相逢一位名叫孙兰姬的青楼妓女,两下就都有了意。他还是纯情的少年,没有任何性经历,对爱人朝思暮想,可又不敢贸然去找她,只好在她家门口远处逡巡;姑娘本来要出门伴客,听到消息,"手里挽着头发,头上勒着绊头带子,身上穿着一件小生纱大襟褂子,底下又着一条月白秋罗裤,白花膝裤,高底小小红鞋,跑将出来"(37.286),将这痴情郎带回卧房,启蒙他以幸福难忘的人生一课。虽说他是孤老她是姐儿,但相爱起来,只如年貌相当的少男少女,这场爱,纯净美好,是他即将成人,踏上苦难婚姻之旅前唯一的伊甸。

这段情缘被狄母拆散后,孙兰姬嫁给了开当铺的浙江义乌商人秦敬宇,狄希陈则回家娶妻。三年后,因为狄希陈找秦敬宇换钱,两人才又有一面之缘,只不过连话都未能匆匆说上一句,临别她送给他几件物事,聊表相思,"一个月白绉纱汗巾,也是一副金三事挑牙,一个小红绫合,包里边满满的盛着赵府上清丸并湖广香茶,一双穿过的红绸眠鞋"。(50.386)汗巾向来都是男女互赠的表记,在此不表;"三事挑牙"是一种便携小工具套装,它把挖耳、挑牙、镊子、剔指刀等合成一套作为佩系,材质或金或银,事件儿或三

---

① （清）叶梦珠:《阅世编》卷八,北京:中华书局,2007年,第6页。

或二,最多可达七件,而均可称作"三事儿"。在这里,"挑牙"是一
副金制的牙签,由于它是主打物件,故此这个卫生小套装被称为
"金三事儿挑牙"。《金瓶梅》第十四回,李瓶儿初次去西门庆家为
吴月娘庆寿,当晚歇卧在潘金莲处,早起临妆,春梅伺候,李瓶儿
"因见春梅伶变,知是西门庆用过的丫鬟,与了他一副金三事
儿。"①日常与三事儿同放在一起的,常常为盛放着香茶的小盒子,或
荷包香袋等。而其中的香茶又并非给人泡来喝的,而是用来做口腔
清洁之用的,类于我们今天的口香糖。明代这类出土文物中有十分
精巧者:浙江临海张家渡王士琦墓出土的一件三事儿(见图10),牙
签和耳挖以链子穿在一起,贯穿在一个捧桃仕女的小金筒里,用时
拉出来,用毕装入,并一枚桃形的金塞子堵住筒口,构思甚巧。②

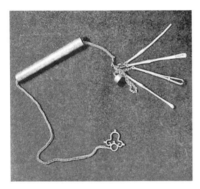

图 10　金三事儿(临海张家渡
　　　王士琦墓出土)

图 11　睡鞋

　　眠鞋是旧时裹脚女子的睡鞋(见图11),可以由棉或绸制成,
绣花或有或无都可,但舒适性必须是第一重要的。今人可能觉得

① 　(明)兰陵笑笑生:《金瓶梅词话》,第168页。
② 　参见王苗:《"三事儿"与"七事儿"》,《珠光翠影:中国首饰史话》,
北京:金城出版社,2012年,第388—389页。

睡觉还要穿鞋会很不舒服,但旧时缠足为女人的一生事业,如果睡时不穿鞋,则行缠必弛,前功尽弃。① 狄希陈得到的这双睡鞋如何妖冶,有《西江月》一首为证:

> 绛色红绸作面,里加白段为帮,绒毡裁底软如棉,锁口翠蓝丝线。猛着莲弯窄短,细观笋末尖纤,嫦娥换着晚登坛,阁在吴刚肩上。(52.399)

狄希陈回家后,"叫裁缝做了一个小小白绫面月白绢里包袱,将鞋包了,每日或放在袖内,或藏在腰间,但遇闲暇之时,无人之所,就拿出来再三把玩,必定就要短叹长吁,再略紧紧,就要腮边落泪"。(52.397)由于睡鞋的设计、质地、尺寸及其与之相关的恋足风尚,旧时女子赠情郎以睡鞋,就是许以身心的缠绵之意,男子可以从中得出无限的性联想。中国自南宋以降至近代西方观念输入以前,对三寸金莲的审美意趣已经深入国民心理,甚至清人入关后强行下诏废缠都未能将汉女缠足的习俗破坏掉。②

睡鞋和汗巾最容易在递送转手中制造男女私情。《金瓶梅》中,潘金莲丢了"大红四季花嵌八宝段子白绫平底绣花"睡鞋中的一只,陈敬济找到了这"曲似天边新月,红如退瓣莲花,把在掌中恰刚三寸"的红绣花鞋儿,以此勾搭潘金莲,两相有意,潘送了陈"一方细撮穗白绫挑线莺莺烧夜香汗巾儿"。③ 这正像冯梦龙在《山

---

①　参见 Dorothy Ko, *Cinderella's sisters: a revisionist history of footbinding*, Berkeley: University of California Press, 2005, p.135.

②　清统治者曾于 1636、1638 和 1664 年分别下诏禁缠足。高彦颐在她的《灰姑娘的姐妹——缠足史之修正》一书中提出了"修正主义"的看法,认为这些禁令反而取得了相反的效果,使得汉族妇女的缠足行为在十七世纪和十八世纪出现大范围流行。高彦颐认为这是汉人以此来对抗满族统治、保持民族特性的一个手段。

③　(明)兰陵笑笑生:《金瓶梅词话》,第337—340页。

歌·睡鞋》中所写的:"结识私情好像鞋子能,帮帮衬衬费子许多心。"①

(六)富足的匠作人家妇女

狄希陈新婚三年,每日在其尊阃的拳脚辱骂中讨生活。幸而他五行有救,既已捐了个监生,由于国子监的"坐监"要求,需要一段时间内到北京去居住。老父狄员外不放心,亲自伴儿子上京。他们赁了银匠童七出租的客房,宾主相得甚欢。房东童七的妻子童奶奶是位人情练达、心性聪明的中年妇人,第一次与父子俩相见,"戴着金线七梁鬏髻,勒着镜面乌绫包头,穿着明油绿对襟潞绸夹袄,白细花松绫裙子,玄色段扣雪花白绫高底弓鞋,白绫挑绣膝裤,不高不矮身材,不白不黑的颜色,不丑不俊的仪容,不村不俗的态度。"(54.413)童家只是银匠生理,只不过两代人与东厂陈公公联合做生意,颇聚了些财富。"打着陈公的旗号,人都说他是陈公的伙计,谁敢惹他? 甚么门单伙夫牌头小甲,没人敢扳他半个字"(71.547),当时东厂的势焰如此。②"京师虽是帝王辇毂所在,那人的眼孔比那碟子还浅,见他有了几个铜钱,大家把他抬起来",故此"住了齐整房屋,穿了齐整衣裳"(70.535),正过着兴旺日子。童奶奶的衣饰,是城内殷实人家妇人的打扮,虽说不为僭越,不过对在社会分工上本应属于较为底层的工匠之妻而言,也算很讲究的了。明代工匠的身份比较低:一方

① (明)冯梦龙,(清)华广生:《明清艳情词曲全编》,广州:广州出版社,1995 年,第 648 页。

② 东厂全名"东缉事厂",位于北京东安门之北,1420 年,永乐帝新迁都北京不久,为了检视和镇压政治异己分子,使用大内宦官来管理和充役这个特务与秘密警察机关;东厂权力极大,往往可以不经司法审判,直接逮捕甚或处刑政治犯或其他罪犯。(Shih-shan Henry Tsai, *The eunuchs in the Ming dynasty*, Albany: State University of New York Press, 1996, p.359.)

面是因为承袭了元代的工匠世袭制度——明初,全国所有工匠分别隶属于工部、内官监和五军都督府管辖,称作工匠和军匠,大约有三十万人的庞大队伍;另一方面,也是因为明代早期曾将大量罪犯,以及流徙之徒录为工匠之故。① 明初法律对逃亡匠户的处置,几乎与逃犯无异。宣德以前,凡有逃匠,全家起发充军当匠。明中叶以后,特别是正统元年(1436)白银的法定地位确立后,货币流通比重加大,自成化末年起,工匠开始以银代役,这才很大程度上解除了工匠与官府的人身捆绑。②

　　包头(见图12),是明代流行的特色妇女头巾,可用乌绫、乌纱或毛纤维编织物制成,其外形与功用与美国黑人妇女所喜爱的大手帕包头(bandanna)类似,只不过颜色尚黑。包头的起源,见于春秋时期的传说:吴王夫差携西施和宫女去水乡游湖赏景。偶见村姑在湖中坐了木盆采莲时,随手摘下一片荷叶,折成三角状,戴在头上遮阳。西施仿之,显得格外俊俏秀丽,吴王甚是欢喜。回宫后,西施及宫女以绫绸仿作荷叶状的饰物戴于头上,遂相沿成风。③

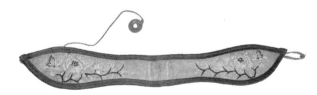

图12　包头

　　① 参见杭间,郭秋惠:《中国传统工艺》,北京:中信出版社,2006年,第30页。

　　② 参见陈诗启:《明代的工匠制度》,《从明代官手工业到中国近代海关史研究》,厦门:厦门大学出版社,2004年,第40—43、64—68页。

　　③ 参见林锡旦:《苏绣漫话》,南京:江苏人民出版社,1981年,第46页。

狄童两家相处甚欢。狄家的厨子一向作恶,遭天雷劈死,狄家父子一时无人做饭,打了几顿饥荒。在童奶奶的怂恿下,狄员外花了二十四两银子买了一位"全灶",名叫"调羹"。"全灶"是旧时人家有厨艺、能上灶的丫头,故此比寻常丫头价格昂贵许多。正是因为如此,主人为免让这样大的一股财帛逃掉,往往会将"全灶"收房,亲自照看。调羹厨艺高超,勤劳能干而相貌丑陋,"厚脸丰颐塌鼻,浓眉阔口粗腰"(55.424),就是这样一位丑丫头,惧内的狄员外有心想收房还不敢背着夫人做出来,必定要等到回家之后,请示了内当家才敢行事。

狄家父子返回山东之前,童家为他们饯行。童家赠了"三两赆仪,两匹京绿布,一封沉速香,二百个角子肥皂,四斤福建饴糖"(56.428),狄家返还了赆仪,只收了另外的四样礼。沉速香通称为"安息香",是明代流行香料中的一种,以刘鹤家最为有名,后文中将会谈到更多。香之受大众欢迎,成为馈赠佳品,与明人士大夫崇尚心学有关。阳明心性之学提倡"静思",一时名士僧道竞相修筑"静室"以"坐香""习静",由是造成了明代香学的发达。香又是闺中闲趣之所趋,沈复曾记录其妻芸娘的焚香之乐,所用正是沉速香:

> 静室焚香,闲中雅趣。芸尝以沉速等香,于饭镢蒸透,在炉上设一铜丝架,离火半寸许,徐徐烘之;其香幽韵而无烟。①

狄家给童家留下他们多余的煤米。狄希陈与时年 10 岁的寄姐已经成了好朋友,所以他体己送了寄姐一对玉瓶花、两个丝绸汗巾,而寄姐回赠了他一枝乌银古折簪。童奶奶赏了狄周三钱银,赏了调羹一双红段(缎)子裤腿、三尺青布鞋面(56.428)。以上诸物无须格外言说,枚举之,无非用以说明当时略有资产的城乡人家如

---

① (清)沈复:《浮生六记》,林语堂译,北京:外语教学与研究出版社,1999 年,第 102 页。

何人情往来及打赏仆辈。

　　"古折簪"是一种仿古的折簪,质地可金可银可玉,也可以是普通金属。《醒》书里面特别一写的淫妇程大姐,在与素姐一起上庙那次的打扮就是"横关了两枝金玉古折大簪"(73.561)。《红楼梦》尤二姐死后,贾琏开其箱柜,只见一些"折簪烂花",是二姐的旧梳妆。① 因为此处是突出二姐遗留之物里都没有值钱的东西了,可想这与"烂花"放在一起的折簪必是不太值钱的铜或乌银之类。童家为银匠之家,童七本会制乌银首饰等,寄姐这样年龄的女童,尚不太可能拥有贵重首饰,她赠狄希陈的乌银古折簪极大可能是自家所制。

三、为何会卖儿鬻女?

(一)沈春莺的故事

　　晁源与唐氏偷情,被唐氏丈夫小鸦捉奸在床,双双被杀。晁家面临绝嗣,族人虎视眈眈,并开始打砸抢,幸而晁思孝临死前收房的丫头春莺有了身孕,晁夫人从此看春莺为万两黄金般,天天祝赞她早生儿子。已经出家为僧的梁生感于晁夫人一向以来对他的照拂,发下誓言,要投生为晁夫人的儿子,报答她,为她养老送终——当然也只是名义上的儿子,因为他是借春莺的肚子出生的。梁生涅槃之日,就是这男婴出世之时,他被命名为晁梁,乳名"小和尚"。他的生母因为替晁家生下儿子,立了大功,又因为拒绝改嫁的贤德表现,得到主母晁夫人的物质嘉奖。在儿子三岁时,春莺为晁思孝所守的孝服将满,"晁夫人一来也为他生了儿子,二则又为他脱服,到正三月天气,与春莺做了一套石青绉纱衫,一套枝红拱纱衫,一套水红湖罗衫,一套玄色冰纱衫,穿了一条珠箍,打了一双

---

　　①　参见(清)曹雪芹:《红楼梦》,第962页。

金珠珠排,一副小金七凤,许多小金折枝花,四个金戒指,一副四两重的银镯。也与小和尚做的一领栗子色偏衫,缨纱瓢帽,红段子僧鞋,黄绢小褂子"。(36.278)

春莺的衣服不必说了,是主母的奖赏和笼络,她从此带着这绫罗和黄金的枷,在晁家守寡到终老。四样脱服衫无论颜色质地都是上品,其中的拱纱冰纱亦见于有关明内廷的衣物资料文献——杨亿的《明内廷规制考》,可见确是珍品。珠箍是装饰了珠玉的额帕头箍,前所介绍的"貂覆额"即可以说是其中的一种,因为镶嵌珠玉之故,自然比纯素的布匹或兽皮额帕要贵重很多。到崇祯时,以窄头箍为时尚。①

晁梁的那套儿童装倒是值得一提。偏衫乃为一种中国本土创制的和尚律衣,不同于原传自印度割截的袈裟或不割截的僧祇支,至今日本奈良的唐招提寺、西大寺的僧人还在穿用。② 关于偏衫的起源,今日尚有争议,一般认为是起于魏代的。瓢帽是八种僧帽中的一种,明黄一正《事物绀珠》载:"毗罗帽、宝公帽、僧迦帽、山子帽、班吒帽、瓢帽、六和巾、顶包,八者释冠。"③

古时,得子不易的父母常将男童寄于名僧道门下,以僧服、道服为吉服。装扮起来,活脱脱的是小和尚小道士模样,的确玲珑可爱。《金瓶梅》里的西门庆,为独子官哥儿寄法名为"吴应元",并请得一套小道士服,合家妻妾为这孩子穿起小道士服的一刻,即使是绝不

① 参见许星:《中国服饰配件的演变》,《服饰配件艺术》,北京:中国纺织出版社,1999 年,第 21 页。

② 参见吉村怜:《论古代如来像和比丘像的衣服及其名称——僧祇支·右袒衫·偏衫·直裰》,李振刚编著,《2004 年龙门石窟国际学术研讨会文集》,郑州:河南人民出版社,2006 年,第 629—634 页。

③ (明) 黄一正:《事物绀珠》卷十三《道释冠类》,收录于四库全书存目丛书编纂委员会编,《四库全书存目丛书》,济南:齐鲁书社,1995 年,第 5 页。

会赞同多妻制的今人,也会感到家庭温暖扑面而来。妾氏孟玉楼被那小道士服的精致针线所吸引,向正室吴月娘道:"大姐姐,你看道士家也恁精细,这小履鞋,白绫底儿,都是倒扣针儿方胜儿,锁的这云儿又且是好。我说他敢有老婆! 不然,怎的扣捺的恁好针脚儿?"①

英国学者白馥兰(Francesca Bray)借生物学名词"繁殖"(reproduction)来说明在中国古代社会中,嫡妻不见得一定要亲自生育子女,而能为诸子之母的情形。因为嫡妻的身份,她必须为丈夫父系家族的香火绵延而承担责任,她之于丈夫与其他女人所生的子女,可以是一位"社会性母亲"或"礼仪性母亲"而不见得一定要是"生物学母亲";作为嫡母,她对他的孩子们,要一碗水端平地对待,无论他们是否为她所出。如果她不幸无所出,并已经过了生育的年龄,她应过继他房之子,或鼓励丈夫纳妾,"借身份低微的女人生子,丝毫无损于她作为嫡妻或嫡母的地位"。②

春莺拒绝她父母的改嫁提议,选择在晁家以寡妇身份守到老,这无论是出于对她从十二岁起就开始服侍的主母晁夫人的留恋,还是对襁褓中儿子的不舍,或者出于实际经济上的考量,都是个很不寻常的做法。即使考虑到明清时期盛行的寡妇贞洁崇拜,③但

---

① (明)兰陵笑笑生:《金瓶梅词话》,第491页。

② Francesca Bray, *Technology and gender: fabrics of power in late imperial China*, Berkeley, Calif.; London: University of California Press, 1997, p.359.

③ 明清期间,在朝廷的表彰鼓励下,反对寡妇再嫁、鼓励守贞已成为国家的一个道德项目,它得到来自法律和社会两个层面的支持。明律规定,户主为守节寡妇的家庭可以免于劳役;明代特意将寡妇从其他孝子贤孙的类别中甄出,给予特殊的旌表。至清代,我们甚至可以说,对寡妇守贞的关注已经成为一种祭仪崇拜(chastity cult)。清代统治者不厌其烦地规定了一系列繁琐规章,用以在普通百姓中发现、遴选、确认合格的守贞寡妇。几乎每个县都有为旌表节妇而立起的牌坊。参见 Susan Mann, "Widows in the Kinship, Class, and Community Structures of Qing Dynasty China", *The Journal of Asian Studies*, vol.46, 1(1987).

像春莺这样的实际案例仍然不多,因为她太年轻了,才只有十七岁。

由沈春莺守节的故事,不由牵出她当年被卖到晁家的因由。春莺的父亲沈裁缝,如一切爱占小便宜的裁缝一样,在下剪时是一定要剪切一点主顾的衣料谋为私用的。可惜这次,他不幸把剪刀动到太岁头上。县太爷要做一套大红劈丝圆领,从南京特将花了十七两纹银买来的上好猩红尺头,因为不放心,亲眼看着裁缝下剪。沈裁缝当着太爷的面,剪刀似二月春风,太爷走了,他剪刀就还是剪刀。"但这红纻丝只是宜做女鞋,但那女鞋极小也得三寸,连脱缝便得三寸五分。"(36.275)沈裁缝光想着从这身衣服里榨取出一双三寸莲鞋来当外快,却忘了他的屁股与太爷的板子距离可以多么近。这偷工减料的工程一交上去,太爷一试身就挣裂了。太爷本欲发怒,经太太劝说后,将这衣服原封不动发给沈裁缝,责成他赔偿原价。沈裁缝命不该绝,刚好他认识一位身材侏儒的官人——如武二之兄武大般的身量——遂将衣服改小一号,敬奉上去,得银二十两。可是带着这笔银子去临清买红劈丝的时候,在浮桥上着了道,被偷儿盗了去。二十两纹银非同小数,裁缝家倾家荡产也是赔不起的。幸而他又心生一计。一位熟主顾家,做官的主人去世,两位娇生惯养的公子丁忧。丁忧的儿子原该披麻戴孝的,一切有颜色的貂鼠帽套此刻都戴不得。为父服丧称"斩衰",是五服中最重的一服,孝子应穿戴最简陋的"斩衰裳",用最粗的每幅三升或三升半的生麻布制成不缝边的衣服,表示哀痛到不能顾及修饰。头上和腰上要分别缠以雌麻纤维织成的粗麻布带子,头上则应戴以粗麻布制作、以麻绳为缨的丧冠。① 由于天气寒冷,两位公子脑后冷风嗖嗖的,甚为苦恼。沈裁缝看在眼里,用四钱银子弄

---

① 　参见盖志芳,黄继红:《以孝管官:孝与古代丁忧制度》,北京:中国国际广播出版社,2015 年,第 4 页。

了一张天鹅绒,唤毛毛匠来做了两顶白色的天鹅绒帽,奉送给二位公子,得银十两,仍欠七两,最后只有落得卖女儿赔偿价银完官。(36.275—278)

春莺新被卖到晁家时,年十二岁,晁家给她典型的小丫头打扮:"红绢夹袄,绿绢裙子,家常的绿布小棉袄,青布棉裤,绰蓝布棉背心子,青布棉靿鞋,青绸子脑搭,打扮的好不干净。"(36.278)丫头的服装颜色和质地尚朴尚简,固然有经济元素,也确因明代对仆婢着装有具体要求:"凡婢使,高顶髻,绢布狭领长袄,长裙。小婢使,双髻,长袖短衣,长裙。"①注意此处同样是庶人冬日所穿的靿鞋,小丫头春莺穿的只是一般棉鞋而已,内里没有皮子,与前文所及珍哥的高级靿鞋不同。

(二)小珍哥的故事

狄希陈在京娶寄姐为妾,婚前事先买好了一个丫头小珍珠服侍她。小珍珠是晁家故事里晁源之妾珍哥的转世。在父亲狄员外去世后,狄希陈又将庶母调羹和庶母所生的小兄弟接到京中,与童奶奶等一起过活。寄姐的悍妒本不让素姐,丫头小珍珠生得清秀,狄希陈对她也有怜爱疼惜之心,加上前世宿孽,寄姐终日以折磨小珍珠为快。

北地苦寒,十月将尽,一般人家就要换上棉衣,然而腊月严冬已至,寄姐仍然不许小珍珠穿棉,"惟独小珍珠一人连夹袄也没有一领,两个半新不旧的布衫,一条将破未破的单裤"。狄希陈看了不忍,转叫童奶奶劝劝寄姐,给小珍珠做件棉衣服。谁知寄姐发作起来,咆哮道:"一家子说,只多我穿着个袄,我要把我这袄脱了,就百没话说的了!"于是她以退为攻,"走进房去,把自家一件鹦哥绿潞绸棉袄,一件油绿绫机背心,一条紫绫绵裤,都一齐脱将下来,提

---

① (清)张廷玉编纂,《明史》卷六十七《舆服三》,第 1650 页。

溜到狄希陈跟前,说道:'这是我的,脱下来了,你给他穿去'"!
(79.607)这反把狄希陈给吓住了。

狄希陈只有另外想办法。他给了小珍珠的母亲戴氏二两银子,小珍珠之父韩芦拿着银子"走到估衣铺内,用四钱八分银买了一件明青布夹袄,三钱二分银买了一条绉蓝布夹裤,四钱八分银称了三斤棉花,四钱五分银买了一匹油绿梭布,四钱八分银买了一匹平机白布,做了一件主腰,一件背搭,夹袄夹裤重新拆洗,絮了棉套,制做停当,使包袱包着,戴氏自己挟了,来到狄希陈下处,叫小珍珠从头穿着"。(79.609)

主腰(见图13)是一种贴身穿的裹肚,正好将腰围住,以避风寒刺腰,一般在左右肋处开襟并加扣襻。由腰身、背搭、搭帘三部分组成。腰身为长方形,正中与背搭相连,三者形成一个整体,穿在身上既可保暖腰身,又不影响手臂活动。

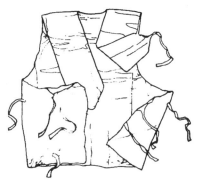

图13 主腰背心(素描)

小珍珠本人的身价是十二两银子——倍昂于山东农村的丫头行市,一来因为北京天子脚下,百物腾贵,二来小珍珠相貌出众,不同于一般粗使的丫头。一个小珍珠这样的使女,其冬装的成本作价就要二两多银子,尚不算人工,还是旧衣所改制,相当于她身价银子的五分之一还多,因此主人家为她订制一身棉衣,也确实当件郑重之事。这段时间狄希陈在京待选,开了一家小当铺做营运,一家子生计都在上面。全家这么多人口,丫头却只有小珍珠一人,一应做饭、杂事、童奶奶、调羹都亲自动手。这是狄希陈这般城市富裕家庭的景况。但比起韩家来,这已是天壤之别了。

小珍珠的父亲是兵马司的皂隶,母亲戴氏是个女篦头的,"专一替大老爷家太太奶奶篦头修脚,搂腰收生"。(80.615)——搂腰是指产妇生产时、由有力气的已婚妇女搂腰抱肚,这种妇女实际相当于产婆的助手。这样的一个城市底层家庭,生活在首善之区,平素辛苦劳作,不过糊口而已;兵马司的皂隶不算没有稳定的收入,戴氏身兼三种服务性职业,然而生活中稍微有点风吹草动,他们就要到卖儿卖女的地步。其实就算不卖女儿,一身普通冬装的银子他们也是凑不出的。出卖儿女,让他们至少过个暖和冬天,竟成为穷人家自然的选择。戴氏向寄姐求情时,软中带硬,又可怜又可悲地说:

> 因为家里穷,怕冻饿着孩子,一来娘老子使银子,二来叫孩子图饱暖。要是这数九的天还穿着单布衫子、破单裤,叫他在家受罢,又投托大人家待怎么?孩子做下甚么不是,管教是管教,要冻出孩子病来,我已是割吊了的肉,奶奶,你不疼自家的钱么?……我破着这个丫头,叫他活也在你,叫他死也在你,你只叫他有口气儿,我百没话说。要是折堕杀了,察院没开着门么!朝里没悬着鼓么!我自然也有话讲。(79.608—609)

戴氏已经将对孩子的期望值放到了"活着"这个底线。而到后来,小珍珠的命运连这个底线都没有达到,在寄姐的折磨下,小珍珠上吊而死。狄家赔了其父母约三十两银子,由于恶邻挑唆讹诈,又被恶邻勒索去四十两银,因为拿银钱按捺不下这事,狄希陈反上察院告了一状,官司最后打赢,察院将恶邻与事主家的银子都追了回来。一位参与官司的公差,起先不知道狄家已经赔过银子,他的评议最代表那时人们惯常的态度:"丫头死了没合他(事主家人)说,这是咱家的不是。他既来到,给他点子甚么,伍住他的嘴也罢了。穷人意思,孩子死了,又没得点东西,旁里再有人挑挑,说甚么他不告状?"(81.624)意思是说只要拿点钱堵住事主的嘴就罢了。那么,家里死了丫头,赔钱的市价大约多少呢?书中没有明说,但作者借公差的口道出,即使真到打官司的份上,"断个'埋葬',也不过十两三钱"。(81.625)所以公差替付了过高价格的狄家打抱不平道:"这事气杀人!"——可见这个私了的市价当比十两三钱还要低。一个以十二两银可以买下的侍女,非正常死亡的情况下只要对家属赔偿不到十两银就可以私了,这就是明朝中晚期、社会底层普通女性生命的卖价!

孟子给仁政的定义是百姓"仰足以事父母,俯足以畜妻子,乐岁终身饱,凶年免于死亡",这个论点多次被黄仁宇批评为"低水准平等思想",或"呼吁全国维持最低水准,人人才能温饱"的平均主义源头。① 从《醒世姻缘传》的小珍珠一例来看,实际上,并不是孟子取值太低,而是黄仁宇取值太高。我们现在看到了,在明朝非战乱的和平年景里,小珍珠一家的境遇正可以说明城市底层人家的生活水准和人命价码。

---

① 参见黄仁宇:《黄海青山—黄仁宇忆录》,张逸安译,《黄仁宇作品系列》,北京:三联书店,2001年,第448页。

第二章
奢侈品经济与金融制度

一、枚举明代著名奢侈品

狄希陈捐官武英殿中书舍人后,因为高兴贪杯,睡过了头,误了面圣的早朝,被降一级调外任,发放为四川成都府经历。从京中带着家眷走这样的远路,进入"难于上青天"的蜀地,在当时被视为畏途。捐官一下去了四千两银子,手头也不再从容,还有,新官上任,给上司同僚的"人事",如何置办打点?狄希陈愁得几乎一夜白头。

幸而,他有位心性聪明的丈母童奶奶。这位女中诸葛提出了一套"如刊板儿似的"清楚明白的行动方案,以下所录,仅仅是针对采办礼物"人事"的一部分:

> 你一个男子人,如今又戴上纱帽在做官哩,一点事儿铺排不开,我可怎么放心,叫你两口儿这们远去?你愁没盘缠,我替你算计,家里也还刷括出四五百银子来,问相太爷要五百两,这不有一千两的数儿?你一切衣裳是都有的,不消另做,买上二十匹尺头拿着。别样的小礼,买上两枝牙笏,四束牙箸,四副牙梳,四个牙仙,仙鹤、獬豸、麒麟、斗牛补子,每样两副,混帐犀带买上一围,倒是刘鹤家的好合香带多买上几条,这送上司希罕。像甚么洒线桌帏、坐褥、帐子、绣被、绣袍、绣裙、绣背心、敞衣、湖镜、铜炉、铜花觚、湖绸、湖绵、眉公布、松江尺绫、湖笔、徽墨、苏州金扇、徽州白铜锁、篾丝拜匣、南京绉

纱,这总里开出个单子来,都到南京买。如今兴的是你山东的
山茧绸,拣真的买十来匹,留着送堂官合刑厅。犀杯也得买上
四只,叫香匠做他两料安息香,两料黄香饼子。这就够了,多
了也不好拿。领绢也往南首里买去。北京买着纱罗凉靴、天
坛里的鞋,这不当头的大礼小礼都也差不多了?你到南京,再
买上好玉簪、玉结、玉扣、软翠花、羊皮金,添搭在小礼里头,叫
那奶奶们喜欢。(84.644)

童奶奶列出的这份用于送礼的"人事"单子,刚好可以用作明
末奢侈品的研究。我们从中亦可以得知,明末大都市如北京和南
京者,其奢侈品消费之深入民间的程度,已经不容小觑。童奶奶这
样一位北京中等市民人家的主妇,对"穿的学问"和"用的学问"的
掌握,已经如一部生活《辞海》般丰富。

牙笏、牙箸、牙梳、牙仙都是象牙质地的用具,笏为手板,箸为
筷子,梳为梳子,仙是仙人像。仙鹤,獬豸,麒麟,斗牛,这些都是文
官官服上的常用补子,其中獬豸为一种少见的动物,用于执法之
臣。《五杂组》载:"诸兽中独獬豸不经见,一云即神羊也。然神羊
见于《神异经》,其言诞妄,不足信。考历代五行、四夷志,如麒麟、
狮子、扶拔、驺虞、角端,史不绝书,而獬豸无闻焉,则世固未尝有此
兽也。自楚文王服獬豸冠,而汉因之,相沿至今,动以喻执法之臣,
亦无谓矣。"①犀带,就是用犀牛角做的腰带,明官制"二品以花
犀",是相当高位的人才能够带得起的一种腰带。《明史·张居正
传》:"居正举于乡,(巡抚顾)璘解犀带以赠,且曰:'君异日当腰
玉,犀不足溷子。'"②——这是预言张居正日后要做到一品大员,
二品犀带都会委屈了他。明朝官员的腰带,是束而不系的,只用细

---

① (明)谢肇淛:《五杂组》卷九《物部一》,上海:上海书店,2001年,
第168页。

② (清)张廷玉编纂,《明史》卷二百一十三《张居正传》,第5643页。

绳系于腋下衣肋之际,没有束腰作用,是纯粹的装饰用具,正因为此,不考虑实用性的情况下腰带的质地愈发彰显佩戴者的身份地位。

《金瓶梅》有一节讲西门庆得官,命人为他做官服,光腰带就做了七八条,都是四指宽,玲珑云母,犀角鹤顶红,玳瑁鱼骨香带。但他最得意的,还是一条来自没落的王招宣府的犀带。西门庆官只五品,按礼不得服犀带,但是盛夸富贵之心还是促使他用70两银子将它买了下来。会拍马的应伯爵一见到这条带,就极口称赞道:

> 亏哥那里寻的,都是一条赛一条的好带,难得这般宽大。别的倒也罢了,自这条犀角带并鹤顶红,就是满京城拿着银子,也寻不出来。不是面奖,就是东京卫主老爷,玉带金带空有,也没这条犀角带。这是水犀角,不是旱犀角。旱犀角不值钱。水犀角,号作通天犀。你不信,取一碗水,把犀角安放在水内,分水为两处:此为无价之宝。又夜夜燃火照千里,火光通宵不灭。①

上文童奶奶所言的犀杯就是指以贵重犀牛角为材质的杯子。杯子无论送礼还是自用,都要讲究成对,故一买就是四只。

刘鹤家是明代北京民间制香业的头牌。当时他家配制的香料有口皆碑,外地人趋之若鹜,有些甚至可与宫中所制的御香相媲美。《考槃馀事》载:"安息香,都中有数种,总名安息。其最佳者刘鹤所制月麟香、聚仙香、沉速香三种,百花香即下矣。龙挂香有黄、黑二种,黑者价高,惟内府者佳,刘鹤所制亦可。芙蓉香、暖阁香亦刘鹤所制。龙楼香、万春香,内府者佳。黑香饼,都中刘鹤二钱一两者佳。"②童奶奶其后说到的"安息香",当是此种。至于"黄香饼",现有香方流传:"沈速香六两,檀香三两,丁香一两,木

---

① （明）兰陵笑笑生:《金瓶梅词话》,第370页。

② （明）屠隆,赵菁:《考槃馀事》(中国古代物质文明史彩色图文版)卷三,北京:金城出版社,2012年,第193—194页。

香一两,乳香二两,金颜香一两,唵叭香三两,郎苔五钱,苏合油二两,麝香三钱,龙脑一钱,白芨末八两,炼蜜四两。"①

"洒线桌帏,坐褥,帐子,绣被,绣袍,绣裙,绣背心"都是绣品,其中洒线是一种特别的刺绣技术,下文谈到顾绣时将详述。

"敞"字通"厂",所以"敞衣"也就是"厂衣",有两种解释,一是斗篷,一是官服,此处应指后者。铜炉不必解释,"瓠"本是早在商和西周时期就有的一种饮酒容器,铜花瓠仿的是青铜尊的器型,用作陈设,可以布置厅堂。湖镜、湖绸、湖棉都出自浙江湖州,分别为镜子、丝绸和棉布。湖镜以薛氏所造为最出名。另有孙家、徐家等,但名气不及薛氏。薛镜中又以方形诗文镜最出众,可以连缀诗文。明成化《湖州府志》称:"郡中工人铸镜最得法,世称湖州镜。"②湖镜制造者的代表人物是薛惠公,不过他已经是清代人物了。现在的故宫藏品中还有一面薛惠公造的"百子图湖州镜"。

眉公布,又名眉织布,产于松江,与松江的另外两种布飞花和龙墩齐名。眉公是指明代书画家和文学家陈继儒,其与沈周、文徵明、董其昌并列为明代"四大家"。

> 当启、祯间,妇人竖子,无不知有眉公者。至饮食器皿,悉以眉公名。比于东坡学士矣。其与董思白交最厚。在前詰中,又比沈石田之于王文恪公云。先是,王徵君稺登文章翰墨妙天下,交游在公卿间,差似眉公,而蒲轮不就,为岩穴光,眉公加人一等矣。③

陈继儒因为是华亭人,而华亭在明代归属于南直隶的松江府,

---

① （明）周嘉胄:《香乘》,《影印文渊阁四库全书》卷二十五《子部·谱录类·器物之属》,台北:台湾商务印书馆,1986年,第844册。

② （明）陈颀,（明）劳钺:《成化湖州志》,《日本藏中国罕见地方志丛刊》卷八,北京:书目文献出版社,1991年。

③ （清）计六奇:《明季北略》卷十五,北京:中华书局,1981年,第265—266页。

故在松江府,种种以"眉公"命名的发明都叫得甚响。眉公布固然为松江府棉纺织业的代表产品,但在"棉布寸土皆有""织机十室必有"的松江府,可与眉公布相媲美的其他品种的棉布还有甚多。

棉织品之外,松江的绫纱绸缎织造也是独步天下。缎匹中有纻丝绫、药绫、官绫、糊窗、绫绸、绢锦、只孙驾衣、大红织金云鹤、狮子胸背、织衲、拨罗绒纹绣等珍贵的品种。吴郡曾将方纹绫作为贡品,俗称吴绫。正德时,松江绫纱多产于府城,而东门地方的生产规模很盛,其"制作之精,为天下第一,虽吴门不及也"。[1] 每年上供朝廷幅广而长的,称作官绫;又有一种缜密而轻如縠的绫纱,叫做糊窗,均由松江府的织染局造办。

松江绫纱中,有的绫种织造历史悠久,如纻丝绫,又名线绫,其历史可以追溯到唐代天宝年间(742—756)。[2] 纻丝在《醒世姻缘传》中被提及,都是作为特别贵重的衣料,比较明显的有两处。一处是狄希陈娶寄姐为两头大,"狄希陈公服乘马,簪花披红,童寄姐穿着大红纻丝麒麟通袖袍儿,素光银带,盖着文王百子锦袱,四人大轿,十二名鼓手,迎娶到寓,拜天地,吃交巡酒,撒帐、牵红"。(76.582)——这里纻丝是被用作新娘子的嫁衣。第二处是狄希陈坐船赴任途中,经过南京时买了一匹"大红六云纻丝",属于童奶奶认为应该"到南京买"的物品"南京绉纱"里的一种;这纻丝,狄希陈是"用了九两多银子买的,是要送上司头一件的表礼",寄姐在船上闲着无聊,将这件珍贵的尺头裁剪了,给自己做了件衣服,导致狄希陈不满,夫妇两人爆发了一场惊天大战(87.667—669)。究其原因,还是因为纻丝实在太贵重,以致连狄希陈这样的老婆奴

---

[1]　上海市文物保管委员会编辑,《上海地方志物产资料汇辑》,北京:中华书局,1961 年,第 123 页。

[2]　参见王熹:《明代松江府服饰风尚初探》,《中国地方志》,2007 年第2 期。

都在心疼之下违抗阃旨了。

湖笔是产于浙江湖州善琏镇的毛笔。湖笔生产上有一个特别的技术叫做"对锋",是指制笔必须毫端相齐。清梁同书《频罗庵遗集》引《妮古录》"笔有四德:锐、齐、健、圆";引《考槃馀事》"制笔之法,以尖、齐、圆、健为四德",引柳公权帖"出锋须长,……副切须齐";引卫夫人《笔阵图》言"锋齐腰强"。①《文房四谱》卷一《言笔》有"四句诀":"心柱硬,覆毛薄,尖似锥,齐似凿。"②以上所引都要求毫端齐一而尖锐。"对锋"技术的讲究,使得湖笔优长于其他的古代毛笔品牌。

徽墨乃安徽徽州府所产。"古人制墨,率用松烟,汉取诸扶风,晋取诸庐山,唐则易州上党。"传说南唐李超徙歙,及其子廷邦始作,皆世其业,于是始有徽墨,以至于今。③ 嘉靖后,徽墨作坊有"罗小华、程君房、方于鲁、吴去尘,皆名重一时。半螺寸铤,珍同拱璧"。④

苏州金扇是苏扇(又名吴扇)系统里的"乌骨泥金扇",金箔作底,上施彩色,扇面重金以显豪华富贵,其巧在挥扇应手,启藏随心自得。《五杂俎》谓"吴扇,初以重金妆饰其面为贵,近乃并其骨,制之极精。有柳玉台者,白竹为骨,厚薄轻重称量,无毫发差爽,光滑可鉴,每柄值白金半两,斯亦淫巧无用者矣"。⑤

---

① (清)梁同书:《频罗庵遗集》卷十六《笔史》,北京:北京大学图书馆,第 226 页。

② (宋)苏易简:《文房四谱》卷一《笔史》,《生活与博物丛书·器物珍玩编》,上海:上海古籍出版社,1993 年,第 247 页。

③ (清)朱彝尊:《静志居诗话》卷十八《方于鲁》,姚祖恩编,北京:人民文学出版社,1990 年,第 542 页。

④ 许承尧:《歙事闲谭》卷十八《歙风俗礼教考》,合肥:黄山书社,2001 年,第 605 页。

⑤ (明)谢肇淛:《五杂俎》卷十二《物部四》,第 241 页。

图 14　白铜三环密码锁

徽州白铜锁（见图 14）是一种新奇的密码锁，往往为婚嫁必备，有所谓"描金箱子白铜锁"之说。锁有 3 至 7 个轮子，上刻图文以构成密码。打开时要将小轮转到设定的组合才可。以三环锁为例：这锁有三环，每环上有四个汉字，可随机组合，但可供组合的密码不够多。

籤丝拜匣是用竹籤劈成的其细如缕的竹丝编成的拜匣，用来在拜客、送礼时放置束帖、礼封和零物用，多为长方形结构，有时带有小锁。木质比较多见，此处用籤丝，未必贵重，却十分新奇。籤丝可用来做花灯，不过有文人认为它"虽极精工华绚，终为酸气"。① 此外，籤丝这种材质也可用作盛物的箱子，《三言》里的名篇"蒋兴哥重会珍珠衫"里，卖花翠的薛婆，便是随身"抱着一个籤丝箱儿"。②

山东茧绸在明末的流行，有清初叶梦珠的记录为证：

> 集蚕茧为之，出于山东椒树者为最佳，色苍黑而气带椒香，污秽著之，越岁自落，不必浣濯而洁，在前朝价与绒等，用亦如之。年来，价日贱而此种亦绝。今最上者，价不过钱许一尺，甚而有三四分一尺者，则稀松甚于绵绸，嘉、湖、苏、松，在在皆织，故用者愈众，而价愈贱。③

① （明）文震亨：《长物志校注》，陈植校注，南京：江苏科学技术出版社，1984 年，第 272 页。
② （明）冯梦龙：《三言：喻世明言、警世通言、醒世恒言》卷一，济南：齐鲁书社，1993 年，第 6 页。
③ （清）叶梦珠：《阅世编》卷七《食货六》。

叶梦珠的记录,详实地反映出丝织品从明到清的价格和流行性的变化。山东茧绸在明时是稀罕物,其价与绒等,而明代的好绒布——特别是时称"姑绒"的一种大绒——尤贵,"每疋长十余丈,价值百金",用来做袍,可以穿几十年,有时候甚至传之子孙。当日胡旦带晁家二仆人去见表母舅苏锦衣,苏锦衣就是"方巾姑绒道袍","穿著的甚是庄重"地站在门槛内,以致晁家仆人身不由双膝发软,"在厅台下跪下,磕了四个头"。(5.35)大绒是绒织品的统称,当时的生产集中地在南京。"据《首都志》载:'南京绒业能出漳绒、建绒和彩绒三种'。"①漳绒因由福建漳州传入而得名,其实就是天鹅绒,前面所说的沈裁用四钱银子为两位丁忧公子所做的套帽,就是天鹅绒的材质。

但绒到了清代就不值钱了,这与"自顺治以来,南方亦以皮裘御冬"的时尚兴起有关,于是"今最细姑绒,所值不过一、二十金一疋,次者八、九分一尺,下者五、六分而已。年来卖者绝少,贩客亦不复至,价日贱而绒亦日恶矣"。②茧绸的贬值则是由于穿的人多了,生产规模的扩大导致货品的价格下跌。

文中童奶奶提及去天坛买鞋,足证天坛在明末已经是平民的商业游乐场。沈德符的《万历野获编》记载:"京师惟天坛游人最胜,连钱障泥,联镖飞鞚,豪门大估之外,则中官辈竞以骑射为娱,盖皆赐沐请假而出者。"③又《日下旧闻考》引明代北京岁时节日民俗志——《北京岁华记》里有关端午节的记录:"端午,用角黍杏子相遗,挈酒游高粱或天坛,坛中有决射者,盖射

① 张保丰:《古代的缎绒织物》,《中国丝绸史稿》,上海:学林出版社,1989年,第170—171页。
② (清)叶梦珠:《阅世编》卷七《食货六》。
③ (明)沈德符:《万历野获编》卷二,章奏留中,端阳,北京:中华书局,1997年,第67页。

柳遗意。"①可见当时天坛已经与高粱桥一样,成为北京士庶争游的旅游景点。天坛本是明代唯一合祭天地的国家祭祀大典之所,但嘉靖皇帝后来又建了地坛、日坛、月坛实行四郊分祀,天坛的地位相对下降,祭祀活动也就不那么频繁了。明世宗搬到西苑以后,长年不参加祭祀,天坛大祀只派官员替代,管理日渐荒疏。此处所云鞋店,疑为离天坛不远的商业中心大栅栏的"宋家靴"店。

综上,我们可以判定,明末已具有精致繁荣的市民生活及成熟发达的城市商业、制造业,也并非不具有奢侈品的消费市场。然而,究竟是什么原因,使得已经具有了"近世"性格的明末中国,并未在资本主义发展的道路上取得更长足的进步呢? 下面,我们将对顾绣事件中所折射出的禁奢性社会气质进行进一步的探讨。

二、顾 绣 事 件

（一）顾绣事件的背景

狄希陈在京坐监期满,父子俩带着调羹和仆人们回家。久别重逢,狄希陈对素姐无限缱绻,素姐对狄希陈却仍像秋风扫落叶般地严厉无情。"狄希陈尽把京中买了来的连裙绣袄,乌绫首帕,蒙纱膝裤,玉结玉花,珠子宝石,扣线皮金,京针京剪,摆在素姐跟前进贡。"(56.432)这才被容许在房中睡觉。那些"蒙纱膝裤""玉结玉花"之类,难道就不类似于今日服装市场上的小饰品、小玩意儿吗? 素姐娘家经营布店,难道这些妇女饰物不应该在自家经营之列吗? 为何这位悍暴异常的娘子能够被丈夫从京带回来的小饰品轻易买通?

---

① （清）英廉:《钦定日下旧闻考》(第四册),北京:北京古籍出版社,1985 年,第 2356 页。

　　原来明时,在山东这样的农业经济大省,上述"人事"固都是城乡妇女人家之所好,但也只有在临清这样靠近大运河的通衢大市才能买到,[①]到了临清以外的他处,就已经成了奇物了。素姐和狄希陈所居的明水镇,虽说是个山清水秀之地,却也是地道的三家村地方,人民除了务农之外别无经营,祖祖辈辈的生活形态使他们对商业的敏感度甚低。自然经济的基本特征是自给自足,但求维持最低限度的生活所需,不鼓励也不追求对奢侈品的经营。明水镇一向缺少一个布店,如狄员外所说,当地人买布,"不是府里(济南)去买,就是县里(章丘)去买,甚不方便"(25.190)。梭布行的生意并不难做,从临清贩布出来,到此至少有三分利钱,且布料"又没有一些落脚货,半尺几寸都是卖得出钱来的"(25.194)。即使如此,明水一镇竟无人肯动这根生意筋。狄员外的解释是:"别处的人,谁肯离了家来这里开铺? 敝处本土的人只晓得种几亩地就完了他的本事,这撰钱的营生是一些也不会的。"(25.190)当年正是因为这个原因,从河南来到山东明水占籍的薛教授才得以在此开起了布店,并且生意相当红火。

　　狄、薛两家都是山东农村的富家,素姐更不算是生活在社会底层的妇女,薛家的布店,本身也兼卖"首帕、汗巾、暑袜、麻布、手巾、零碎等货"(25.194)。然而狄希陈此次带回的这几件"人事"如此受到素姐喜爱,正说明了薛家布店经营的衣料饰物档次低劣,不足以引起素姐的兴趣。在小农经济盛行的山东农村,无论是商家的经营胆略还是消费者的市场需求,比之于经济发达的江南地区和

---

　　① 　临清作为一个临大运河的大埠,一向车马辐辏,商业发达,直至1824年以后才逐渐衰落。这是因为新兴的海运系统减少了大运河的重要性。Kenneth Pomeranz, *The making of a hinterland state, society, and economy in inland North China, 1853 – 1937*, Berkeley: University of California Press, 1993, p.217.

首都北京,都是远远落于其后的。

补充一个事实:狄家在务农之外,自己还开着一处客店,但是这开店的目的,居然"不是图在饮食里边撰钱,只为歇那些头口撰他的粪来上地。贱贱的饮食草料,只刚卖本钱,哄那赶脚的住下"(25.190)。不为赚钱而为"撰粪",农家的心思追求在此。狄员外的客店接待南北往来的客人,碰到投缘的客人,他不但不收房钱,而且会送饭送酒;多年以前,薛教授一家正是因为下榻于狄家客店,两家才结了相知。狄员外固然待人慷慨,其本人又无比苦作勤俭,既舍不得在自己身上花费一分银子,也未见将钱投资于再生产。在自然经济形态下,即使有进取心的工商经营者,也多囿于窄小的眼界和追求。他攒下的银子最后都存到马厩后头的石槽底下,成为留给儿子的遗产,这与现代意义上的资本家苦心积诣累积资本追求扩大再生产的竞争性企划精神完全南辕北辙。

(二)宋明吾第一桶金中的奢侈品

狄希陈有个旧同窗叫张茂实,张茂实有位表亲叫宋明吾。宋明吾一度穷到需要典卖老婆过活,后来拿着讹诈买他老婆之人的三十八两银子下了南京。由于"南京杂货原是没有行款的东西,一倍两倍,若是撞见一个利巴,就是三倍也是不可知的",所以他买回来的那几件"漆盒、台盘、铜镜、铁锁、头绳、线带、徽扇、苏壶、相思套、角先生"等,在"不用房钱的城门底下"随便一卖,竟然卖了大

图15　红漆盒(嘉靖年间)

价钱。宋掘到了这第一桶金后,继续下南京采买,没过几年,就"在西门里开了一座南京大店,赚得钱来,买房置地,好不兴喧"(63.481-482)。

漆盒(见图15)是妇女的梳妆盒或妆奁盒,属漆器的一种,通常为木质。中国的漆器工艺源远流长,早在战国时

期已经有非常成熟的工艺,举凡奁、盒、匣、匜、鉴、枕、床、案、几、俎、箱、屏风、天秤等生活用品甚至兵器和乐器都可做成漆器。明代漆器工艺的发展,由官方兴起,民间助澜,出现了高质量的生产和技术革新。永乐年间(1403—1424),宫廷制漆作坊"果园厂"兴办,由元代著名漆艺家张成之子张德刚管理工艺事务,所出雕漆、填漆两种,制作精美,称为"厂制"。民间漆器的生产也很普遍,在元时就已呈现手工业高度发达的江南地区,许多制漆艺人名传海内,如苏州的金漆能手蒋回回、去日本学习"倭漆"的杨埙、扬州擅长百宝嵌的周翥等,并出现了集漆器工艺之大成的著作:黄大成所著《髹饰录》。明代漆器与其他朝代的显著不同是,它的花纹与图案设计格外厚重。至十五世纪,日本的漆器工艺也迎头追上,所以后才有中国人东渡扶桑学习"倭漆"的事发生。[①]

徽扇(见图16)产于安徽,更确切说是产于徽州。徽州由于山阻壤隔、地狭人稠,兼以土地贫瘠,出产难以自给,自古就有人民出外经商就食的传统。安徽四大文房用品——宣笔、徽墨、宣纸、歙砚——在全国的推广,与徽州商人行迹遍天下有关,更与徽州人重视文教、在明

图 16 玳瑁扇(明制)

清时期崛起了一个庞大的文人集团有关。徽扇与川扇、杭扇并列为中国古代三大名扇,它的制造和批发集散地都集中在徽州。[②]

---

① 参见 Michael Sullivan, *The arts of China*, Berkeley: University of California Press, 1999, p.237.

② 参见鲍义来:《徽州工艺》,收录于《徽州文化全书》编纂出版工作委员会编,《徽州文化全书》,合肥:安徽人民出版社,2005 年,第 198—201 页。

　　苏壶(见图17)是喝功夫茶用的尺寸极小的紫砂壶,因产于江苏而得名。据郭沫若称,苏壶由于尺寸迷你,故妇人多用其做盛头油之器,而不做茶具用。[①]

图17　紫砂壶(江苏宜兴)

　　"相思套"和"角先生"都为淫器。有关"相思套",《金瓶梅》中提及三次:第十九回,写蒋竹山为了取悦李瓶儿,便"修合了些戏药部,门前买了些甚么景东人事,美女相思套之类,实指望打动妇人心";第三十回,西门庆带到王六儿家的淫器包儿中有此物;第八十三回,写潘金莲与陈敬济、庞春梅三人纵欲时,打开西门庆的淫器包儿,内中也有此物。或以为相思套为男性避孕用品或男性手淫用品,实则并非,就《金瓶梅》的三段中的作用来看,它应与"角先生"一样为仿真阳具,为女性所用。

　　对"角先生"的描写,《醒》书中是比较明确的。第六十五回写莲花庵失盗,一偷儿趁庵主白姑子、其姐老白、其徒冰轮三人熟睡时,闯入庵中,不仅偷窃银两,吃了个酒足饭饱,而且将白姑子奸淫,最后还拿三根"角先生"分别塞入三个女人的私处,"每家俱荐一先生在内处馆"(65.498)。由于塾师"先生"与"角先生"的名称

_____

　　①　参见郭沫若:《郭沫若剧作全集》,北京:中国戏曲出版社,1983年,第284页。

对应,作者使用"处馆"一词可谓幽默调侃之至,"馆"当然就是私塾,此处不言"私"而其意已足。题外一事:周作人在《希腊拟曲·昵谈》中曾将"昔用无花果木,后用红革所制"的希腊"抱朋"(Baubon)译作"角先生",被翻译界视为信、达、雅的"达"之一例。知堂后来曾回忆道:"'抱朋'一语,曾问胡适之君,拟译作角先生,无违碍否? 胡君笑诺,故书中如是写。"[1]此事亦可证胡适对《醒世姻缘传》的熟稔程度。

(三) 不可思议的顾绣交易

张茂实见表亲发财,也效尤下南京采买货物,回来开店。

> 且只说南京有一个姓顾的人家,挑绣的那洒线颜色极是鲜明,针黹甚是细密,比别人家卖的东西着实起眼。张茂实托了在行的店主买了一套鲜明出色的裙衫,带了回家进奉那细君做远回的人事,寻了善手裁缝做制精洁。(63.482)

洒线绣是用双股捻线计数,按方孔纱的纱孔绣制,以几何纹为主,或配以铺绒主花。[2] 洒线绣其实是北方绣品的代表,定陵出土的明孝靖皇后蹙金龙百子夹衣就是洒线绣。洒线因在北方流行之故,已几乎成为绣品的代名词,《醒》书中屡用"仇家洒线""顾家洒线"来指代绣品,但其实南绣所用的技术与北绣的洒线不同。

南京在明代时已经是中国的丝绸和刺绣生产中心,不仅供给皇家,且面向全国市场。但此处所言及的顾绣(见图18),我们认为就是上海松江府顾名世家流传出来的"顾绣"的一个分支。顾名世为嘉靖三十八年(1559)进士,他家女眷都善绣,以他的长子

---

① 周作人:《角先生》,陈子善,张铁荣编著,《集外文》(下),海口:海南国际新闻出版中心,1995 年,第 541 页。

② 参见牛建军,赵斌:《中华传统民俗工艺常识》,郑州:中州古籍出版社,2014 年,第 64 页。

图 18 观世音菩萨像（顾绣）

之妾缪瑞云、次孙媳韩希孟为代表。顾名世死后，顾家家境跌落，其女眷就利用已经积累的声名，开始从事商业化刺绣。[①] 顾名世精湛的文学和艺术鉴赏品味对顾家女眷的影响巨大，顾绣中有相当题材，灵感得自宋版画。牛津大学艺术史系教授、研究明清物质文化的柯律格（Craig Clunas）曾提出，中文中"画"（painting）的意思，在明代语境中应该被诠释为"描画"（picturing），因为它还包含数种纺织技巧，如刺绣和挂毯织画等。[②] 由于顾绣的精湛艺术水准，至今上海人尤视其为珍贵的文化遗产。

张茂实此番给妻子智姐带回稀罕的顾绣"人事"，实有前因：狄希陈生性顽劣，曾对旧同窗张茂实乱开玩笑，说他与智姐有染，害得智姐被张茂实冤打了一顿，故此张茂实才要拿那"鲜明出色的裙衫"给老婆赔罪。后来误会冰释，两同窗表面上仍然交好，智姐也不再怨恨丈夫，但她是个有心机的女子，平白挨了打，自然怨恨

① 顾家善绣的传统一直保持到清代，并且变得益发商业化。杨鑫基、唐西林，苏颐忠：《顾绣三女性——韩希孟、缪氏、顾兰玉绣艺活动新探》，江明惇编著，《守望与开拓：上海非物质文化遗产保护的理论与实践》，上海：上海社科院出版社，2009 年，第 166—167 页。

② 参见 Craig Clunas, *Superfluous things: material culture and social status in early modern China*, Cambridge：Polity, 1991, p.75.

狄希陈的作弄,于是就想借素姐的手为自己报仇。恰巧两女都到莲花庵里烧香,"因为紧邻之女,又是契友之妻,都认识的熟,二人欢喜相见"(63.482)。智姐见素姐艳羡自己的衣服,便趁机提起,张茂实买回的顾绣衣料实为两套,自己这套是较次的,另外较好的那套是为狄希陈捎带的。素姐自然以为丈夫将那套顾绣"送了婊子",回家后便开始严刑拷打。

> 狄希陈虽是生长富家,却是三家村的农户,除了银钱,晓得甚么叫是顾绣,三头不辨两,说得像个挣头鸭子一般。(63.483)

后来他费了无数周折,以二十二两纹银的代价,从张茂实处买下了这套本钱只有五六两的顾绣裙衫。顾绣的稀缺性越发使其成为每个女人都想拥有的衣料。在江南地区,顾绣虽然价昂逾常,也还不至于在市场上买不到;但在山东这样的北地省份,由于交通不便,商业欠发达,顾绣就真成了一货难求了。比货品的稀缺更令消费者难受的是,多数人心态久受禁奢式消费理念所浸染,压根不能接受购买使用奢侈品的做法;在一般中等以下的家庭中,社会和家庭的权威都希望妇女们"不见所欲";因为只有闺阁中的争竞勃溪减少,才能维持稳定的家庭秩序,从而实现稳定的社会秩序。但素姐性格暴悍叛逆,自主意识强,丈夫公婆都不能做她的主,她自然不会随便低头于要求女性维持简朴生活形态的社会家庭压力,更不会愿意压制自己对物质享乐的追求。为了得到这套衣料,她对丈夫辱骂殴打,用尽种种酷刑,这才逼使狄希陈不惜一切代价进行了一场奇特的交易。

一套顾绣衣料的原价是五六两银子,这对于一个山东农村家庭已经是一笔不小的财富。套用研究消费世界形态的两位学者Ben Fine 和 Ellen Leopold 的看法,一般女性在自身衣着用度上的消费,大多属于"模仿性花销",这种花销多出现于"小型饰品市场,其价格在普通人可以接受的范畴之内"。但是在服装市场上,两位作者声称,"正是'非必需品'的存在,形成了必要的消费分级"。很明显,顾绣衣料正属于"非必需品",因为它的价格倍昂于普通妇女购买得起的头饰、膝裤等小饰品。五六两银子在山东等价于一个十来岁小丫头的身价,或二亩田地,或丰年时候的十石大米。衣料本身的价格是如此的昂贵,以至于将衣料做成衣服的手工费都可以忽略不计了。有趣的是,Ben Fine 和 Ellen Leopold 的研究也发现,在十八世纪的伦敦,妇女服装中最贵的部分也是衣料,制衣的手工费仅仅占一件制成品的百分之五而已。①

这件顾绣衣料的交易过程,读来可令任何一位现代读者且讶且笑。狄希陈起先从张茂实铺子的伙计李旺手里买了两件仇家的洒线衣料,实指望能被素姐接纳;谁料素姐一眼识破仇家非顾家,她不肯要劣货,将狄希陈胖揍一顿。那萎丈夫眼中含泪,重新回到铺子里,向李旺寻买真正的顾绣;其时张茂实早已与李旺做下圈套,就等狄希陈跳入。一看狄希陈坚意要买,店铺主人张茂实表示旧同窗之谊重于一切,他无论如何也要照顾到狄家的需要:

> 狄大嫂好眼力,我甚伏他。既是狄大嫂要,这是别人么?
> 休说还有一套整的,就是荆人做起的,狄大嫂要,也就奉承。
> 狄大哥,你略坐坐,我即时家去取来与你。(65.503)

张茂实回家取衣,伙计李旺给狄希陈看了一笔假账,上面写道:"顾绣二套,银四十三两。"狄希陈只愿有了就好,哪还敢论什么贵贱。狄希陈除了惧内,在银钱交易上的精明却像他的父亲,从来都是老道而谨慎的。但这次,在张茂实貌似诚挚的同学之情地炮轰下,他完全失去了理智,待张取衣回来,狄希陈再三向张茂实请价。张茂实装作被这个只会用钱说话的老同学激怒了:

> 狄大哥,你说是那里话? 这套衣裳,能值几两银子,我就送

---

① 参见 Ben Fine, Ellen Leopold, "Consumerism and the Industrial Revolution," in Daniel Miller eds., *Consumption: critical concepts in the social sciences*, London; New York: Taylor & Francis, 2001, p.213.

不起？只谆谆的讲钱，这通不象同窗兄弟，倒与世人一般。要是世人，就与我一百两银子，我也不回与他去……这其实一个同窗家，没点情分，些微的东西就收钱，甚么道理？也罢，我也不记的真了，两套只四十一二两银子的光景，有上的帐来，不知这一时放在那里。你只管拿去，不拘怎么的罢了。（65.503—504）

狄希陈自是感激不肯，表示二十一两半的纹银即刻奉上。狄家虽是富家，但也没有现银，狄希陈为了凑钱，"火急般粜了十六石绝细的稻米，得了三十二两银子，足数足色，高高的兑了二十二两纹银，用纸包了，自己拿到张茂实南京铺内"（66.504）。张茂实对他的顾客这么快就来付钱表示很气愤："狄大哥，你原来为人这们小气，这能有多大点子东西，我就送不起这套衣裳与大嫂穿么？那里放着我收这银子？你就要还我，迟十朝半月何妨？为甚么这们忙劫劫还不及的？这银子也还多着五钱哩。我收了原价也还不该哩，没的好收利钱么？"（66.505）经过这样一番厚道的推拒，狄希陈更坚持要付利钱了。这时店伙李旺出来给了个折中方案：

　　"狄大哥，他也不消再补利钱，看来张大哥也不好收。张大哥正拿银子籴不出大米来哩，狄大哥府上极细的大米，也照着下来的数儿，粜几石与张大哥，就彼此都有情了。"狄希陈道："李哥说的有理。我就奉送。"三人说了一大会话狄希陈辞了回家。果然送了大斗两石细米驮到张茂实家，张茂实称了三两六钱银子，虚点了一枪，狄希陈再三不受，止说的一声"多谢，容补"罢了。（66.505）

狄希陈已经为了这套顾绣先付了二十二两银子，若以一石米二两银子计，利钱又付了四两，则这套衣裳作价为二十六两，已经是原价的五六倍了，而狄希陈还以为沾了天大的便宜。表面上看，顾绣事件由一系列偶然和计谋连缀而成：张茂实能以五倍利钱将这套顾绣卖给狄希陈，是因为将计就计于妻子智姐复仇的谎言，但这个奇特可笑的交易就其本质而言，其实无关于智姐的才智、张茂实的狡猾、素姐的悍暴或狄希陈的愚蠢,它的背后有更深层的发生机理。

三、深度分析禁奢性社会气质

(一)何为禁奢性社会气质?

俗谚谓"穿衣戴帽,各有所好",然而如前"衣饰篇"之所示,明朝的法律精神崇尚以衣饰来别士庶、分贵贱,其舆服制度的繁琐程度,在中国乃至世界历史上都是罕见的。明朝开国以来,出于特定的历史需求——扫除蒙元余绪,恢复汉家衣冠,建立以"士农工商"为第次等差的有序阶级结构等——政府不惜动员国家机器来干预民众穿衣戴帽的选择。但是还有一重因素,在前章我们尚未计入,那就是禁奢哲学。

禁奢哲学于我们并不陌生,它早已根植于先秦哲学中,如法家、墨家和儒家。《管子》一书,托名于春秋时代政治家、公元前七世纪的齐桓公之相管仲,而实则成书于战国(前475—前221)至秦汉时期,曾被西汉经学家刘向、刘歆父子编辑过。《管子》内容庞杂,理论建构并非一以贯之,除佚文十篇外,所余七十余篇,一般被认为多出自受管仲影响的稷下学派之手,反映着儒法两家的治国之术。尽管《管子》中也曾有若干文字反对黜奢崇俭,或对奢侈品消费持有接近赞同的态度——认为在经济萧条期间鼓励消费可起到恢复经济的作用,但综其大局,此书更明确地宣扬了"纤啬省用,以备饥馑""毋侈泰之养""国富,不侈泰,不纵欲"的主俭论思想。[①]

---

① 参见 Allyn Rickett, *Guanzi: Political, Economic, and Philosophical Essays from Early China; a Study and Translation*, Boston: Cheng & Tsui, 2001, pp.109 – 110.

在具体的措施上,《管子》的作者们回归到以爵禄服制来"辨于爵列之尊卑"的做法,提出不仅在人活着的时候,衣食住行应存在消费等级,就算是人死了,各人的用藏也应有定制。对此,《管子·立政·服制》中有详细的阐述:

> 度爵而制服,量禄而用财。饮食有量,衣服有制,宫室有度,六畜人徒有数,舟车陈器有禁。修生则有轩冕、服位、谷禄、田宅之分,死则有棺椁、绞衾、圹垄之度。虽有贤身贵体,毋其爵不敢服其服;虽有富家多资,毋其禄不敢用其财。天子服文有章,而夫人不敢以燕以觎庙。将军大夫以朝,官吏以命,士止于带缘。散民不敢服杂采,百工商贾不得服长鬓。貂,刑馀戮民不敢服绕,不敢畜连乘车。①

细研中国历代王朝禁奢性立法(sumptuary legislation)的机理,我们会发现,它的实践,完全可以追溯到先秦时代就已存在的禁奢哲学的根部。禁奢哲学中有一个重要的关注点是抑商。从文献记载看,最迟在春秋末期已经出现士、农、工、商"四民"的划分,"农本商末"观念长期以来处于社会经济意识的主流,战国时期已经形成尊士贱贾、重农轻商的政策,商贾常因所执为"贱业"遭到社会压制。韩非子明确将商人列为五蠹之一;《论语》中诸多如"士志于道,而耻恶衣恶食者,未足与议也"(《里仁》),"士而怀居,不足以为士矣"(《宪问》)等将"道"与"财富"对立起来的言论;在皇甫谧《高士传》所辑有关孔门弟子生平的故事中,以贫士原宪的"环堵萧然,茨以生草"来比对货殖者子贡的"结驷连骑",寓意前者高洁的人品。②《史记·货殖列传》谓:"行贾,丈夫贱行也。"以司马迁思想之兼收并蓄,不拘一格,以及他对货殖价值的由衷认可与赞

---

① 黎翔凤:《管子校注》(上),北京:中华书局,2004年,第76页。

② 参见(晋)皇甫谧:《高士传》,刘晓艺校注,上海:上海古籍出版社,2014年,第113页。

美,他仍将其与掘冢、博戏、贩脂、洒削、胃脯、马医等贱业并列。司马迁又敏锐地观察到当时的富商大贾多"以末致财,用本守之"的做法,也就是说,由商业中得来的财富,最终要靠投资到农业上才能守住,可见抑商精神的存在,使商人对被视为"末"的本业没有了安全感。① 经济史家谷霁光的《战国秦汉间重农轻商之理论与实际》一文,以西方经济学理论考察了中国历史上重农轻商局面的形成,他提出了四点:一是资本之剥夺,二是官商之操纵,三是商业资本之偏枯,四是工商之畸形发展。谷霁光认为:"韩非始开轻商之说。"② 也有人认为重农抑工商思想最早的代表人物是荀子。罗根泽先生的本业固为古典文学理论,但亦曾对此一历史问题发表过见解:"抑弃工商,提倡耕农,盖在荀卿之时,制为本末工商之口号,则当在战国之末。"③

正是因为贱商、抑商的思想先已存在于先秦及秦汉时期的禁奢哲学中,后世的禁奢令才进而发展出一套专门针对商人阶层的贬抑性法规。明代的抑商精神体现在舆服制度的方方面面,务使四民中排行第二的"农"和排行第三的"工"都压过商人一头。

> (洪武)十四年,令农衣绸、纱、绢、布,商贾止衣绢、布。农家有一人为商贾者,亦不得衣绸、纱。二十二年令农夫戴斗笠、蒲笠,出入市井不禁,不亲农业者不许……正德元年禁商贩、仆役、倡优、下贱不许服用貂裘。④

农人被允许穿绸、纱、貂裘却穿不起,商人穿得起却不被允许

---

① 参见(西汉)司马迁:《货殖列传第六十九》,《史记》,北京:中华书局,1959年,第3281—3283页。

② 谷霁光:《战国秦汉间的过农轻商之理论与实际》,《中国社会经济集刊》1944年第七卷第1期。

③ 罗根泽:《古代经济学中之本农末商学说》,《诸子考索》,北京:人民出版社,1958年,第106页。

④ (清)张廷玉编纂,《明史》卷六十七《舆服三》,第1649页。

穿,甚至商人戴斗笠、蒲笠的资格都没有,这说明,明代国家机器对人民生活形态的管制已经到了极端的程度,此后禁令一松,必有反弹。明初法律亦规定商人不许穿绸。但是景况富裕的商人,几乎在此法颁布的同时,就已经用聪明的变通办法将这一禁令踩在脚下:他们在家时任意穿绸,如需出门,就在绸衣外面套上一件不犯礼法的衣服。卜正民(Timothy Brook)将此拙劣法令定义为"污商无效"(ineffectiveness of the stigma against commerce)。① 在明代中后期的历史时段上,禁奢性法律几乎等同于一纸空文,研究者对其赋予过多意义实在不必要。

若要解释在衣食住行等民生问题上明代奢侈消费受到压制的原因,我们需要引入一个新的概念:禁奢性社会气质。社会气质这个词借自英文"ethos",原词又来自希腊语的"性格"(character)。Ethos 可以有"民族精神""社会思潮""风气""道德观"等不同的译法,不过无论怎么翻译,ethos 必须含有"在一段时期内"和"在某一社会里"起作用的意思。由于它的无形性,它很难被具化和被捕捉为文字。想要用寥寥数语去描绘一个时期的社会气质是一件非常困难的事情。对于禁奢性社会气质,我们首先建构和定义如下:前现代中国农村的大部分地区,由于长期仰赖自然经济,奉行"一夫不耕,或受之饥;一女不织,或受之寒"的农桑自然主义哲学,对物力用度首先抱以极为撙节的心态,又将以交换逐利为本位的商业主义看作社会不安全因素,再加上政府长期以禁奢令囿固人民的消费模式,故久之而生成一种通行于底层的禁奢性社会气质。它虽然不能如禁奢令一般,硬性地以惩罚手段来规范民众的物质生活,但从有效性上来说,它一点也不输于禁奢

---

① 参见 Timothy Brook, *The confusions of pleasure: commerce and culture in Ming China*, Berkeley, Calif.; London: University of California Press, 1999, p.73.

令,尤其在规范民众的穿衣戴帽、使社会维持俭朴外貌及有序阶级金字塔方面,它的作用是十分强劲的。

时至晚明,拜繁荣发展的商品经济之赐,城市居民的生活形态与明初和明中叶相比,已经产生了很大变化。在乡村地区,普通人对吃穿用度等物质舒适的追求,以及为迎合此种追求而产生的市场经济,虽不能说是波涛汹涌,也可谓静水流深。

《醒》书作者拿出整整一章的篇幅来悲叹从明初到明中叶这一段时间世风"不古""由淳变薄"、子弟变得"轻狂"的世道现象,每当提及"风俗"二字,他总是忍不住悲叹:原来的社会是如何的"淳庞""敦厚",而如今已经变得多么的"浇漓","浮薄"。从他的辛辣讽刺中,我们不难了解到,看待旧秩序不同心态的两方——憎恶变化方和欢迎变化方,存在着怎样尖锐的对立。对于作者而言,衣饰风尚的变化不仅仅代表着民众对法律和国家精神的公然相违,而且构成了"众生堕业",给世界带来了罪恶,而这一切,是要招至上天严惩的。

> 那些后生们戴出那跷蹊古怪的巾帽,不知是甚么式样,甚么名色。十八九岁的一个孩子,戴了一顶翠蓝绉纱嵌金线的云长巾,穿了一领鹅黄纱道袍,大红段猪嘴鞋,有时穿一领高丽纸面红杭绸里子的道袍,那道袍的身倒只打到膝盖上,那两只大袖倒拖在脚面。口里说得都不知是那里的俚言市语,也不管甚么父兄叔伯,也不管甚么舅舅外公,动不动把一个大指合那中指在人前搣一搣,口说:"哟,我儿的哥阿!"这句话相习成风。(26.197)

> 当初古风的时节,一个宫保尚书的管家,连一领布道袍都不许穿。如今玄段纱罗,镶鞋云履,穿成一片,把这等一个忠厚朴茂之乡,变幻得成了这样一个所在。且是大家没贵没贱,没富没贫,没老没少,没男没女,每人都做一根小小的矮板凳,四寸见方的小夹褥子,当中留了一孔,都做这营生。此事只好

看官自悟罢了,怎好说得出口,捉了笔写在纸上? 还有那大纲节目的所在,都不照管,都是叫人不忍说的,怎不叫那天地不怒,神鬼包容? 只恐不止变坏民风,还要激成天变! (26.202)

乱穿衣现象是国家意识形态不再能用强力规范经济层面的体现。穿衣戴帽是最基本的生活形态,本应仅与个人的经济实力相关。明初社会风貌的整齐划一,可以理解为几种因素综合后的结果:蒙元近一个世纪的统治后,以汉民族为主体的明朝民众对纯正的"汉家衣冠"的推复之情;一个意志强大的开国之君以国家机器打造尊卑有序的儒家社会的能力、铁腕和决心;社会大动荡后,权力与土地被重新分配、造成较平均的自耕农土地所有权和短暂稳定的"均贫富"现象,等等。

明初的一系列禁奢令能够得以推行,在于对逾矩者实施了严格的刑事惩罚。但到了明代中晚期,由于社会经济的发展已经突破了早期的形势,明代社会开始呈现出如万花筒般的多态——道德君子们则称之为"乱象"。庶民穿衣不再依据他们的社会地位,美食家们罔顾饮啄律的警告和撙节的传统,普通女性居然可以出门游山玩水。这些"乱象"的出现,使得早期的律令形同废纸。然而洪武框架的底子并没有如水蒸气般消失在空中,如柯律格所说:"此前禁奢性法令的结构仍在原处,尽管人们对其广加嘲笑。"[1]

尽管人们对禁奢令广加嘲笑,但禁奢精神已经深入到了明人的生活中,嵌入到了人们的观念、成见、习俗里。我们将深入民间的思维、心理、习俗、做法的总和称之为"禁奢性社会气质"。它的成因,固然与明初禁奢令的实施和流传有关,但其更深远的根源,则在农本社会反消费、崇节俭的渊长传统。

布罗代尔曾说:"一部服饰史提出所有的问题:原料、工艺、成

---

[1]　Craig Clunas. Superfluous Things: Material Culture and Social in Early Modern China, p.148.

本、文化固定性、时装、社会等级制度。"①他认为如果社会处于稳定状态，那么服装的变革就不会那么大。只有当社会变动打乱了整个社会秩序时，穿着才会发生变化。服饰的快速更替，会带来流行的时尚，打破了既有的、稳定的秩序，但那个原有的秩序并不会坐以待毙。于是，晚明文人中开始出现了一个特别的群体：他们对庶民和新贵们在世俗物质生活上无穷无尽的追求所造成的"乱象"大为不满，决定以言立教来扭转这种世情。他们，就是禁奢性社会气质的话语代言人。西周生，正是这个"警世"文学写作群中的一位集大成者。

（二）禁奢性社会气质是如何起作用的

在"顾绣事件"中，有关那匹珍贵的南京顾绣的交易，本质是极为不公平的，但一切都在儒家伦理的"朋友之情"的伪装掩盖之下，买方受了欺骗却觉察不出来。从这一儒家道德威压商业主义的具例，我们可以看到，在儒家伦理和商业主义的角力场上，这两种势力时时如潮涨潮落，起伏不定。在中国北方，尤其在不直接比邻运河及主要运输干道的交通欠发达地区，禁奢性社会气质的作用力仍然十分强大；晚明部分地区蓬勃发展的商业主义未能成功转型为更进一步的企业主义，就与这股势力的阻拦息息相关。

如前所述，自然经济的性格是压制奢侈品消费，以国家机器对社会等级进行严格划分，将人民的消费严格囿于阶级"本分"之内。奢侈品在市场上的欠缺，是禁奢令和禁奢性社会气质共同作用的结果。有关禁奢令的研究，由于在明代政治经济史研究中曾得到过充分论辩，已经比较成熟了；但是，来自社会文化层面的禁奢性社会气质是如何与来自政府层面的禁奢性法律互动的，这个

---

① ［法］布罗代尔：《十五至十八世纪的物质文明、经济和资本主义》（上），顾良，施康强译，北京：生活·读书·新知三联书店，1987年，第367页。

问题尚未得到过足够的学术关注。

当代社会文化人类学家阿尔君·阿帕杜莱（Arjun Appadurai）研究现代性和国际化现象，他的视野超越了古代中国，触及了古代印度和古代欧洲。柯律格与阿帕杜莱一样，都不认为明代及其先行朝代，仅仅是出于反对老百姓在穿着用度上妄自尊大而制订禁奢令的。禁奢令又有从简单向繁复发展的趋势，越是在商品经济兴起时，越是趋于繁复。柯律格引用阿帕杜莱的文章，并表示同意对方观点，他道："禁奢令成为一种居间调制、规范消费的工具，适用于当社会处于商品经济爆炸形态下、社会又需要保持稳定之时，如前现代的印度、中国、欧洲这些地方。"柯律格注意到"国家试图以法律节制消费的努力"及"此类法规的缺乏效应"，①但并未提出有任何其他工具可以被调用以完成这一国家使命的可能性。如果这些西方研究者果真对中国文化哲学中的若干重要根基——如禁奢哲学，如以德服人——具有深刻认知的话，他们应会提出更为一针见血的看法，而不是总在问题的附近打转。

在《醒》书中张茂实的伙计李旺针对狄希陈欲购顾绣的消费意图，先是劝阻道：

> 咱这明水镇上的人肯拿着七八两银子买套衣裳穿在身上？要是大红的，就是十两来出头的银子哩。只这十来年，咱这里人们还知道穿件罽绢片子。当时像杨尚书老爷做到宫保，还只穿着领漂白布衫。几个挑货郎担子的，就是希奇物了，那有甚么开南京铺的？（65.500）

这番话，应和着阿帕杜莱的一个理论，即"小集体身份认同，同质同种性，经济平等原则"。这几种元素会构成一种价值体系，当来自其外的货品被引入其中时，这个价值体系内的成员对其或是

---

① Clunas, *Superfluous things: material culture and social status in early modern China*, p.147.

不感兴趣，或是感到忧虑。阿帕杜莱又自创了一个词叫"显著型节俭"（conspicuous parsimony），用以形容此等消费模式："（他们）保持着生活方式和物质拥有上的极简，用以对抗自身收入增加的压力。如果一定要在商品上进行开销，则他们会倾向于购买在传统上更被接受的商品……在这类商品里，嵌有群体共享的价值观。"[1]

告老致仕的杨尚书只肯穿漂白布衫的事例，是《醒世姻缘传》作者用以佐证明水"民风淳朴"的一个良例，这位尚书"冬里一领粗褐子道袍，夏里一领粗葛布道袍，春秋一领浆洗过的白布道袍，这是他三件华服了"（23.177）。由此感召得他家的十几位管家掌柜"连领长布衫也不敢穿"，那不敢穿的原因，"倒不因穷做不起，就是做十领绸道袍也做起了。一则老爷自己穿的是一件旧白布道袍，我们还敢穿甚么？二则老爷也不许我们穿道袍，恐怕我们管家穿了道袍，不论好歹就要与人作揖，所以禁止的"（23.179）。古朴、节俭、不尚繁复、以衣饰别尊卑的社会规划理念，正来自明朝立国者洪武皇帝朱元璋。这个理念的完美化身——杨尚书，正以身体力行的方式实行着国家意识形态的具体教化工作。

在他的教化下，杨家的管家们自觉放弃穿长袍以及与此配套的礼仪特权——与人拱手作揖，无须律法而身心服之。杨尚书将自己的衣饰自我贬抑为最质朴的漂白布衫，当然不是由于法律规范的力量。芝加哥大学研究禁奢文化的 Christopher Berry 认为，禁奢性立法的目的，"是将特殊的衣料服饰等预留给特殊的社会阶层以彰显之，从而保障分层有序的社会秩序"[2]。事实上，禁奢令的

---

[1]　Arjun Appadurai，"Introduction：commodities and the politics of value，"in Arjun Appadurai eds.，*The Social life of things: commodities in cultural perspective*，Cambridge；New York：Cambridge University Press，1988，p.30.

[2]　Christopher Berry，*The idea of luxury: a conceptual and historical investigation*，Cambridge England；New York，NY：Cambridge University Press，1994，p.31.

制订,正是为了保证像杨尚书这样的"上大人"能享受到最高贵的车马舆服、田舍棺椁。但杨尚书清楚,道德榜样的力量有助于推广国家的政略,君子的举止是小人言行模仿的对象。这一层意思儒家原典中并不乏认识。《论语》里已有"君子之德风,小人之德草,草上之风,必偃"的名句。《十三经注疏》中解释这句话为"加草以风,无不仆者"①。杨尚书是希望在他自觉禁奢之后,比他衔级更等而次之的乡绅,与他同桑梓的乡民,以及他的随从下属等等,都会追随着他的做法,人人谦抑简朴,低下者不以服饰而矫情逾制,高贵者不以服饰而凌弱欺世,如此一来,国家所乐见的有序阶级金字塔就大功成矣。

明代禁奢令的终极靶向,并不在民众的物质生活,而是在有序分级的社会稳定性上。纵贯秦灭后的整部中国史,凡大一统的王朝,始终对刑法的施用持以谨慎保留的态度。这是儒家重德教、慎刑罚、追求"必也使无讼"的理念导致的。杨尚书本应坐在明代阶级金字塔的顶尖位置,但他的漂白布衫正是他选择以德服人的无声证言。《醒》书中写到,村子里的陌生过客有时会将杨尚书误会作普通的村老,这误会反而使他感到高兴;一旦将真实身份揭示,不难想象,客人们会是何等的震撼敬仰,一来他们会赞叹这位高官厚爵者的不着形迹,二来他们会顿生道德上的羡效之心,这位尚书的谦抑态度便如疾风偃草般,产生了社会效应。这正是禁奢令演化为禁奢性社会气质的一例。

在打击普通消费者对奢侈品的消费企图上,总是禁奢性社会气质先行出动,努力禁阻,律法要在前者干预不力的情况下才会介入,而至晚明,后者的力量已经微乎其微。在明水镇这样的地方,一个人要购买奢侈品,他首先会碰到来自社会价值判断上的拦阻。

---

① （魏）何晏,（宋）邢昺:《论语注疏》,收录于李学勤编,《十三经注疏》,北京:北京大学出版社,1999 年,第 166 页。

在狄希陈买顾绣的例子中,甚至他的潜在卖家、店伙李旺都对他的购买意图先行表示了批评的意思,认为在明水这种地方,"肯拿着七八两银子买套衣裳穿在身上"是件不得了的事情;价格的昂贵当然是重要的阻遏因素,但"世人怎么看"首先就会让买家惶恐。

禁奢性社会气质的长期流行,会导致奢侈品的供应短缺,使其价格倍昂于常。偶尔出现的一两笔买卖,也会呈现出很奇特的交易形式。它会阻遏企业主义的发展,造成垄断的出现。禁奢性社会气质,由于崇尚道德榜样的示范作用,很容易在它的服从者和怀疑者之间形成不能和解的紧张关系,使那些不愿屈服于社会成规者感到厌恶,也使那些希望以华服车马炫世的新贵新富们感到挫败。从表面上看来,明代自开国以来所发布的一系列禁奢性法令,多数未经销撤,既然存在,它们就应该与国家的其他法令一样,享有着不能被挑战的地位,但在实践中,不按规矩穿衣戴帽之人并不会真正受到法律的惩戒,只是必须忍受道德先生的哀鸣不绝于耳。

(三)儒家道德威压商业主义

顾绣事件还呈现出儒家道德威压商业主义的问题。也就是说,正常的商业运作,仍极大地受制于儒家道德的世俗人情,而无法实现公平交换的原则。买卖双方都要在温情脉脉的儒家伦理面纱下谈生意,欺诈可由此起,上当也可由此起。

举《镜花缘》的"君子国"为例。这部清代文学家李汝珍所著的奇幻小说,在第十一回里讲了一个衙门里的隶卒在市场买东西的经历。请看这样一笔交易是如何完成的:

> 隶卒手中拿着货物道:"老兄如此高货,却讨恁般低价,教小弟买去,如何能安!务求将价加增,方好遵教。若再过谦,那是有意不肯赏光交易了。"卖货人答道:"既承照顾,敢不仰体!但适才妄讨大价,已觉厚颜,不意老兄反说货高价贱,岂不更教小弟惭愧?况敝货并非'言无二价',其中颇有虚头。

俗云'漫天要价,就地还钱'。今老兄不但不减,反要增加,如此克己,只好请到别家交易,小弟实难遵命。"只听隶卒又说道:"老兄以高货讨贱价,反说小弟克己,岂不失了'忠恕之道'?凡事总要彼此无欺,方为公允。试问哪个腹中无算盘,小弟又安能受人之愚哩。"谈了许久,卖货人执意不增。隶卒赌气,照数讨价,拿了一半货物。刚要举步,卖货人那里肯依,只说"价多货少"拦住不放。路旁走过两个老翁,作好作歹,从公评定,令隶卒照价拿了八折货物,这才交易而去。①

当然,"君子国"只是奇境,读者先已明了此种"人人利他"的交易不会在现实中发生,它反而是现实中"人人自利"的反照。但是狄张之间的交易,发生在文学文本的现实设定中,它本没有任何奇幻之处,但其离奇的程度却比"君子国"里的交易更甚。

即使是在山东这等孔教盛行的地方,生意也不能不按照其原则来进行。狄希陈在银钱上本是精细稳当人,但仍然吃了这一被"宰熟"的亏。张茂实本来可以明趁狄希陈需要顾绣之机索要高价——货无二家狄也不得不买——但他硬要假做出"君子国"的买卖模式。狄张间的对白,如发生于今时今日,必然引人骇笑,然而在孔孟之乡,生意与朋友同窗之谊搭配着进行似乎理所当然,中间所乏者,如价格的公开,货源的充足和比较,售后的保证等——所有习于商品社会消费机制的今人所不可一日或缺者——在当时的自然经济形态中,居然都不成为买家的问题。

张茂实作为卖家,在买卖中表现出来的不合常理的"利他主义"行为,本应引起买家狄希陈的警惕。狄之所以失于警惕,是因为张的"利他主义"在儒家道德体系里有其法理的严正性:首先,儒家是把"义"排在"利"的前头的;第二,儒家伦理中的"五

---

① （清）李汝珍:《镜花缘》（上）第十一回"观雅化闲游君子邦,慕仁风误入良臣府",北京:人民文学出版社,1979 年,第 66—67 页。

伦"——夫妻,父子,君臣,兄弟,朋友——中,是正式收录有"朋友"之伦的。杜维明探讨"三纲"与"五常",将"朋友"之伦定义为"既不基于衔位,亦非基于年龄,它是对社会互惠精神的一种范式性表达"。①朋友之伦被认为是一切成年男性所必须拥有的一种情感和人际关系,从理论上说,此伦可以导引朋友双方进入一个无限互惠、信任和利他的世界。如果有商业利益介入其间,考验着两个男人之间的兄弟情谊,那么,一个长期受儒家浸染的心灵肯定会选择——也自然地会认为另外一方也会选择——金石般高贵的友情而非利益。在狄张交易中,张茂实的闪避不肯谈钱,对顾客的家人式亲切称谓如"狄大哥""狄大嫂",以及对方提出要一分不少地付钱后矫情的假作义愤,都成为他"赚入"狄希陈这个熟客的手段。这些伎俩能对一个具有儒家道德心理的人起作用,也只能由一个深通儒家道德心理的人使出。张茂实与狄希陈早年同窗共学的关系,天然地构成了两人的"朋友之伦",也成为他操纵狄希陈心理的成功之柄。

(四) 中国手工艺人、商人的诚实性问题

狄希陈自从捐纳了一个武英殿中书舍人,还没兴头几日,就因睡误了早朝,被罚降一级,外迁为成都府经历。他与寄姐赴任前,童奶奶之兄骆校尉送他远行的赆仪,是"一顶貂皮帽套,又大又冠冕,大厚的毛,连鸭蛋也藏住了,一团宝色的紫貂"。骆校尉并且殷殷叮嘱这位外甥女婿:"(这套帽)可是拣那当脊梁骨上一色的皮毛,零碎攒够了,合了缝做成的,怎么得前后不一样?这拼凑的,你就是吕洞宾、韩湘子也认不出,谁不说是顶一等的好帽套!你要

① Wei-ming Tu, "Probing the "Three bonds" and "Five Relationships" in Confucian Humanism," in George De Vos Walter Slote eds., *Confucianism and the Family*, New York: SUNY Press, 1998, p.129.

给人,叫人看出来,一个屁也不值了。这不容易,这是好几年的工夫哩。姑夫,你到明日叫人做帽套呵,你可防备毛毛匠,别要叫他把好材料偷了去。这帽套,你姑夫至少也算我一斤银子的人事哩。"(84.649)

　　骆家,也就是童奶奶的娘家,原是人称"毛毛匠"的世代皮匠。正如沈春莺的父亲沈裁缝,他们一般也是靠常年偷取客户的原材料而发家致富的,偷得的小块皮子,零碎攒够了,就做成新的套帽来卖。时间久了,怎不大赚特赚?骆校尉现在不做本家生意了,但他对"毛毛匠"的巧诈当然仍是清楚的。

　　《醒》书中所提到的三户工匠人家:裁缝沈家、皮匠骆家和银匠童家,都在生意上欺心不诚。偷取客户的原材料的做法是如此的普遍,以至于成为手工艺人约定俗成的发家致富之道。这三家之中,又以银匠童家手段最昭彰。童七为人打造首饰,除了收取工费之外,一般总要在重锻的银器中掺入百分之三十的铜(70.534—535)。这惯常的作假手段也使童家最终受到了严重惩罚:童七锻造的首饰被东厂太监陈公拿去封赏妓女,结果发现刚经夏的掺铜首饰已经生了绿锈,陈公一怒之下,将童七的银匠生意没收,导致他失去了谋生饭碗,最后几经尝试其他出路不遂,上吊自尽。(70.536—542;71.542—549)

　　只要一位读者略具良知,他就不能不为书中所描写的商业欺骗做法而感到痛心,与此同时,他一定也会感到好奇,为何这些在生意上不诚实的工匠,平时做人倒也不失大方义气呢?童七、童奶奶和骆校尉在书中都是以正面人物形象出现的。他们对亲朋好友都宽厚仗义,有难相帮,宁可自己刻苦或损失经济利益。童七为狄家父子送行的赆仪就是三两银子,这相当于狄氏一行主仆四人在京赁屋一月的房租;骆校尉的紫貂套帽也值十两银子的人事,这可是不小的一笔钱财。骆校尉丝毫不惧狄希陈看低他的礼物的价值,坦诚告诉对方这套帽乃为拼凑而成,要被人认出了就不值一钱。他这么做,乃是因为不愿自家亲眷日后在"毛毛匠"手中吃亏,如他骆家生意所欺骗的客户般。

书中这些记载,都使人不能不去思考中国商人和工匠的道德问题。清末民初的激进改革家梁启超曾言,中国人不乏"私德"而极缺"公德"。① 他在《论公德》一文中开章明义地说:"我国民所最缺者,公德其一端也。公德者何? 人群之所以为群,国家之所以为国,赖此德焉以成立者也。"②私德具则某人不难成为戚里间公认的好人,但同样一个人,若公德欠亏,就很可能在社会中制造出种种不公正,而这种情况在中国人中并非罕见。从商业的角度来看,欺骗性的行为有可能会在短期内使得个人经营者致富,但对他长期的商业信誉却会产生有害的影响;更不用说,一个国家和地区的商业体系都是由无数的经营者组成,经商不诚的做法若相沿成风,地区性和全国性的商业市场就不复有健康生态可言了。一个国家若要累积致富,需要很多因素,其中之一就是要有一个公平而无碍阻的商业体系。德国社会学家马克斯·韦伯(Max Weber)在他的《中国的宗教:儒教与道教》一书中提出:中国商人的不诚信,是阻碍中国商业发展的重要原因。③ 韦伯在西方学术界以研究资本主义产生的机理而著称,他的著名观点是:基督教宗教改革后形成的新教的宗教伦理与精神气质对促生现代资本主义有着重要作用。韦伯认为,新教商人的诚信和互信,使得西欧和北美的

① 参见 Xiaobing Tang, *Global space and the nationalist discourse of modernity: the historical thinking of Liang Qichao*, Stanford, Calif.: Stanford University Press, 1996, p.24.

② (清)梁启超:《论公德》,《饮冰室合集·专集》(第三册),上海:中华书局,1936 年,第 12 页。

③ 参见 Max Weber, *The religion of China: Confucianism and Taoism*, Glencoe, Ill.,: Free Press, 1951.亦参见 Max Weber, *General economic history*, New Brunswick, N.J.: Transaction Books, 1981, Introduction, xxxiii.

商业建构得以加强壮大,而中国商人的欺骗和不诚实,则导致了中国早期现代商业精神的流产。韦伯对中国的认识有时会有常识性的错误,但不影响他从宗教、伦理、社会气质等角度来探讨中国社会时所提出观点的创新性。

韦伯的论断大遭治中国思想史的现代学者余英时的反对。余英时指出,"诚信"与"不欺"乃是在明清商业伦理中占有中心位置的德目。他辩论道:中国商人也并不缺乏韦伯所大肆称赞的新教伦理中的"入世苦行"(worldly asceticism)精神。余英时以子之矛攻子之盾、借用韦伯的理论提出了一个新的论点,即:中国的明清商业所乏者,乃是韦伯本人曾在其《经济通史》一书中提出的六项要素:一、合理的会计制度;二、市场自由;三、理性的技术;四、可靠的法律;五、自由劳动力;六、经济生活的商业化。①

我们认为,以上六项要素的缺乏,正与商业道德的阙如相辅相成。儒家主义威压商业主义,其实并非由于过分强调儒家主义造成,而是由商业规范的短缺、不能形成良好健康的商业生态而造成。若是在一个以上六要素俱全的商业环境中,为了良性循环的个人商业利益起见,张茂实不必宰狄希陈以高价,沈裁缝不会偷其主顾的衣料,童七不敢挽铜入银,而骆"毛毛匠"也不见得要截取其客户做帽的皮料了。

四、白 银 的 称 王

(一) 明代金融中是否存在远程汇兑制度?

从《金瓶梅》这部约成书于嘉靖至万历年间的明代小说可知,

① 参见余英时:《中国近世宗教伦理与商人精神》,合肥:安徽教育出版社,2001 年,第 213—233,320 页。

至明代中晚期,白银已经在经济生活领域广为流通。再看《醒世姻缘传》中,白银的转手多到不可胜数,举凡人们的社会经济行为,大到如捐官、行贿、购房、买卖人口,小到如日常生计消费和社交馈赠,无处不看到白银的影子,铜钱的使用只能算是第二位的,而实物交易即使在农村,发生也不频繁。作为贵重金属的金子,除非用于行贿和高档送礼,在流通市场上十分鲜见。

在《醒世姻缘传》及其他明清小说中,我们又常见大宗白银被携带出门的描写。为什么白银这一便携性并非最佳的硬通货,反而比黄金还更常见于远程转徙和交易呢?中国在明中叶以后,是否存在、或曾经存在过可以使人避免不安全携银旅行的异地汇兑?有关中晚明社会是否存在异地汇兑机制的问题,某种意义上就像是一个小型的"明末资本主义萌芽"论题一样,一直引起明代经济史学家和中国金融史学家的兴趣。

假如我们将明清经济生活视为一个公园,人人都可以进去拍照,拍照的场景和时间点也可任选,但拍照的大时间框架是一个给定的连续范畴,譬如说一年,那么很可能那些出自不同时间点和不同摄影者之手的照片,仍会反映同一被拍摄对象。假定说,这个公园最重要的景点是一座佛塔,那么我们也许会得到许多张有关这佛塔的照片,它们来自不同的时间点和角度:仰视的、俯视的、雨中的、夕阳中的、春天的、冬天的……但是我们总能在诸多镜头中截取到这佛塔独有的特色,或者它在这一年之内未曾起过变化的某种特质。

在明清经济生活的这个公园里,白银的使用就是这座佛塔,而我们要研究的"明中后期是否存在异地汇兑制度"这一问题,可被类比为有关这佛塔的某一部位所存在的某一现象,譬如说,塔尖的倾斜。这个问题,要在我们不能进入这公园、不能亲见这佛塔的前提下解决。那些照片就是我们手中的历史和文学记录,它们的镜头截取,可以是关于公园的、佛塔的或塔尖的。有关塔尖的特写照片非常之少，但是有关佛塔本身的却颇多。现在的问题是，某甲看到照片中的塔尖是笔直的，而某乙看到的却是倾斜的。在这种情况下，我们该追随哪一方的判断呢？那几张塔尖的特写照片，我们应不应该拿来与佛塔本身的照片做比对？在对有限的几张塔尖特写照进行定格分析之前，还是让我们先从佛塔的大局开始说起吧。

明代国家制度对白银税收的初步认可，表现为成化二十一年（1485）允准以银代役的"班匠银"；正统初年，英宗将南方数省田赋米麦折征银两，是为"金花银"，这一"米麦折银之令"确定了白银作为国家承认的支付手段的地位。嘉靖二十一年（1542），"班匠银"正式具化为法令，匠役一律改为征银，反而不准工匠自赴京师服役。万历一条鞭法的实施，更是确立了白银为唯一具有充分职能的货币的地位。①

白银成为十六至十八世纪中国市场上的主币，是所有的明清史学者都注意到的一个现象。中国货币史的研究者彭信威认为，白银的使用，在洪武末年已经盛行，但直到明英宗弛银禁之后，白银才获得了价值尺度和流通手段这两种基本的货币职能。② 明代大量输入中国的白银，主要是西属美洲的墨西哥和秘鲁的产出，其总量为中国本土产量的十倍；输入途径复杂，有经菲律宾、澳门和日本等多种方式，输入者则有葡萄牙人、西班牙人、日本人和中国商人各种不等。白银在明季的输入数量引起了全球东亚经济史专家的兴趣，国内外总计有20多位知名学者参加了这场从二十世纪三十年代至今仍方兴未艾的讨论，从1933年就开始研究此问题的傅镜冰，老一辈经济史权威全汉升、厦门大学的庄国土、加州大学

---

① 参见吴树国：《明代白银的货币化》，《民之通货：历代货币流变》，长春：长春出版社，2005年，第201—202页。

② 参见彭信威：《中国货币史》，上海：上海人民出版社，1958年，第452—453页。

洛杉矶分校的万志英（Richard Von Glahn）、美籍日裔学者山村耕造（Kozo Yamamura）与神木哲男（Tetsuo Kamiki）、台湾学者李隆生等都估算过这个数字，由于统计年代和统计单位的不一，各家得出的结论差别很大，若是取均的话，总量约在三亿两左右。①

　　看到白银之于明中叶以后的中国经济，乃至世界经济的重要性，德国学者贡德·弗兰克写出了《白银资本：重视经济全球化中的东方》一书，其中心论点为：中国才是前近代世界经济的中心。此书因打破固有的欧洲中心论，成为千禧年前西方历史学界的惊世骇俗之作，获得1999年世界历史学会图书奖。此书的出现，又常被用以佐证另外两位欧洲史学大师的脑有反骨之语：

　　　　实际上，只有普遍历史，没有别的历史。

　　　　　　　　——利奥波德·冯·兰克（Leopolde von Ranke，
　　　　　　　　　　　　德国语文实证派历史学家）

　　　　没有什么欧洲史，只有世界史。

　　——马克·布洛赫（Marc Bloch，法国年鉴派比较历史学家）②

　　如此大量的白银输入，完全可以用来解释明清金融体系中白银称王的现象。我们欲进一步证明，白银称王现象反映在流通领域里，其标志之一就是携银旅行的普遍性，而携银旅行的普遍性，是可以与异地汇兑的阙如互相证明的。

　　我们姑且将认为存在异地汇兑活动的一方称为"有派"，将认为不存在的一方称为"无派"。从来历史考证都是"证其有易，证

---

　　①　参见李隆生：《明末白银存量的估计》，《中国钱币》，2005年第1期。又可参见邱永志：《明代货币白银化与钱并行格局的形成》第一章图表1.1，"各家关于明代海外白银流入数量估算表"，清华大学历史系博士论文，2016年，第21页。

　　②　贡德·弗兰克：《白银资本：重视经济全球化中的东方》，刘北成译，北京：中央编译出版社，2008年，第3页。

其无难"的,我们不能从《醒世姻缘传》及其他资料中推导出异地汇兑活动之必无,但至少可以证明,"有派"目前所使用的资料不足引为信史。

"有派"和"无派"都注意到,由明入清的黄宗羲、顾炎武都曾提出,晚明存在一种与唐代的"飞钱"相类似的民间"会票",它与我们近代的"汇票"音同形似。黄谓"钞起于唐之飞钱,犹今民间之会票也,至宋而始官制行之"。① 顾谓"钞法之兴,因于前代,未以银为币,而患钱之重,乃立此法,唐宪宗之飞钱,即如今之会票也。"② 何炼成将黄宗羲的"会票"理论看作对南宋的"称提钞法"——即纸币的发行和管理方法——的一种阐述,并不将其与汇兑挂钩。③ 老一代经济史家谷霁光的态度比较持中,他一方面承认票号是为汇兑而生,一方面将山西票号产生的时间尽力往下压,认为万历朝沈思孝有《晋录》一书,详于山西的经济生活但未录山西票号,这说明山西票号产生的时间不会比沈思孝更早,应在明末清初。④

对黄、顾所言的"会票",叶世昌在几部明清经济史专著中的态度不一。有时他仅肯定其兑换券性质。⑤ 放在清代语境里,他会很肯定地说"会票即汇票"。⑥ 叶世昌与另外二人合著的《中国

<hr>

① 黄宗羲:《财计》,季学源,桂兴沅编著,《明夷待访录导读》,北京:中国国际广播出版社,2008 年,第 161 页。

② （清）顾炎武:《日知录集释》(中),上海:上海古籍出版社,2006 年,第 864 页。

③ 参见何炼成:《货币管理思想》,《中国经济管理思想史》,西安:西北大学出版社,1988 年,第 410—411 页。

④ 参见谷霁光:《明清时代之山西与山西票号》,《中国古代经济史论文集》,南昌:江西人民出版社,1980 年,第 306—307 页。

⑤ 参见叶世昌:《会票、银票和钱票的使用》,《中国古近代金融史》,上海:复旦大学出版社,2001 年,第 119 页。

⑥ 参见叶世昌:《会票和民间的纸币流通》,《中国金融通史:先秦至清鸦片战争时期》(第一卷),北京:中国金融出版社,2002 年,第 599 页。

货币理论史》承认在明语境中"会票,也就是汇票",但我们不能确认这就一定是叶世昌本人的意见。①

　　"有派"的代表,要算近年来研究晚明金融史的年轻学者孙强,他在探讨了"会票"一词在明经济语境中的意义后,得出结论:晚明确实存在相当规模的民间异地汇兑;黄、顾所谓"会票",与近代意义上的"汇票"具有同样的功能。② 孙强认为,晚明民间社会中存在的异地汇兑活动,可在明末清初由钱荒严重而引发的钱法讨论中得到证明。他举了明季学者陆世仪和陈子龙的例子。陆世仪称:"今人家多有移重赀至京师者,以道路不便,委钱于京师富商之家,取票至京师取值,谓之会票,此即飞钱之遗意。"陆世仪主张发行银券代替白银,"于各处布政司或大府去处,设立银券司,朝廷发官本造号券,令各商往来者纳银取券,合券取银,出入间量取征息"。③ 陈子龙是明末文人中少有的兼具文采、经济眼光和组织才干者,他说"今民间子钱家多用券,商贾轻赀往来则用会,此即前人用钞之初意也。岂有可以私行,反不可以公行者?"④

　　我们认为,陆文中的"京师富商之家",明确指向私人性质。而在陈文中,"会"的功能是对应"轻赀往来"的,以文气的对立论,

────────────

　　① 参见叶世昌,李宝金,钟祥财:《崇祯年间的货币理论》,《中国货币理论史》,厦门:厦门大学出版社,2003 年,第 174 页。

　　② 参见孙强的研究基于其 2005 年在东北师范大学完成的博士论文,已付梓成书。孙强:《商业汇兑——以"会票"为中心的考察》,《晚明商业资本的筹集方式、经营机制及信用关系研究》,长春:吉林大学出版社,2007 年,第 246—251 页。

　　③ (明)陆世仪:《论钱币》,(清)贺长龄编著,《皇朝经世文编》,北京:中华书局,1980 年,第 4 页。卷五十二,户政二十七,钱币上。

　　④ (明)陈子龙:《钞币论》,王鎏编著,《钱币刍言》,上海:上海古籍出版社,2002 年,第 615 页。陈子龙的思想,萧清在研究中国古代货币思想时也已注意到:萧清:《中国古代货币思想史》,北京:人民出版社,1987 年,第 276 页。

则前面"券"的功能就不是为了"轻赍往来",与异地、旅行无关,是在当地储蓄生利息——即"子钱"——过程中产生的储蓄券。陈文中的"会"是商贾间小规模的商业合伙组织,在资金周转方面互通有无,这在当今社会中仍然很多见。商贾们既然往来无定,这种资金周转当然也可以是跨地区的。"会"的特点是不具有面向大众服务并盈利的性质。我们认为,若谓明中后期在"会票"和"会"的实物和行为中包含了某些金融信用的元素,则诚有之。这里可分为三种情况:一是长途贩运商或零售商从行店购货,因资金不够,书立票据,作为异时异地将会付款的凭证;二是货币资金的贷款行为;三是以实物质押为现款的行为,质押方可在商家获得本地取款,或在商家的异地商号取款。最后一种情形,与前所提及的"会"内部的异地资金周转,最容易被误为是异地汇兑。若谓陆、陈据零星的民间货币周转活动而欲建言明政府实行一种以中央银行或国家银行为主导的异地汇兑制度,则亦诚有之。但以他们二人所生活的时代而言,那建言完全是空中楼阁。陆氏年方三十三岁而明清已经鼎革,就连他这番高论,都被收录到清末贺长龄的《清经世文编》里,而陈子龙在入清后就殉国而死,更没有可能实施这一金融理念。陆、陈文中所举的民间金融活动,与孙强书中后来所举的徐光启家书的内容及《豆棚闲话》里的一则故事,都属私人间或小集团内的货币周转活动,与面向大众经营的汇兑业务有着本质的区别。事实上,直到明中叶,中国的经济生活中还完全谈不上拥有远程汇兑机制,一直要到晚明,我们才能从某一假说中隐约看到这个萌芽起于晋商集团,而且这个萌芽在当时也只是晋商丝绸生意的一个伴生品而已。王守义据笔名为"花村看行侍者"的明遗民所著《谈往》中崇祯十五年(1642)户部向"江米巷绸店各商"告贷、令商人"执票与本州县官库兑银"事,猜测"政府利用了绸商内部资金流通的办法把各州县的库银汇兑到北京"。基于北京前门内外有很多与东南纺织基地有密切联系的山西绸商的史实,他推出"在资金的划归上采取汇票制度是有可能的",逻辑不能称严密,所取史料也很难称信史,这一极具"大胆假设"精神的"汇兑萌芽说",也不过勉强将汇兑发生的时间上限推到崇祯年间而已。①

相形之下,欧洲确实比我国早了一大步。早在明朝建立之前的十三世纪末和十四世纪初,意大利以家族为依托的大商业公司已经把分号开到了地中海沿岸的巴塞罗那、马塞、突尼斯,近东口岸和伦敦、巴黎等西欧大都市。佩鲁齐家族开有 16 处分号,雇佣着 150 名代理人;阿奇亚约利家族则开有 12 个办事处,雇佣着 41 名经营者。② 它们处理资本的方式、簿记的做法和各种形态的信用因而也得以传遍欧洲。有关意大利城邦国家和美第奇等家族银行在金融制度方面的领先革新,Larry Neal 在其《国际金融简史》中专列一章《意大利人发明了现代金融》,他对意大利银行如何为位于罗马或法国亚维农(一译阿维尼翁)的教皇汇去自西欧地区敛收的教区税金的方式所叙甚详。③ "教皇汇款"(Papal Remittance)被认为是在文艺复兴早期极大促进了欧洲金融发展的一个需求。另一有关文艺复兴早期金融活动的经济研究,则非常强调比利时西北部城市布鲁日(Bruges)在汇兑及其他金融业务上的先进角色,作者将布鲁日称为"资本主义的摇篮"。④

---

① 参见王守义:《明代会(汇)票制度和山西票号的关系》,山西大学中国古代史教研组编著,《山西地方史研究》(第二辑),太原:山西人民出版社,1962 年,第 103 页。

② 参见 H. M. Robertson, M. Weber, *Aspects of the Rise of Economic Individualism*, *A Criticism of Max Weber and His School*, Cambridge: Cambridge University Press, 1933, p.40.

③ 参见 Larry Neal, *A concise history of international finance: From Babylon to Bernanke*, Cambridge: Cambridge University Press, 2015, pp.28 - 50.

④ James M Murray, *Bruges, cradle of capitalism, 1280 - 1390*, Cambridge: Cambridge University Press, 2005, pp.144 - 146.

在相当于明朝开国时期的十四世纪中期,意大利资本雄厚的银行和大商家已经在欧洲所有的重要经济中心都开设了永久性分支机构。与此同时,一轮信用革新如火炬传递般横扫欧洲,举凡社团组织、代理、通信、保险、付款方法、汇兑、信贷等都采用了源自意大利的新制度。汇票的广泛使用使商业活动更为安全。这种信用手段又很快发展成债券证书。利率的降低,有力地促进了欧洲资本主义萌芽的发展。[1]

很多治中国古代金融史的学者,大约是遗憾于我国金融信用的起步瞠于欧洲之后,带着一种补偿性的心理,总想为中国金融史寻找一位"汇兑制度的始祖爷",且愈早愈好。找来找去,他们发现嘉靖后期的"华亭宰相"徐阶可以当得起这个名号。于慎行在一则笔记中提及,徐阶居相位时,依托松江地区原本就发达的制造业,"多畜织妇……松江赋皆入里第。吏以空牒入都,取金于相邸,相公召工倾金,以七铢为一两,司农不能辨也"。[2]

治经济史的学者又多喜从范濂的《云间据目抄》翻检出一则有关嘉隆时期北京一马姓商人被骗的故事,来证明徐阶已经开设民营式的汇兑企业。骗人者苏克温对马姓商人说:

> 闻君将以某日归,而孤身涉数千里,得无患盗乎? 我当为君寄资徐氏官肆中,索会票若券者,持归示徐人,徐人必偿如数,是君以空囊而赍实资也,长途可贴然矣。马姓乃深德克温,即以一百五十金投之,克温佯入徐肆,若为其人谋者,出持赝票示之曰:"资在是矣"。其人亟持归,付徐人。徐人以为赝,不与。乃奔赴京,语克温曰:"若绐我,我将无生,为之奈

---

[1]　参见詹姆斯·汤普森:《中世纪晚期欧洲经济社会史》,徐家玲译,北京:商务印书馆,1992 年,第 567 页。

[2]　(明)于慎行:《元明史料笔记丛刊:谷山笔麈》卷四《相鉴》,北京:中华书局,1984 年,第 39 页。

何?"克温已料其必反,预计以待,复作赝票如前,且佯索徐家书付之,状种种可据。其人复亟持归,示徐,徐不与,复如前。①

我们认为,无论是于慎行笔记中所载松江收税官把当地税款直接划到松江徐家,遣吏人以"牒"为支兑票据到北京相府去取现钱的做法,还是范濂文献中所谓可以在北京"寄资"、在松江取出的"徐氏官肆",都不能构成明代之有异地汇兑的证明。这两则故事都充满着"特例"(exception)和"特权"(previledge)的气息。于慎行的故事其实只是说明了徐阶如何利用权柄而中饱私囊。徐阶之致富,在于他使用特权雁过拔毛,又强制与地方政府进行不公平兑换。于慎行记录此事,也是为了从道义上表达对这位"华亭宰相"成为"聚敛之臣"的愤慨:"以大臣之义处之,谓何如哉!",他并不同意时人所谓"人以相君家巨万,非有所取,直善俯仰居积,工计然之策耳"的说法,亦即并不认为徐阶发家符合经商致富的公平原则。

苏克温骗150两银子的故事,几乎在每一部有关中国金融信贷史的专书中都被提及,论者以为其中至少反映出两点:一、徐家金融信用企业已经民营化(针对老百姓做生意了);二、徐家金融信用企业已经专业化("以为赝",徐人能两次识别假汇票)。其实,在这个故事中,我们既不能推论出徐家的汇兑业务——如果真有的话——走向民营了,也不能仅因一张赝票的辨别就推断它已专业化。要看明白范濂这个故事,我们首先应了解《云间据目抄》这本书的性质。此书与《古山笔麈》一样同为笔记小说性质,弹劾吴中地方官吏与乡绅之劣行,有"孔子作《春秋》而乱臣贼子惧,范君作《据目抄》而贪官污吏惧"之誉。范濂写苏克温骗人,重在交

---

① (明)范濂:《云间据目抄》卷三《记祥异》,奉贤:民国十七年奉贤褚氏重刊铅印本,1928年。

代这一背景："先是,苏克温听选,以父恩善文贞公,故客其门。"苏克温是个小人物,在明史中无录,唯隆庆五年(1571)辽阳白塔塔刹重修广佑寺,在叶巽撰文、李镇撰书的铜碑碑文中列有他的名字,当时他身为山东济南府驻扎辽东岫岩地区的副断事,[①]属于都司下设的断事司,为正七品吏目。历史上的苏克温直到隆庆五年仍挣扎于明代官僚集团的最外缘,其际遇淹塞可知。假定我们认可范濂对苏克温的身份设定,那么,他作为如日中天时期的徐阶门客兼通家子弟,会为区区 150 两银子对同乡进行经济诈骗,两番造赝、试炼东家所开的银号的业务水平吗?他又造徐氏家书,难道就不怕在徐家穿帮吗?这等营苟,不像是拥有远大前程的首辅门客之所为。"徐肆"之能识别赝票,也未必就说明"徐肆"的专业化,因为这赝票的仿真程度参数并没有给出。从逻辑上说,马姓商人仆仆从上海松江赶回北京,就为索取这 150 两银子,已经很说不通了——其路费消耗恐怕都不止此数;而他在第二次拿到赝票后,为何不在北京"徐肆"兑换,至少先检查一下能兑与否再说,何必又要仆仆道途间"亟持归",再到松江"徐肆"去碰一鼻子灰呢?考范濂此文,其意图主要在于丑诋徐阶及其门客,是不折不扣的小说家言。《云间据目抄》并非没有对社会风俗和经济生活的记录,有些部分还相当详实,但主要针对云间(松江府别称)的本地事物,特别是丝织业的情形。"徐肆"究竟如何进行异地汇兑运作,范濂根本就语焉不详。用这样一份缺乏具体经营细节、写作上带有政治攻击性目的的私人笔记来证明中国之有汇兑自徐氏始,是很不严谨的。[②]

---

①　参见辽宁省地方志编纂委员会编辑:《重修广佑寺宝塔题名记》,《辽宁省志·宗教志》,沈阳:辽宁人民出版社,2002 年,第 353 页。

②　明人野史笔记以富政治偏见著称。凡涉及评述政治性人物的,都应与其他史料互参使用。

　　我们这些讨论异地汇兑的笔墨,都是为了导向《醒世姻缘传》中的一处细节。该细节刚好可以反向证明,明代中后期的松江地区并没有汇兑业务,至少是没有针对普通官民可用的。当然,无论使用世情小说还是野史笔记,都必须与同时代的其他资料参照比对。

　　在《醒》书第五回《明府行贿典方州,戏子恃权驱吏部》中,晁思孝在南直隶华亭县官任上,欲通过苏、刘二锦衣上达九千岁王振,干谋北通州的知州。他派两名心腹家人携带一千两银子进京行贿,与戏子胡旦一起,雇了三个长骒,起旱到京城,足足走了28日。三人盘费,又额外耗去二百两。(5.33)试想,若汇兑业务果然存在,那么以晁思孝的现任县太爷之尊,为何不使用这一便捷的资源呢?即便他确实需要打发奴仆家人与胡旦上京运作,但带银上路终归是要冒路途上的种种不安全因素的,《水浒传》中,由一身武功的杨志押送、送给蔡太师的生辰纲还可以被晁盖劫掉,谁能保证送给九千岁的银子就能无恙抵达?就算进了京城、暂时投宿住下后,胡旦与二仆因携银而行、干系重大,每人都表现出明显的焦虑:

> 风餐雨宿,走了二十八个日头。正月十四日,进了顺城门,在河漕边一个小庵内住了,安顿了行李……胡旦(去了外公苏锦衣家后)因还有晁书、晁凤在下处,那一千两银子也未免是大家干系,要辞了到庵中同寓。苏锦衣道:"外孙不在外公家歇,去到庙角,不成道理。叫人去将他两个一发搬了来家同住。"胡旦吃了饭,也将掌灯的时候,胡旦领了两个虞候,同往庵中搬取行李。晁书二人说道:"这个庵倒也干净,厨灶又都方便,住也罢了。不然,你自己往亲眷家住去,我们自在此间,却也方便。"那两个虞候那里肯依,一边收拾,一边叫了两匹马,将行李驮在马上,两个虞候跟的先行去了。晁书二人因有那一千两银在内,狠命追跟。(5.33—34)

《金瓶梅》一书,写西门庆及其门下生意人携大宗银两旅行——如韩道国携四千金下杭州——处处可见,已无烦多絮。而晚出的诸多明末清初乃至清中叶的文学作品,如《三言二拍》《儒林外史》《歧路灯》等,在其描写的携银旅行的方式上,仍与明中叶的作品没有大的不同。

汇兑银庄之大盛,实是清朝道光之后的事情。在此之前,大宗银两的长途转徙,主要是靠镖局保护。文康著《儿女英雄传》,托言康末雍初间事,作品成书于道光中叶,其社会图景其实已反映后者。小说一开头就是安老爷在河工任上失职,流落在淮安待罪,急需五千金银两补赔。安公子在京闻知,努力兑了部分银子,"雇了四头长行骡,他主仆三个人骑了三头,一头驮载行李银两。连诸亲友帮的盘费,也凑了有二千四五百金。那公子也不及各处辞行,也不等选择吉日,忙忙的把行李弄妥,他主仆三人便从庄园上起身,两个骡夫跟着,顺着西南大路奔长新店而来"。①

明清小说中大量文本记载人们携大宗银子外出经商或旅行,只说明了一件事:在汇兑业务尚未兴盛起来的明中叶至清中叶,资金的大宗、异地转徙,使用银子仍是最普遍的。这时间跨度虽漫及三百年,但人们的金融生活方式并没有大的改变!当然,行远路,带金子也是选项之一。《儿女英雄传》中,何玉凤欲帮衬安公子三千两银子,她向邓九公暂借,邓九公认为"东西狼犺,路上走着,也未免触眼",遂赠了"二百两同泰号朱印上色叶金"。值得注意的是邓九公在赠金前先发表看法:"还是本地用,远地用? 如本地用,有现成的县城里字号票子;远路用,有现成的黄金,带着岂不简便些?"②"县城里字号票子"是本地使用的银行票据,远行则不

---

① （清）文康:《三千里孝子走风尘,一封书义仆托幼主》,泽润校注,《儿女英雄传》,南京:凤凰出版社,2008 年,第 34 页。

② 同上,第 103 页。

能用于汇兑,甚明也。这则故事又可证前所谓"会票"并非"汇票"。邓九公本人就是镖师出身,倘若异地汇兑业果真发达,也早就没有他的饭碗了。

我们再看成书于晚清的《老残游记》,那里面对汇票的描写就十分明确了。第三回"金线东来寻黑虎,布帆西去访苍鹰"的开篇就写道,老残到了济南府,随身尚带着在古千乘(山东博兴)为黄大户治病而得的一千两银子酬金:

> 老残到了次日,想起一千两银子放在寓中,总不放心。即到院前大街上找了一家汇票庄,叫个日昇昌字号,汇了八百两寄回江南徐州老家里去,自己却留了一百多两银子。[①]

后来在第十四回《大县若蛙半浮水面,小船如蚁分送馒头》中老残又写道,他与黄人瑞在齐河旅馆里计议为妓女翠环赎身,老残表示说,他在济南省城有容堂还存放着四百两银子,可以取出来使用。[②] 我们认为,日昇昌汇银的性质是远程汇兑,而有容堂存银的性质则是储蓄。

(二) 金银流通的比照

金子毕竟还需再次被兑换为银两才能在商品市场上发挥购买力,因此除了行贿、高档人情、宗教捐馈如给佛像贴金等场合外,金子其实是很少在日常生活中出现的。金子被用于送礼的场合,明清小说中倒是处处可见。《红楼梦》第七回《送宫花贾琏戏熙凤,赴家宴宝玉会秦钟》,王熙凤初会秦钟,"平儿素知凤姐与秦氏厚密,遂自作主意,拿了一匹尺头、两个状元及第的小金锞子"。[③] 第

---

① （清）刘鹗:《老残游记》,陈翔鹤校注,北京:人民文学出版社,1982年,第23页。

② 同上,第162页。

③ （清）曹雪芹:《红楼梦》,第67页。

五十三回《宁国府除夕祭宗祠,荣国府元宵开夜宴》,宁府用了"一包碎金子,共是一百五十三两六钱七分,里头成色不等,总倾了二百二十个锞子"。① 这被称为"押岁锞子"的金锞子,每锞钧重六钱九分二厘二毫钱。"押岁"就是"压岁","押岁锞子"正如我们今日之压岁钱,重在外观要拿得出手。《醒》书第八回中,在通州任上的晁夫人让女仆给儿媳计氏捎礼物回家,除银两外,还有"二两叶子金"(8.54),这是婆媳间的体己授受,与其他的珠宝丝帛馈赠同属于高档人情。这叶子金的来源,不消说自然是出自晁思孝任内受贿所得。计氏自尽后,计晁两家打官司,武城县的县官暗中勒索,在一折拜帖纸上以朱笔写道:"再换叶子赤金六十两妆修圣像,即日送进领价。"(11.82)晁家果然领命,派出仆人晁住"满城里寻金子",一时还寻不到。叶子金一说为用于贴饰佛像及器物的金箔片,一说为一种金子成色非常高的熟金,形状如叶子,以云南产量为著,南宋时已经用做硬通货。② 无论《醒》书中的叶子金为哪一种,其不易得、缺乏市场流通性是显然的。

　　银子之被铸成银锭,是为了便于携带和算值。五十两的银锭称"元宝",小银锭称"银锞""小锞""锞儿"等,零碎的白银称"碎银"。③ 但是,明代并未曾将白银铸银元,使其以计量货币、而非称量货币的形式流通。换言之,白银虽为主流货币,但本身不具备计价的标准,需要称量后才能计价交换。"元宝"已经最大程度上保证计量准确了,但实际上还是会出现有关成色、重量的纠纷。《醒》书第六回《小珍哥在寓私奴,晁大舍赴京纳粟》,晁大舍去集

①　(清)曹雪芹:《红楼梦》,第487页。

②　参见屠燕治:《南宋金叶子考述——兼论南宋黄金的货币性》,《钱币博览》,2002年第1期。

③　参见孙光慧:《元明的金融》,《中国金融简史》,兰州:甘肃科学技术出版社2010年,第56页。

上为爱妾珍哥买珠宝,结果看中一只据称可以"念经""辟狐精"的神猫,他饶是拿出"一锭大银"来,买家还不确信:"这银虽是一锭元宝,不知够五十两不够? 咱们寻个去处兑兑去。"(6.43)第三十四回《狄义士掘金还主,贪乡约娄物消灾》中,狄员外帮杨春对付贪娄乡约,让他自认晦气拿出三十两银子破财消灾,杨春带了银子来,"狄员外接过来看了一看,又自己拿到后边秤了一秤,高高的不少"(34.264),才敢将银子献出。《醒世姻缘传》及其他明清小说中描写称银处甚多,经常折射出白银称量的不精确带给使用者的心理焦虑。

除称量标准的不确定外,白银的另外一个问题是容易以铅锡铜掺假。第六十四回薛素姐延僧忏罪,支付给白姑子的银钱是"十个雪白银锞"。这是她婆婆狄婆子临死前一年分给了狄希陈的五百两银子,共十封,狄希陈因央邓蒲风行"回背法",共偷用了一百五十两之数,为怕素姐看出,倾了锡锭,依旧做出相似的银锞,封了回去。但素姐在付账时,被见多识广的白姑子察觉,"放在牙上啃了一啃,啃着软呼呼的,说道:'这不是银子,象是锡镴似的'"(64.493),于是破绽露出。锡制的假元宝,质地软,可以用指甲划出痕迹,尚好辨认。铜锡合金(白铜)质地硬,需要靠看其色——灰白色,而非银白色,和听其音——敲击会发出铜音,来辨识。其他白银半伪品的鉴定,如银1份、铜1.5份、锡0.5份的"白银三大兑"、在冶炼过程中以铜和铁投入银汁而生成的"夹馅"银和将成品宝银钻洞后灌入铅汁的"灌铅"银,都是以外观检查和掂重所无法判断的,即使是行家,也必须采用一定的化学鉴定手段才能测试出来。[①]

白银又因成色的不同而产生许多名目。标准银有纹银、雪花

① 董文超:《中国当代金银管理通览》,北京:中国金融出版社,1994年,第230页。

银、细丝、松纹、足纹之别。成色差的则有摇丝、水丝、千丝、画丝、吹丝、吸丝等。《醒》书第一回里，晁思孝选了华亭县美缺，"那些放京债的人每日不离门缠扰，指望他使银子，只要一分利钱，本银足色纹银，广法大秤称兑"。(1.3)第十三回《理刑厅成招解审，兵巡道允罪批详》中，晁源与爱妾珍哥为致嫡妻计氏自尽事吃官司，邻居妇女高四嫂作为人证，陪他们至东昌巡道衙门驻扎所在地临清受审。高氏虽说是受了晁家钱财才来，但因官司还要"解道"，不知在哪州哪县，哪得这些工夫"跟了淘气"？故此大发牢骚，惹得晁源回骂："我为合你是邻舍家，人既告上你做证见了，我说这事也还要仗赖哩，求面下情的央己你，送你冰光细丝三十两、十匹大梭布、两匹绫机丝绸、六吊黄边钱，人不为淹渴你，怕你咬了人的鸡巴！送这差不多五十两银子己你，指望你到官儿跟前说句美言，反倒证得死拍拍的，有点活泛气儿哩！"(13.100)

白银用作日常人情送礼，则倾为银锞子比较好。但在实际社会生活中，小额人情往还频繁，多数时候直接给银，外面加礼盒或荷包即可。第四十四回狄婆子去薛家为素姐上头，同时也见到了未过门的女婿薛如兼。天下丈母娘见女婿都是欢喜的，狄婆子也不例外：

> 狄婆子甚是喜悦，拜匣内预备的一方月白丝绸汗巾，一个洒线合包，内中盛着五钱银子，送与薛如兼做拜见。薛婆子道："你专常的见，专常的叫你娘费礼，这遭不收罢。"薛如兼也没虚让一让，沉沉的接将过来，放在袖内，朝上又与丈母作了两揖。(44.338)

汗巾荷包外加五钱银子能重到哪里去？"沉沉的接将过来"自然是一种修辞，说明五钱银的作为送礼的经济价值就不算低了。但为何晁源送给高氏"冰光细丝"银外，还需要搭配"六吊黄边钱"？黄边钱是什么？黄边钱为何会有用于行人情的价值？这就要涉及明代铸钱的话题了。

五、明 代 铸 钱

（一）黄边钱及劣质钱

　　明代虽然在立国之前、朱元璋仍称吴国公的时候就已经开宝源局铸钱，但由于明初使用宝钞，铜钱地位低落，甚至经历了自洪武二十七年（1394）至宣德十年（1435）的一段禁用期。在实行纯纸币流通的41年间，出于外交和对外贸易的需要，钱法未被绝对废止。永乐、宣德两朝依然铸铜钱，其铸作、版式亦相当精整，但所产钱基本都用于在朝贡贸易中赏赐外国使节了，郑和下西洋也带出去了大量的永乐钱。国内则仍苦乏稳定通货，同时民间的伪钱私铸开始肆行。个别地区虽被允许行用铜钱，而法度各殊。①

　　大明宝钞不行，逐渐成为无法扭转的趋向，自成化以降，钞法全面崩溃。成化十三年（1477）正月二十三日，大兴左卫指挥使周广上言："近年钞法不行，每钞千贯只值银四五钱。"②成化进士陆容谓："宝钞今惟官府行之，然一贯仅值银二厘，钱二文。"③及至嘉靖初，"钞久不行，钱益大壅，益专用银"。④ 这一情形，若质之以成书于嘉靖年间的《水浒传》，我们会看得更为真切。书中完全没有对纸币的描写，铜钱也很罕见，偶有交易也论贯出现，而多数小额买卖，哪怕小到在饭店烫一壶酒，切一盘熟牛肉，也一律用银。这种唯银称大的格局，经过嘉靖一朝的努力扭转，已经有了起色；从

----

① 　参见王裕巽：《明代钱法变迁考》，《文史哲》，1996 年第 1 期。

② 　《明实录·宪宗实录》，台北：台湾中研院历史语言研究所，1963 年。卷一六一，成化十三年正月壬戌。

③ 　（明）陆容：《菽园杂记》（1—2），上海：商务印书馆，1936 年，第 111 页。

④ 　（清）张廷玉编纂，《明史》卷八十一《食货五》，第 1965 页。

隆庆年间起,明政府渐行形成一种以银为主、以钱为辅的货币制度,其后虽经各种银法、钱法之变乱,这个银、钱的货币流通格局却一直被保持到了清末。

嘉靖初年的"钱壅"情况,并非等同于"钱荒"。民间实则不乏钱,但乏好钱、精钱,使用者对钱币这种硬通货缺乏基本信仰。嘉靖三年(1524),制钱 70 文才兑一钱银,旧钱则 140 文兑一钱银。①《明史·食货志》在谈到嘉靖朝的险恶钱法情形时载:

> 先是,民间行滥恶钱,率以三四十钱当银一分。后益杂铅锡,薄劣无形制,至以六七十文当银一分。翦楮夹其中,不可辨。用给事中李侍用敬言,以制钱与前代杂钱相兼行,上品者俱七文当银一分,余视钱高下为三等,下者二十一文当银一分;私造滥恶钱悉禁不行,犯者置之法。②

在这种情况下,嘉靖初年面临重整钱法、取信于民的需要。嘉靖六年(1526)的铸钱,最大的变化是开始采用铜(Cu)锌(Zn)合金作为铸材,取代了此前长期使用的锡青铜。锌(Zn)来自含碳酸锌($ZnCO_3$)成分的炉甘石,当时名为"倭铅"或"水锡"。据宋应星写作于万历年间、初刊于崇祯十年(1637)的《天工开物》:

> 凡铸钱每十斤,红铜居六七,倭铅(京中名水锡)居三四,此等分大略。倭铅每见烈火必耗四分之一。我朝行用钱高色者,唯北京宝源局黄钱与广东高州炉青钱,(高州钱行盛漳泉路)其价一文敌南直江、浙等二文。黄钱又分二等,四火铜所铸曰金背钱,二火铜所铸曰火漆钱。③

---

① 参见侯厚培:《中国货币沿革史》,上海:上海书局,1930 年,第 100 页。

② (清)张廷玉编纂,《明史》卷八十一《食货五》,第 1965 页。

③ (明)宋应星:《天工开物》,管巧灵校注,长沙:岳麓书社,2002 年,第 207 页。

　　黄钱就是在这一铸币史分水岭上出产的不可再复的精品。金背钱是经过四次熔炼的上等黄铜所铸,钱身呈金黄,属于明代制钱中的一等钱;铜钱背肉上往往因翻砂产生的细小颗粒状突起,若配以四火铜金黄的色泽,会造成涂金的错觉。金背钱颜色讨喜,民间甚至有"以金涂背"的传言①,老百姓钟爱不置,宜其成为送礼佳品。制钱官定作价是十文抵白银一钱,而金背钱在实际流通中作值远高于此,在万历年间,嘉靖金背钱达到了四文抵白银一钱的身价,而后来年号所铸的隆庆金背、万历金背虽然也作值坚挺,可始终赶不上嘉靖金背。②

　　火漆钱的铜料只经两次熔炼,质量稍低,钱身色黑如铁。此外还有一种镟边钱,以镟车加工熔磨而成,钱体外缘平整而光亮。③　火漆钱和镟边钱都可算作明代制钱中的二等钱。但即使是镟边钱,也因镟车加工的成本较高,在嘉靖后期就改为使用打磨的锡鑢工艺了。我们认为,《醒世姻缘传》中屡称的黄边钱,广义地说,是金背钱、火漆钱与改锡鑢工艺之前的优质镟边钱的统称;窄义地说,则仅限于金背钱。金背、火漆和镟边,都属于优质的"高钱":美观、重量足、含铜量高。宋应星笔下的"高钱",铜九铅一,掷地作金声。黄边钱的出现,对于稳定人民对钱法的信仰,防止私铸,都起到了很好的作用。隆庆、万历两朝也都生产了各自的火漆钱和镟边钱。这三种黄边钱因差距较小,今人仅凭史料所载,再拿出土实物来比对,仍然不易区分,但藏泉界人士多认为,当时的老

---

　　①　周卫荣,戴志强:《明代铜钱化学成分剖析》,《钱币学与冶铸史论丛》,北京:中华书局,2002 年,第 22—23 页。

　　②　参见(清) 王原:《学庵类稿·明·食货志·钱钞》,赵忠格编著,《古钱钞文存》,北京:台海出版社,1998 年,第 292 页。

　　③　吴树国:《制钱与旧钱的杂用》,《民之通货:历代货币流变》,长春:长春出版社,2005 年,第 196 页。

百姓都很懂得怎样区分它们。①

《醒世姻缘传》第五十五回《狄员外饔飧食店，童奶奶怂恿疱人》，狄员外花二十四两银从京城冉家买了全灶调羹。在卖主、媒人画押，交易结束后：

> 狄员外取出一两银来，又叫狄周数上四钱银子的黄钱，与了两个媒人。那个端茶的管家，爬倒地替狄员外磕了头。狄员外知是讨赏之情，忙叫狄周数上二钱银子的黄钱与管家买酒。（55.427）

此处付给媒人的一两是他们原来讲定的佣金。事成，给每个媒人格外多加二钱银子，也是狄员外事先的允诺。在此之前，为了带调羹到童家来相看，"童奶奶数了二十个黄钱，催他（媒人周嫂儿）快去，来回骑了驴来"（55.424）。这说明，正规工钱或交易用银，额外打赏、小人情、小差使、小额交通费用黄钱，已经成为京城的风气。由于黄钱的珍贵性和美观性，大额送礼时，银两之外再另送黄钱，效果就如加送丝帛方物一样有面子。

明朝铸币政策最大的问题就是没有统一性，时废时立，这就愈发增加了钱法的混乱，由下表可观知：

明朝铸币政策简表②

年　　份	内　　　容
洪武元年（1368）	铸洪武通宝、颁布钱制
八年（1375）	停止宝源局铸钱
九年（1376）	停止各省铸钱

---

① 汪有民：《万历金背、火漆、镟边钱初探》，《西部金融》，2000 年第 12 期。

② 内容来自彭信威：《中国货币史》，第 433—446 页。

年　份	内　容
十年（1377）	恢复各省铸钱
二十二年（1389）	恢复宝源局铸钱
二十三年（1390）	更定钱制
二十六年（1393）	再停各省铸钱
二十七年（1394）	禁用铜钱
三十年（1397）	再停宝源局铸钱
建文元年（1399）	恢复铸钱、改定钱制
二年（1400）	再定钱制
永乐六年（1408）	铸永乐通宝
宣德八年（1433）	铸宣德通宝
正统十三年（1448）	禁用铜钱
天顺四年（1460）	恢复铜钱流通
弘治十六年（1503）	铸弘治通宝
嘉靖六年（1527）	铸嘉靖通宝、后停铸、课税征银不收钱
隆庆四年（1570）	铸隆庆通宝、复收钱
万历四年（1576）	铸万历通宝
天启元年（1621）	铸泰昌通宝、停铸大钱
崇祯元年（1628）	铸崇祯通宝
十五年（1642）	铸崇祯当十钱

　　铸币政策的变化，常常出于如下原因：即使对于国家铸币行为来说，成本也仍然得是考量之一。铜钱与纸币不同，本身具有实际的金属价值，在实际成本价值与发行价值之间的差价，称铸息。嘉靖初期的铸钱，顾炎武称为洪武以来"最为精工"，但它是以国

家铸息的低下甚至赔本为代价的。徐阶在《请停止宝源局铸钱疏》中就说到其中的危机:

> 盖制钱之解自南京者,其背或以金涂之,民间因谓之金背;或以火熏其背而使之黑,民间因谓之火漆。其云南所解及宝源局先年所铸,纯用铜锡不搀以铅,每钱一文,秤重一钱二分,钱边又皆经由车旋,民间因其色黄美,其质坚重,其边圆整,谓之镟边;近年局中所铸,为科官建议,革去车镟,止用铸剉二匠,而工匠人等,又复侵盗铜料,民间因其色杂,其质轻,其边剉磨粗糙,遂谓之一条棍。所谓旋边者,工费重大,故奸民不利于私铸,所谓一条棍者,工费轻省,故私铸由之盛兴,且一条棍与私铸之钱相似而难辨,误受于甲,转眼便不能行之于乙,故民间于一条棍不肯行使,并将金背等项,亦皆不行。[①]

铸造成本过高,使得铸钱的定额时常无法完成。嘉靖四十年(1561)以后,就连北京宝源局的官铸质量亦不能保证,从宝源局副使到作官、炉头、匠役都偷工减料,虽经整顿而终无成效。国家铸钱质量走低,私铸遂见猖獗。但这个问题在嘉靖时尚不严重,到了天启、崇祯时才真正变为不可收拾。[②]

《金瓶梅》第三十三回,陈敬济因弄丢了钥匙被潘金莲罚唱,他唱了一首"银钱《山坡羊》",用双关语说出了当时的很多银钱的名目与制作过程:

> 我使狮子头定儿小厮拿着黄票儿请你,你在兵部洼儿里元宝儿家欢娱过夜。我陪铜磬儿家私为焦心一旦儿弃舍,我把如同印箱儿印在心里,愁无救解……姐姐你在开元儿家我和你燃香说誓,我拿着祥道祥元好黄边钱也在你家

---

① (明)徐阶:《请停止宝源局铸钱疏》卷二四四,(明)陈子龙编著,《皇明经世文编》,北京:中华书局,1962年,第2551页。

② 张冬,"嘉靖铸钱述略",国学网:http://www.guoxue.com/?p=465。

行三坐四。谁知你将香炉折爪哄我,受不尽你家虔婆鹅眼儿闲气。你榆叶儿身轻,笔管儿心虚。姐姐你好似古碌钱,身子小眼儿大无庄儿可取。自好被那一条棍滑镘儿油嘴把你戏耍,脱的你光屁股。把你线边火漆打硌硌跌涧儿无所不为来呵,到明日只弄的倒四颠三一个黑沙也是不值。叫了声二兴儿姐姐,你识听知:可惜我黄邓邓的金背,配你这锭难儿一脸褙子。①

这首歌谣中,与黄边钱相关的术语我们前文已介绍过。"狮子头定儿"是狮子形状的银锭,"黄票儿"是指桑穰为质的"大明宝钞","鹅眼儿""榆叶儿""笔管儿""古碌钱""一条棍""黑沙""二兴儿"都是当时市面上流行的各种低劣铜钱及私铸钱的外号。"行三坐四""倒四颠三"指的是好钱与劣质钱的比值。② 在被编入歌谣的多种钱名中,除黄钱外基本都是劣钱,这又说明了明末私铸普遍、劣钱让老百姓大倒胃口的情形。

(二) 当十折子钱考证

成色不同的银子,在实际兑换中出入值会很大。在第五十回《狄贡士换钱遇旧,臧主簿瞎话欺人》里,狄希陈出于纳监的需要,父子二人到省城济南换"折子钱",普通银一两可换七十八文,足色纹银则可换八十文。

换折子钱的来龙去脉,篇幅不小,加上狄希陈与孙兰姬故人相遇,在《醒》书中整整占了一章。遗憾的是,历来对《醒》书的考据都看不到"换钱"一事的史料价值。我们在此愿不惜笔墨,借换折子钱之事,稍稍解读几个明末的金融现象。

---

① （明）兰陵笑笑生:《金瓶梅词话》,第402页。
② 参见王莹:《〈金瓶梅〉本事时代考四题》,临清金瓶梅学会编著,《临清与金瓶梅》,临清:山东聊城地区出版局,1992年,第97页。

狄希陈纳监,是在本省布政司纳银,依的是"廪膳纳贡"的名色——因为他原已有秀才身份,学道掌案黄桂吾对狄家父子说:

"如今当十的折子钱通行使不动,奉了旨待收回去。行下文来,用这折子钱援例,咱九十个换。咱上纳时,八十个当一两。"狄宾梁问说:"这折子钱那里有换的?"黄桂吾道:"东门秦敬宇家当铺里极多。要是好细丝银子,还一两银子换九十二三个。"(50.384)

狄家父子去秦家当铺(也就是娶孙兰姬为两头大的浙江义乌商人秦敬宇)询问时,却被告知:

只怕三百两也还有,便是不够,我替转寻。但这几日折子钱贵了。前向原是朝廷要收折子钱回去,所以一切援纳事例都用折钱。那有折钱的人家,听了这个消息,恨不得一时打发干净,恐怕又依旧不使了,一两可换九十文。若换得多,银色再高,九十一二个也换。如今折子钱将次没了,官府胶柱鼓瑟,不肯收银,所以这折子钱一两银子还换不出七十七八个来。(50.384)

这两段文字中,显然透露一个现象:当十的折子钱行使不通,政府不得不在援纳事例中强制规定使用折子钱,才能将其收回。对于大钱的行使不通之弊,宋应星的后见之明是:"其大钱当五、当十,其弊便于私铸,反以害民,故中外行而辄不行也。"[1]其实,便于私铸只是弊端之一,大钱不行,也有政治原因和人民的心理作用。

折子钱的收回手段,与明朝早期对大明宝钞的扶持手段有点像。宝钞不断贬值,朝廷努力维护,宣德与正统两朝停造新钞、扩大宝钞支付的税收或各种犯罪的罚款折钞,减少官俸的宝钞支付或各种使用宝钞的开支,结果宝钞还是出现恶性通胀,最终退出了

---

[1] (明)宋应星:《天工开物》,第207页。

市场流通。①

　　考明中叶至末期的各年号铸钱,唯嘉靖通宝、天启通宝和崇祯通宝三种有折十钱。嘉靖通宝仿洪武钱制,由工部宝源局铸,折二、折三、折五、当十大钱各仅铸三万文,均未投入流通。当十钱上除"一两"外,还铸以"十"记值,今日十分希见;②天启钱与崇祯钱都劣,盖因当时已经内忧外患,经济崩溃,铸钱是为了应付财政困难。崇祯通宝开铸于崇祯元年(1628),当时钱法极乱,命京、省、州府边镇、军卫、仓院,凡有条件处均开炉制造。所铸钱大小、轻重、厚薄、铸工均不相同,是中国钱币中最复杂的一种。③ 由于钱制不统一,盗铸日多,伪钱恶滥于市,被称亡国之象,而政府根本无力整肃,更谈不上有计划、大规模地回收行使不动的旧钱。

　　天启朝熹宗的父亲光宗是个短命鬼,在位仅二十九天便因"红丸案"而暴毙,他的年号"泰昌"甚至未来得及铸币,后由熹宗补铸"泰昌通宝"。《明史·食货志》载:

　　　　天启元年铸泰昌钱。兵部尚书王象乾,请铸当十、当百、当千三等大钱,用龙文,略仿白金三品之制,于是两京皆铸大钱。后有言大钱之弊者,诏两京停铸大钱,收大钱发局改铸。当是时,开局遍天下,重课钱息。④

　　天启朝百姓以"天启无道,互戒天启钱不用"⑤,抵制天启朝的大小钱币。天启朝后期发行的小平钱脆薄易碎,普通钱一两银子

---

　　① 参见张彬村:《明朝纸币崩溃的原因》,《中国社会经济史研究》,2015年第3期。

　　② 韩建业,王浩,朱耀廷:《明清钱币》,《中国古代钱币》,北京:北京大学出版社,2007年,第207页。

　　③ 同上,第211页。

　　④ (清)张廷玉编纂,《明史》卷八十一《食货五》,第1968页。

　　⑤ (清)吴陈琬:《私禁天启钱》卷七,《旷园杂志》卷四十七清康熙刻说铃本,第16页。

可换五六千文。① 但前期钱质并非一概都劣,明周晖《金陵琐事》载:

> 天启初铸钱时,库有倭铅倭锡,杂铜铸钱,纯白色,字舆轮郭分明,人呼为白沙钱,铜匠将白沙钱二文打小茶匙一张,可卖钱十文。故白沙钱最少,私铸者不能铸。②

这则故事可用来证明经济学家李剑农的看法,他认为嘉靖钱法过于遵循南北朝时孔𫖮的"铸钱不可爱铜惜工"之理论,好钱的含铜量太高,私铸者为了得到金属,会将其偷偷熔铸,而没有被销毁熔铸的好钱将会深藏在民间不出。③ 黄仁宇认为李剑农的观点相当于说出了劣币会驱除良币的格雷欣法则(Grasham's Law),有一定道理但不完全令人满意,因为他忽略了十六世纪政府铸币的数量因素和政府管理。④

天启钱中的折十大钱质量也着实不错,同样也是白铜铸。它开铸于天启二年(1622),停铸于天启五年(1625)。官铸折十大钱共有数种:正面有"天启通宝"字样,背面有上十、上十下星、上十左一两、上府、镇十、上十左一右密等数种。无怪当代钱币收藏家都为之喊冤,认为无论从铜质、重量、形制、钱面文字上看,天启折十钱完全不逊色于历朝的折十钱。⑤

将天启折十钱之不行全归于百姓对天启朝政治不满的原因,失之偏颇。抵制天启钱一事,实因吴县周顺昌由于庇护东林党人,

---

① 刘精诚、李祖德:《明中后期铜钱的流通》,《货币史话》,北京:社会科学文献出版社,2012 年,第 148—149 页。

② 彭信威:《中国货币史》,第 490 页。

③ 参见李剑农:《中国古代经济史稿:宋元明部分》,武汉:武汉大学出版社,2011 年,第 854 页。

④ 参见黄仁宇:《十六世纪明代中国之财政与税收》,第 90 页。

⑤ 参见聂水南:《明"天启通宝"折十大钱考述》,《钱币研究与收藏》,北京:中国经济出版社,2013 年,第 31—33 页。

被魏忠贤爪牙逮捕遇害,后激起苏州民变——即在著名的《五人墓碑记》中张溥所谓"当蓼洲周公之被逮,激于义而死焉者也"的"吴民之乱"。这是中国高中生都熟读的一段古文范文,此不详述。因周顺昌事件导致吴民相约抵制天启钱,"各州府县从而和之,积天启钱无算。各省出示劝谕,钱乃复行。私禁凡十阅月"。①

然而苏州民变之发生,已在天启六年(1626),以此来解释天启钱整体的流通不畅,似乎不尽在理。我们认为,诠释百姓的日常经济行为,应具"在政治的背后看到经济,在经济的背后看到政治"的眼光。

明朝的钱币作值有个特色:在位皇帝的通宝钱作价高于本朝先前皇帝的通宝钱。这个例是嘉靖三十二年(1553)世宗开的,他以嘉靖钱七十文准银一分,比洪武钱及前代杂钱加倍。② 在这样的前提下,如果一任天子临朝,朝政稳定,物阜民足,皇帝本人春秋鼎盛,人民自然会乐用本朝通宝,因为其值目前坚挺,且在可预见的将来仍会坚挺;设若情况反之,人民就会出于对当前无道政治的信心低落而抵制使用本朝通宝。熹宗昏庸,天启朝一朝虽仅七年,而自始至终为郁结的民怨所笼罩。天启元年(1621),努尔哈赤率军攻陷沈阳,继取辽阳,此后大明几乎逐年败绩;天启三年(1623),魏忠贤执掌东厂,各地为之造生祠,称九千岁;后有杨涟、左光斗、魏大中等东林六君子先后枉死。明史大家孟森有"明中叶以后,朝廷大事,成败得失,颇系于阉人之赞否"之叹。而客氏秽乱中宫,与魏忠贤合计逼杀"在万历时,为皇长子伴读,调护皇长子,使郑贵妃欲撼其过而无所得的"好人宦官王安。③ 明末陈子龙辑

---

① (清)吴陈琬,《私禁天启钱》卷七,《旷园杂志》卷四十七,第16页。

② 参见孙光慧,《元明的金融》,《中国金融简史》,第57页。

③ 参见孟森:《天启朝之阉祸》,《孟森明史讲义》,长春:吉林人民出版社,2013年,第286页。

《皇明经世文编》里,侯震旸《劾客氏疏》已谓"道路指目,咸曰奉圣夫人客氏,靡不舌挢眼张者"[1];亲历了万历、泰昌、天启和崇祯四朝的明末太监刘若愚著《酌中志》,谓客氏嫉恨懿安皇后张娘娘,"天启三年,张娘娘觉孕,客氏、逆贤乃逐去宫人之异己者,故托不更事之宫人答应,一日,张娘娘偶腰痛,按捱过度,竟损元子睿胎"[2],此种宫闱传言,最易在民间不胫而走,使百姓得出结论认为当朝天子无道。且天启无子,皇储阙如;天启之父泰昌帝在位二十九天即崩山陵,皇帝短命的殷鉴不远。天启五年(1625),后金军又攻取了旅顺。在这亡国气象的笼罩之下,百姓抵制天启钱,正如炒股者看低某只股票而不肯入市的心理一样。崇祯通宝的走低也是同样道理。

综上所述,既排除嘉靖通宝与崇祯通宝的折十钱,而天启朝折十钱又确实行使不通,后有"收大钱发局改铸"之事,则《醒》书中所说的折子钱必是天启通宝折十钱无疑。这一优质币种退出流通市场,用经济理性不能完全解释,必须结合天启朝的政治一同看待。

六、论近世性、资本主义萌芽与禁奢性社会气质的关系

日本学者内滕湖南(Naito Konan)提出"唐宋近世说",以如下因素作为"近世"的表征:一、贵族统治的没落;二、皇权的集中和兴起;三、普通民众地位的提升;四、官员任免权力掌握于中央政府之手;五、党争的性质从王室宗亲的斗争变为能够为普通民众

① (明)侯震旸:《劾客氏疏》卷四十九《侯杨二公集》,(明)陈子龙编著,《皇明经世文编》,北京:中华书局,1962年,第5508页。

② (明)刘若愚:《酌中志》卷八《两朝椒难纪略》,北京:北京古籍出版社,1994年,第44页。

代言的官僚文人集团之间的斗争;六、金融经济的拓展,特别是白银的大量使用;七、大众娱乐文化形式(如元杂剧)的兴起。① 明代晚期的社会构成,不但以上七个条件完全符合,而且再往前推,其实在唐宋转型期间,上述社会变化就已在酝酿和发生中。内藤将宋元明清都划为"近世",并且将其放置到世界史的格局上去与欧洲自文艺复兴以来的"近世"相对应。内藤的近世论,极为注意平民力量的抬头,强调他们在政治、文化、经济等诸方面所取得的权利。

内藤湖南的理论,在西方和日本汉学界固然一直享有长久的影响,但又一直被称为内藤假说(Naito Hypothesis),即这是一个仍待论证和探讨的话题。内藤假说经他的学生宫崎市定于1950年发表长篇论文《东洋的近世》,补足其经济领域的不足,强调宋以后中国社会的近世特征,特别是经济领域的"显著资本主义倾向"而更发扬光大。本书无法分出过多篇幅去讨论曾为中国史学界"五朵金花"之一的"资本主义萌芽"问题,更勿论在西方汉学界一直称为常青命题的"内藤假说",只想就其中的一点——普通民众的奢侈品消费——阐述一个观点:明末所显示出来的某种程度的市场扩张及奢侈品消费的阶层下移趋向,即使看似构成内藤定义的"近世社会"的一个表征,但仍与真正的资本主义离题万里。同样也是由于篇幅所限,在讨论奢侈品消费的层面上,我们也只着重探讨道德因素对其产生的压抑性作用。

奢侈品中,只有丝绸、呢绒这样具有普遍性而为广大平民,特别是平民妇女能够用来穿用的产品,才堪称作资本主义萌芽的领头产品。换言之,这奢侈品原来必须是价格高昂、一货难求的真正奢侈品,后来通过国内生产规模的扩大,或通过海外输入,成本降低,使得它的价格逐渐平降到富裕平民也能买得起,用得起的程

---

① Hisayuki Miyakawa, "An Outline of the Naito Hypothesis and Its Effects on Japanese Studies of China," *The Far Eastern Quarterly*, vol.14, no.4 (1955).

度。在英国资本主义发生和发展的道路上,除了丝绸、呢绒之外,原来属于贵族才能享用的糖、茶叶等,也是通过同样的途径而走到了平民的餐桌上。

在这层意义上说,顾绣真是一个再经典不过的例子。顾绣这样的奢侈品消费下移到狄希陈、素姐这样的北方农村富裕人家,究竟是代表着市场有了深度和广度呢? 还是代表着市场缺乏深度和广度呢? ——在回答这个问题之前,首先,我们为什么要这样提问? 答曰: 市场的深度和广度,才是资本主义萌芽发生的基本前提。

从顾绣事件来分析,这项奢侈品的消费是偶然、是例外、是农本社会皱着眉头才勉强吞咽下来的单次事件。该奢侈品从被生产出来、到被长途运输、到被销出,其过程中充满着各种畸形的、非常规商业运作的作用力。

顾名世家女眷是因为家境跌落才走向商业化刺绣的,在此之前,“她们接近刺绣,正如她们的丈夫社交圈子之于绘画一样”。——研究中国古代女画家的魏玛莎(Marsha Weidner)如是评价顾名世的次孙媳韩希孟。[1] 希孟之夫顾寿潜本身是画家,而寿潜又师法大书画家董其昌。顾韩伉俪情深,同得董其昌的书画教益,当其高朋满座、衣食无忧地悠游于顾家露香园之日,韩希孟绣出一幅幅为文士圈子所摩惜珍爱的“韩媛绣”,根本就是如王尔德所云“为艺术的艺术”(Art for Art's sake)。与魏玛莎类似的观点,高彦颐和白馥兰也曾表达;她们都认为刺绣是受过教育的闺阁仕女表达其个人创作力的一种形式,正如士子以绘画来表达一样。但白馥兰既治与女性相关的科学技术史,她在此事上又另有论见,谓刺绣之兴,与家庭织布业的衰落有关,既然织布的技能不

---

[1] 参见 Marsha Weidner, "Women in the History of Chinese Painting," *Views from Jade Terrace: Chinese Women Artists*, *1300–1912*, Indianapolis; New York: Indianapolis Museum of Art; Rizzoli, 1988, p.22.

再被珍罕了，女性就发展另外一种技能取替之。① 顾绣在"韩媛绣"阶段被达官显宦、富商巨贾争相购藏的行情，相当于《红楼梦》第五十三回里所描写的"慧纹"之受推崇的盛况。

> 一色皆是紫檀透雕，嵌着大红纱透绣花卉并草字诗词的璎珞。原来绣这璎珞的也是个姑苏女子，名唤慧娘。因他亦是书香宦门之家，他原精于书画，不过偶然绣一两件针线作耍，并非市卖之物。凡这屏上所绣之花卉，皆仿的是唐、宋、元、明各名家的折枝花卉……他不仗此技获利，所以天下虽知，得者甚少，凡世宦富贵之家，无此物者甚多，当今便称为"慧绣"。竟有世俗射利者，近日仿其针迹，愚人获利。偏这慧娘命夭，十八岁便死了，如今竟不能再得一件的了。凡所有之家，纵有一两件，皆珍藏不用。有那一干翰林文魔先生们，因深惜"慧绣"之佳，便说这"绣"字不能尽其妙，这样笔迹说一"绣"字，反似乎唐突了，便大家商议了，将"绣"字便隐去，换了一个"纹"字，所以如今都称为"慧纹"。②

事实上，也确实不乏有红学家将"慧纹"考证为"顾绣"的。慧纹显然不属于具有普遍性和广大市场性的奢侈品，"韩媛绣"同样也不是。如今顾绣存世作品不到二百件，为各地博物馆珍品典藏，以上海博物馆之天时地利，也不过才收藏有四件"韩媛绣"而已。顾绣后来多少走向市场，是因顾名世曾孙女顾玉兰在家道中落后设帐授徒，历三十余年，将家传秘绣技艺传于外姓。其时，城中四乡妇女习顾绣以营生，确然形成了一定规模。③ 但是，顾绣的生

---

① 参见 Bray，*Technology and gender: fabrics of power in late imperial China*，p.116.

② （清）曹雪芹：《红楼梦》，第 728—729 页。

③ 参见中国文物学会专家委员会：《顾绣》，《名家点金文物知识系列》（工艺卷），济南：山东教育出版社，2013 年，第 274—276 页。

产,毕竟是以高素质绣娘和大量的工时为代价的,即使普及了技艺,供应更为广大的市场也难以为继。到了清末,顾绣便逐趋湮没,被吸取了其针法技巧的苏绣所取代了。

顾绣的原始生产既无规模,其远销山东的个案完全是投机商人的个人行为,而其暴利卖出又是一系列反商业规律的运作。以买家而论,素姐起初确是因看到智姐穿了一套顾绣裙衫而起羡心,但她强烈的购买欲更因怀疑丈夫将衣料"送了婊子"而激起;狄希陈即使在阃令如山、恶拳相向的前提下,也试图以价格更为便宜的仇家洒线来代替这项奢侈品的购买;以卖家而论,伙计李旺本人的态度毋宁说是反映"小集体身份认同,同质同种性,经济平等"的禁奢性社会气质,他批评近年来"开南京铺"的奢侈风气,赞同"挑货郎担子"的低水准,且流露出对杨尚书只穿漂白布衫的"显著型节俭"的道德赞美。虽然李旺的话也可以被诠释为商家诱敌深入、欲迎先拒的策略,但这策略要起到作用,毕竟也需要买家能够听得进去这一番话。狄希陈在李旺的劝告下,先买下了价格更为便宜的仇家洒线以图避免奢侈品消费,足以说明禁奢性社会气质之渗透人心。

有关禁奢性法律的研究,在西方学界已经是一个很成熟的领域了。巧得很,这方面的三位学者,兰伯特·舒洪(Lambert M. Surhone)、麦瑞姗·提姆普莱顿(Miriam T. Timpledon)和苏珊·马赛肯(Susan F. Marseken),共同编辑了一本专书,名叫《禁奢性法律——社会分层,道德律,衣饰,食品,奢侈品,歧视,贵族,特权,资产阶级,穿衣规范》。① 此书的数个子标题恰好能够代表本书中所涉及的禁奢问题。明史专家卜正民、柯律格和人类学家阿尔君·

① 参见 *Sumptuary Law: Social Stratification*, *Morality*, *Clothing*, *Food*, *Luxury Good*, *Discrimination*, *Nobility*, *Privilege*, *Bourgeoisie*, *Dress Code*, Lambert M. Surhone, Miriam T. Timpledon, Susan F. Marseken *eds.*, Mauritius: Betascript Publishers, 2009.

阿帕杜莱(Arjun Appadurai)都已经将明代禁奢性立法的来龙去脉讲得很清楚了,但对禁奢令之外的禁奢性社会气质,相关的探讨和关注仍旧不足。

学者们常在如何诠释明代高度发达的商品经济模式的问题上持有不同意见,但是他们大都同意以下事实:明代早期制订的一系列禁奢性法律,在明代中晚期泛滥的物质主义形势下,已经几乎废弃不用。禁奢令的衰落,反映在拥有购买力的富人对之公然藐视的态度上,他们购买货品,远远超过了法律对其身份的限定;国家明令规定戏子、皮条客、老鸨、妓女这些职业从业者需要在衣服和头饰的式样、质地和颜色上都穿出贬抑的特色,但是他们却罔顾国家的着装规范,只依据自己的经济实力穿衣,法律却不能对其进行辖制。富家姬侍和太监更是如此。明初的禁奢令已经沦为一纸具文,几乎没有庶民再去遵守,而违规践踏的情形则有千百种之多。禁奢令本身的一些弱点——执法成本太高、繁复、细大不捐等等,都使得它不能长久得到贯彻。

在法律管不到的角落,仍然有禁止奢侈性消费的力量存在,而且这力量还不小,对于明末蓬勃的消费主义经济的向上走势,它是一个秤砣式的、往下坠沉的力道;对于已经具有很大分野的南北经济和城乡消费,它是将这个分野激为更不可弥合的一道催化剂。这些禁奢性的思维、理念、习俗、做法的总和被称为"禁奢性社会气质",如果没有它,即使我们将抑商政策、运输不便、城乡收入差异及地区经济发展差异等因素都计入,还是解释不了明代消费主义经济不能蔓及全国、在物质消费上城乡差别严重、南北差别严重等现象。我们当然不是说,所有不在禁奢令法律框架之内的反消费主义文化的因素和力量,都应被归结为禁奢性社会气质;我们也不是说,禁奢性社会气质之于明代是原生性的。但我们认为,这一特殊的社会气质,在中国历朝历代中,唯与明代的共生性最强、最明显:其根茎也深广,其覆盖也弥漫。这是因为明代政府——至少在初始阶段——曾努力不懈地打下了一个繁复精密的禁奢性法律框架，以支撑其所乐见的阶级分层。禁奢性社会气质得到了禁奢令的保护、鼓励，被后者赋予了道统上的合法性，但前者之作用于民众，并无刑狱之酷，毕竟是和缓及易被接受得多了。对于奢侈消费的意图，禁奢性社会气质的代表人物会皱起眉头，苦口婆心劝消费者远离不符合其身份的物质享受，但它不惩不戒，对于既已发生的奢侈消费行为，它也无力回天。当然，严厉的道德君子总是可以威胁说：国家法令在此，逾矩者必受惩罚，但威胁离实施总还是很遥远。

在有关舆服的实践和风俗上，我们看到了政府干预的迹象；在政府法律法规的管辖范围之外，又存在着强大的道德因素和社会戒律，它们极不乐见普通人对奢侈性服饰的消费。不过，明代——或任何时代——的禁奢令并非是要将民众的物质生活圈往一个方向，禁奢令自有其超越禁奢本身的诉求；当这个诉求降低或不存在了，禁奢令也就形同废纸了；而禁奢性社会气质在制约奢侈性消费上所起的持续不断的作用，反比禁奢令更为强大。

禁奢性社会气质的背后，有一项与之相辅相成的道德传统：节俭。在自给自足的自耕农经济下，多数购买成品商品的行为都是不被赞同的，但凡能够取用于自产，消费者绝不轻易外求。我们且看素姐与狄希陈成婚前、狄家准备聘礼的情形：

> 唤了银匠在家中打造首饰，即托薛教授买货的家人往临清顺买尺头等物，自己喂蚕织的绢发与染坊染着，自己麦子磨的白面，蜂窝里割的蜜，芝麻打的香油，叫厨子炸喜果，到府城里买的板圆，羊群里拣了两只牝牡大羊，鹅、鸭、鸡、鸽。都是乡中自有；唤了乐人鼓手，于十一月初十日备了一个齐整大聘。(44.336)①

---

①　其他的《醒世姻缘传》版本有将"板圆"作"桂圆"的。本书严格使用齐鲁书社版的引文，不再置换。此文中的"羊群里拣了两只牝牡大羊，鹅、鸭、鸡、鸽。都是乡中自有"句，其实"鸽"字后的标点应为逗号，在此我们也一仍其旧。

　　除了银饰、尺头不能自产之外——狄家也通过唤银匠来家自造、托熟人购买来尽力搏节这两项的费用——其他货品除板圆之外都是自产自备。必需品的购买在农本社会中尚受到压制，遑论奢侈品。节俭的美德和反消费的精神，源发于自然经济形态，又受到国家重农抑商政策的扶持。

　　从整体上说，禁奢性社会气质对明代的企业主义的发展起到了强烈的阻滞作用。明代中晚期的江南地区，本已有强劲的商业主义走势，这走势却不能积累足量的社会经济动能，最终蔓及全国。这一在中国大陆史学界被称为"明末资本主义萌芽"的问题，尝引发无数历史学家的纠结，人们不禁想问：为何明代不能如光荣革命后的英国一样，走上资本主义的发展道路？历史不能假设。这"萌芽"的规模到底有多大，有无可能突破瓶颈，苗壮成长，史家向来并无定论。但无论"萌芽"的形态与规模如何被诠释，禁奢性社会气质对之起了反面作用是肯定的。

　　于是，回到本节开头时的问题，我们认为，顾绣这样的奢侈品消费下移到狄希陈、素姐这样的北方农村富裕人家，实则代表着市场原本就缺乏深度和广度。该项奢侈品交易所折射出来的市场——生产的小规模，进货的投机性，销售过程的反常规、无竞争、暴利——都与健康的资本主义机制凿枘不投。顾绣消费在一次下移之后，无以为继：不要说明水镇其他与素姐经济条件类似的女性不能继续购买顾绣，就算素姐想要再买一件也不可能。

　　以进货渠道而言，前文我们已说明，素姐之父薛教授开客店，靠的是自大运河"八大钞关"之首的临清贩布到明水，而临清的布，又是靠布商从江南的各丝织中心贩来。如果这个商业生态一直稳定，也不失为一种可靠的进货方式，积累久之，肯定可以收到成本下降之效。但运河船运并不稳定，其详我们将在后文"旅行篇"再述，而且国家对于运河行商的政策也不稳定。明中后期，政府在运河上重重设立征税关卡或分关，万历二十六年

（1598）神宗派一批宦官到各商埠征收重税，他们有时甚至直接劫掠店铺，没其全资。临清原有缎店 32 座，剩了 11 座；布店 73 家，剩了 28 家。① 可以想见，薛教授的布店若逢此劫，必遭灭顶之灾。

王春瑜总结明代商业文化的特点，总体评价不高，他认为其差的方面有：鲜明地打着传统文化的烙印，大的商业环境差，小商店居多，色情商品泛滥，商业语言有行话黑道特色等等。这些都决定了明代商业文化的低层次。②

黄仁宇从考察冯梦龙的《三言》入手，曾写过一篇非常有分量的学术文章：《从〈三言〉看晚明商人》。这是黄氏所有著述中，离史料最远而离文学最近的一篇历史论文。他认为："小说资料可以为历史之助。因小说家叙述时事，必须牵涉其背景。此种铺叙，多近于事实，而非预为吾人制造结论。"对于明代商业貌似繁荣下的历史真实，黄仁宇所持的态度与他在其他"大历史"著述中的态度一致，即中国在十六、十七世纪间，虽然经历过商业的发达，但这种商业经济仍欠缺真正的"资本主义性格"，以"明末资本主义萌芽"相称，并非妥当。他总结道："明代商业以小规模高利润，不定期运货，而客商之间无直接竞争为原则。"③

方才在奢侈品问题上我们强调过：市场的深度和广度，是构成资本主义萌芽发生的基本前提。我们认为：明代金融的发展，同样也未曾达到足够的深度和广度。大明宝钞发行失败后，金融流通领域里长期只有白银称王；嘉靖后虽以铸币缓解情势，但国家铸币行为朝令夕改，毫无统筹计划，连一个年号下的铸币都良莠不

---

① 参见姚汉源：《京杭运河史述略》，《黄河水利史研究》，郑州：黄河水利出版社，2003 年，第 303 页。

② 参见王春瑜：《明代商业文化初探》，颜章炮编著，《新编中国古代史教学参考资料》（第 3 册），厦门：厦门大学出版社，2003 年，第 444—445 页。

③ 黄仁宇：《从〈三言〉看晚明商人》，《放宽历史的视界》，第 1—30 页。

齐,良币或是被拿去融化,或是在民间深藏不出。"劣币驱逐良币"的现象不仅仅与经济相关,更与政治相关。从嘉靖开始,形成在朝天子使用行政命令强行规定当朝通宝作价应高于前朝通宝的规范,这一违反经济规律的做法常与政治形势起龃龉,有时反而会将优秀币种逐出流通市场。明末各种私铸、官铸的劣钱充斥市场,泛滥到可以让老百姓编出歌谣传唱的程度。以民众对国家金融体系的信仰之薄弱,以构成经济交换的主要媒介——白银与钱币——计量的不准确和不稳定,试问,明末如何能够积攒起足够的资本主义发生的势能?

前文提到,海外白银输入明代中国的数量问题,引起了全球东亚经济史专家的兴趣。其实,有关海外白银输入的机理,也同样引发了东亚经济史专家的关注。白银作为贵重金属,自古以来就是宝藏价值的工具,也间作支付手段,但中国古代并未铸造银币作为国家统一货币发行,直到明中叶之前,白银并不具备国家承认的完整货币职能。但是,为什么不早不晚,独独是在这一朝这一代这一个时间点上,白银要崛起称王呢?这个现象就连《中国货币史》的作者彭信威也不能给出确定的解释,他并不认为明初的生产出现了飞跃式的增加从而需要更多的货币。他一再强调的反而是明政府弛银禁的无奈。[1] 在海外白银的输入机理问题上,学界产生了四种主要学说,而各家对其赋予的意义也不同。我国学者的主流看法,可称"生产力恢复说"或"商业革命说",认为白银的输入是商人力量崛起、海外贸易发达、国内长途贸易发展、城镇化和商业化程度加深的结果,它的发生意义是正面的,持有此说的代表者为唐文基。[2] 另一派可称"贡赋体制说",认为白银做大是由于十六

---

① 参见彭信威:《中国货币史》,第 452—453 页。

② 参见唐文基:《16—18 世纪中国商业革命》,北京,社会科学文献出版社,2008 年。

到十八世纪的国家赋役体制变革带来的,该派的代表为梁方仲、陈春声和刘志伟——后二人的研究范畴更重清代。[①] 梁方仲的著名结论是"在一条鞭法之下,白银货币流通的范围,主要在贡赋经济的领域"。[②] 第三派是万明等人的"国家赋役制度与民间市场共同作用说",他们提出,白银源于民间市场,由于铜钱和宝钞的弊病强化了这一市场,它又与国家赋役制度联合作用,最终形成了白银的大流通[③];最后一种是刘光临的"需求稳定通货说"。刘反对"白银进步说",认为明代的"银进钱退"并不是金融进步的标志,而是由于劣钱、盗铸钱泛滥,逼得市场不得已做出的一个选择。[④] 我们认为,解释十六世纪白银兴起的现象,确以刘光临的"需要稳定通货说"理论最符合实际的情况。

明代纸币失败后,钱法亦乱象迭出,国家虽时有精工铸币,而铸币政策却无远见,又喜干犯经济规律。在此情形下,民间将通货信仰诉诸白银,因为这时候只剩下白银才构成稳定的通货选择。但必须强调的是,白银作为稳定通货的效用也是有限的。国家始终未曾以这一民间真正有通货信仰的贵金属进行统一铸币,白银的称重与成色,始终无法获得精确的计量标准。在白银交易中,同样也存在着信用问题、作伪问题、兑换问题以及流通范围问题,这些都极大地增加了交易成本,制约着明代全国市场的发展。而携银旅行的笨重狼亢、易于失窃的问题,亘三百年不能得到一纸汇票

---

① 参见陈春声,刘志伟:《贡赋、市场与物质生活——试论十八世纪美洲白银输入与中国社会变迁之关系》,《清华大学学报(哲学社会科学版)》,2010 年第 5 期。

② 参见梁方仲:《明代赋役制度》,北京:中华书局,2008 年,第 4 页。

③ 参见万明:《明代白银货币化的初步考察》,《中国经济史研究》,2003 年第 2 期。

④ 参见刘光临:《银进钱出与明代货币流通体制》,《河北大学学报(哲学社会科学版)》,2011 年第三十六卷第 2 期。

的解决。故此,白银的称大并不应被诠释为一种成熟的商品经济的表征。

黄仁宇以短篇的明末文学素材做资料考察明代经济,与本书以长篇的明末文学素材做资料考察明代奢侈品消费和金融制度所得出的结论,迥时异地而相同。

第三章
饮食篇

一、民以食为天

（一）饮食文化的概念及其外延

法国年鉴学派第二代代表人物费尔南·布罗代尔（Fernand Braudel）曾言："在十五至十八世纪之间，人的食物主要靠植物提供。"他并且论断道："远东所以拥有大量居民，那里的人口所以有惊人的增长，唯一原因就是肉食极少。道理十分简单，如果按单位面积计算，农业提供的热量远远胜过畜牧业。"① 布氏的计算是，农业能够养活的人口是畜牧业的十到二十倍。且不论布氏的算法正确与否，我们得承认，食物的确是评判一个文明或文化的重要标识之一。

马克·布洛赫曾云，"历史学所要掌握的正是人类，做不到这一点，充其量只是博学的把戏而已。优秀的史学家犹如神话中的巨人，他善于捕捉人类的踪迹，人，才是他追寻的目标。"② 本章研究的饮食，外延所涉甚广，需要先行定义一下。

---

① ［法］布罗代尔：《十五至十八世纪的物质文明、经济和资本主义》（上），第131页。
② ［法］马克·布洛赫：《历史学家的技艺》，黄艳红译，上海：上海社会科学院，1992年，第23页。

为什么要研究饮食？答曰：因为饮食是人类物质生活中最重要也是最频繁涉及的一项。为什么要自《醒世姻缘传》这部小说中研究饮食？答曰：《醒》书所描绘的社会层面浩瀚深广，上至九千岁的大宦官王振，下至饥年卖儿卖女的流民，在生活常态的描写上多用工笔，于是此书不但可以被用作明朝"食文化"的取样标本，佐以史料，又可用来考量明代的经济史。仅以食文化而言，《醒》书的描写不及《红楼梦》之精致上品，亦不及《金瓶梅》之丰富堆积，但是它确然传神地描绘出了十七世纪中国北方城乡上、中、下三等家庭的饮食状态。它对天灾、食人和官民赈济的描写，是我们进行这方面研究不可或缺的资料。这些信息虽然无关于帝王将相家谱，但是我们可以从中捕捉到明朝历史的脉搏，进而把握这个朝代内在的精神气质。小说生动的语言，使我们看到明人的一饮一啄，如此具象、立体，仿佛隔壁餐厅里的食客，我们不但能够看到他们的衣裳面貌，且能窥见他们盘中的食物。这与从《明史·食货志》湮黄的册页里去探究明代经济的感受是不同的。本章固然以饮食为研究对象，但即使罗列菜谱，也必不同于《红楼梦饮食谱》等书的写作方式，因为它不以考究一菜一肴的用料、做成、食法为目的；即使谈及宴饮，亦不能从散文家梁实秋的《雅舍谈吃》之后，做品评美食之举。本章所欲者，是在饮食和稼穑相关的生活常态中把握中国十七世纪的社会经济细节。

饮食是人类的生活文化中最根深蒂固、最不易改变的部分之一，尤其在古时交通不便的情况下，一个地区的饮食文化，总是极大地受限于该地区的谷物种植和家畜养殖的因素。某一饮食文化对食材处理和对庖厨的态度，特别是对食物和水是否应予以撙节的观念，往往会上升到伦理层面，甚至宗教层面。我们从《醒》书中得到的取样，佐以历史资料，可用于对以下明代饮食及其衍生文化的研究：农作物品种、耕作技术、烹调技术、甄选庖厨的标准、田亩征税、对待食品浪费的伦理态度、自然灾害及歉收、饥荒食人、政府、社区和私人发起的赈灾救济等。最后所列举的三项，貌似已经距饮食文化较远，有点牵强，实则不然：最早由汉高祖刘邦的谋士郦食其提出、经过广泛流传后根植入汉民族心理的"民以食为天"一谚，深刻反映出"食"的核心定义就是人民赖以生存的粮食供给，任何与之相关的现象都可收录到饮食的范畴内来研究。

"民以食为天"在中文语境中有着多重的涵义。首先，"食"是人民每日生活之必需，即使为收入微薄的普通人，也必努力追求在能够负担的前提下尽量地满足口腹之欲。《诗经·豳风·七月》中的记载——"六月食郁及薁，七月亨葵及菽。八月剥枣，十月获稻。为此春酒，以介眉寿。七月食瓜，八月断壶，九月叔苴，采荼薪樗。食我农夫。"——已展示出初民对稼穑饮食的郑重与喜悦。

罗伯特·福琼（Robert Fortune）是一位苏格兰植物学家和旅行家。他最著名的事迹是将茶叶从中国和印度引入英国种植。福琼于十九世纪五十年代来到中国，他对自己手下的中国雇工如何打理饮食表示十分赞叹："这些人所用的食品原料都是最简单的——总不外是大米、蔬菜，一点点肉食如鱼肉和猪肉等。然而在中国，即使是最穷困的阶级，也似深谙饮食之道，比同样下等阶级的英国人强多了。只用以上我所提及的那些简单食材，我的中国雇工就可以做出许多美味的饭菜来，他日日三餐都吃得相当奢侈。"[1]第二，食品供给在民生中占有至高无上的地位。第三，如果食品供给出现短缺，对大众来说，就无异于天塌地陷。因为在发生食物短缺的前后，饥荒、洪水、干旱、歉收及食人等各种天灾人祸都可能会出现。第四，在严重饥荒发生后，一般来说，政府会介入赈济，但往往不甚有效；赈灾行动也可能由公众、社区或私人发起，但也总会有

---

[1] Robert Fortune, *A residence among the Chinese: inland, on the coast, and at sea. Being a narrative of scenes and adventures during a third visit to China, from 1853 to 1856*, London: J. Murray, 1857, p.42.

各种的弊端。最后,当所有的赈灾手段都不能安抚住饥民,绝望于生存的民众就可能揭竿而起成为暴民和反叛者,从而导致现政权的覆亡——而一个王朝的覆亡又与天塌地陷具有类似寓意。

这一因果关系链所呈现的逻辑在于:民生种种都围绕着"食"无与伦比的重要性存在,"食"就是"天",一旦"食"断档,"天"就"塌"了。中国食文化的外延是如此之大,由此而产生的研究范畴不仅覆盖食品生产,且覆盖食品消费、食品供给和供给短缺发生,以及在供给短缺情况下生发的饥荒和饥荒赈济。因此,本章对于饮食的研究将不仅专注于与饮食相关的经济和物质层面,它还会触及农业种植、收成、食盐缉私、税法、自然灾害、赈饥、社区自救及私人慈善等题目。本章既关注《醒》书里所写的饥荒与食人的历史真实性,也希望透过小说的天灾人祸视角去探究一下明代社会有否达到儒家的仁政标准。

(二) 自耕农的天堂: 春耕、夏作、秋收、冬闲

《醒》书人物的活动范围,大致不出华北之外,主要集中于山东的武城、绣江两县,因此其所描写的饮食可被视为典型的北方(山东)食文化。需要注明的是:山东自古以来并没有一个叫"绣江"的县治,这个名称是作者的虚构。但绣江河(绣源河)却是实实在在有的,它是小清河的一条支流,也是章丘境内最大的一条河,又确然流经狄家故事的发生地明水镇,是以我们不妨就把"绣江"当作"章丘"的别称。以下谈到"绣江"之处不再别释。

中国华北平原自古以来便种植谷物,包括小麦、高粱、黍(黄米)和粟(小米)等。至于玉米、甘薯、马铃薯等作物,一般认为是在哥伦布发现美洲大陆后,于明清之际传入中国的。由于起初传入的种类尚少,传播尚不广,这些作物对于明人日常的饮食影响很有限。然而随着生产量的稳步提高,这些作物终于在清初至清中叶成功打入了中国人的餐桌,成为中式主食的

重要组成部分。① 在普通中国人的日均食物消费中,谷物及其他主食占有卡路里总量的 70%。② 以长江为分界,北方人的主食通常为小麦,而南方人则为大米。这一不同之处也构成了中国南北两地的重大文化分野。北方饮食文化以北京、山东、河北、山西、陕西和河南为代表。③

北方人民以面食为主食,其中馍馍(又称馒头、饽饽)和扁食(近代名饺子,旗人谓煮饽饽)在节日里更是不可或缺。"扁食"的名称来自元代的"匾食",当然,作为一种食品,它的起源或可追溯到南北朝时期。元曲中有完整的关于制作匾食过程的叙述:"白生生面皮,软溶溶肚皮,抄手儿得人意。当初只说假虚皮,就里多葱脍。水面上鸳鸯,行行来对对。空团圆,不到底。生时节手儿上捏你,熟时节口儿里嚼你,美甘甘肚儿内知滋味。"④可见其制作流程与今日之饺子已无多相异。

在北方的农村大家庭中,数世共爨而不分家的情形很常见,年轻的媳妇们往往上有两层婆婆,终年劳作不敢抱怨,但若是新春除夕之夜全家没能吃上一顿白面饺子,则再好性儿的媳妇也不免一年嘀咕到头儿。所以即使经济困窘人家逢年过节,当家人即使告贷也要买上几斤白面和猪肉,务使这一具有象征意义的食品出现在年夜饭的餐桌上,让阖家人沾沾喜气。假如过年吃不到饺子,那就不仅仅是家庭财政失败的问题,而是当家人对同居一个屋檐之

① Frederick W. Mote, *Imperial China*, *900 - 1800*, Cambridge, Mass.: Harvard University Press, 1999, p.750.

② Jacqueline Newman, *Food culture in China*, Westport, Conn.: Greenwood Press, 2004, p.90.

③ Frederick J. Simoons, *Food in China: a cultural and historical inquiry*, Boca Raton: CRC Press, 1991, p.45.

④ (元)无名氏:《朝天子·嘲妓家匾食》,《雍熙乐府》卷十八,上海:上海商务印书馆,1932 年。

下的家庭成员与仆人们的正当利益的忽略和漠视。有趣的是,这一习俗在《醒世姻缘传》中就有所表现。

《醒》书所刻画的第一场家庭纠纷就与过年没有扁食吃有关。晁源娶妾珍哥后,对嫡妻计氏不管不问,任其自领几个丫头在大宅后院过活;新春佳节,他与爱妾在大宅的前院尽情享乐,奴仆们也有吃有喝,可是:

> 计氏在后院里领了几个原使的丫环,几个旧日的养娘,自己孤伶仃独处。到了年节,计氏又不下气问晁大舍去要东西,晁大舍亦不曾送一些过年的物件到计氏后边,真是一无所有。这些婢女、婆娘见了前边珍哥院内万分热闹,后边计氏一伙主仆连个馍馍皮、扁食边,梦也不曾梦见,哭丧着个脸,墩葫芦、摔马杓,长吁短气,彼此埋怨,说道:"这也是为奴作婢投靠主人家一场!大年下,就是叫化子也讨人家个馍馍尝尝,也讨个低钱来带带岁。咱就跟着这们样失气的主子,咱可是'八十岁妈妈嫁人家,却是图生图长!'"又有的说道:"谁教你前生不去磨砖,今生又不肯积福?那前边伺候珍姨的人们,他都是前生修的,咱拿甚么伴他?"高声朗诵,也都不怕计氏听见。计氏也只妆耳聋,又是生气,又是悲伤。(3.19)

计氏嫁与晁家时,晁源的父亲还未发达,只是一名老贡生;计氏在家是最小偏怜的女儿,因为她母亲已经过世,父亲老计怕女儿婚后失于照应,所以又在陪嫁之外,格外陪了一顷地,其实计家当时的经济情形也已经很勉强了。一顷为旧亩一百亩,寻常年景下,一亩地可以卖到二两银子,晁思孝当年要赴京廷试,没有钱,就卖了儿媳的妆奁地二十亩,得银四十两,外加计家卖了一顶珠冠,得银38两,全部用于赞助晁思孝——这样才凑齐了盘缠。计氏失宠后,晁源在经济上早已不理会她,她过日子的柴米还是靠剩下的80亩妆奁地的出息。(9.67)

让我们看看计氏的妆奁田里种的是什么吧。计氏上吊死后,计、晁两家打官司，县官将妆奁地判还给计家。晁源为报复兼要赖，串通了衙役，百般拖延交还土地的时间。他说："大尹只断退地，不曾带断青苗。如今地内黄黑豆未收，等收了豆，十月内交地不迟。"（11.81）晁源的官司完结在七月初九日，应是黍稷等作物已经完成收割的时候，田地里又种入豆类，此即轮作之法。晁源原话使用"带断青苗"的"带"字，十分精确地体现出豆类种植乃是棉花种植的副产品。如果我们检视有关明代中国北方作物种植生产的记录，会发现《醒》书所载的轮作法在当时已经甚为流行。①

从书中我们又可以得知，除轮作之外，当时人也已惯用"覆盖作物插入轮作"的种植方法。如后文中提到，狄员外家里棉花地里带的青豆将熟，叫家人狄周取拣割熟豆。结果狄周领了人，"不管生熟，一概叫人割了来家"。狄员外虽然平素脾气极好，但对这种不顾惜庄稼的浪费行为也大为不满，恼怒说道："这一半生的都尽数割来，这是秕了，不成用的。"狄周强辩道："原只说叫我割豆，又不曾说道把那熟的先割，生的且留在那边。浑浑帐帐的说不明白，倒还要怨人！"（29.223）主仆因此闹得好生不快。农业生产使用轮作复种与间作套种法，最主要是为了保持土壤的肥力。中国古代早就有精耕细作的传统，古人很早便发现了土地用养结合的规律，早在公元前四世纪，魏相李悝已开始倡"尽地力之教"。棉豆间作时至今日仍然是一种相当先进的农业间作模式，它能够充分利用有限土地里的光、热和水资源，在我国南北两大棉区广有使用。

尽管中国文学中并不乏对自给自足的小农生活形态的歌颂，

---

① 明代科学家宋应星在所著《天工开物》中，曾详细记录了谷物和豆类的四种轮作之法。另外一位明代科学家徐光启则在《农政全书》中记录了轮作小麦和蚕豆的技术。Hui-lian Xu, J. F. Parr, Hiroshi Umemura, *Nature farming and microbial applications*, New York: Food Products Press, 2000, pp.16 - 17.

或对如诗如画的田园牧场的描写,但由于隐士文学往往以"外来者"的视角诗意化农村的生活表象,故其客观性不高。中国田园诗的作者作为一个群体,被治中国古典文学的汉学家宇文所安(Stephen Owen)归类称为"厌世隐士"。这类隐士往往"对他的价值和行为过分自卫",虽隐于高山和农野,但仍旧"希望得到政府的征召",所以其实他并不关注真正的农家生活。① 能够按照一年中的时间顺序完整反映"春耕、夏作、秋收、冬闲"的作品,在中国文学中存篇既不多,描述也未必真实详致。但古代作品中更为稀少的,还是一种对自耕农生活形态的由衷赞美之情。常见的羡农归田文学,论其创作起源,往往是文人仕宦失意后的反向寄情,或者在道家思想影响下融于自然的情怀寄寓,很少有像西周生在第二十四回《善气世回芳淑景,好人天报太平时》里那样,对农家春耕、夏作、秋收、冬闲的情形,除了细致真实的描写之外,颂赞之意又溢于笔端的。

虽然稼穑辛苦,但是当时的绣江县明水镇,年成又好,徭役又轻,人民淳朴,安居乐业,"所以家家富足,男有余粮;户户丰饶,女多余布。即如住在那华胥城里一般。"先说那春夏秋这三个忙季里的情形:

> 挨次种完了棉花穄秫、黍稷谷粱,种了稻秧,已是四月半后天气。又忙劫劫打草苫、拧绳索,收拾割麦。妇人也收拾簇蚕。割完了麦,水地里要急忙种稻,旱地里又要急忙种豆。那春时急忙种下的秋苗,又要锄治。割菜子,打蒜苔,此边的这三个夏月,下人固忙的没有一刻的工夫,就是以上大人虽是身子不动,也是要起早睡晚,操心照管……才交过七月来,签穄秫,割黍稷,拾棉花,割谷钑谷,秋耕地,种麦子,割黄黑豆,打

---

① Stephen Owen, *Traditional Chinese poetry and poetics: omen of the world*, Madison: University of Wisconsin Press, 1985, p.30.

一切粮食，垛秸干，摔稻子，接续了昼夜，也还忙个不了，所以这个三秋最是农家忙苦的时月。只是太平丰盛的时候，人虽是手胼足胝，他心里快活，外面便不觉辛苦。(24.184)

三秋忙季已过，谢了土神，辞了场圃，进入十月中旬以后，便是"农家受用为仙的时节"：

> 大囤家收运的粮食，大瓮家做下的酒，大栏养的猪，大群的羊，成几十几百养的鹅鸭，又不用自己喂他，清早放将出去，都到湖中去了，到晚些，着一个人走到湖边一声唤，那些鹅鸭都是养熟的，听惯的声音，拖拖的都跟了回家。数点一番，一个也不少。那惯养鹅鸭的所在，看得有那个该生子的，关在家里一会，待他生过了子，方又赶了出去。家家都有腊肉、腌鸡、咸鱼、腌鸭蛋、螃蟹、虾米。那栗子、核桃、枣儿、柿饼、桃干、软枣之类，这都是各人山峪里生的。茄子、南瓜、葫芦、冬瓜、豆角、椿牙、蕨菜、黄花，大囤子晒了干，放着过冬。拣那不成才料的树木，伐来烧成木炭，大堆的放在个空屋里面。清早睡到日头露红的时候，起来梳洗了，吃得早酒的，吃杯暖酒在肚。那溪中甜水做的菉豆小米粘粥，黄暖暖的拿到面前，一阵喷鼻的香，雪白的连浆小豆腐，饱饱的吃了。穿了厚厚的棉袄，走到外边，遇了亲朋邻舍，两两三三，向了日色，讲甚么"孙行者大闹天宫"，"李逵大闹师师府"，又甚么"唐王游地狱"。闲言乱语，讲到转午的时候，走散回家。吃了中饭，将次日色下山，有儿孙读书的，等着放了学。收了牛羊入栏，关了前后门，吃几杯酒，早早的上了炕。怀中抱子，脚头登妻，鬏髻帽子，放成一处。那不好的年成，还怕有甚么不好的强盗进院，仇人放火。这样大同之世，真是大门也不消闭的。若再遇着甚么歪官，还怕有甚飞殃走祸。从天吊将下来。那时的知县真是自己父母一般。任有来半夜敲门的，也不过是那懒惰的邻家不曾种得火，遇着生产，或是肚疼来掏火的，任凭怎么敲，也是不

心惊的。鼾鼾睡去,半夜里遇着有尿,溺他一泡;若没有尿,也只道第二日上辰算帐了。(24.184—185)

文中提到"黄暖暖的"小米粥馥郁芳香,对于常年以粥食为早点的北方人来说,时至今日也是令人愉悦的饮食经验。十八世纪末来到中国的耶稣会士看到中国人食用小米的方法后不由赞叹,同时又感喟在同样出产小米的加斯科尼、意大利和中欧,当地农民制作小米食品的办法竟还如此粗劣,不合卫生,宛如停留在三百年前的水平。①

值得一提的是,在西周生提及的所有作物中,我们无从发现在明清之际自美洲引入中国的几种重要作物的名字。甘薯、马铃薯、花生、向日葵、番茄、菜豆、烟草……,书中都无提及。唯一可以存疑的是玉米,因为作者提到的"蜀秫",既可以指高粱,又可指被称为"玉蜀黍""玉蜀秫""玉稻黍"或"玉茭子"的玉米。玉米传入中国在明代中晚期,不早于十六世纪中叶,其传入途径分三路:西北陆路自波斯、中亚至我国甘肃,然后流传到黄河流域;西南陆路自印度、缅甸至云南,然后流传到川黔;东南海路由东南亚至沿海闽广等省,然后向内地扩展。玉米由于产量高,且生长期和冬小麦交错,在黄河流域附近、无霜期较长的北方地区,可以和冬小麦轮作,达到一年两熟,因此得到推广迅速,并成为十八世纪后中国人口迅速增长的主要原因之一。② 然而玉米得到大规模种植,也是清之后的事。

多数学者相信,甘薯这一美洲土产在哥伦布发现美洲之前已

① Fernand Braudel, *Civilization and captialism*, *15th - 18th century: The Structure of Everyday Life*, Berkeley: University of California Press, 1992, pp.109 - 110.又见于其书的中文版,[法] 布罗代尔:《十五至十八世纪的物质文明、经济和资本主义》(上),第 124 页。

② 曹玲:《美洲粮食作物的传入对我国农业生产和社会经济的影响》,《古今农业》,2005 年第 3 期。

经传入玻利尼西亚(中太平洋群岛,意为"多岛群岛",包括夏威夷群岛、萨摩亚群岛、汤加群岛和社会群岛等)。也有一些学者认为甘薯传播至玻利尼西亚,必然在哥伦布之后,然后经此地才传到东南亚和中国。后一种学说的支持者认为,甘薯之进入中国,发生在十六世纪中期,其传至福建是经海路,其传至云南则是自印度经陆路。

作者西周生的身份问题,长期以来一直为《醒世姻缘传》学术争议的焦点,而我们以为,与其急于指认作者为谁,不如首先廓清作者的主要生活时代和小说主体的创作时代。《醒》书的付梓虽已经在清初,但我们不倾向于《醒》书的主体写作完成于清初的说法,更不能认同于西周生是蒲松龄的说法。皇皇一部百万言小说中,无一处提及——哪怕是暗示到——明清鼎革的历史变故,这可以作为证据之一;我们从作者不厌其烦列举的农作物中,未有入清后才开始大量种植的美洲作物一事看,是否也可以推导出:迄至此书写作完成时止,作者尚未经历明清易代的变故呢?

(三) 为短工备饭

狄家虽是务农之家,但经过累代经营,至狄员外手上已经颇为富裕,"因家事过得,颇也有些侠气"。临终时狄员外留给儿子的遗产,除土地家产之外,还在"西房稻子囤底下,马棚后头石槽底下"(76.584)藏了"八十封银子,每封五十,共是四千"(76.585)。但是即使这样一个有家底的人家,平常也要"起早睡晚,操心照管"(24.184)。狄员外在儿子狄希陈娶亲的第二天,等不得儿媳上堂奉茶,一大早起就先去"往坡里看着耕回地"去,狄家的内事,"当家理纪,随人待客,做庄农,把家事"(56.432),则靠的是夫人狄婆子。家中虽用有仆妇丫头,但儿媳素姐不肯上厨,若有客人来家,狄婆子仍需上厨监灶。与晁源的大宅相邻的富户禹明吾家,禹太太逢夏收也要"往庄上看收稷子去"。这些都是典型的中小地主形态的"上大人"之事,他们不会亲自下田劳动,但要在收割季节监督佃农或短工的工作。胡适在《四十自述》里提到他儿时与庶祖母一起外出"监割"的情形,正与此相类。"监割",是指"顶好的田,水旱无忧,收成最好,佃户每约田主来监割,打下谷子,两家平分"①。

像晁家那样拥有良田二三十顷以上的大地主人家,每到收割季节,则需要主人家费时逾月,移家居住于庄上,专门经营照管。晁源父丧不久,麦子收割之季到来,所以他"出完了丧,谢完了纸,带领了仆从,出到雍山庄上看人收麦"(19.140)。收麦时除本家长工佃户之外,连房客等都来"助忙",又需大量雇佣短工,伙食上要格外优厚供应,"因起初割麦,煮肉、蒸馍馍,犒劳那些佃户"(19.141),连晁源这样的纨绔公子,都会亲自到厨房照应伙食。与晁源渐渐生情、勾而成奸的唐氏,其实就是他庄上的房客。当时唐氏的丈夫、鞋匠小鸦到庄上来求房子住,庄头季春江提出的条件就是"得你来住,早晚上鞋,又省得耽搁,夜晚又好帮我们看家,一时庄家忙动,仗赖你的娘子又好在厨房撺掇"(19.140)。

忙季,地主家为短工备饭是一件非常艰巨的工作。由于季节性的劳工短缺,收割季短工的身价本来就很高;短工既不愁找不到东家,就敢对雇主百般刁难。

只是可恨他齐了行,千方百计的勒掯,到了地里,锄不成锄,割不成割。送饭来的迟些,大家便歇了手坐在地上。饶你不做活也罢了,还在言三语四的声噪。水饭要吃那精硬的生米,两个碗扣住,逼得一点汤也没有才吃,那饭桶里面必定要剩下许多方叫是够,若是没得剩下,本等吃得够了,他说才得半饱,定要鳖你重新另做饭添,他却又狠命的也吃不去了。打

① 胡适:《四十自述》,《胡适文集》(第二册),合肥:安徽教育出版社,2001年,第393页。

发他的工钱,故意挑死挑活的个不了,好乘机使低钱换你的好钱,又要重支冒领。(26.201)

以研究明代社会经济构成和阶级构成、阶级斗争之间关系见长的明史专家傅衣凌,当然也注意到了上述这段文学描写,并且在他的史学论文《我对于明代中叶以后雇佣劳动的再认识》中引用了。傅衣凌对"齐了行"的解释,认为是短工们"为保护自己利益而组织雇农组织",而非"短工具有较自由的特点";①关于这一点,我们以为傅先生发挥过度了。"齐行"最早见于《韩非子·外储说右上》:"夫不处势以禁诛擅爱之臣,而必德厚以与天下齐行以争民,是皆不乘君之车,不因马之利,释车而下走者也。""齐行"一词固然有非常窄义的"行会统一行动"之意,但在此一上下文中就仅仅指"统一行动"而已。短工觅汉即使有临时性组织,也还远远谈不上到"行会"般严密的程度,是以我们不应如理解"齐行歇业""齐行罢市"般去理解此处的"齐行"。

明末农村雇工制度广泛流行。在有计划心的地主的运作下,雇工制度日益成熟,雇工的价值几乎完全由市场的供求机理所决定。② 而在明早期甚至明中叶,这种情况还是完全不可想象的。

万历十六年(1588),根据左都御史吴时来的奏章颁定了新题例:"今后官民之家,凡倩工作之人,立有文契,议有年限者,以雇工人论;只是短雇月日、受值不多者,以凡人论。"这就从法律上明确了计日月短工的身份是自由的,与主人无人身隶属关系。主人只能用"劝"的办法促其为之效力。《沈氏农书》:"非酒食不能劝,比

① 傅衣凌:《我对于明代中叶以后雇佣劳动的再认识》,厦门大学历史研究所中国经济史研究室编著,《中国经济史论文集》,福州:福建人民出版社,1981年,第278页。
② [日]足立启二:《明清时代の小经营と地主制に関する觉书》,《新しい歴史学のために》卷一百四十三,1976年。

百年前大不同矣。"张履祥《补农书》:"做工之人要三好:银色好、吃口好、相与好。作家之人要三早:起身早、煮饭早、洗脚早。三好以结其心,三早以出其力。"庞尚鹏《庞氏家训》:"雇工人及僮仆,除狡猾顽情斥退外,其余堪用者,必需时丰其饮食,察其饥寒,均其劳逸。……欲得人死力,先结其欢心,其有忠勤可托者,尤宜特加周恤,以示激劝。"①

唐氏虽然不属于晁家的家人,却在麦季每日到厨房帮忙。她与另外两名晁家的家人媳妇——李成名媳妇和晁住媳妇——处得非常好,三人拜了干姐妹。"这晁住与李成名的娘子,将大卷的饼、馍馍、卷子,与几十个与他。两口子吃不了,都晒了来做酱。"书中有一段描写,甚为出彩:

> 晁住媳妇卷着袖,又着裤子,提了一个柳条篮,里边二十多个雪白的大馍馍,一大碗夹精带肥的白切肉,忙劫劫口里骂道:"你折了腿么?自己不进来,叫我忙忙的送来与你!"走进门去,看见小鸦儿坐着上鞋,唐氏露着一根白腿在那里搓麻钱。晁住媳妇道:"嗔道你不去助忙,原来守着他姨夫哩!"……两口子拿着馍馍就着肉,你看他攘颡,馋的那同院子住的老婆们过去过来,咽咽儿的咽唾沫。(19.141—142)

"雪白大馍馍"与"夹精带肥的白切肉"能够将同院房客馋得直咽唾沫,可以想见这些绝非一般农户平日敢奢望的盘中餐。人穷志短,这些房客在主人家大收麦子之际,无不私藏"场里捆住不曾抖开的麦子",所以除了小鸦唐氏一家之外,众人后来都被撵了出去。唐氏吃过这一顿,转悠到厨房,干姊妹告诉她说"盆里还有极好的水饭",劝她再吃些,所以她"就着蒜苔、香油调的酱瓜,又连汤带饭的吃了三碗"(19.142)。有位《醒世姻缘传》的业余研究

---

① 陈学文:《明代契约文书考释选辑》,王春瑜编著,《明史论丛》,北京:中国社会科学出版社,1997年,第219页。

者看到此节,断言西周生绝对不可能是蒲松龄,因为后者的审美笔致远为高雅清贵,不可能带着赞叹的意思去写唐氏这等粗俗但又生机勃勃的吃相:

> 我觉得老蒲太沉迷他那些穷酸措大的梦中爱宠了,话本又越改越文言,白话能简则简,没有老西的泥土气,普罗大众"一朵娇艳山菔"的唐氏,大馍馍白切肉攮颡(就是塞个满嘴)完了,蹭到厨房,就着蒜苔香油调的酱瓜,又连汤带饭的吃了三碗水饭。在老蒲那儿,肯定不会这么煞风景。不像。①

晚明社会的地主佃农关系,以具"商业式和契约式的灵活性"而著称②,或者按照某些正统派历史学家的说法,具有"封建人身关系放松"的特色。这从《醒》书所写的短工在忙季任意要挟、自恃身价的做法中可以反映出来。

二、自耕农经济的兴衰

(一) 有关自耕农经济衰敝的史家之辩

西周生所极力称颂的农村富庶景象,为英宗复辟后的年成。英宗不啻为明代历史上生平最具戏剧性的一位皇帝。灾难性的1449 年土木堡事变后,这位天子被俘到蒙古,其弟景帝即位;但其后能言善辩的鸿胪卿杨善出使蒙古,居然违反景帝敕命,说动瓦剌太师也先将英宗交还给北京,此后他一直在景帝的软禁下生活。英宗在蒙古蒙难的经历,以及他作为政治囚犯的岁月无疑改变了

---

① 宁致:《初谈醒世姻缘》,《橄榄树文学月刊》,1999 年第 11 期。

② Harriet T. Zurndorfer, *Change and continuity in Chinese local history: the development of Hui-chou Prefecture, 800 to 1800*, Leiden; New York: E. J. Brill, 1989, p.118.

他的性格,使他对底层更具同情心,也开拓了他的政治胸襟,日后他复辟登基,采取了一系列的改革措施,其中最受称道的是废除宫人的殉葬制度。英宗在临死之前做出的这个决定,挽救了此后成百上千个明代后宫女子的性命。①

根据《醒世姻缘传》书中所载,英宗复辟时期,"轻徭薄赋,功令舒宽,田土中大大的收成,朝廷上轻轻的租税"(24.183)。这一段历史,在浩繁的《剑桥明代史》中并没有反映,我们只能从本土史料中窥见一二。《明史·食货志二·赋役》篇内虽未尝就英宗复辟后的赋税政策做整体的论述,但的确提及复辟后的英宗政府对过去各地区间赋税"起科"不等的现象作出了适应的调整:

> 英宗复辟之初,令镇守浙江尚书孙原贞等定杭、嘉、湖则例,以起科重者微米宜少,起科轻者微米宜多。乃定官田亩科一石以下,民田七斗以下者,每石岁微平米一石三斗;官民田四斗以下者,每石岁微平米一石五斗;官田二斗以下,民田二斗七升以下者,每石岁微平米一石七斗;官田八升以下,民田七升以下者,每石岁微平米二石二斗。凡重者轻之,轻者重之,欲使科则适均,而亩科一石之税未尝减云。②

经过明前期的土地重整、休养生息政策,明朝农村确然已经达到小农经济的理想之境。如《明史·食货志》所记:"洪、永、熙、宣之际,百姓充实,府藏衍溢。盖是时,劝农务垦辟,土无莱芜,人敦本业,又开屯田、中盐以给边军,饷不仰藉于县官,故上下交足,军民胥裕。"③这里面也许有溢美之词。而我们从后叙的事实中可以看出,这个短暂富裕的现象是多么的镜花水月,因为其后不久,税苛民怨的时代就开始了。

---

① 参见 Mote, *Imperial China*, *900 - 1800*, pp.629 - 630.
② (清)张廷玉编纂,《明史》卷七十八《食货二》,第 1897 页。
③ (清)张廷玉编纂,《明史》卷七十七《食货一》,第 1877 页。

　　梁方仲晚年整理的《中国历代户口、田地、田赋统计》,被杨联陞誉为"同行用历代传下来的资料,非经过此书不可","寿命应不下于《通考》。换句话说,数百年后还有人要参考的"。[1] 下面我们就以梁先生提供的数据来比较与景帝景泰元年(1450)到七年(1456),及英宗复辟后的天顺元年(1457)到七年(1463)这两个时间段的户、口、田地和米麦与丝的出产。[2] 我们在学习梁先生将典章制度与社会经济发展变化结合起来考察的研究方法的同时,亦向先贤的筚路蓝缕之功致敬。[3]

（景泰元年至七年）

年　度	公元	户	口	田地（百亩）	田	
					米麦（石）	丝（斤）
景泰元年	1450	9,588,234	53,403,954	4,256,303	22,720,360	64,272
2 年	1451	9,504,954	53,433,830	4,156,375	23,320,780	64,385
3 年	1452	9,540,966	53,507,730	4,266,862	26,469,679	64,365
4 年	1453	9,384,334	53,369,460	4,627,036	26,602,618	64,229
5 年	1454	9,406,347	53,811,196	4,267,341	26,840,653	64,673
6 年	1455	9,405,390	53,807,470	4,267,339	26,853,931	64,184
7 年	1456	9,404,655	53,712,925	4,267,449	26,849,159	64,141
平均数		9,462,126	53,578,081	4,249,815	25,665,311	64,321

---

　　① 语出 1984 年 6 月 15 日杨联陞致梁方仲之子梁承邺的信。

　　② 参见梁方仲:《中国历代户口、田地、田赋统计》,上海:上海人民出版社,1980 年,第 190 页。

　　③ 当然,若是依照黄仁宇的观点,对前现代的皇权政府所生产的经济数据应信任和使用到何种程度,以及是否应以计量经济学的方法来治明经济史,就很见仁见智了。

（天顺元年至七年）

年　度	公元	户	口	田地（百亩）	田	
					米麦（石）	丝（斤）
天顺元年	1457	9,406,288	54,338,476	4,241,403	26,848,464	113,706
2 年	1458	9,469,340	54,205,069	4,263,599	16,852,695	64,320
3 年	1459	9,410,339	53,710,308	4,199,023	26,845,117	57,844
4 年	1460	9,420,033	53,747,400	4,262,748	26,852,575	58,013
5 年	1461	9,422,323	53,748,160	4,242,010	26,287,376	113,634
6 年	1462	9,309,966	54,160,634	4,245,983	24,716,887	57,883
7 年	1463	9,385,213	56,370,250	4,293,503	26,629,492	114,139
平均数		9,403,357	54,325,757	4,249,753	26,363,318	82,784

　　如图所示,天顺年间,在户、口、田的基数都未尝异于景泰年间的前提下,丝的产量确然有明显提高,但米麦的年产量两者相去不远。天顺二年(1458)还有一次严重减产,米麦产出仅为16,852,695 石,梁先生因为不太敢相信这个数据,故在计算平均数中甚至都没有把天顺二年(1458)的数字放进去,并加注言明。其实天顺二年(1458)的收成情况也许可以用天气解释,这一年是大旱年景,《浙江通志》载嘉兴大旱,运河枯竭;《湖广通志》载汉阳汉川大旱,人相食,醴陵大旱饥。① 要言之,纯以数据看,景泰与天顺两个年号的农业产出相去不大,远远不到可以形成鲜明比照的地步。西周生笔下的自耕农“桃花源”,只是一个区域性质的好年景而已。

---

　　① 参见刘昭民:《中国历史上气候之变迁》,台北:商务印书馆,1982年,第 144 页。

西周生在写完年丰物阜的往昔美景之后,有感于今昔之比,不由悲叹当下的苛捐杂税之恶:

> 教百姓们纳粮罢了,那像如今要加三加二的羡余。词讼里边问个罪,问分纸罢了,也不似如今问了罪,问了纸,分外又要罚谷罚银。待那些富家的大姓,就如那明医蓄那丹砂灵药一般,留着救人的急症,养人的元气,那像如今听见那乡里有个富家,定要寻件事按着葫芦抠子,定要挤他个精光。这样的苦恶滋味,当时明水镇的人家,那里得有梦着?(24.183)

我们将这段话与《明史·食货志》里的下面这段叙述对比着看,不难发现,明初的好光景的确是在嘉靖后一去不返了。

> 屯田坏于豪强之兼并,计臣变盐法。于是边兵悉仰食太仓,转输往往不给。世宗以后,耗财之道广,府库匮竭。神宗乃加赋重征,矿税四出,移正供以实左藏。中涓群小,横敛侵渔。民多逐末,田卒汙莱。吏不能拊循,而覆侵刻之。海内困敝,而储积益以空乏。[1]

关于正史记录中的明代经济繁荣以及从繁荣走向凋敝的原因,现代历史学家往往持有与传统史家不同的看法。按照传统的史学观点,包括晚明学者自己的看法,明初良性的财政情况是由于帝国的财政政策得到了很好的贯彻,而晚明恶化的财政情况是由于这些政策未能完美地得到执行,于是造成了混乱的管理,侵害了民生,而其中两个重要的原因是土地兼并和盐运失策。

黄仁宇却并不这么看。在《十六世纪明代中国之财政与税收》一书中,黄仁宇提出,财政政策在明初执行时早已打了折扣,这也并非是由于明代官员之不诚实或不作为造成的,因为在落后的情况下,上层的政策与下层的实际情况脱节,中央集权的愿望超出

---

[1] (清)张廷玉编纂,《明史》卷七十七《食货一》,第 1877 页。

了地方实现这些愿望的技术手段。在农业方面讲,各地的土壤、气候、地形、劳动力、作物的情况千差万别,很难用统一的法律贯彻到每一个角落。在这种情况下,地方上对全国性政策进行变通已经成为一种必要。这种变通到了明朝后期已经变成一种通行的、公然的背离。事实上明朝官僚机构改革变动最剧烈的是洪武一朝,此后常见的形态是旧瓶装新酒,一直到明朝中期,财政系统内很少建立新的部门或取消旧的部门,即使发生了税制、徭役方面的巨大变革——实物税收和强制徭役很大程度上已经折纳白银,金兵制被募兵制所代替——但依据习惯从事的财政部门仍可以在不更改法律、不改变职能机构的前提下继续工作下去。①

《十六世纪明代中国之财政与税收》原是黄仁宇以客座研究员的身份,为哈佛东亚研究所的"哈佛东亚研究丛书"所写的一部论明代经济的专书。项目由费正清主持,黄仁宇拿到一万美元的研究经费。在二十世纪七十年代初的美国,这笔薪资只略低于他在纽普兹做助理教授的年薪。黄仁宇却因这本书的写作与美国学术界闹到冰炭不投的地步。原因在于黄仁宇发现,现代社会科学史的研究方法,很难套用到明代的财政问题上来,因为人口、税收和土地的数据——所有现代社会科学所要求的"扎实的数字"——都不可能来得确切,而这种数字的不确切和标准的不统一是当年的明代技术官僚就早已面对的。黄仁宇于是悟道:明代财政政策的出台居然可以衍生自一个简单的数学公式,不必考虑所有的相关因素。政策的实施全赖政府当局往下施压,因为官僚体制和一般大众之间缺乏法律和经济的联系。黄仁宇在成书过程中与他的指导人、费正清所指派给他的当代计量经济学家杜艾特·

---

① 参见黄仁宇:《十六世纪明代中国之财政与税收》,第3—4页。其英文版则为 Ray Huang, *Taxation and governmental finance in sixteenth-century Ming China*, London; New York: Cambridge University Press, 1974, pp.2-3.

帕金斯(Dwight Perkins)产生了不能妥协的矛盾,原因就在于帕金斯认为:"帝制时期的中国也可以用计量经济学来解释","没有附带指数或不能进行回归分析,就是'印象派'。"——而黄觉得这样处理明史与他的经验相违。①

黄氏后来在他的多种著作中都曾指出,明政府在制订经济政策时追求的是简单划一,以将国家经济活动保持在稳定的最低水平为目标。这种由国家倡导并行之于经济政策上的"简朴"和"低标准"原则,反映到百姓的吃穿用度上,就是一种同样甘于"简朴"和"低标准"的经济生活方式。

在1949年后的中国历史书写中,我们所耳熟能详的是明朝亡于"土地兼并""政府横征暴敛""大地主的残酷剥削"等等富有阶级斗争气息的诠释——审之以阶级斗争以外的视角,这些理论自然会受到质疑。土地的大规模重新再分配,是中国历史上稀有的事件,一般只有通过改朝换代才能完成,自洪武初年之后,它的再次发生已经是二十世纪在共产党领导之下的了。黄仁宇甚至曾激进地质问,在明末,大规模的土地兼并果然曾经出现过吗? 若果如此,则全国土地集中于少数人之手的兼并型经济会比土地分散于无数小自耕农之手的自然经济发展得更好。②

黄氏的结论基于一个现代性的理念,即工业化的农业生产优于自然经济,以此理论施于晚明,就未免犯了"时代错误"(anachronism)。如果说北魏和隋唐的均田制,都是为了弱化大地主的政治和经济势力而制订,则明代中晚期以一条鞭法为代表的土地和税制改革,正是针对土地兼并日益加重、国家财政收入锐减的情况所出台的

---

① 参见黄仁宇:《黄河青山—黄仁宇忆录》,北京:生活·读书·新知三联书店,2001年,第255、269页。

② 参见 Ray Huang, *Broadening the horizons of Chinese history: discourses, syntheses, and comparisons*, Armonk, N.Y.: M.E. Sharpe, 1999, p.8.

对应政策。① 它既是明代社会矛盾激化的被动之举,也是商品经济发展到一定程度的主动选择。但是,一条鞭法确实又是有重大缺陷的。

(二) 黄宗羲定律之辩

《醒》书中狄希陈之父狄员外的情形,最可体现从明中叶以降的中小地主的困境。在税制改革的大环境下,中小地主们发现,能够保障他们所辛苦积聚的财富的保险箱,只有一个东西,就是为孔斐力(Philip Kuhn)所称的"古代中国最宝贵的商品:官职"。科举的成功可以给一个人带来一大长串的法律特权和豁免权,比如生员以上犯笞、杖轻罪,可照例纳赎,比如徭役的减免,比如有高级科名者(一般为举人以上)可以直诣本地县官、诉求法律公道等。②

狄家自狄希陈八岁起,每年出巨资供儿子读书,因为教书先生怠惰而人品败坏,狄希陈天分又差,读了五年书还不认得十个字。不得已,狄家换了新的教书先生,自建书房,每日为先生供给饮食。狄希陈出考童生成功后,狄家使费银钱无算、谢现任先生、谢帮助过狄希陈的连举人父子外,还专程去恩谢无良无德的前任先生,为的是怕他捣鬼使坏,破了狄希陈来之不易的秀才前程。其中缘故,正因狄员外身为无任何功名的白丁,物质上的富庶不能转化为权势,一旦门户有事,谁也不能保护他。

狄员外的为人,同时又最可代表明朝早期的低标准经济政策

---

① 参见 Eckhardt Fuchs, Benedikt Stuchtey, *Across cultural borders: historiography in global perspective*, Lanham: Rowman & Littlefield, 2002, p.315.

② Philip A. Kuhn, *Rebellion and its enemies in late imperial China: militarization and social structure*, *1796 – 1864*, Cambridge, Mass.: Harvard University Press, 1980, p.8.

在农民身上的成功。在轻徭薄役的自然经济前提下,一个小农可以通过自奉菲薄、勤俭守成而成为一方富户。狄员外不是巴尔扎克笔下的葛朗台,他是书中罕有的盛德长者,在公益和戚里的往还间,他向来大方,不吝使费。他的简朴与低标准一方面是源于自身的谨慎厚道,但更主要是从小农经济的习惯和需要出发。我们不妨说,狄员外代表着中国每一次改朝换代和土地重新分配后、以勤俭苦干而聚家的小自耕农的成功典型。但是当世异时移,他所积聚的财富也是十分脆弱的。

在明中叶税制巨变的形势下,狄员外的兴家老路已经走到了尽头。正如他的亲家薛教授为他分析的,如果得不到来自官场势力的保护,他的财富说不定什么时候就保不住了:

> 如今同不得往年,行了条边之法,一切差徭不来骚扰,如今差徭烦,赋役重,马头库吏,大户收头,粘着些儿,立见倾家荡产。亲家,你这般家事,必得一个好秀才支持门户。如今女婿出考甚是耽心,虽也还未及六年,却也可虑,倒不如趁着如今新开了这准贡的恩例,这附学援纳缴缠四百多金,说比监生优选,上好的可以选得通判,与秀才一样优免。这新例之初,正是鼓舞人的时候,依我所见,作急与他干了这事。又在本省布政司纳银,不消径上京去。(50.383)

薛教授的这一番话有一层背景:明朝给所有的官员和科举成功者以慷慨的税务和劳役减免。基于其所持有的土地的税况,这个减免最多可达——针对中央政府的最高级别的官员——30丁(财政人头)和30石谷物,最少也有——针对科举制度最底层的成功者生员——2丁和2石谷物。[①] 为了保持住其身份,处于士绅阶

---

① 参见 Jonathan D. Spence, John E. Wills, *From Ming to Ch'ing: conquest, region, and continuity in seventeenth-century China*, New Haven: Yale University Press, 1979, p.249.

层底部的生员不得不与科举考试制度做终身之周旋,每隔三年就要参加一次岁考。薛教授深知女婿的功底——狄希陈是靠同窗帮忙作弊和蒙题成功才考中生员的——必不能通过一下场岁考,故此建议狄员外干脆出资 400 两银子为儿子捐个监生。

此处"条边之法"就是"一条鞭法"的别称。梁方仲先生注意到,在湖广布政使司归州及永州府等志中,及北直隶《保定府志》等文献中,"一条鞭法"皆作"一条边法"或"条边法","鞭"亦间写作"编"。梁先生对一条鞭法的理解,短短几言而深入腠理:"先将每户所应输纳的赋役之额制订,然后通知人民,使各户如数输纳,免得胥吏得从中阴为轻重。"①梁方仲总结一条鞭法的特点,同样也是言简而意赅:"一是役与赋的合并;二是赋役的征收与解运事宜,由民间自理改为由官府办理;三是各项赋役普遍地用银折纳。"②

黄宗羲在《明夷待访录》中批评一条鞭法"利于一时者少,而害于后世者大矣",谓:

> 嘉靖末行一条鞭法,通府州县十岁中夏税、秋粮、存留、起运之额,均徭、里甲、土贡、顾募、加银之例,一条总征之,使一年而出者分为十年,及至所值之年一如余年,是银、力二差又并入于两税也。未几而里甲之值年者,杂役仍复纷然。其后又安之,谓条鞭,两税也,杂役,值年之差也,岂知其为重出之差乎? 使银差、力差之名不去,何至是耶! 故条鞭之利于一时者少,而害于后世者大矣。万历间,旧饷五百万,其末年加新饷九百万,崇祯间又增练饷七百三十万,倪元璐为户部,合三饷为一,是新饷、练饷又并入于两税也。至今日以为两税固

---

① 梁方仲:《一条鞭法的名称》,《明代赋役制度》,北京:中华书局,1984 年,第 3—5 页。

② 同上,第 2 页。

然,岂知其所以亡天下者之在斯乎！使练饷、新饷之名不改，或者顾名而思义，未可知也。此又元璐不学无术之过也。嗟乎！税额之积累至此，民之得有其生也亦无几矣。①

一条鞭法之类的税法由善法变为恶法的过程，并不鲜见于中国古代赋役史，且几乎形成一种模式：起初，政府激于各种社会矛盾不得不改革税制，将正税正役与各项杂税予以合并简化，虽收一时之效，但不久后就会自毁制度，在简化的赋役外另立名目进行征收。②

清华大学的秦晖教授根据黄宗羲的这段话，又兼受到王家范和谢天佑先行研究③的启发，把中国历史上所有"并税"改制所催生出的杂派叠加总结为"黄宗羲定律"，具体公式为：

两税法＝租庸调＋杂派；王安石役钱法＝两税法＋杂派 ＝租庸调＋杂派＋杂派；一条鞭法＝王安石税法＋杂派＝两税法＋杂派＋杂派＝租庸调＋杂派＋杂派＋杂派；倪元璐税法＝一条鞭法＋杂派＝王安石税法＋杂派＋杂派＝两税法＋杂派＋杂派＋杂派＝租庸调＋杂派＋杂派＋杂派＋杂派；地丁合一＝……＝租庸调＋杂派＋杂派＋杂派＋杂派＋杂派。④

秦晖的"黄宗羲定律"的理论在当代中国经济领域大行其道，2003 年温家宝总理在第十届全国人大会议上将其用作自警理论，

① 黄宗羲：《田制》，季学源，桂兴沅编著，《明夷待访录导读》，北京：中国国际广播出版社，2011 年，第 135 页。

② 参见刘玉峰：《一条鞭法得失评价》，《资治通鉴：中国历代经济政策得失》，济南：泰山出版社，2009 年。

③ 参见王家范，谢天佑：《中国封建社会农业经济结构试析——兼论中国封建社会长期停滞问题》，中国农民战争史研究会编著，《中国农民战争史研究集刊》（第三辑），上海：上海人民出版社，1983 年。

④ 秦晖：《并税式改革与"黄宗羲定律"》，《农村经营管理》，2002 年第 3 期。

誓言要摆脱这个历史走不出去的征税怪圈,这就成为 2006 年中国政府全面免除农业税的先声。但秦晖的"黄宗羲定律"也只是一种假说,2009 年杜恂诚提出反驳:每次税制改革,都包含了土地、农民、政府、人口等相对变化的因子,绝不是杂税入正税后再生杂税那么简单。税负的轻重不在于税的名目,特别是杂税,而主要在于税率、税源、征税方法等。[1] 我们认为,杜恂诚对历史上合税改革后产生的杂税问题的认识更接近真实。

(三)章丘县的一条鞭法

回到狄员外的个案,为何一条鞭法在早期实行期间能为他摒挡差徭,而到了后期就有"马头库吏,大户收头"这些恶状了呢?极为可幸的是,万历年间修的《章丘县志》,专门立有《条鞭志》,再佐以其他章丘史料,我们可以几乎原样还原一条鞭法在章丘推行的情形,也就可以解开薛教授为狄员外分析的这番话之谜。

章丘地多肥腴,土地兼并的情形严重,在未行条鞭法之前,有功名者享有太多的免税、免徭役的好处。"乡官、举监、生员,各照例优免粮银、丁银之外,一应杂办差银,毫不与及"。而由于征税的基础是土地的"三等九则",无功名富户显然是最吃亏的,因为"百姓有三等九则之丁银,如下下户一丁纳银一钱五分,每则加银一钱五分,至上上户一丁纳银一两三钱五分,其均徭银力二差与马价盐钞收头工食等项俱派于地内,其均徭银力二差,马夫马价、盐钞、里甲一应杂差银两,俱派在地里。又有大户收头之赔费,斗(级)、禁(子)、铺兵、头役之苦累"[2]。

---

① 参见杜恂诚:《"黄宗羲定律"是否能够成立?》,《中国经济史研究》,2009 年第 1 期。

② (明)董复亨编纂,《章丘县志》(明万历)卷十二《条鞭志》:万历二十四年刻本。

　　明代徭役制度里的里甲,也称正役、户役。起初,他的差务只是"催办钱粮,勾摄公事",其后应役范围越来越广,负担越来越重,成为令人恐惧的大役。张显清研究明代官绅优免和庶民地主的负担问题,他认为里甲正役的覆盖范围,已经广及无穷大的范围,凡"征解钱粮、岁办物料、官府公费、夫马差使、乡官夫皂、科贡恤政、礼仪拨给、鬼神祭祀、祗应私衙、公私燕会、酒席下程、迎送宾旅、传递政令、捕捉人犯、军需岁报、军户起解"都包括在内。由于官户的逃避,这些负担自然就落到庶民地主的头上,于是"无名之征,纷然四出",加上代赔通赋,遂至"破资弩产,逃亡相踵","中人之产立尽"。①

　　而章丘县在既行"条鞭"之后,"不审均徭,不设里甲,不金头役,合一邑之丁粮充一年之役","移上等之差银悉入于地",设置"柜头"。"柜头"为县设税银征收专柜,有了"柜头",富户就直接跟官方打交道而不需要面对里甲和头役的盘剥了。

　　　　前项银力二差与马价、盐钞、收头工食等项大约每年该银一万二千余两,俱随夏秋税粮马草一概加于实在地内,及将人丁不分贫富一例出办丁银。然士夫所免者止乎例,例有限;而所加者因乎地,地无穷,地愈多银愈加,致使新行所加派者反多于旧例之所优免者。其概县殷富之家既得减上八则之丁银,又免各项头役之苦,尽称省便,而犹以所减派之银数加派于有地士夫之家。②

　　茅国缙行条鞭法之前,章丘县仅金派的大户、催粮里手、书手、总催等就有1352人,所费银一万多两,这些人的存在,势必造成对乡里富户的敲诈勒索。《醒世姻缘传》第三十四回"狄义士掘金还

---

　　① 张显清:《明代官绅优免和庶民"中户"的徭役负担》,《历史研究》,1986年第2期。

　　② (明)董复亨编纂,《章丘县志》(明万历)卷十二《条鞭志》。

主,贪乡约婪物消灾"里就明写乡约勒索事。原来狄员外买了村邻杨春的一块闲地盖书房,却掘出杨春之父早年埋下的一沙坛银钱,约有二三百两之数。狄员外为人忠厚,一分不拿,都让杨春取走。但风声冒出,其事被乡约秦继楼和李云庵得知。

> 果不然动了那二位乡约的馋心,使人与他说道:"如今朝廷因年岁饥荒,到处要人捐赈。杨春是甚么人!掘了这几十万的金银,不报了官,却都入了私己。每人分与我们千把两便罢,不然,我们具呈报县,大家不得!"……乡约等不见杨春回话,又叫人传了话来,说:"你叫他到城里去打听这大爷的性儿。只听见乡约放个屁,他流水就说'好香,好香',往鼻子里抽不迭的。我申着你掘了一万,你就认了九千九百九十九两,只怕这一两也还要你认。你叫他仔细寻思,别要后悔!"(34.261)

杨春无法,只得仍与狄员外商量。狄员外认为:"他如今待吃肉哩,就是他老子一巴掌打了他的碗,他待依哩?"(34.261)"这事按不下。这两个人,你就打发了去,后边还有人挟制,不如他的意思,毕竟还要到官,如今爽利合他决绝了罢。"(34.262)因此让杨春给他们孝敬三十两,又自陪酒饭请两位乡约吃喝,才把他们欲行大肆勒索的动作压了下去。

黄仁宇也曾从法律争端角度论述过自耕农的困境:

> 农户耕地既小,也无从雇请律师,觅取技术上解决争端之原则。凡是有关借债、押当、失去取赎权(foreclosure)和强迫接(dispossession)各种纠纷,很少能在中国通过法庭有秩序的解决。一般情形之下乃是当地富绅本人不出面,由地方上之流棍执行。而犹不止此,如果某一问题村民不能和平的解决,地方官更是无法合理的解决。儒家教养使他们不能不顾及穷人的困难,可是在维持秩序的原则之下,他们又不能将富家的利益置之脑后。他们的出路只有两条,要不是勾结幕后有权

势之人物以自保,便是反抗他们以博得不畏豪强的声名。下级官僚既因司法上缺乏确切的规律而踌躇,其上级之处境也大概类是。①

他所指出的"勾结幕后有权势之人物以自保"的做法,有类于英谚所谓"如果不能打败你的敌人,那么就加入他们"(If you could not beat them, join them!)。但这条道路对于无科名的普通自耕农人家实则是行不通的,若想攀援官府以附权势,最起码的门槛是家中子弟要获得生员的科名。结欢于"地方上之流棍"反倒是更可行的做法,代价是要忍受他们的敲诈勒索。

茅国缙行"条鞭"之后,革除大户、里长等,章丘县的条鞭法,行十余年后"闾阎殷富,地价腾踊",收效显著。② 他将"三等九则咸罢去而划一"、实行"按地加徭""地愈多,银愈加"的办法。③ 这样一来,对士大夫的优免反不及新加派项,于是出现了"乡宦举监生员之屡屡陈诉"的情况;而无地贫民"每丁亦加银三分",也很难承受。无怪对条鞭法的抱怨是"便于庶民,而不便于士夫"——这里的"庶民",当然指的是白身地主与富户,而非真正的贫民。这也就是狄员外能够兴家的道理。

按:茅国缙既为名父(茅坤,号鹿门)之子,又为名子(茅元仪,号石民)之父。王世贞曾任青州兵备使,于章丘政疾甚稔详,他的朋友黄汝亨(字贞父)为茅国缙作传,而王世贞又为是传作小序,道章丘之政及茅国缙事功甚详。王世贞感慨茅国缙为难得的能吏:

---

① 黄仁宇:《中国大历史》,《黄仁宇作品系列》,北京:生活·读书·新知三联书店,1997 年,第 65—66 页。

② 参见(明)董复亨编纂,《章丘县志(明万历)》卷十二《条鞭志》。

③ (清)吴璋,(清)曹楙坚编纂,《清道光章丘县志》卷十四《金石录·茅国缙"章丘纪事石刻"》:道光十三年刻本。

（章丘）其户口土田几若大郡，其民富而实，亡不吹竽鼓瑟者，然徭役亦遂专一省冠，大吏往往不能亡橐于官，而搢绅上豪又时侵牟其里。憾三十年来，业已非故章丘矣。今读贞父所称茅令，下车之日，即减省一切浮费以万计，平亭其徭役，毋使羯羠，既宽，而后示之礼，相率为节俭，教授诸生经术艺文，彬彬矣。①

茅国缙在《本朝分省人物考》中亦有传，道其行"条鞭"事，比王序更详：

茅国缙，字荐卿，归安人，鹿门茅公坤仲子也。成万历甲戌进士，令章丘。至则进父老于庭，讯所疾苦，咸言邑徭赋杂纷，吏钩派析乱，于是按地之有无沃瘠，差次户上下，而赋与役繁简轻重因之给由，贴定款目，除大户，不复用重役，一切断以官募，独漕粮与派征别为一则，里正敛之，官任转输，汰冗食于官者二千人，费踰数万。②

此处说茅国缙能汰官二千人，比之实数的 1 352 人自然是一种夸张，但也可以想见原来寄生在徭役体制内的冗吏之繁，父老抱怨的"徭赋杂纷"当非虚语。按：所谓"三等九则"，原为我国施用已久的徭役佥派方法，并不起源于明代，其思路原则为按人丁多寡，事产厚薄，分豁上中下三等九则，纳粮当差。但是由于各地历史、地理、社会风俗条件之不同，徭役之佥派根本不能形成全国统一的标准。将这种佥派的评判标准放置到里正等乡豪手中，最易滋生不公平，这种不公平若长期发展下去，必然会带来致命的恶果。茅国缙削去三等九则，按地之沃瘠派役，又汰去冗吏，仅保留漕粮征

---

① （明）王世贞：《弇州续稿》卷五十三《黄汝亨作茅章丘传小叙》，《影印文渊阁四库全书》，台北：台湾商务印书馆，1986 年，第 702—703 页。

② （明）过庭训：《本朝分省人物考》卷四十六《浙江五》，《续修四库全书》，上海：上海古籍出版社，2002 年，第 39 页。

敛所必需的役力,自然会触犯他们的利益。

贯有明一代,在官绅集团内部,始终存在着对于士大夫赋役优免的争议,有识者针对官绅滥免之弊,亦尝提出"参酌优免,以重儒绅;均派余田,以恤编户"的呼吁,但几乎任何防止官户向庶民随意转嫁差役的改革动作,都会受到官绅阶层的强烈抵制。更为雪上加霜的是法律条文又常与司法实践相脱离。从法内优免变为法外滥免是明代官绅优免制度的一大特色。诡寄、花分、寄庄、投献、赖粮这些违反朝廷法令的做法,官绅逾制,常得冒用。① 茅国缙按地加徭,士大夫的优免利益又会受到侵蚀。某种意义上,他一定会被本阶级视为叛徒和仇雠。

茅国缙的后任张企程,亦能"继国缙条鞭之后,与民休息"②。万历二十一年(1593),在士大夫的不断压力下,山东巡抚下令"将原编柜头尽行裁革,佥定里长收受",又搞起收头、大户、头役等一套改革前的老办法来了。董复亨知县屈服于压力,罢去柜台,但还是尽量选取"殷实有行止善书算者三十七人"收受赋役银两。无论如何,旧制无形中又复活了。③

还有一层原因。明代地方政府的编制极为不合理,各州县除了知州、知县、学正、推官及少数佐贰官领正俸外,承担日常政府运作的钱谷、调役、勘报、祭祀、刑名、册记、治安、教化、水利、赈灾、迎送等职务的下级职官都不在朝廷正俸之内,而明代正俸又被压得极低。编制内的官员需要自己掏腰包另聘师爷、胥吏等,不然这些政府职能无人承当。《明清史讲稿》的作者羽离子

① 参见张显清:《论明代官绅优免冒滥之弊》,《中国经济史研究》,1992 年第 4 期。

② 梁方仲:《明代赋役制度》,第 223 页。

③ 参见袁良义:《清一条鞭法》,北京:北京大学出版社,1995 年,第 18 页。

在分析到这种情况时说:"官员的俸禄高,可能贪墨;而俸禄低,则几乎必定要靠搜括,把妄立名目的各种杂费摊派到属地之民的头上。"①——减税与合税之后,杂税必然又会被加回来的道理正在于此。

在道光《济南府志》中,茅国缙与董复亨的名字是并列的,二人的小传对比起来也很耐人寻味:

> 茅国缙,浙江归安人,广西佥事坤次子也。进士,万历十一年知章邱县。先是,邑中赋役繁重,民多转徙,立条鞭法,革除一切富户里甲,归之召募,数年后,闾阎殷富,百姓德之,有去思碑。行取监察御史,祀名宦。

> 董复亨,北直元城人,进士,万历二十一年知章邱县,博学有重名,时江陵柄国召之,力辞不往。政暇,手不释卷,尤加意作人,视若子弟,清操不淬于利禄,若将浣焉。辑县志三十四卷,行取礼科给事中,祀名宦。②

"浣"为"洗涤""清洗"之意。强调董复亨的"若将浣焉",是说他个人操持比较狷介。董复亨的吏才显然逊于茅国缙许多。万历版《章丘县志》工程浩大,累计十五万字,是明修地方志里的一个相当受推崇的本子。《大清一统志》亦谓董复亨"重修章丘县志三十四卷,士大夫皆善之"。③ 若只看到此处,董复亨留给历史的面貌似乎是一位行为清正拘谨而著述多产的学者型官僚,而茅国缙则仅是一员敢作敢为的能吏——携泰山以超北海是他的风格。但若再细检茅、董这两位章丘名宦的生平与著述,事实又并非我们

---

① 羽离子:《明代地方的日用摊派》,《明清史讲稿》,济南:齐鲁书社,2008 年,第 41 页。

② 王赠芳,成瓘:《道光济南府志》卷三十六《宦迹四·明章邱》,济南史志办编,北京:中华书局,2003 年,第 147 页。

③ (清)和珅:《大清一统志》卷一百二十七《济南府二·名宦》,《影印文渊阁四库全书》,台北:台湾商务印书馆,1986 年,第 33—34 页。

所认知的那么简单。

茅国缙的著述完全不遑多让于董。他本来就家学有自——其父茅坤是明代著名的散文家和藏书家。茅国缙著有《晋史删》四十卷，辑有《东汉史删》，《千顷堂书目》载茅国缙著有《荐卿集》十二卷，又有《菽园诗草》二十卷。[①] 而董复亨真正传世的作品只有《繁露园集》二十二卷，其书颇诋朱子等宋儒，最有名一事为诋朱子《宋名臣言行录》之不收刘安世，乃因刘"尝劾程子""谈禅"及亲近"苏（轼）党"三事。因其观点与《四库全书》的主修者纪昀厌恶宋儒的态度接近，故其说屡为《四库提要》所采，然《繁露园集》的水准，即使《四库提要》亦讥"其文喜剿掇词藻"，其录宋儒的学案官司，钩心斗角，多处琐屑而八卦，文献无征，即刘安世一案已为清魏源所批倒。

历史是一面多棱镜，它怎样反照，完全取决于我们看它的角度。

综上所述，西周生笔下的山东明水风调雨顺，是小农春种秋收的自耕农天堂，至多只代表地方性的善政与好年景的结合，并不代表全国性的丰衣足食。英宗复辟时代的富庶，不是一个独立的现象。即或有自耕农"桃花源"的出现，也是建立在此前"洪、永、熙、宣"等数朝的长久积累的基础之上的。而且，这种"丰年"的状态十分脆弱，可以随着年景变坏而破产，也可以随着制度的崩坏而走向衰敝。对于起家于勤俭的自耕农而言，重税重役固然使其不堪，而意图良好的税役制度改革，往往虎头蛇尾，新旧一番兴替之后，更易造成"黄宗羲定律"下的苛政猛于虎的效果。以一条鞭法在章丘地区实行的案例看，其能为白身富户"摒当差徭"的作用是鲜明的，但由于其不能调和各阶层利益，

① 参见（明）黄虞稷：《千顷堂书目》卷二十六，《影印文渊阁四库全书》，台北：台湾商务印书馆，1986 年，第 4 页。

特别是触犯了士大夫此前所享有的优免利益，其被罢用的命运也是难以避免的。

三、食盐专卖和食盐贩私

食盐一物，因为是民生每日之必需，易于生利，自古以来，它的开采、转输、经营、贩卖就常被置于国家垄断之下。当然，食盐不是中国古代唯一被列入国家垄断专卖的产品。其他的垄断产品还常包括：酒、酵母、醋、茶叶、香、矾、朱砂、锡和铁。① 食盐专卖固然自古有之，但直到明代以前，它都未被明文写入民法。

哥伦比亚大学的"丁龙讲座"教授、专治近代中国社会与经济转型史的曾小萍（Madeleine Zelin），曾以自贡的商人为对象研究近代中国的工业化过程。她在详研了自贡井盐的生产、集散和转输过程后，得出结论说，"私盐贩卖不可避免，（从国家的角度看）它是一个致命的现象，必须根除而后已"。曾小萍也承认，以帝制中国中央政府有限的资源，反贩私并非易事，"食盐从生产者那里出来，被运输和贩卖到消费者手中，在这个过程中，几乎在每一个环节上，都会有给私盐贩子钻空子的余地，他们可以骗过国家派遣的缉私官员，利用每一个机会大发其财"。② 在清末和民国时期困扰着自贡缉私官员的问题，同样也困扰几百年前山东的缉私盐吏。

盐既为天下之重利，明朝对盐课的控制尤严。明代盐业专卖

---

① John King Fairbank, Denis Crispin Twitchett, "Alien regimes and border states, 907–1368," *The Cambridge history of China*, Cambridge; New York: Cambridge University Press, 1994, p.294.

② Madeleine Zelin, *The merchants of Zigong: industrial entrepreneurship in early modern China*, New York: Columbia University Press, 2005.

表现在对盐业的生产、销售的控制和管理上,起步早且每个环节都不放松。据《太祖实录》,早在 1361 年,离明朝开国尚有 7 年,当时在与陈友谅和徐寿辉打内战的朱元璋就已经打起了盐商的主意,"立盐法,置局设官以掌之,令商人贩鬻,每二十分面取其一,以资军饷"①。同年,又立茶法,商人在产茶郡县缴钱领茶引,方许出境贸易。这一年正是小明王封朱元璋为吴国公的一年,吴铸大中通宝钱,与历代钱并行。及至 1368 年明朝初立,即立盐法,置局设官。《大明律》的《盐法》共有 12 个条则,其中心精神就是要将食盐的开采、生产、转输、售卖都置于国家的严密控制之下。《盐法》规定:"凡私煎货卖(盐)者,绞","非产盐处夹带三十斤以上者,决遣无赦"。然而私盐之不可禁止一向是可悲的事实,即使在"私贩、窝隐俱论死,家属徙边卫,夹带越境者充军"②的酷法下,依然有人冒死贩盐。

理论上,明朝所有的盐务机构都隶属于布政使司。但在实际的运作上,布政使司对盐课的操纵权力不大。早在明太祖时,就设置了两淮都转运盐使司、两浙都转运盐司、长芦河东二都转运盐使司及广东海北盐课提举司、山东福建都转运盐使司及灵州盐课提举司、四川茶盐都转运司、云南盐课提举司等。明成祖永乐五年(1407)九月又在交趾设盐课提举司,后因交趾丢失乃罢。③ 与此同时,明代又实行开中法,以盐引吸引民间商人上纳朝廷所需的物资,除了为边防卫所提供军饷之外,开中法还实施于回收旧钞(纳

---

① 《明实录·太祖实录》卷九《辛丑春正月甲申》,台北:台湾中研院历史语言研究所,1963 年。

② Yonglin Jiang, *The Great Ming Code: Da Ming lü*, Seattle:University of Washington Press, 2005, p.100.

③ 参见张家国,殷耀德,李红卫:《试析明代盐法变迁之轨迹》,《法学评论》,1997 年第 5 期。

钞中盐）、运粮（招商运粮支盐）、赈荒等目的。①

　　山东自唐代以来就是食盐的生产和销售中心，自唐以降的朝代，都自山东获得丰厚的盐利。② 另一方面，山东产盐的方式也是极为迂慢乏效的。很多情况下，盐卤首先要通过洗刷盐饱和的土壤获得，然后必须运到 20 英里以外的内地去煎煮，因为在海岸的附近没有燃料。整个过程非常的耗工而不经济。③ 而这种费耗过大的产盐法又造成盐价的高昂和私盐的猖獗。更为恶劣的是，巡盐缉私的官员时常与盐商勾结，自产违禁盐，卖出而获利。

　　《醒世姻缘传》里写了一个私盐贩子陈柳，原本只是为了夹带出李九强的故事。狄家的觅汉（长工）李九强因个人原因与私盐贩子陈柳成仇，将陈柳的房子纵火烧掉后逃跑，当时绣江县出票拘人，要抓李九强，这样一桩官司，要是摊在平民百姓头上，很容易就会倾家荡产，幸而狄员外为人好，乡党敬服，且儿子又刚刚中了秀才，是以没人敢说他是李九强的主人，从而逃过一劫。正是出于对李九强事件的后怕，狄家后来才痛快拿出四百两银子，为儿子援例纳监。作为小说情节，这个故事不过是末节的末节。不过如果抱着"以一斑来窥一豹"的态度，我们倒不难在其中印证前文提及的明朝盐课的窘境和百姓的食盐困难。

　　在明朝晚期，为了控制私盐的泛滥，产盐区的胥吏、巡卒常

---

　　① 参见［日］中山八郎：《开中法与占窝》，《池内宏博士换历纪念东洋史讲座》，东京：座右宝刊刊行社，1940 年；［日］藤井宏：《开中的意义及其起源》，刘淼译，收录于刘淼编，《徽州社会经济史研究译文集》，合肥：黄山书社，1988 年。

　　② 参见 Fairbank，Twitchett，"Alien regimes and border states，907 - 1368，" p.295.

　　③ 此处保留黄仁宇原文中的"英里"，20 英里大致相当于 32 公里。参见 Huang，*Taxation and governmental finance in sixteenth-century Ming China*，p.190.

被下达任务,要求查没一定额度的私盐,也要抓住一定数量的私盐贩子,才算完成配额任务,不然则难逃上司的刑罚。黄仁宇评价道:"这个荒唐的规定显示了政府的规定是多么无能。"[1]私盐贩子陈柳之被查抄,是由于李九强的告密;而李九强能够告密成功,则是因为负责查抄私盐的绣江县的典史没有完成指标,被按临省城的盐院拿住打了一顿,"戒饬了十板",打得腿都"一瘸一瘸的"。

> 李九强打听得陈柳这一日夜间正买了许多私盐藏在家里,尚未曾出去发脱,要得乘机报复;服事中间,说道:"小人闻的四爷因私盐起数不够,受了屈回来。这绣江县要别的没有,若要私盐,休说每月止要四起,就是每月要四十起也是有的。只这明水地方拿的,还用不尽哩。"典史说:"我着实问他们要,他们只说因巡缉的严紧,私盐不敢入境。昨日考察,被盐院戒饬了十板。"李九强说:"小人听见人说道是四爷不教人拿,任人贩卖。"典史说:"你看我是风是傻?我一个巡盐官,我倒教别拿卖私盐的?"……骑上马,跟了许多人,叫了地方乡约,李九强引了路,一直奔到陈柳门口。差人堵住门,典史领人进去,何消仔细搜简,两只大瓮、两个席篓,还有两条布袋、大缸、小瓶尽都是满满的私盐。(48.368—369)

我们自《醒世姻缘传》生动的民俗化口语中,又了解到盐之于百姓生计的重要性。由于盐的昂贵和不易得,人们习惯用盐来比喻一切珍贵的东西。最令人称奇的比喻莫过于盐和生命的类比。在赌气吵架的场合中,人们甚至会说出"(某某的)命是盐换的吗?"这种反问句,表示盐重而命轻之意。如素姐在家折磨狄希陈,

---

① 黄仁宇:《十六世纪明代中国之财政与税收》,第 262 页。又见于英文版之 Huang, *Taxation and governmental finance in sixteenth-century Ming China*, p.198.

狄婆子听了又生气又心疼,恨不能拼命,对丈夫说:"我要这命换盐吃么? 我合他对了罢!"(52.400)又如素姐进京,被拘束在时任工部主事的姑表小叔相于廷家里,没能玩得痛快,一旦出了相家,不肯立即回山东,以自杀威胁,要赖在北京逛够了才回,相家的长班陆好善只好把她接到自己家住着。相于廷的另一位长班宁承得知道了此事,骂陆好善道:"了不得! 您也不要命哩! 爷的法度,你们不晓的么! 叫你送狄奶奶家去,叫你送到陆长班家里来了! 陆好善,你忒也大胆! 你通反了! 分付叫你送到芦沟桥,当日还等着你回话,你是甚么人家,把爷的嫂子抬到家来,成三四日家住着! 你命是盐换的么?"(78.601)

《醒》书未尝在明代盐业经济上花费很多笔墨,不过从既有的叙述中我们已经可以总结出:第一,私盐猖獗,以致稽盐配额会自一省的盐院下达至县一级;第二,一县之典史,位在县令、县丞、主簿之下,称为"四堂"或"四衙",俗语中称"四爷",是县令的杂佐官,但因掌管缉捕、监狱,权限在某种意义上可以很大,其人也往往横行于乡里,但若完不成稽盐配额,其人居然可能会以朝廷有职之身被盐院体罚责打;第三,对于百姓来说,食盐价格昂贵,不易致获,"盐"于是成为方言口语中"贵重之物"的同义词。

四、明代奢侈性食品消费的
阶层下移趋向

(一) 明代罕异方物名吃考据

狄希陈之妾寄姐有喜,早孕反应严重,并且变得极端挑嘴。家常饭中她讨厌吃的食物有:小米粥、素茶、黑面饼;喜吃的食物有:大米干饭、腌菜汤、水煎肉、穿炒鸡、白面饼、枣儿、栗子、核桃、好酒。后来她的奇特食欲愈发变本加厉：

> 听见人说四川出的蜜唧、福建的蝌蚪汤、平阴的全蝎、湖广的蕲蛇、霍山的竹狸、苏州的河豚、大同的黄鼠、固始的鹅、莱阳的鸡、天津的螃蟹、高邮的鸭蛋、云南的象鼻子、交趾的狮子腿、宝鸡县的凤肉、登州的孩儿鱼，无般不想着吃。狄希陈去寻这些东西，跑的披头散发，投奔无门，寻得来便是造化，寻不着就是遭瘟。（79.611）

蜜唧就是生吃活鼠崽。据张鷟《朝野佥载》卷二载："岭南獠民好为蜜唧，即鼠胎未瞬、通身赤蠕者，饲之以蜜，钉之筵上，嗫嗫而行。以箸挟取唼之，唧唧作声，故曰蜜唧。"[1]明代李时珍《本草纲目》"鼠"条载："惠州獠民取初生闭目未有毛者，以蜜养之，用献亲贵。挟而食之，声犹唧唧，谓之蜜唧。"[2]当年苏轼谪居儋州，彼时其弟苏辙也被贬到雷州，缺衣少食，水土不服，瘦得皮包骨。苏轼得知后便写了一首诗《闻子由瘦》，还特别注明儋州乏肉的苦况（儋耳至难得肉食）：

> 五日一见花猪肉，十日一遇黄鸡粥。
>
> 土人顿顿食薯芋，荐以熏鼠烧蝙蝠。
>
> 旧闻蜜唧尝呕吐，稍近虾蟆缘习俗。[3]

诉说自己开始别说吃，就是一听到"蜜唧"这俩儿字都要吐，但饿极需唼，日久也就成了日常食物。于是在《闻正辅表兄将至以诗迎之》诗中，已经有"朝盘见蜜唧，夜枕闻鸺鹠"[4]句。据说现在

① （唐）张鷟：《朝野佥载》卷二，赵守俨点校，《唐宋史料笔记》丛刊，北京：中华书局，第41页。按：此书与唐《隋唐嘉话》并刊为一书。

② （明）李时珍：《〈本草纲目〉详译》（下册）卷五十一《兽部兽之三》，钱超尘，董连荣编，太原：山西科学技术出版社，1999年，第2149页。

③ （宋）苏轼：《苏轼诗集合注》卷四十一《闻子由瘦》，朱怀春校注，上海：上海古籍出版社，2001年，第2123页。

④ 同上《卷三十九，闻正辅表兄将至以诗迎之》，第2009页。

两广时兴一道生吃小老鼠的特色菜,具体吃法:筷子夹起——鼠一叫,酱碟里一蘸——鼠再叫,送入口中一咬——鼠又一叫,所以这道菜名为"三叫"。显然它就是"蜜唧"。①

蝌蚪是蛙和蟾蜍的幼体,有清热解毒的功能,可治热毒疮肿。据李时珍《本草纲目》:"主治:火飙热疮及疥疮,并捣碎敷之。""俚俗三月三日,皆取小蝌蚪以水香之,云不生疮,亦解毒治疮之意也。"②用蝌蚪熬汤为食,似广西苗族和贵州侗族为多。

油炸全蝎是一道平阴名菜。做法是将鲜活全蝎放入清水中,浸泡一小时,使其吐净泥沙,然后捞出控尽水,放入油锅内,炸至酥脆微黄食用。蕲蛇出自湖北省东南部的蕲春县,与蕲竹、蕲艾、蕲龟共称"蕲春四宝","天下重之",主要是药用价值很高,泡酒可以透骨搜风、截惊定搐。竹狸又名竹鼠,喜食竹的地下茎、竹笋,也食草及其他植物的种子与果实,它的肉相当鲜美,有清炖、生闷、红烧、葱油数种烹调方法。唐人谓之"竹䶉"。《太平广记》引《王氏见闻》记载谓:"竹䶉者,食竹之鼠也。生于深山溪谷竹林之中无人之境,非竹不食,巨如野狸。其肉肥脆,山民重之,每发地取之甚艰。"③元稹诗有"䶉炙漫涂苏"句,山东社会科学院研究员、《饮食文化研究》国际学术期刊主编王赛时认为,这是以紫苏为酱料涂在竹鼠肉上烤着吃,是一种唐时佳味。④

河豚生于浅海,自钱江潮入浙,松江潮入苏,叶梦得谓:"今浙人食河豚始于上元前,常州江阴最先得。方出时,一尾至直千钱,然不多得,非富人大家预以金嗷渔人未易致。二月后,日益多,一

---

① 参见王清和:《古典小说里的地方名吃》,《美文》,2012年第12期。

② (明)李时珍:《〈本草纲目〉详译》(上册)卷四十二《虫部虫之四》,钱超尘,董连荣编,太原:山西科学技术出版社,1999年,第1801—1802页。

③ (宋)李昉编纂,《太平广记》卷一百六十三《竹䶉》,北京:中华书局,1961年,第1187页。

④ 参见王赛时:《唐代饮食》,济南:齐鲁书社,2003年,第69—70页。

尾才百钱耳。柳絮时,人已不食。"①对于江浙百姓来说,"拼死吃河豚"就像家常便饭——"邻翁劝我知机早,有毒伤人如鸩鸟。世间万事是机阱,此外伤人亦非少"。②

《本草纲目》载:"黄鼠出太原、大同、延、绥及沙漠诸地皆有之,辽人尤为珍贵。状类大鼠,黄色,而足短善走,极肥,穴居……村民以水灌穴而捕之,味极肥美,如豚子而脆。皮可为裘领。辽、金、元时以羊乳饲之,用供上膳,以为珍馔。"③明代重臣于谦《云中即事》诗中有"炕头炽炭烧黄鼠,马上弯弓射白狼"句。④

当代固始地区宣传自己的方物,称早在隋时,固始鹅已经是与金华火腿齐名的名菜,谓《隋书》载公元582年,隋炀帝车驾临江都,奏百戏之乐,宴众爱妃于赤舰船楼上,佳肴近千种,惟金华火腿与固始鹅被风扫残云吃掉云云。网上有关固始鹅的轶事亦多据此而流传,甚至将食鹅的妃子误为陈后主宠妃张丽华。其实《隋书》中并无这样一段记载。然固始鹅作为肉食鹅,其养殖方法独特,固不是浪得虚名。李渔谓:"䴚䴚之肉无他长,取其肥且甘而已矣。肥始能甘,不肥则同于嚼蜡。鹅以固始为最,讯其土人,则曰:'豢之之物,亦同于人。食人之食,斯其肉之肥腻亦同于人也。'"⑤已经道出固始养鹅的秘诀。清代名宦田文镜于雍正三年(1725)下

---

① (宋)叶梦得:《石林诗话》,收录于(清)何文焕编,《历代诗话》,北京:中华书局,1981年,第404页。

② (宋)周承勋:《食河豚》,陈起编著,《前贤小集拾遗》卷一,第3页。

③ (明)李时珍:《〈本草纲目〉详译》(下册)卷五十一《兽部兽之二》,第2156页。

④ (明)于谦:《于谦诗选》,林寒校注,杭州:浙江人民出版社,1982年,第67—68页。

⑤ (清)李渔:《闲情偶寄·饮馔部·肉食第三》,李树林译,重庆:重庆出版社,2008年,第383页。

达《饬委署理事：署理直隶州印信不许勒索属员》公文时，还特别申明，对于"各地土产"，"即现钱平买亦当避薏苡之嫌"，其所举四种土产中就有固始之鹅。①

莱阳鸡则是早在唐代就与泰和鸡、同州鸡齐名，曾被元稹在《长庆集》中提到过。② 至于天津螃蟹，有河海两种，都称著名。一种是春季的海蟹，"津门三月便持鳌，海蟹堆盘兴尽豪"③。另外一种是出自近郊军粮城、芦台、葛沽、小站、咸水沽等地的河蟹，虽个头不大，但肉肥黄多，异常鲜美。④

腌鸭蛋的技术，早在一千五百年前已载入贾思勰的《齐民要术》。高邮及附近的宝应、兴化一带，因位于湖荡众多的苏北下河水乡，养鸭业自古发达，高邮鸭所产蛋个大量重，比别处的普通鸭蛋平均重 30 克左右，且令人称奇的是多为双黄蛋。嘉庆《高邮州志》卷四载："腌蛋。邮水田放鸭，生卵，腌成盛桶，名盐蛋，色味俱全，他方购买之。"高邮咸鸭蛋具"鲜、细、嫩、松、沙、油"等特点，中间没有硬心，其蛋心的色泽之红，引来"高邮鸭蛋赛朱砂"的美誉。⑤

"象鼻炙"为唐代美食的八珍之一。刘恂《岭表录异》载"广之属郡潮、循州，多野象。潮循人或捕得象，争食其鼻，云：'肥脆，尤

---

① 参见（清）田文镜：《抚豫宣化录》，郑州：中州古籍出版社，1995年，第 99 页。

② 参见闵宗殿：《中国历史名鸡》，华南农业大学农业历史遗产研究室编著，《农史研究》（第七辑），北京：农业出版社，1988 年，第 131 页。

③ （清）梅成栋：《津门诗钞》，卞僧慧，濮文起校注，天津：天津古籍出版社，1993 年，第 986 页。

④ 参见杨琳：《天津民俗》，甘肃省古籍文献整理编译中心编著，《中国民俗知识》，兰州：甘肃人民出版社，2008 年，第 75 页。

⑤ 参见周彭，钟益，吴越：《江苏特产》，南京：江苏科学技术出版社，1982 年，第 51—53 页。

堪为炙。'"①唐人段公路所撰《北户录》，完全拷贝复制了以上内容后，又加了一句："滋味小类猪而含消。"②"含消"本是指一种美味的梨子，这里是指如口感细腻的烤猪。这说明象鼻炙与烤猪的味道很相近。

宝鸡的风肉疑为宝鸡凤翔出产的腊驴肉。"风肉"的一般性解释为风干制作的肉，因"风"与"凤"同音而常假借使用，故又称"凤肉"。如将"凤肉"限定到宝鸡地区，则只有凤翔驴肉对应最为贴切。腊驴肉的制作，采用膘肥肉满的"关中驴"的驴腿，工序复杂，其中也包括白天挂于阳光下晾晒风干的步骤，故称之为"风肉"也是对的。

孩儿鱼即大鲵，是一种肉食性的两栖动物，它的叫声像婴儿的哭声，故又名娃娃鱼，现在是国家二级保护动物。李时珍《本草纲目》录有宋代药学家寇宗奭的解释，谓"鱼形微似獭，四足，腹重坠如囊，身微紫色，无鳞，与鲇、鱿相类。尝剖视之，中有小蟹、小鱼、小石数枚也"。李时珍又提及："今渔人网得，以为不利，即惊异而弃之，盖不知其可食如此也。"③可见即使在李时珍生活的嘉靖年间，大众仍不知孩儿鱼可食、甚至可作为美味来烹治。登州孩儿鱼在明末也该算是一种非常小众的美食了。

寄姐的"孕妇奇嗜方物食品名单"上唯一找不到对应的就是"交趾的狮子腿"一物。《马可·波罗游记》第一二六章记有"交趾国州"，然已被近代的交通史学者冯承钧考证为彻里，即今之西双

①　（唐）刘恂：《岭表录异》，《丛书集成新编》，台北：台湾新文丰出版公司，1985年，第6页。

②　（唐）段公路：《北户录》卷二，收于陆心源编，《十万卷楼丛书》光绪六年版，第8页。

③　（明）李时珍：《〈本草纲目〉详译》（下册）卷四十四《鳞部鳞之四》，第1884页。

版纳一带。① 按永乐、洪熙、宣德三朝，为"安南属明时期"，亦即越南史中的"第四次北属时期"，交趾承宣布政使设于永乐五年（1407），废于宣德三年（1428），历时虽不太长，而明朝民众已惯于以"交趾"来指代"安南"。安南地区自汉赵佗起，与中原历朝纠葛甚多，其为藩国，向历代的中央政府进贡，物产品类虽多，却未闻有狮子一种，更勿论食品中的"狮子腿"了；安南大型动物中常入贡者唯象、犀两种。而有明一代之以朝贡方式输入狮子，则都是来自西亚、中亚诸国②，大明使臣、与郑和齐名的旅行家陈诚因作《狮子赋》，颇有流传。陈诚在洪武三十年（1397）亦曾奉诏出使安南，他的文集中尚存有该年四月初一日安南国王陈日焜写给他的信。③ 这已经是在陈朝被篡的前夕。若陈诚果然在安南看到了狮子，岂会不写下一篇安南版的《狮子赋》？"狮子腿"究竟如何能出自"交趾"，实在令人费解。

在这份"孕妇奇嗜方物食品名单"上，作者虽是为了讽刺寄姐的不合理要求，写作上有夸张之嫌，却也在另一个角度反映出明末方物名吃之丰富。由于地理位置的相近，在北京能找到的各地奇异方物，在山东省会济南同样也能找到。作者之夸列各地方物，在《醒》书还有一次——当时狄希陈父子去济南纳监，因要换折子钱的缘故，竟与后来娶了孙兰姬做"两头大"的当铺秦家打上了交道，秦朝奉要请狄希陈这个大客户吃顿饭，孙兰姬闻知旧情人要来，喜出望外，准备了无比丰富的菜式，可惜她老公提前回家，这个破镜并没有重圆：

① 参见［意］马可·波罗：《马可·波罗行纪》，冯承钧译，上海：上海书店出版社，2006 年，第 342—343 页。

② 参见王颋、屈广燕：《芦林兽吼——以狮子为"贡献"之中西亚与明的交往》，《西北民族研究》，2004 年第 1 期。

③ 参见陈诚：《陈诚西域资料校注》，王继光校注，乌鲁木齐：新疆人民出版社，2012 年，第 20—22 页。

孙兰姬甚是欢喜，妄想吃酒中间还要乘机相会，将出高邮鸭蛋、金华火腿、湖广糟鱼、宁波淡菜、天津螃蟹、福建龙虱、杭州醉虾、陕西琐琐葡萄、青州蜜饯棠球、天目山笋鲞、登州淡虾米、大同酥花、杭州咸木樨、云南马金囊、北京琥珀糖，摆了一个十五格精致攒盒，又摆了四碟剥果、一碟荔枝、一碟风干栗黄、一碟炒熟白果、一碟羊尾笋筱桃仁。又摆了四碟小菜、一碟醋浸姜芽、一碟十香豆豉、一碟莴笋、一碟椿芽。——预备完妥。知狄希陈不甚吃酒，开了一瓶窨过的酒浆。实指望要狄希陈早到，秦敬宇迟回，便可再为相会。（50.386）

两文中提到的各处特产，许多至今仍为地方饮食文化的黄金招牌。一个中等富裕程度的北京家庭，居然能为一个怀孕的姜罗致这样多的奇异特产以资其口腹之欲；一个在济南做小规模当铺生意的外地商人的"两头大"外室，居然也能在请客时摆出这样多的精致食物，这在现代读者看来未免觉得奢侈。不过，衡之以晚明城市生活中弥漫的美食之风，这一情形又不是那么不可思议了。而且，若是我们细细评判的话，甚至可以说，晚明最上等的社会与中等富裕程度的城市家庭，其所能享用的罕异方物名吃，已经有相当的重合。

在明清小说中，有一段堪与《醒世姻缘传》的方物穷举相媲美的文本，出自《梼杌闲评》的第二十二回"御花园嫔妃拾翠，漪兰殿保姆怀春"：

门悬彩绣，地衬锦裀。正中间宝盖结珍珠，四下里帘栊垂玳瑁。异香馥郁，奇品新鲜。龙文鼎内香飘霭，雀尾屏中花色新。琥珀杯、玻璃盏，金箱翠点；黄金盘、白玉碗，锦嵌花缠。看盘簇彩巧妆花，色色鲜明；接席堆金狮仙糖，齐齐摆列。金虾干、黄羊脯，味尽东西；天花菜、鸡鬃菌，产穷南北。猩唇、熊掌列仙珍，黄蛤、银鱼排海错。鹿茸牛炒，鲟鲊螺干。蟹螯满贮白琼瑶，鸭子齐堆红玛瑙。燕窝并鹿角，海带配龙须。莱阳鸡、固始鸭,肥如腻粉;松江鲈、汉水鲂,美胜题苏。黄金叠胜,福州橘对洞庭柑;白玉装盘,太湖菱共高邮藕。江南文杏兔头梨,宣州拣栗姚坊枣。林檎橄榄,沙果苹婆。榛松、莲肉蒲桃大,榧子瓜仁密枣齐。核桃、柿饼,龙眼、荔枝。金壶内玉液清香,玉盘中琼浆潋滟。珍馐百味,般般奇异若瑶池;美禄千钟,色色馨香来玉府。①

《梼杌闲评》是一部揭露宦官魏忠贤乱政的晚明小说,又名《明珠缘》。这段文字是写魏忠贤眼中的皇家生活——正宫娘娘在御花园筵宴各宫妃嫔及太子妃——故其笔墨纷繁渲染之至。然枚举到具体的食物,也并非民间所不能致。

(二)明代文人墨客对美食文化的推波助澜

明代食书在宋元基础上发展出了烹饪和食材理论的新高度。《多能鄙事》《墨娥小录》《居家必用事类统编》《便民图纂》等都是"为民服务"型的饮食书,而张岱的《陶庵梦忆》《琅嬛文集》、何良俊的《四友斋从说》、陈继儒的《晚香堂小品》、冒辟疆的《影梅庵忆语》、文震亨的《长物志》、李渔的《闲情偶寄》等,尽管不是专门的饮馔类作品,但都有相当篇幅专门谈到饮食与方物,实则为文人笔下"吃的艺术",与现代文人梁实秋的《雅舍谈吃》实异代而同趣。

明末文人张岱自号"清馋",特喜吃各地方物,他在《陶庵梦忆》中所列自己曾经吃过的各地土特产,几乎涵盖全国所有省份,其丰富程度,与以上所列寄姐害喜时所馋的土特产又不可同日而语了。

越中清馋无过余者,喜啖方物。北京则苹婆果、黄鼠、马牙松,山东则羊肚菜、秋白梨、文官果、甜子,福建则福桔、福桔

① (明)无名氏:《梼杌闲评》,李虹校注,《中国古代禁毁小说文库》,西安:太白文艺出版社,2000年,第267—268页。

饼、牛皮糖、红乳腐,江西则青根、丰城脯,山西则天花菜,苏州
则带骨鲍螺、山查丁、山查糕、松子糖、白圆、橄榄脯,嘉兴则马
交鱼脯、陶庄黄雀,南京则套樱桃、桃门枣、地栗团、窝笋团、山
查糖,杭州则西瓜、鸡豆子、花下藕、韭芽、玄笋、塘栖蜜桔,萧
山则杨梅、莼菜、鸠鸟、青鲫、方柿,诸暨则香狸、樱桃、虎栗,嵊
则蕨粉、细榧、龙游糖,临海则枕头瓜,台州则瓦楞蚶、江瑶柱,
浦江则火肉,东阳则南枣,山阴则破塘笋、谢桔、独山菱、河蟹、
三江屯蛏、白蛤、江鱼、鲥鱼、里河鰦。远则岁致之,近则月致
之、日致之。①

"吃的艺术"自上而下流漫,表现出由京师到外省、由城市到
乡村、由巨富到小康的方向特征。其中最常见的是烹饪方法的借
鉴。京中的烹饪方法不仅独具特色,而且也是外乡外省学习的对
象。调羹是京城人,被狄家买下后跟着狄员外回了山东。她善制
京城风味的炒螃蟹,味道美妙,惹得狄员外的内弟相大舅盛夸
不止:

> 第二道端上炒螃蟹来。相栋宇说:"咱每日吃那炉的螃
> 蟹,乍吃这炒的,怪中吃。我叫家里也这们炒,只是不好。"狄
> 员外道:"这炒螃蟹只是他京里人炒的得法,咱这里人说他京
> 里还把螃蟹外头的那壳儿都剥去了,全全的一个囫囵螃蟹肉,
> 连小腿儿都有,做汤吃,一碗两个。"相栋宇道:"这可是怎么
> 剥?他刘姐也会不?"狄员外道:"怕不也会哩。叫人往厨房
> 里看还有蟹没,要有,叫他做两个来。"丫头子说道:"没有蟹
> 了。他刚才说炒还不够哩。"狄员外说:"想着买了蟹,可叫他
> 做给你舅看。"(58.444)

我们如将此节与《金瓶梅》对照来看,不难发现此处就是吴大

① (明)张岱:《陶庵梦忆》卷四《方物》,上海:上海古籍出版社,1982
年,第38页。

舅赞螃蟹的翻版。西门庆赞助常峙节买了房子,常的老婆遂亲手做了"四十个大螃蟹,都是剔剥净了的,里边酿着肉,外用椒料、姜蒜米儿、团粉裹就,香油煠、酱油醋造过,香喷喷酥脆好食"。当这螃蟹上桌后:

> 伯爵让大舅吃。连谢希大也不知是甚么做的,这般有味,酥脆好吃。西门庆道:"此是常二哥家送我的。"大舅道:"我空痴长了五十二岁,并不知螃蟹这般造作,委的好吃。"伯爵又问道:"后边嫂子都尝了尝儿不曾?"西门庆道:"房下每都有了。"伯爵道:"也难为我这常嫂子,也这般好手段儿!"常峙节笑道:"贱累还恐整理的不堪口,教列位哥笑话。"①

《醒世姻缘传》受《金瓶梅》影响的地方当然不止在这一处。刘、苏二锦衣与九千岁王振拜寿一节,也有模仿"西门庆东京庆寿旦"的影子。《醒世姻缘传》这部笔力并不输于后者的巨著,在饮食上的描写要平实得多,究其缘故,也许还是在于《金瓶梅》着眼在西门庆这样的巨商富户,而《醒世姻缘传》则着眼在狄员外这样的小康人家。小康人家的饮食渐学巨商富户,正说明了明末物质社会在生活方面流风相师、市民文化竞向高层学习的趋势。

日本东京大学东洋文化研究所的大木康(Yasushi Oki)将文震亨、陈继儒、李渔等人的著述称为"晚明中国审美生活的教科书"(Textbooks on an aesthetic life in late Ming China),他的同名研究探讨了明末时人追随这些时尚文人学习风雅做派的有趣现象。② 以大木康的看法,由于元代的部分时间段关闭了知识分子的科举考试之门,遂在中国历史上第一次产生了一种将志

① （明）兰陵笑笑生:《金瓶梅词话》,第 823、826 页。

② 参见 Yasushi Ōki, "Textbooks on an aesthetic life in late Ming China," in Daria Berg, Chloe Starr eds., *Quest for Gentility in China: Negotiations Beyond Gender and Class*, Hoboken: Taylor & Francis, 2007, pp.179 - 187.

趣完全投入私人空间——如写诗作画、吃喝玩乐——的纯文人,他们与前朝的苏轼一类的文士不同。苏轼固然也在其私人空间中致力于文学艺术、甚至烹茶美食一类的活动,但他毕竟仍有着"士"与"官员"的公众身份。从元代传承下来的这一脉纯文人的志趣,在明末得到了发扬光大。为什么呢? 因为市场的存在。大木康最后的结论是:

> 在日本的德川时期(1603 年—1867 年),人们的社会身份是固定的。再有钱的富商也不能成为武士,进入仕途。因此,商人只有创制自己的文化,也就是普通人的文化。在中国,情形则相反,"文人"并不意味着一个严格的阶级。普通人可以通过科举考试成为文人。在繁荣的晚明江南社会,普通人获得了经济权力,他们比以前更渴望得到高贵的身份。但由于社会上并无一种纯正的民众文化,故他们亦只能企望于文人文化。如此一来,他们就需要指南手册(manuals)。这层原因,我相信,即是晚明有关审美生活方式的文士指南手册盛行的背景。①

我们以为,大木康对德川时期与明末两种社会形态的概括,未免有点太过线性了。众所周知,中外学界对德川时期的经济和社会形态的研究十分透彻,结论也相当多样化,早已突破了"社会等级制度固囿商人发展"的一元论断。我们恐怕不能这样简单地下结论说:日本由于商人"向上社会流动性"的内压无处释放,故催生出了独有的市民文化;而中国市民由于可以任意模仿文士,"向上社会流动性"不成问题,故其市民文化乃为文士文化的一种模仿品。

事实上,明代市民若要追随文人士子的精致生活方式,首先也面临对社会等级的突破问题,庶民在吃穿用度上的逾制,同样也是

---

① 参见 Yasushi Ōki, "Textbooks on an aesthetic life in late Ming China," in Daria Berg, Chloe Starr eds., *Quest for Gentility in China: Negotiations Beyond Gender and Class*, Hoboken: Taylor & Francis, 2007, p.186.

明代的禁奢令所不能允许的。明代在立国之初，就在饮食上制订了一套等级制度，特别严令在饮食器皿的使用上不得逾距：

> 洪武二十六年定，公侯、一品、二品，酒注、酒盏金，馀用银。三品至五品，酒注银，酒盏金，六品至九品，酒注、酒盏银，馀皆磁、漆。木器不许用朱红及抹金、描金、雕琢龙凤文。庶民，酒注锡，酒盏银，馀用瓷、漆。①

在洪武皇帝眼中，对饮食的规范不仅仅为了提醒人们俭省的美德。与舆服制度一样，对酒器食器的规定也代表着对有序社会等级的强调。

此类禁奢令不仅常出于洪武年间，贯有明一代，中央政府时常以诏书、布告、敕文、法律的形式对禁奢令进行加强，或发布新的内容。洪武三十五年（洪武三十一年，1398），"申明官民人等、不许僭用金酒爵。其椅卓（桌）木器之类、亦不许用砾红金饰"。在同一年发布的禁奢令里，还有"申明军民房屋、不许盖造九五间数。一品二品，厅堂各七间。六品至九品，厅堂栋梁止用粉青刷饰。庶民所居房屋从屋，虽十所、二十所，随所宜盖，但不得过三间""申明官员伞盖，不许用金绣朱红妆饰"等条目。正德十六年（1521），规定"职官一品二品，器皿不许用玉，止许用金，以为定例。其商贾技艺之家，器皿不许用银。余与庶民同。官吏人等，不许僭用金酒爵。其椅卓木器之类，并不许朱红金饰。"②细观洪武三十五年（1398）与正德十六年（1521）的两次禁奢令，内容大致相同，只不过洪武年间的性质为初颁，正德年间为奏准。

正德十六年亦即 1521 年 4 月 20 日，年仅三十岁的正德皇帝

---

① （清）张廷玉编纂，《明史》卷六十八《舆服四》，第 1672 页。

② （明）李东阳，（明）申时行，（明）赵用贤：《大明会典·史部·政书类》（影印明万历内府刻本）卷六十二《房屋器用等第》，《续修四库全书》，上海：上海古籍出版社，2002 年。

朱厚照病死于豹房。正德离经叛道,少年嬉游,明朝的文官集团未尝见识过这等大胆出格的天子,简直拿他没有办法。正德的确也很不似一位会花心思去干涉人民使用何种酒器及桌椅的皇帝。正德十五年即 1520 年的 8 月,他南游经镇江清江浦时不慎落水,后惊吓生病,次年一月返回北京时已经病重不起,三月便在弥留之际。这份发布于正德十六年的禁奢令,无论出于正德生前还是死后,其实都是文官集团的手笔。成化、正统、景泰、弘治、万历、天顺年间,各自有若干禁奢令发布,只不过都不及洪武年间详严。

明代禁奢令的特点是:作为国家典令,细节繁多,数米量柴,而对违禁者的处罚,在法律层面上规定得过于苛严,以致从一开始就很难执行;至中晚期,当明代经济环境已经发生了本质变化后,以早期粗简的"一刀切"法令来应对千变万化的社会实情,就变得更为肤泛不切,难以操作。然而,如将这些禁奢令完全视同废纸,则也未免太过简单化了。进入明代中晚期,社会流动性加强、阶级分际不再如明初般鲜明,逾界违礼的现象发生频仍,但禁奢令试图将每个公民禁囿于他的原生社会定位——这个定位由他的出生决定,在概率很小的情形下,可由科举、军功、捐官或联姻提升——的效力,显然还是有一定惯性的,在国初法令被忽略无视的背后,我们不应否认,它们仍然对中晚明社会具有一定程度的震慑作用,因为这些法令从未真正被政府废止。

大量的晚明文人,出于对倾颓的阶级秩序的困惑和对性道德崩坏的不满,将他们的一腔愤怒发泄到"道德书、家训、行事笺和白话小说"的写作中去,《醒世姻缘传》也是这类作品之一。严格意义上来说,甚至"淫书"《金瓶梅》也是一部批判性自由的警世之作。但吊诡的是,尽管这些自恃以道德警世的晚明文人本意是要对两性的放荡、物质的穷奢进行口诛笔伐,但他们在真正落笔时又不禁陷入了对物质和两性细节的着迷描写,毕竟,他们就是从吃喝玩乐的极欲、酒色财气的征逐中经历过来的,严重的末世感并不能驱散他们想要加入明末物质主义狂欢的愿望。明代饮食类著作数量可观,文人墨客以撰述美食为雅事,不光寻常笔记小说多载罕异方物的食用和烹饪方法,有关市井之家的饮馔常形也多见诸地方志中。

（三）北京美食文化的天时与地利

北京位于华北平原的东北角上,它是在明朝开国以后近四十年时才成为首都的。明成祖以靖难之乱的内战打败侄儿建文帝,攫取了皇位之后,他决定迁都北京:一则是要回到他原来做燕王时的大本营;二则也是因为中国历来的边患都在北方,无论是亲王守边还是大将守边都容易造成尾大不掉的军事割据,故此成祖要"天子守边"。

由于其特殊的地理位置,及其在明之前作为金国首都(时称中都)和元朝首都(时称大都)的历史,北京长久以来就是一个国际性都市,汇集汉、女真、渤海、契丹、回鹘、突厥、波斯、大食等众多人种和文化。就饮食文化而言,北京也是多种美食的会冲之地,丰富的食品原料、调料、香料、庖厨都汇聚于此。北京以北的各色游牧民族,特别是在十四世纪后入主中原的蒙古人,带给北京的饮食文化以巨大的影响。元征服中原之后,又有大量来自中亚、西亚和欧洲的色目人徙居中原,他们中的很多人服务于元政府,在北京定居,为北京的烹饪文化带来了强烈的伊斯兰色彩。如果《马可·波罗游记》被认为可信的话,当时住在北京(原书中称"Khan-balik",中文做"坎巴立克"或"汗八里",有"可汗之大都"的意思)的非蒙古外国人中,有大约为数五千人的占星家和卜者,其中有"基督徒、撒拉逊人和契丹人"。[①] 这样大规模的人种和文化的汇聚,势必会

---

① Marco Polo, *The travels of Marco Polo*, Harmondsworth, Middlesex: Penguin Books, 1958, p.158.

给北京这一大都市留下一笔巨大的美食文化遗产。

北京之所以发展成为明代城市饮食文化的龙头,一方面源于身为首都的中枢位置,另一方面,更是源自成化以后追逐享乐的社会风气。明朝立国之初,太祖朱元璋为了防止世风走向奢靡,亲立榜样,宫中所馔,不过为家常菜肴的"常供",且早晚进膳,必有一道豆腐,"示不敢侈也"①;马皇后也亲主宫中之馈,监督宫内饮食的制造。

进入弘治朝之后,朝政清闲宽大,士大夫多事游宴成一时风气。这种风气自上而下,流漫于社会。士大夫以相夸美馔为尚,明人散文中充斥着对菜谱、宴会的记录。弘治皇帝孝宗出生和成长于万贵妃妒灭后宫的阴影下,六岁才得见父亲宪宗,但他成年后却成为了一位宽宏慷慨的君主。弘治也可能是中国历史上唯一实行一夫一妻制的皇帝。② 孝宗的廷臣将他写成一位敏锐、勤勉、忠于礼教的圣主,这其实与他既勤于朝政、又宽于吏治有很大关系。后者给文官集团带来了一股和煦的气息,也松解了明初以来在物质享受上政府对文官集团的控制。陈宝良详细比较了明初和明中叶以后城市宴会的规模、菜品、酒器,认为"自成化以后,城市饮食生活日趋奢华","城市饮食生活逐渐由俭素转向丰腆"。③ 我们则认为,这个转折的起点,实发生于孝宗弘治初期。

孝宗本人是官员游宴吃酒的支持者,考虑到官员们的宴会多开在夜间,骑马醉归,没有灯烛不便,他曾下令让街市的商家店铺点灯笼为饮酒回家的官员们照明。这一规定施用于南北

---

① (清)吴骞:《拜经楼诗话》卷四,《拜经楼丛书》,上海:上海博古斋,1922 年。

② 参见 Mote, *Imperial China*, *900 - 1800*, p.634.

③ 陈宝良:《飘摇的传统——明代城市生活长卷》,长沙:湖南出版社,1996 年,第 61 页。

两京。① 就现有的史料看,孝宗的宫廷用度并不过奢,不过他也留下了吃"百鸟脑"豆腐的记录——豆腐仍然是宫中的常膳,只不过不再是黄豆所制,而是采了上百只鸟的脑子来凑成。关于这百鸟豆腐,还有一则轶事流传。此珍馐本是皇家特有,即使高官厚禄之家,又哪得听闻? 但当时太平既久,百僚中唯翰林最居清要,朝廷盛宴后,唯翰林可以向光禄寺索要宴后的余膳。有一次光禄寺散御膳,一少年翰林去晚了,仅得豆腐归,怒其亵而掷之。适逢一个老翰林经过其寓,索酒而尽食豆腐,但不言其故。少年窃怪,其后方知这豆腐不是真豆腐,而是人间珍馐的鸟豆腐,不由大悔。②

《大明会典》记录的唯一一次天子"驾幸太学筵宴"发生于弘治元年(1488)。孝宗于即位伊始就驾幸国子监,应该是希望通过此行释放某种崇儒重学的政治信号。席面虽不奢靡,却也丰实。通过这桌席面,我们可以想见孝宗与国子监师生们共宴和煦融融的情景。

　　上卓:按酒五般,果子五般,大银锭,大油酥,宝妆凤鸭,小点心,棒子骨,汤三品,菜四色,大馒头,羊背皮,酒五钟。中卓:按酒五般,果子五般,茶食五般,烧鱼,小点心,汤三品,菜四色,大馒头,羊脚子饭,酒五钟。③

而《大明会典》中记录"进士恩荣宴"共三则,我们在此不惮繁地将其列出比较:

　　永乐十三年,上卓:按酒烧煤四般,宝粧茶食果子五般,软按酒五般,菜四色,汤三品,双下大馒头,羊肉饭,酒五钟。

　　上中卓:按酒烧煤四般,宝妆茶食果子四般,软按酒四般,菜

---

① 参见陈宝良:《飘摇的传统——明代城市生活长卷》,第69页。

② 参见(清)吴骞:《拜经楼诗话》卷四。

③ (明)李东阳,(明)申时行,(明)赵用贤:《大明会典》(影印明万历内府刻本)卷一百十四《膳羞一·驾兴太学筵宴》。

四色,汤三品,双下馒头,羊肉饭,酒五钟。

天顺元年,每卓,煤鱼,大银锭堆花,双棒子骨,宝妆云子麻叶,甘露饼,大油饼,凤鸡,焅猪肉,焅羊肉,小银锭,笑厴儿,椒醋猪肉,椒末牛马,椒醋鸡并鱼,汤三品,果子五般,小馒头,双下大馒头,牛羊肉饭,酒五钟。

弘治三年,上卓:按酒五般,果子五般,宝妆,茶食五般,凤鸭一只,小馒头一楪,小银锭笑厴二楪,棒子骨二块,羊背皮一个,花头二个,汤五品,菜四色,大馒头一分,添换羊肉一楪,酒七钟。上中卓:按酒果子宝妆茶食各五般,凤鸭一只,小馒头一楪,小银锭笑厴二楪,煤鱼二楪,羊脚子饭二块,花头二个,汤五品,菜四色,大馒头二分,添换羊肉一楪,酒七钟。中卓:按酒果子茶食各五般,甘露饼一楪,小馒头一楪,小银锭笑厴二楪,煤鱼二楪,牛肉饭二块,花头二筒,汤三品,菜四色,大馒头二分,添换羊肉一楪,酒七钟。①

罗列以上使我们看到,孝宗招待进士的席面远比成祖永乐时期和英宗天顺时期丰奢。这说明孝宗对于文士的尊崇,也说明在物质的供奉上,弘治朝的宽大已远胜前朝。《皇明宝训》中的《孝宗宝训》,其"厚勋臣""兴学""崇儒"等条目都格外殷切详实。孝宗的朝政优容,最直接的结果就是为他赢得了后世文人的美誉。万历首辅大臣朱国桢评价:"三代以下,称贤主者,汉文帝、宋仁宗与我明之孝宗皇帝。"明代理学家邓元锡评价:"闻诸父老言,敬皇帝之世,太平有象也。君臣恭和、海内雍晏。兆氓益殷炽阜裕,学士争游情于三代两汉之文。"②曾国藩称明孝宗为"英哲非常之

---

① (明)李东阳,(明)申时行,(明)赵用贤:《大明会典》(影印明万历内府刻本)卷一百一十四《膳羞一·进士恩荣宴》。

② (明)谈迁:《国榷》卷四十五《孝宗弘治十八年》,张宗祥校注,北京:中华书局,1958年,第2832页。

君"，将其与"汉之武帝，唐之文皇，宋之仁宗，元之世祖"[1]并举。

明孝宗未尝拓土开疆，臣服万夷，弘治朝政的特点是一方面朝野政通人和，另一方面贤臣辈出。弘治中兴是一个内向式的、熙和宽松的局面，物质的丰厚正是其重要的表征之一。然而，一个铜元总有两面。物质的丰厚必然带来享乐风气的兴起，孝宗亦被海宁敬修先生查继佐批评为"待外戚过厚，赐予颇滥，冗员尚多，中贵太盛"。[2] 查继佐是由明入清的历史学者，康熙初因私修《明史》而罹南浔庄廷鑨案，下狱几论死，他对历史源流的认识应该是比较清楚的。孝宗之后，崇奢繁、尚享乐的社会风气继续发酵，表现在饮食上，就是上至达官贵人，下至平民百姓，全国一派食不厌精的气象。

万历朝的首辅张居正奉旨归葬其父，所过州邑邮，牙盘上食物逾百品，而他还以为无处下箸。真定守钱普是无锡人，他既为张居正创制了"凡用卒三十二昇""旁翼两庑，各一童子立"的航空母舰型步舆，又特能为吴馔，将吴中之善为庖者，召募殆尽，居正甘之，曰："吾至此仅得一饱耳。"[3]

《醒》书中显示，北京的生活程度比外省要高得多。素姐上京寻夫不得，耽搁在已经中了进士的表小叔相于廷家中，临走为了在北京好好旅游一番，又赖在相于廷的仆人陆好善家待了好几天。相于廷得知后动怒，亲自审问此事，陆好善满腹委屈，倒地磕头不止，一开口就先说京里的生活程度之高，他的苦肉计实在出于无奈：

> 京城里一两一石米，八分一斤肉，钱半银子一只鸡，酒是

---

① （清）曾国藩：《曾文正公文集》卷四，《传忠书局刻本曾文正公全集》（同治十三年），第 661 页。

② （清）查继佐：《罪惟录》，《续修四库全书·史部·别史类·纪十·二十二》，上海：上海古籍出版社，2002 年。

③ （明）焦竑：《玉堂丛语》卷八《汰侈》，《元明史料笔记丛刊》，北京：中华书局，1981 年，第 276 页。

贵的,小的图是甚么,让到小的家里住着?那日从宅里出去,就只是不肯走,叫寻下处住下。小的合倪管家只略拦了一句,轿里就撒泼,拔下钗子就往嗓子里扎,要交命与小的两个。(78.603)

相于廷倒也深然其情,没有再治他的罪。京城长安之居虽是不易,但对于居家食井水的百姓来说,只要不是追求奢侈的消费,食品的价格其实并不是惊心触目的昂贵。狄希陈二度赴京,碰到已经"跌落了日子"的旧房东童奶奶,她的好客热情依旧,"袖了几百钱,溜到外头央卖火烧老子的儿小麻子买的金猪蹄、华猪头、薏酒、豆腐、鲜芹菜,拾的火烧,做的菉豆老米水饭,留狄希陈们吃"。(75.575)

狄家居京期间与岳母童奶奶、继母调羹、庶弟小翅膀一起居住,开了个小当铺营运赚钱,收入不多,凡事就俭,这样的大家庭里只用小珍珠一个丫头,举凡上厨登灶,都是童奶奶与调羹一起忙碌。但是这个家庭的饮食显然还是相当不错的。有一次,调羹和小珍珠一起在厨房里边柴锅上烙"青韭羊肉合子",弄得家前院后喷鼻的馨香,馋得刚好有事过往狄家的相家仆人相旺咕咕地咽唾沫,这位以"君子争礼,小人争嘴"为人生信条的仆人因为没能吃到这顿羊肉合子,发誓报仇,遂趁回山东之际将狄希陈京中娶妾之事在素姐面前全抖了出来。

还有一次,当狄希陈捐官刚当上中书时,心情大好,骆校尉(童奶奶之兄,寄姐之舅)教他官场规矩,狄希陈揶揄骆,讲了一个笑话:"一个人吃川炒鸡,说极中吃。旁里一个小厮插口说道:'鸡里炒上几十个栗子黄儿,还更中吃哩。'那人问说:'你吃来么?'小厮道:'我听见俺哥说。'问:'你哥吃来么?'说:'俺哥跟外郎。'问:'外郎吃来么?'说:'外郎听见官说中吃来。'"(83.640)——结果把骆校尉弄得脸通红。但是这个笑话本身说明饮食文化的流风,实为由上而下,上有好者时,其下虽不能行,心也向往之。

"川炒鸡"做法有类今日川菜的辣椒炒鸡,早在元代就已成为一道流行菜,元人笔记中记载有"川炒鸡"的做法,如下:"每只洗净。剁作事件。炼香油三两,炒肉,入葱丝盐半两。炒七分熟,用酱一匙,同研烂胡椒、川椒、茴香入水一大碗,下锅煮熟为度。加好酒些小为妙。"①这个菜谱中却遗漏了栗子这一要素。据明黄一正《事物绀珠·国朝御膳肉食略》载,"川炒鸡"也是明代宫廷御膳的常用肉食菜之一,肉类中的鸡肉菜还有以下数种:锦缠鸡、清蒸鸡、暴腌鸡、白煠鸡。② 川炒鸡能够名列御膳五鸡之一,自然不是浪得虚名。这道菜由宫廷传入官场宴聚,由官场宴聚再一级一级下传到百姓人家的过程,正好说明了明代奢侈性食品消费的阶层下移倾向。

奢侈性食品消费的阶层下移,亦与食品原材料在承平既久后价格便宜有关。明遗民陈舜系在《乱离见闻录》中回忆万历时期的生活与物价情景:

> 予生万历四十六年戊午八月廿六日卯时,父母俱廿三岁。时丁升平,四方乐利,又家海角,鱼米之乡。斗米钱未二十,斤鱼钱一二,槟榔十颗钱二文,著十束钱一文,斤肉、只鸭钱六七文,斗盐钱三文,百般平易。穷者幸托安生,差徭省,赋役轻,石米岁输千钱。每年两熟,耕者鼓腹,士好词章,工贾九流熙熙自适,何乐如之!③

当然,陈舜系是广东吴川人,他所记载的物价应当还是比北京

---

① （元）无名氏,邱庞同:《居家必用事类全集·庚集饮食类》,《中国烹饪古籍丛刊》,北京:中国商业出版社,1986 年。

② 参见（明）黄一正:《事物绀珠》卷十四《国朝御膳肉食略》,第21 页。

③ （明）陈舜系:《乱离见闻录》(卷上),《明史资料丛刊》(第三辑),南京:江苏人民出版社,1983 年,第232 页。

要便宜的。

　　关于明代北京的民俗生活,《宛署杂记》《水东日记》、万历《顺天府志》《帝京景物略》《酌中志》和《北京岁华记》里都有可贵的纪录。《宛署杂记》的作者沈榜,万历十八年(1590)任顺天府宛平县知县,在任期间留心时事,搜罗掌故,"退食之暇,杂取署中所行之有据而言之足征者,随事记录,不立义例,不待序次"①,他的记录几乎像档案一样详实。其卷十七记录了北京地区(宛平一带)岁时节日民俗的总体面貌。明朝祖制,每月朔旦文书房请旨传《宣谕》一道,教谕百姓于各月应做的事,由顺天府发出,以达于天下。沈榜逐月记载了正德十二年(1517)、十四年(1519)、十五年(1520),嘉靖三年(1524)、七年(1528)、十七年(1538)、二十二年(1543)、二十三年(1544)、二十八年(1549)、三十三年(1554),隆庆二年(1568),万历四年(1576)、五年(1577)、十八年(1590)、十九年(1591)等共16年的《宣谕》语。②"惟正月、十二月,以农事未兴,无之。"③

　　沈榜亦详于记录各官署在不同场合的经费出入,为我们留下了珍贵的北京明代物价记录,例如太庙的"每月荐新""每年正祭""孟秋时序"所需用物品及费用。以下是正月、二月的太庙"荐新"物品费用记录:

> 　　正月分,共该银二两二钱。荠菜四斤,价一两二钱;生菜二斤,价五钱;韭菜二斤,价五钱。二月分,共该银九钱九分九厘五毫。苔菜二斤八两,价五钱;芹菜一斤八两,价四钱九分

---

　　① (明) 沈榜:《宛署杂记》,北京:北京古籍出版社,1983 年,第 3—4 页。

　　② 参见张勃:《〈宛署杂记〉中的岁时民俗记述研究》,李松,张士闪编著,《节日研究》(第二辑),济南:山东大学出版社,2010 年,第 129—130 页。

　　③ (明) 沈榜:《宛署杂记》,第 1 页。

九厘五毫。[1]

要之,以美食文化为代表的"吃喝玩乐的艺术"下移到寻常百姓家,在思想史的层面上说,其起因是明中叶后王阳明会通儒佛道三家,以心性论和良知说打破程朱理学的垄断局面,从而打破了禁奢令,打破了尊卑贤愚不可逾越的疆界;从历史的成因看,它与孝宗弘治朝以降的宽大政治风气相关;北京城的特殊地理因素——人烟辐辏,名庖汇集,此前作为金、元故都的定位使它的饮食理念更为开放,形成了它的全国美食龙头的地位。而流风靡草,海内翕然景从,明朝的罕异方物美食,在此大环境下,也就不仅仅是上层社会的禁脔了。

五、伦理和宗教层面的食品问题

(一) 从三位庖厨的下场看明代的良贱逾制

晚明社会犹如《红楼梦》里说的,"外面架子未倒,内囊却渐渐尽上来了"。西周生无力解释明朝经济由盛到衰、民生由乐到苦的趋势,只将一切归于天道的因陈改变,他同样说不清楚,为何那样一个田园牧歌式的男耕女织的农村,不几年间,就变为一个"真诚日渐沦于伪,忠厚时侵变作偷"的世界。他花了整整一个章节(第二十六回),用"作孽众生填恶贯,轻狂物类凿良心"这样强烈谴责的标题,痛心疾首地描绘了明中期农村风俗由"醇厚"到"浇漓"的巨变。今日之读者,同处于社会急遽商品化的过程中,读到西周生的描述,眼熟之外,也许会感叹历史有某种相似性。同样是食物加工的掺伪造假,难道如下文字与我们今日在某某晚报的社会专栏里的所见有什么本质的不同么?

---

[1] (明)沈榜:《宛署杂记》,第122页。

凡百卖的东西,都替你挽上假。极瘦的鸡,拿来杀了,用吹筒吹得胀胀的,用猪脂使槐花染黄了,挂在那鸡的屁眼外边,妆汤鸡哄人!一个山上出那一样雪白的泥土,吃在口里绝不沙涩,把来挽在面里,哄人买了去捍饼,吃在肚内,往下坠得手都解不出来。又挽面踊了酒曲,哄人买去,做在酒内,把人家的好米都做成酸臭白色的浓汁。(26.202)

那么,西周生所歌咏的风俗"醇厚"的社会,又该是什么样子的呢?篇幅所限,不及大段引用原文,仅就细节做一些总结:

1. 即便退休致仕的尚书家的管家也不敢穿丝绸道袍,因为穿了道袍,就要"不论好歹就要与人作揖,所以禁止的"。

2. 财主家虽自己不能读书,也极为尊重读书人。

3. 读书人但凡有几亩薄田,可以宁静致远地过乡居生活,终年连城都不必进。秀才们从不干预府衙的公事,只知安分读书。

4. 各行卑贱匠役人等都安于本分,吃穿用度不逾于其各自的社会身份。

比较西周生对明初自然经济形态的赞美和对明末商品经济形态的悲叹,我们不难察识其中"小国寡民""有什佰之器而不用""虚其心,实其腹,弱其志,强其骨"等道家因素的影响。在作者的神道设教、因果警世的佛教外包装下,不但暗藏着其重视人伦、劝拯风化的济世态度,且又寄托着其返初自然、回归朴拙的道家情怀。

以神道设教、以因果警世的手笔,本已贯穿通部,但西周生似仍嫌其不足,他又刻意描写了三位人品卑劣的厨子,以他们殊途同归的下场,昭示恶厨浪费食物、小人妄自尊大,会为社会伦理所不容、为天道所厌弃的道理。这三名恶厨分别是刘厨子刘恭、尤厨子尤聪和吕厨子吕祥。他们都非主角,事迹生平也都与故事发展的主线没有紧密关系。在这样一部本来已是线头繁多的长篇小说中,作者竟会腾出闲笔,去写与主线不相关的恶厨遭受到天道报应的故事,不可不谓奇也,而一写就是三位,更是奇上加奇!①

我们试以下面的图表来阐述总结这三位厨子的生平行事。

姓　名	隶属	行　事	最被作者 厌恶之行为	结局
刘　恭 (51.390— 393)	蔡逢春 举人	1. 与主人家做活,上完了菜,他到席上同宾客一起上坐。 2. 邻居程谟没有饭吃,要赊取些米面,他对粜米豆和面的小贩败坏程谟的行止,使饥饿的程谟弄不到粮食吃。	妄自尊大。表现为: 1. 冬年的时候,他戴一顶绒帽、一顶狐狸皮帽套、一领插青布蓝布里绵道袍、一双皂靴,撞了人,趾高气扬,作揖拱手,绝无上下。 2. 他(与老婆)在门前路西墙根底下,扫除了一搭子净地,每日日西时分,放了一张矮桌,两根脚凳,设在上下,精精致致的两碟小菜,两碗熟菜,鲜红绿豆水饭,雪白的面饼,两双乌木箸,两口子对坐了享用。临晚,又是两碟小菜,或是肉鲜,或是鲞鱼,或是咸鸭蛋,一壶烧酒,二人对饮,日以为常。	被程谟拾起一块捧椎样的瓮边,劈头乱打,打得脑盖五花迸裂,骨髓横流。

① 吴燕娜曾经从文本出发研究《醒世姻缘传》写作叙述的"重复"(Repetition)现象。她以比较文学专业出身的独特阅读敏感,提出一个颇有创见性的看法,即:此书被一般读者视为芜杂繁复之处,实际上是出于作者的刻意经营。这种"重复"(repetition)乃是修辞学上高明的 repetitive 笔法,而非低级的 repetitious 笔法。我们同意西周生的"重复"之笔并非芜杂繁复的说法,但是想进一步说明的是,写作内容"重复"地出现,有时并非是修辞的需要,而是出于作者对某一事物、某一类人物强烈的爱憎而导致的强烈的褒扬或谴责之情。Wu, "Repetition in Xingshi yinyuan zhuan," *Harvard Journal of Asiatic Studies* (*Cambridge, MA*), vol.51, no.1 (1991).

（续表）

姓　名	隶属	行　事	最被作者 厌恶之行为	结局
尤　聪 (54.415—420)	盐院承差尤一 胡举人 狄员外	1. 娶了一个终日以偷盗为乐的媳妇。 2. 与主人胡举人闹别扭，不听使唤。 3. 对胡太太的考察不耐烦。 4. 对狄员外傲慢。说他在胡家见多识广，狄家这种"庄农小户，晓得吃甚东西？吃在口中，也辨不出甚么好歹"。	抛米撒面，浪费食物。表现为： 1. 不论猪肉、羊肉、鸡肉、鸭肉，一应鲜茶干菜，都要使滚汤炸过，去了原汤，把来侵(浸)在冷水里面。 2. 使囵囵花椒，叫人吃在口内，麻辣得喉咙半日出不出气来；把海参汤做得煐黑。 3. 大锅子的饭揣了锅底倾在灶内，成盆的剩饭倒在泔水瓮里。 4. 成两三碗的整面，整盘的肉包，都倾(倒)吊在泔水桶内。 5. 故意拿主人家的粮食煮粥给不相干的路人吃。	被九月的天雷劈死。上下无衣，浑身扭黑，须发俱焦，身上一行朱字，上书"欺主凌人，暴殄天物"。
吕　祥 (88.676—683)	狄希陈 李驿丞	1. 因为狄家曾经有买个全灶配给吕祥的说法，后来又取消，致使他心中嫉恨，发誓要将狄希陈的情况告诉素姐，以便报复。狄家用计将他滞留在京，奸计未能得逞。 2. 怂恿素姐外出寻夫。主仆二人走到淮安，吕祥将素姐甩掉，拐骗两只骡子而去。	不守下人的本分，狂妄嘴硬。表现为： 1. 下狱后不会小心下气些儿，跟陈驿丞顶嘴，被打。 2. 受到李驿丞的抬举后开始妄自尊大。天是"王大"，他就做了"王二"。并且自不量力地做了许多"跷蹊古怪的物件"：具体为假肉、假鸡、假猪肠、假排骨、假鸡蛋、假鹅头。因为李的表扬，表现出小人得意的样子。	二次入狱后被断饮食茶水，活活饿死。被人将尸首从牢洞里拖将出去，拉到万人坑边，猪拖狗嚼，蝇蚋咕喽。

（续表）

姓 名	隶 属	行 事	最被作者 厌恶之行为	结局
		3. 被淮安府军厅捉拿，发配高邮州孟城驿摆站，因卖弄厨艺，被李驿丞看中，收做厨子。 4. 李驿丞请客，吕祥发现客人陈驿丞曾经打过他三十板子，遂在食物中下了砒霜。		

　　三位恶厨子殊途同归，都做了西周生笔下惨死的鬼。以今人的观点看，除了吕祥最后的行为触及法律，这三位厨子实无大恶。特别是刘恭，其实只不过是底层小人物乍然生活水平提高后露出了某些俗态，至于他每日黄昏与老妻共桌享用清酌小菜，在今看来是十分温馨的家常情景，不知为何竟招致作者如此的厌恶。从历史主义①的视角出发，今人似乎不应以今日的普世价值来评判古

---

　　① "历史主义"一词源出于十九世纪，它的原始意义是指一种"将历史带历史"的历史研究方法。在理论和文学批判方面，历史主义者强调应使用历史的（当时的）而不是现在的（现时的）视角、价值和文本来看待历史事件。这一词义在二十世纪五十年代被卡尔·波普尔的《历史主义的贫穷》（*The Poverty of Historicism*）一书赋予了新的涵义。波普尔用"历史主义"这个词来形容历史发展的巨大规律，特别是那种可以预见历史发展、并能够看到历史发展终极方向的规律。根据波普尔，"历史主义"的主要代表为黑格尔和马克思，二者的著作都为二十世纪的极权主义的产生提供了土壤。我们在此处所使用的是"历史主义"的原义。Keith Windschuttle, *The killing of history: how literary critics and social theorists are murdering our past*, New York: Free Press, 1997, pp.12－13.

人笔下文本所反映出的十七世纪的世界,但是我们以为既然此研究的目的之一在于探讨明代社会的精神气质,则进行某种程度的价值判断也在所难免。

中国从中古时期就已形成完善成熟的良贱身份制度。良贱问题成为一种身份秩序,"自魏晋时期开始形成,南北朝时期逐步系统化、法典化,至隋唐时期趋于完善,唐宋之际渐趋衰落与瓦解"①。《唐律疏议》中涉及良贱之别的法律可谓繁复无比,约占唐律的五分之一,其精神基本是按照服制关系来设立主仆关系的等级制,但是对普通社会成员,则仅以"良""贱"二分法来区分。因两宋的市民经济发达,后又经蒙古人入主中原,良贱之别一定程度上被经济和种族因素打乱和冲淡。但自明朝立国,这一精神又得到恢复,并且在法律法典中被确立下来。明代律法试图以舆服来别士民工商的种种做法,与其科举制度中对倡优、卒隶、赘婿的考生资格限制,都是良贱制度在国家律法中的体现,而这一精神又被其后的清朝所继承。

瞿同祖研究中国古代社会的阶级问题,特别提出"贵贱"与"良贱"之不同:

> 中国历史上的社会阶级,如果贵贱是一种范畴,则良贱是另外一种范畴。贵贱指示官吏与平民的不同社会地位(包括法律地位在内),良贱则指示良民和贱民的不同社会地位,四民或称良民,或称齐民,字义的本身,即指出其齐一或平等的身份,并有与贱相对的意识。贱民包括官私奴婢、倡优皂隶,以及某一时代某一地域的某种特殊人口,如清初山西陕西乐户、江南丐户、浙江惰民、广东蜑户等。②

---

① 李天石:《中国中古良贱身份制度研究》,南京:南京师范大学出版社,2004年,第2页。

② 瞿同祖:《中国法律与中国社会》,北京:中华书局,1995年,第220页。

　　明朝立国时的良贱制度,是欲将所有人捆绑固定在他的原生社会地位上。设若此人仍属良民,则还有少量机会可以通过科举、军功、捐官或联姻来提升地位;若属贱役贱民,则几乎无望在社会阶层的梯子上往上走哪怕一格。与抽象的社会身份的捆绑相对应的,还有对四民与其物理籍贯所属地的捆绑。明初的户籍制度,彻底贯彻了"四民恒业""尚农重迁"思想,洪武皇帝诏四民"不许游食",任何人离乡百里,出门要带通行证件"路引",设里甲制度,对内限制人民流动,对外盘查流动人口。① 而明朝对科举士子的反冒籍制约,即使士绅阶级也很难挣脱其枷锁。在第三十七回《连春元论文择婿,孙兰姬爱俊招郎》一章中,薛教授从河南落籍山东明水若干年后,两个儿子面临童生出考,乡里就有些"千百年取不中的老童","外边攻冒籍的甚紧","势甚汹汹"。他们的老师程乐宇托自己的内侄、禀生连城璧给予保结,连城璧怕担干系,回家与父亲、举人连才商议。"连才"是谐音"怜才"之意。连举人看得薛家长子薛如卞"清秀聪明,甚有爱敬之意,家中有一个小他两岁的女儿,久要许他为妇,也只恐他家去,所以不曾开口",这次儿子一问,索性把结亲的意思说出来:

> 这保他不妨。他已经入籍当差,赤历上有他父亲绸粮实户的名字,怕人怎的! 就与宗师讲明,也是不怕! 我原要把你妹子许他,惟恐他家去。他若进学在此,这便回去不成,可以招他为婿,倒也是个门楣。不然,爽利许过了亲,可以出头炤管。(37.282)

　　若不是连举人因"怜才"招婿、连城璧予以禀生结状,流寓在山东的老贡生、前儒学训导、不折不扣的士绅薛教授,亦不能送两个儿子出考童生试!

---

　　① 参见牛建强:《明代人口流动与社会变迁》,郑州:河南大学出版社,1997年,第62—64页。

　　明朝的社会气质为何从早期的质朴、简约、社会等级分明发展为中晚期的奢靡、逾矩、社会等级混乱,以至于后来的趋势如脱缰之马般不可收拾? 王朝建立之初,开国皇帝朱元璋不是都已经将社会框架、生活形态、阶级区分、一饮一啄设计得一清二楚了吗? 历史上历代诸朝对民生的设计未有如明朝之详者,如此工细的制度,岂不是朝野上下只要遵行之就万事大吉了吗? 怎么会弄到后来朝廷具文连片纸都不如,官民百姓自得其道,谁也不将老祖宗的规矩放在眼里呢?

　　原因在于经济发展的力量不可逆转。庶民地位的崛起不以人的意志为转移。既有连年的承平,普通民众经济实力就会抬升,民间就会出现成千上万个"狄员外"和"刘恭"。人之不同,各如其面,"狄员外"可以甘于逐日吃豆腐的生活,恭俭小心地过他平头小百姓的日子,"刘恭"就不能不在乍富之后挺胸凸肚,因此也就惹得千万个"西周生"痛心疾首地大呼世道沦丧、人心不古了。儒家的理想世界是"上大人"与"小人"各安其分,而"小人"如厨子这样的贱役,更是鄙陋之尤,不能跟农人商人匠作相提并论。一个厨子,妄图做了几道好菜就跻身客位,与士大夫寒暄共席,怪不得刘恭的主人蔡举人"恨的牙顶生疼"。客人散了酒席,蔡举人"一个帖子送到武城县,二十个大板,一面大枷枷在十字街上,足足的枷了二十个日头,从此才把他这坐席的旧规坏了。"(51.390)刘恭又穿棉袍,不分上下地与人拱手,又不知藏富,公然吃肉饮酒,这在严于良贱之分的儒家正统人士眼里,简直比偷盗杀人还要可杀。

　　明末的阶级逾制,是发生在一个广大的层面上的。不仅"贵贱"之别突破了,"良贱"之别也突破了,且"贵""良""贱"三个阶层中又各自存在着大量的内部逾制。明末道德警世文学的衍溢,也就是这个现象所激而成的。

(二) 儒者饮食的理想之境

　　西周生非为不能写士大夫奢靡的生活形态,而是在他心目中,本着为生民立言教的想法，他更愿意让读者去感受那种"一箪食，一瓢饮，回也不改其乐"的儒家式物质享受的范式。书中受到作者盛赞的两个人物，邢皋门和杨尚书，分别处于未达和已达之境，可以说就是这种范式的两端的代表。

邢皋门是晁源父亲晁思孝的幕宾，多年后他做到了户部尚书。他的朋友到书房看望他，"走到邢皋门的书房，正见他桌上摊了一本《十七史》，一边放了碟花笋干，一碟鹰爪虾米，拿了一碗酒，一边看书，一边呷酒。"（16.119）这位穷书生家徒四壁，但完全不以物质上的艰窘为苦，晁思孝欲聘他为幕，打算通过他的朋友商量束修数目。他对朋友说：

> 这事可以行得。我喜欢仙乡去处，文物山水，甲于天下，无日不是神游。若镇日只在敝乡株守，真也是坐井观天。再得往南中经游半壁，广广闻见，也是好的。况以舌耕得他些学贶，这倒是士人应得之物。与的不叫是伤惠，受的不叫是伤廉，这倒是件成己成物的勾当……这又不是用本钱做买卖，怎可讲数厚薄？（束修）只是凭他罢了。这个也不要写在回书里面。（16.119）

邢皋门代表着一种作者所欣赏的"君子固穷"而又圆通有人情的儒家理想。他对物质的态度是取之有道，但具体的银钱他不屑谈。他对晁思孝尽其所能地予以襄助，但不愿与这位人品有问题、搜刮民脂民膏的上司共患难。他对晁思孝谈不上多少好感，但多年后他已经升为兵部侍郎，带着家眷，从湖广上京，船经山东时，还专去这位死去多年的上司坟上致祭，并面见晁夫人和晁梁等人，又为当时麻烦着晁家的一件官司出手帮忙。

邢皋门致赠晁家的祭品是："汤猪一口、汤羊一腔、神食一桌、祭糖一桌、油果一桌、树果一桌、攒合一桌、汤饭一桌、油烛一对、降香一炷、奠酒一尊、楮锭。"（46.358）晁夫人回赠他的礼物是："两石大米、四石小米、四石面、一石菉（绿）豆、六大坛酒、四个腊腿、油酱等物。"（46.359）——都是乡间土产方物。

先说这一往一还的食品中较简单的：祭糖就是祭祀用的糖；树果指树木的果实；"攒合"是"攒盒"，是一种分格的盒子，用于盛各种果脯、果饵。腊腿是腊猪腿。

汤猪是经滚水烫洗并去毛的猪，汤羊同理。送礼，特别是致送与祭祀相关的礼物，其猪羊类一定要烫洗处理过，这是方便受礼方的做法。《红楼梦》第五十三回"宁国府除夕祭宗祠，荣国府元宵开夜宴"一节，黑山村乌庄头给宁国府所进年礼中，牲畜类中亦有"汤猪二十个"，与其他的"暹猪二十个"及"龙猪二十个，野猪二十个，家腊猪二十个"①并列。

油果儿是一种油炸的食品。有的地方使用糯米，有的地方使用发面粉，可以捏成各种形状，也可加糖加蜂蜜使其更美味。《醒世姻缘传》中多处提到"炸果子"，往往与年节、祭祀或娶亲的场合有关。拥有"炸果子"的手艺，也堪算厨子的一项优秀技能。第八十五回写狄希陈赴任成都前发现厨子吕祥欺心，于是与大舅骆校尉合计，两人"唱双簧"编了一个需要吕祥在京领凭的谎言，将吕祥骗下船滞留北京。

> 骆校尉道："狄周干不的，他知道吏部门是朝那些开的？管了这几年当，越发成了个乡瓜子了。还是吕祥去的。他在京师住的久，跟着你吏部里点卯听选，谁不认的他！先是他的嘴又乖滑，开口叫人爷，人有话谁不合他说句。留下吕祥罢。"狄希陈道："可是我到家祭祖，炸饯盘摆酒，炸飞蜜果子，都要用着他哩。把个中用的人留下了？"骆校尉道："你姑夫只这们躁人，凡事可也权个轻重。领凭到是小事，炸飞蜜果子倒要紧了！"（85.654—655）

郑玄对《仪礼·特牲馈食礼》"接祭"条目的注释，为"祭神食

---

① （清）曹雪芹：《红楼梦》，第720页。

也",也就是"尸未食前之祭"①,此处"尸"是何休《公羊传》注中所谓"祭必有尸者,节神也。礼,天子以卿为尸,诸侯以大夫为尸,卿大夫以下以孙为尸"的祭祀者,由是,这里的"神食"应指的是祭祀者未食前的一种食物祭品。

次早,邢皋门又亲到晁家回拜:

> 选了两匹南京段子、两匹松绫、两匹绉纱、两匹生罗、两领蕲簟、两篓糟鱼、六十两银子,又送晁梁书资二十两、贺仪十两,又赏晁书、晁凤、晁鸢向日服事过的旧人共银十两。（46.359）

这一来一往间,我们一方面可以感觉到致仕官员与现任官员的经济实力与排场的差别,另一方面可以领会到作者彰显儒家君子不忘出处的美德的意图。这位当年以二十四两银聘来的西宾,发达后回馈于旧东家者,数倍于自己当年的年收入呢！

蕲簟为蕲州所出之蕲竹劈篾编成的簟子。《考槃馀事》引《新增格古要论》谓"今湖广黄州府蕲州有竹,名蕲竹。州即古蕲春县也。竹簟,其节平,久睡则凉,而不生痕。"②韩愈、苏轼都曾以蕲簟入诗。

糟鱼则是将淡水鱼腌渍、风干、再密封处理的一种做法,重点在于添加酒或酒曲,糟鱼入口,连鱼骨都酥化,非常美味。《金瓶梅》中多谈到糟鲥鱼。第二十回中,八月下旬,西门庆与李瓶儿一起吃早饭,有"红糟鲥鱼";第三十四回,西门庆因帮助刘太监之弟的盗窃皇木之罪,刘太监送礼回人情,中有"两包糟鲥鱼,重四十斤"。第五十二回,应伯爵在西门庆家吃到鲥鱼,感喟说道:"江南此鱼一年只过一遭儿,吃到牙缝儿里都是香的。好容易！公道说,

---

① 林尹:《周礼今注今译》,北京:书目文献出版社,1985年,第262页。
② （明）屠隆,赵菁:《考槃馀事》（中国古代物质文明史彩色图文版）,第245页。

就是朝廷还没吃哩。"①

在书中被树立为道德榜样的另外一位人物是明水镇的致仕官员杨尚书。这位打扮得似乡老一样的尚书,最喜欢在春和景明的日子里,持杖在自己庄园的一个小酒铺处坐坐,与往来客官叙谈聊天。

> 暮春桃花开得灿烂如锦,溪上一座平阔的板桥,渡到堤上,从树里挑出一个蓝布酒帘,屋内安下桌凳,置了酒炉,叫了一个家人在那里卖酒,两三个钱一大壶,分外还有菜碟。虽是太平丰盛年成,凡百米面都贱,他这卖酒原是恐怕有来游玩的人没钟酒吃,便杀了风景。若但凡来的都要管待,一来也不胜其烦,二来人便不好常来取扰,所以将卖酒为名,其实酒价还不够一半的本钱。但只有一件不好:只许在铺中任凭多少只管吃去,也不计帐,也不去讨。人也从没有不还的。尚书自己时常走到铺中作乐。(23.177)

铺中规矩,凡哪一顿饭间食客刚好碰到杨尚书,则酒钱全免。这个倒赔钱给行客供酒的小铺子还提供可口的家常饭菜:

> 一大碗豆豉肉酱烂的小豆腐、一碗腊肉、一碗粉皮合菜、一碟甜酱瓜、一碟蒜苔、一大箸薄饼、一大碟生菜、一碟甜酱、一大罐粲豆小米水饭。(23.178)

桃花烂漫,平桥柳堤,旌旗沽酒,家常小食……君子国般的人情,桃花源般的美景,穿布袍的持杖老者原是退休致仕的尚书……与其说这是小说,倒不如说这是一幅山水画。如果说,邢皋门代表着儒者成功仕进后锐意进取、兼济天下的一面,则杨尚书就代表着暮年孔子在"子路曾皙冉有公西华侍坐"章里那种浴乎沂、风乎舞雩的回归自然的心态。昔者孔子的学生子贡曾经问道:"贫而无谄,富而无骄,何如?"孔子回答说:"可也,未若贫而乐,富而好礼

---

① (明) 兰陵笑笑生:《金瓶梅词话》,第 678—679 页。

者也。"(《论语·学而》第一)

从邢皋门的碟花笋干,到杨尚书的家常小菜,读者感受到的是作者试图传达出来的真儒者对待物质的生活态度——贫而乐,富而好礼——达或未达,都不斤斤于物质本身,却能通过物质而获得快乐。

(三) 因果,下界与地狱文学

因果报应是前现代中国小说中一个无所不在的主题,就这一点而言,《醒世姻缘传》在立意上本没有什么非常之处。《醒》书的突出,在于它将因果报应设定为一个冠以始终的道德律。在其120个回目、洋洋100多万字中,无论是两条主线的写作,还是附着在主线上的无数小故事的写作,无一不折射着这条道德律。如此著书,简直是将道德教化的立场置于艺术创作之上。与作者身份同样神秘的序言作者"东岭学道人"在"凡例"中为作者分析写作动机道:"大凡稗官野史之书,有裨风化者,方可刊播将来,以昭鉴戒。此书传自武林,取正白下,多善善恶恶之谈。乍视之似有支离烦杂之病,细观之前后钩锁,彼此照应,无非劝人为善,禁人为恶。闲言冗语,都是筋脉,所云天衣无缝,诚无忝焉。"(凡例.2)

出于对"既已造业,所世必有果报;既生恶心,便成恶境,生生世世,业报相因,无非从一念中流出"的因果律的敬畏,作者以为"若无解释,将何底止,其实可悲可悯",遂尔著为文字,让一段恶姻缘流刊世上,使得"一念之恶禁之于其初,便是圣贤作用,英雄手段,此正要人豁然醒悟"。(凡例.2)

因果律的施用,范围十分广泛,不同程度和不同层面的善恶行事——大到孝顺与忤逆,小到拾金不昧与拾金不还——都在这些故事中得到反映。由于因果律的惩罚一端借用的是来自佛教的地狱概念,故此我们需要检视中国地狱概念的来源与地狱文学的发展概貌,以便更深入地理解因果律对于人心的震慑效果。

中国本土文化中,对于人死后灵魂所去的下界,本缺乏一个详细的定义。在汉代之前,中国古代的死亡文化认为人死后的灵魂归于黄泉、幽都或泰山。① 虽然早在东汉末年的桓帝灵帝时期就有安世高所译的《佛说十八泥犁经》《佛说罪业应报教化地狱经》等佛家著作出世,但在中国民间信仰中,大量出现地狱文学当在九至十世纪之后,其对地狱的描写和定义,无疑自大乘佛教和道家典籍中得到灵感,同时又忠实地反映着人间官僚系统的结构。

典型的地狱文学中的下界,有十殿阎罗王(Yama),十殿各有其主,每主各有专司和部众。其中若干殿主是来自真实的历史人物,如第五殿的阎罗王就是北宋包拯。然而十殿阎罗王仅为地狱之主,并不负责管理阴间事务——这些职责在酆都六宫、阴司七十五司与四岳大帝份下;他们受酆都大帝与东岳大帝的管辖,并且奉佛教中的地藏王菩萨为幽冥教主。② 由于《佛说盂兰盆经》的流行,民间文学中出现了大量的目连救母变文,生动地体现了地狱的形貌。变文文学由于以普通百姓为受众,力求浅显直白,间或运用方言俗语,不惮重复,又十分注意将佛教思想同民众日常的伦理道德观念结合。在僧侣职业中,甚至出现了专门讲唱故事的俗讲僧,《高僧传》记载了"唱导"的感染力:"谈无常,则令心形战栗;语地狱,则使怖泪交零;征昔因,则如见往业;核当果,则已示来报。谈怡乐,则情抱畅悦;叙哀戚,则洒泪含酸。"③在目连寻母的过程中,他经历的层层地狱,细节丰富生动,记录地狱的

① 参见邱靖宜:《〈目连救母变文〉之地狱形象研究》,《环球科技人文学刊》,2012 年第 15 期。
② 参见萧登福:《汉魏六朝佛教之"地狱"说》(上),《东方杂志》,1988年第二十二卷第 2 期。
③ (南朝梁)释慧皎:《高僧传》,汤用彤校注,北京:中华书局,1997年,第 521 页。

凄惨、刑罚的残酷以及狱卒的凶恶等,既吓人又引人入胜。① 有的目连救母变文将目连与地藏王混淆,有的则写了目连遭遇地藏王及其狱卒的经过。

> 其阿鼻地狱,且铁城高峻,莽荡连云。剑戟森林,刀枪重叠。剑树千寻,以芳拨针刺相楷。刀山万仞,横连巉岩乱倒;猛火掣浚,似云吼咷跟满天;剑轮簇簇,似星明灰尘蓊地。铁蛇吐火,四面张鳞;铜狗吸烟,三边振吠。蒺藜空中乱下,穿其男子之胸;锥钻天上斜飞,剡刺女人之背。铁把踔眼,赤血西流,铜叉剚腰,白膏东引。于是刀山入炉炭,髑髅碎、骨肉烂、筋皮折、手脚断。碎肉迸溅于四门之外,凝血滂沛于狱炉之畔。声号叫天,炭炭汗汗。雷震动地,隐隐岸岸。向上云烟,散散漫漫。向下铁锵,撩撩乱乱。箭毛鬼喽喽窜窜。铜嘴鸟咤咤叫叫唤。狱卒数万余人,总是牛头马面。饶君铁石为心。亦得亡魂瞻战。②

当目连终于在阿鼻地狱找到他的母亲时,他发现她被用四十九道长钉钉在了铁床之上。由于恶业的关系,她即使受食,食未入口就会化成火炭,所以她永远是饥饿难忍的饿鬼。在佛陀的点化下,目连于七月十五日以百味五果,置于盆中,为结夏安居结束的修行罗汉们大施供养,以此般功德,其母方得济度。③

---

① "目连"原名为"大目犍连","目连"为其略称。他是佛陀的十大弟子之一,在众位弟子中,他的神通第一,可以透视天、地和地狱。他的母亲青提夫人犯下了很多罪行,死后成为饿鬼,被打入无间(又称阿鼻)地狱 Avici。Stephen F. Teiser, *The Ghost Festival in Medieval China*, Princeton: Princeton University, 1988, p.6.

② 潘重规:《大目干连冥间救母变文并图一卷并序》,《敦煌变文集新书》(下册),台北:中国文化大学中文研究所,1982 年,第 716 页。

③ Teiser, *The Ghost Festival in Medieval China*, pp.22–23.

在中国的地狱文学中,一个人的灵魂,从死亡的一刻开始,就进入了一段地狱之旅,在这个过程中,他会受到公正的审判和责罚,然后才能踏上新的一轮转世投生。濒死之人躺在灵床上的时候①,就会有牛头马面的鬼判官前来索他,②此魂悠悠,随之而去,来至地狱中主判其生前善恶的主簿面前。与其印度佛教中的原型不同,中国的地狱以阳间的官僚系统为蓝本,连鬼卒鬼官都有相似的对应。地狱的审判法庭在外观上颇似朝廷的衙门,而在地狱文学对其建筑结构的描写中,又可看到中国宫殿和道观的影子。如果某人前生所犯的罪行比德行更大,则被审的灵魂会被带往一个"思过台",他可以自一面孽镜中看到自己前生的罪孽。在孽镜地狱反省过一段时间之后,他又会被带往下一个地狱继续接受惩罚。惩罚的方式和强度与他在阳间所做恶事的程度一致。经过了漫长的刑罚——通常意味着他要把地狱各层都经历一个遍——后,这个灵魂才能得到重生,而重生结果可能是人,也可能是在六道轮回

---

① 民间习俗,在人之将死的时候把人从床上移到草席上,是为"移床易簀"。而这个习俗据说又是来自孔子弟子曾参,他恪守礼制,在病危时一定要换掉大夫所用的华美的竹席。曾子寝疾,病,乐正子春坐于床下,曾元、曾申坐于足,童子隅坐而执烛。童子曰:"华而睆,大夫之簀与?"子春曰:"止。"曾子闻之,瞿然曰:"呼!曰'华而睆,大夫之簀与'?"曾子曰:"然,斯季孙之赐也,我未之能易也。"元起易簀,曾元曰:"夫子之病革矣,不可以变,幸而至于旦,请敬易之。"曾子曰:"尔之爱我也不如彼。君子之爱人也以德,细人之爱人也以姑息。吾何求哉?吾得正而毙焉,斯已矣!"举扶而易之,反席未安而没。(东汉)郑玄,(唐)孔颖达:《礼记正义》,收录于马辛民编,《十三经注疏》,北京:北京大学出版社,2001年,第126—127页。

② 见《红楼梦》第十六,"贾元春才选凤藻宫秦鲸卿夭逝黄泉路"的描写:"此时秦钟已发过两三次昏了,移床易簀多时矣。宝玉一见,便不禁失声……那秦钟早已魂魄离身,只剩得一口悠悠余气在胸,正见许多鬼判持牌提索来捉他。那秦钟魂魄那里肯就去。"(清)曹雪芹:《红楼梦》,第214页。

中的其他道,如畜生道。①

在《醒》书中,类似的地狱文学描写也曾出现,不过在常见的罪人类别外,又添加了格外为作者所厌恶的几类。读者若好奇在西周生笔下的地狱中都住着些什么人,则我们不妨借为素姐打忏醮的白姑子的话来描绘一下这个世界:

> 那阴司的阎王,如遇那阳世间有等忠臣孝子、义夫烈妇、尚义有德的好人,敬差金童玉女,持了幢旛宝盖,沙泥铺路,金玉打桥,就如阳世间府县正官备了官衔名启,自己登门请那有德的大宾赴那乡饮酒礼的一样。拘那无善无恶的平人,不过差个阴间过阴的无常到他家叫他一声,他自然依限来见,不消费力。如拘唤那等差不多的恶人,便要使那牛头马面,如阳间差探马的一般。若是那一样打爷骂娘的逆子,打翁骂婆的恶妇,欺君盗国的奸臣,凌虐丈夫的妻妾,忘恩背主的奴婢,恃宠欺嫡的小老婆,倚官害民的衙役,使凉水拔肉菜的厨子,这几样人,阴间看他就如阳世间的响马强盗一样,方才差了神鹰急脚,带了本家的家亲,下了天罗地网,取了本宅的宅神土地甘结,预先着落停当,再行年月日时功曹,复将他恶迹申报,方才拿到酆都,砲捣磨研,油煠锯解,遍下十八层地狱,永世不得人身。所以这神鹰急脚,不到那一万分恶贯满盈,不轻易差遣。这是人世间几可里没有的事。(64.489)

奴婢和小老婆作恶罪不容诛,是因为违反了上下尊卑关系;衙役作恶会侵害民生。"逆子、恶媳、奸臣、恶妻"遭谴都好理解,因

---

① 参见 Cynthia Brokaw,"Supernatural Retribution and Human Destiny," in Donald Lopez eds., *Religions of China in practice*, Princeton:Princeton University Press, 1996. 亦参见 Charles D. Orzech, "Mechanisms of violent retribution in Chinese hell narratives," *Contagion: Journal of Violence*, *Mimesis*, *and Culture*, vol.1(1994).

为这些人违反的是儒家至高无上的五伦。最让人称奇者,是将"使凉水拔肉菜的厨子"与这几样人放在一起。这个阵列并非偶然,正如作者一连三番写作恶厨的命运,也不是出于进行"重复"修辞的需要一样。将"使凉水拔肉菜的厨子"无情投入"十八层地狱"人选阵列的理论,折射出农业社会以撙节约省为美德、以浪费铺张为可耻的根本价值观。

(四)"饮啄前定"观与食物消费

西周生所憎恶的恶厨和刁民、恶仆人等,都有一个共同特点,就是不敬惜柴米。在以消费为美德的商业社会成长起来的读者,很难理解中古农业社会对于不知敬惜柴米之人的愤慨之情。在西周生看来,如果仆妇在煮米下锅的时候,将本来只需要三升米的一顿饭硬要下上四五升,"多多的下上米,少少的使上水,做得那粥就如干饭一般!"(26.200)就已经是其心可诛了。

不过,西周生对短工们和三个恶厨的厌恶,不应简单地被理解为仅仅出于农本社会对物质的天然啬嗇态度,或以阶级理论来诠释——他本人与地主或雇主站在同一阶级立场上。如吴燕娜所指出,西周生的敬惜柴米的态度,还必须通过一个与佛家思想相关的观念来审视,即所谓"饮啄前定"。在她的《从历史到寓言:〈醒世姻缘传〉中的饥荒生存》(*From history to allegory: surviving famine in the Xingshi Yinyuan Zhuan*)一文中,吴燕娜检视了"浪费粮食/饥荒"和"浪费水源/洪水"这一对因果,以证明西周生的"饮啄前定,社会责任,道德观念和社会道德经济"的保守态度实出于佛家的资源享受前世注定说。[①]

在食品消费方面,西周生提倡节制食欲、多食谷物和蔬菜,强

---

① 参见 Wu, "From history to allegory: surviving famine in the Xingshi yinyuan zhuan," p.87.

烈反对贪饕、反对浪费,也反对过分追求美食美味。① 不能不说,他的饮食理念与现代人追求健康环保的观念竟然不谋而合。

节俭,特别是在食物消费和食物加工过程中的节俭,不但构成人世间至高无上的美德,同时也是在阴间地府用以判断地位低下之人的品格的重要标准。由于爱惜饭食的美德需要被强调,作者甚至把它写成仆妇丫头下辈子转世投胎能否获得更好人生的决定性因素。

在晁夫人为儿媳计氏进行经忏度托一节里,计氏的鬼魂得到高僧超度。在前去投生之前,她特意托梦给晁夫人,说明自己的三世来历。原来,计氏的前前世是一只狐狸,与被晁源射杀的白狐还有一会交好之情,通过修炼,她的前世已经投生为人,但只是一个地位低下的贫贱丫头,但是这个丫头有一样好处:她"不肯作践残茶剩饭,桌上合地下有吊下的饭粒饼花子都拾在口里吃了;所以这辈子托生又高了一等,与人家做正经娘子。"(30.232)计氏此生因脾气不好,凌虐丈夫,原该转世仍为狐狸,但因得了经忏之力,就可以超度托生为女身了。——由此可见,敬惜柴米的效力是多么的巨大神奇,它能够改善一个人在六道轮回中的进程。而那些不知敬惜柴米之众,在西周生神道设教的笔下,无一不遭到天谴或下了地狱。

积自前世的功德,如果在此生中没有用尽,则可以带到下世继续使用。晁源的前世本是一个极善的女人,所以转世她能够投胎到晁家,生为男子,又享富贵,可惜他迷失了本性,犯下了包括猎杀狐仙等种种罪恶。但即使如此,由于他两世之前的善报未尽,第三次投生他仍得成为富家男子②,且有做官之份,只不过要受狐仙复

① 参见 Wu, "From history to allegory: surviving famine in the Xingshi yinyuan zhuan," p.105.

② 在佛教有关转世投生的观念中,由女变男意味着福报带来身份的提升,反之则是恶果造成的身份的下降。

仇的恶姻缘之苦。(100.772—775)

对节俭美德的推崇,最鲜明地体现在挑选"全灶"的插曲中。狄员外在京中伴着儿子"坐监"时,因尤厨子作恶被天雷劈死,父子俩饮食无人照顾,不得已与童奶奶商量买个"全灶",前因后果在"衣饰篇"中已述及。这个全灶的购买过程好生复杂,不但要考量人品、长相、脚大脚小、处女与否,最重要还要看做菜的手段如何:

> 狄员外说:"童奶奶,你不费心罢.我叫人买几个子儿火烧,买几块豆腐,就试试这孩子的本事。要是煴的豆腐好,可这就有八分的手段了。咱这小人家儿勾当,待逐日吃肉哩?"(55.425)

调羹不是处女,年纪二十五六了,又是一双大脚,媒人带来的几个供选择的丫头中,"冉家的那个还算是俊模样子,脚也不是那十分大脚……白净,细皮薄肉儿的。他说是十七,一象十八九二十的年纪。"连媒人都建议:"要图人材,单讲这一个罢。"可是为狄员外把关的童奶奶深知其要求,答复道:"还是看本事要紧。咱光选人材,娶看娘子哩么?"(55.424)

狄家把"煴的豆腐好"作为考察全灶"手段"的标准,会不会做荤菜反在其次,因为居家过日子不能去干"逐日吃肉"的勾当。狄家是不折不扣的山东农家富户,并非如狄员外所自谦的"小人家儿","逐日吃肉"也绝对不是吃不起,只是自己认为不该如此。买一个全灶所费不赀,用银二十四两,为了防止全灶跑掉,折了成本,常规的做法是家主会将全灶收房为妾以"亲自照管"。然而我们看到,在这个挑选全灶、同时也是为自己挑选一个妾的过程中,狄员外所看重是只是适用于农村自然经济下的、最实用的女人的品质:外貌不必漂亮,"厚脸丰颐塌鼻"就好;身材不必纤美,"前看胸间乳大,后观腿上臀高"就好;穿着不必妖娆,"青褙蓝裙颇俏"就好;为人不必精明,"力强气猛耐劬劳"就好;本事不必太多,"正好登厨上灶"就好。

西周生又讲了另外一个与饮食相关的故事,在这个故事里,人一生中的各种福禄都有定数,当一切配额用光,就到他的生命必须结束的时候了。在这个大原则下,"定啄""定饮"都不过是"福禄天定"的分支定律。这个逻辑中有趣的一点是:若福禄中的任何一项不完全地耗尽,居然也可以吊住其人之命,使这福禄的宿主不致身死。

有个人品卑劣的书生祁伯常,偶然梦游地府,发现去世多年的姑姑居然改嫁了一位地府判官。从判官处他无意发现了记注世人生死福禄的名册,并从上面找到了自己的名字。其细注曰:

> "……由制科官按察司,禄三品,寿七十八岁,妻某氏,一人偕老,子三人。"祁伯常看见,喜不自胜,又看有前件二事,下注:"某年月日,用字纸作炮,被风吹入厕坑,削官二级。某年月日,诬谤某人闺门是非,削官三级。某年月日,因教书误人子弟,削官三级。某年月日,出继伯父,因伯死,图产归宗,官禄削尽。某年月日,通奸胞姊,致姊家败人亡,夺算五纪,于辛亥七月初十日子时与姊祁氏合死于水。……"(29.219)

祁伯常掐指一算,此时离辛亥七月初十日只剩下三年了。经过苦苦哀求,他的判官姑父终于告诉他:"你还有七百只田鸡不曾吃尽,你从此忌了田鸡,这食品不尽,也还好稍延。"但这祁伯常平生食性,最爱田鸡,梦醒之后,虽然努力坚持了一阵,可是耽不住"一日,在朋友家赴席,席上炒得极好的田鸡,喷香的气味钻进他鼻孔内去,他的主意到也定了不肯吃,可恨他肚里馋虫狠命劝他破了这戒。他被这些馋虫苦劝不过,只得依他吃了,从这一日以后,无日不吃。"——结果吃掉这七百只田鸡的配额后,他果然在辛亥七月初十日子时死于山洪。(29.220)

我们认为,农业社会由于受自然经济的限制,"一夫不耕,或受其饥;一妇不织,或受其寒",每一份物力都有其用场;"消费"既不能刺激经济,则这个资本主义的天然美德,在农业社会里就成为被喊打的恶行。至于消费的极致——浪费,就更加被视为人神共愤的罪孽了。自然农桑社会里的农本思想,本以撙节为美,加上佛教的因果报应说,互相激荡,后来就产生了如理学家邵康节所提倡的"人生在世,一饮一啄,莫非前定"的思想。为了推广这种思想,稗官小说家等遂以说故事的近俗方式,将善恶因果福报做成一种可换算的数学定律,故事中对善恶的奖惩,必含有一种"诗意的正义"(poetic justice),方能使读者自生惕念,从而起到警示人心之效。

西周生对他书中的许多人物的初始福禄设计,都与电脑游戏中的角色配额设计近似。人物的初始福禄——相当于电脑游戏中配给角色的缺省"信用值"或"虚拟能量"——可以因自然消耗或做恶事减损,也可以因做了善事而得到增补。一个人最后获得的命运结局,是他的福禄的自然消耗与善恶相抵后得到的一个数值。其中,"饮啄"——饮食——是一个很重要的消耗。将"饮啄"的损耗尽量减低,相当于福报的延长,这警示之效带来的结果,就是自然农桑社会所乐见的从撙节中获得的物质积蓄了。

(五)"饮啄前定"观与水资源消费

西周生也同样痛恨对水资源的滥用。这并不是因为他先知先觉地具有了当今环保主义者的思想,而是同样出于饮啄都有前定的观念——"量你的福分厚薄,每日该用水几斗,或用水几升,用够就罢了,若还洒泼过了定住的额数,都是要折禄减算,罪过也非同小可。"(28.214)

故事主线的发生地在山东绣江县明水镇,属章丘,原为济南的郊区县市,今已正式划入成为一个行政区。济南素称"泉城",有趵突、虎跑、芙蓉等七十二泉,最可夸竞的就是那家家泉水、户户垂杨的风光。在北方古城中,如济南这样有着天然优越的食水用水条件的并不多。济南周边的章丘也是水资源充沛之地。明嘉靖《章丘县志》载：

> 章丘虽平衍居多，而三面带水，一面阻山。龟鳖材木之利，不力而获，是其丰饶充给甲於济南之诸县者，盖非无所由然也。水陆之产实有资焉，故於沃野事耕，以夷途逍旅；取材於山，求鲜於水，而章丘之人所以养其生者，不可胜用矣。①

据《醒世姻缘传》，"会仙山上数十道飞泉，两三挂水帘，龙王庙基的源头"，(28.215)甘洌的泉水发而汇聚，形成浩渺的天然湖泊白云湖。白云湖"又名刘郎中陂，在县西北七里许，产有鱼藕、菱芡、蒲苇之利。"②洪武十四年(1381)，设河泊所，置小船110只。③ 即使在饮水困难的古代，得天独厚的明水人也从无缺乏水源的烦恼。正因为如此，他们就肆无忌惮地滥用起水资源来了：

> 且是大家小户都把水引到家内，也不顾触犯了龙王，也不顾污浊了水伯，也不顾这水人家还要做饭烹茶，也不顾这水人家还要取去敬天供佛。你任意滥用罢了，甚至于男子女人有那极不该在这河渠里边洗的东西无所不洗。致得那龙王时时奏报，河伯日日声冤。(28.215)

那"极不该洗的东西"当指沾染了女人月信的衣物。经血和产血污秽的说法来源于十世纪禅宗和尚的佛教伪经《血盆经》(又名《目连正教血盆经》)，在明清两代此经一直被视为出于佛祖的

---

① （明）祝文冕编纂，《嘉靖章丘县志》第五十七卷，上海：上海书店，1990年，第26—27页。

② 同上，第35页。

③ 参见(清)吴璋，(清)曹枋坚编纂，《清道光章丘县志》卷三《山水考》。

真经,流传极广。① 经血对水源的污染使得龙王和河伯时时闻奏,
他们将此案上报天庭后,玉皇决定对不知感恩的明水人进行报复,
遂令"许旌阳真君放出神蛟,泻那邻郡南旺、漏泽、范旭、趵突诸泉,
协济白云水吏,于辛亥七月初十日子时决水淹那些恶人。"(27.215)

西周生的生平虽不可考,但一般认为他必是曾经远行仕宦之
人,因为书中对河南路"五吉、石泊、徘徊、冶陶、猛虎"这几处地方
及山西平顺县缺水的情形描写之生动深切,非亲历之人不能写出。
如他写冶陶有个店家婆,经年无水洗脸,脸上淤泥厚至数寸,偶然
泥块脱落,露出白皙的皮肤,客人觉得奇怪,多加二分银子令她洗
脸,结果洗出来一位"一朵芙蓉一般"的美人儿!(28.214—215)又
如写济南属的海丰、乐陵、利津、蒲台、滨州、武定等地,虽不缺水,
但井泉如盐卤一般的咸苦:

> 有那仕宦大家,空园中放了几百只大瓮,接那夏秋的雨
> 水,也是发得那水碧绿的青苔,血红色米粒大的跟斗虫,可
> 以手拿。到霜降以后,那水渐渐澄清将来,另用别瓮逐瓮折
> 澄过去,如此折澄两三遍,澄得没有一些滓渣,却用煤炭如
> 拳头大的烧得红透,乘热投在水中,每瓮一块,将瓮口封严,
> 其水经夏不坏,烹茶也不甚恶,做极好的清酒,交头吃这一
> 年。(28.214)

以瓮藏旧年雨水煎茶,这本是《红楼梦》第四十一回"拢翠庵
茶品梅花雪"里妙玉那样阳春白雪之人的精致消闲。妙玉收梅花

---

① Paul Williams, *Mahayana Buddhism: The Doctrinal Foundations*,
London; New York: Taylor & Francis, 2008, p. 372; Masatoshi Ueki, "The
Blood Tray Sutra," in Robin R. Wang eds., *Images of women in Chinese thought
and culture: writings from the pre-Qin period through the Song dynasty*,
Indianapolis: Hackett, 2003; Wu, "Of Body and Boundary: Portrayals of
Cannibalism in Xingshi yinyuan zhuan" (paper presented at the Guest Lecture of
Department of Comparative Literatures and Languages, Riverside, CA, 1998).

上的雪,酿得一鬼脸青的花翁一翁,埋在地下,以五年的时间,水方"开"了,人才能吃。① 而缺水地区的仕宦人家不得已行之,"几百只大瓮"的使用简直反高潮。若在普通人家,就苦得很了,只能"合伙砌了池塘,夏秋积上雨水,冬里扫上雪,开春化了冻,发得那水绿威威的浓浊,头口也在里面饮水,人也在里边汲用。"(28.214)

正是因为见过缺水的苦处,西周生对身处泉乡的明水人用水奢侈不检的态度极为痛心。历史证明,西周生这位先觉的环保主义者并不是杞人忧天。至清代中期,白云湖已经发生枯涸、水面面积大量减少,船税也收不上来了。道光《章丘县志》载:"(湖)今枯竭,船只皆废,课税大使缺亦久裁,湖田涸出为耕稼地。"②现代环保主义者不断警示这个世界,再不撙节用水,人类就将面对种种可怕的全球生态危机;而西周生的警示,却是更为快意恩仇、充满着诗意的因果律:谁若是不惮天谴,敢于浪费宝贵的水资源,那么他就合该死于洪水之祸。

六、饥荒,食人及政府、公众和 私人的赈济项目

(一) 王嘉荫假说及食人产生的因果链

王嘉荫是一位现代地质学家。1963 年,"三年自然灾害"大饥荒刚刚过去不久,王嘉荫的专著《中国地质史料》问世。③ 在书中,王嘉荫提出了一个颇具影响但又颇为引人争议的假说,即:晚明的三个年代,万历、天启和崇祯,正经历着一个全球性的"小冰

---

① 参见(清) 曹雪芹:《红楼梦》,第 553—555 页。

② (清) 吴璋,(清) 曹楙坚编纂,《清道光章丘县志》。

③ 参见王嘉荫:《中国地质史料》,北京:科学出版社,1963 年。

期"。这一气象学现象的表现为:气温大幅度下降,干旱、自然灾害频发。在过去的一万年间,"小冰期"一共发生过十数次,而明末是最晚近的一次。其实,在明代中叶——从天顺二年(1458)到嘉靖三十一年(1552)——就已经发生过一段时间的奇寒年景,"夏霜雪"的记录不绝于书,江南、华中、华南各地,太湖、鄱阳湖、洞庭湖、汉水、淮河都曾结冰。① 为了纪念王嘉荫假说,他的学生、地质学家张淑媛和马宗晋建议,将 1600 年至 1700 年期间称为"嘉荫期"或"明清灾害群发期"(Period of synchronous Ming-Qing natural conflagrations)。李树菁将这个时期的史料进一步充实,发掘出了更多天象异常、地象异常、气象异常、生物异常的共生现象。② 王嘉荫假说为明史学家提供一个解释明代覆亡的新思路:气象变化为因,导致了一系列政治和军事后果。首先,酷寒的天气迫使降雨带南移,导致了中国北方的连年旱灾。第二,万历、崇祯年间,不但旱灾频繁,鼠疫也开始流行,这直接导致了明末的流民作乱和后来的大规模农民起义。第三,明朝北方比邻的游牧民族,特别是满洲人,同样也遭受了干旱和严寒的袭击,为了自己的生存起见,他们不得不加快了侵袭明朝的步伐。以气象学的视角来诠释明亡,当下已经成为一项流行的研究,其观点也逐渐为学界接受。也有气象学者将研究的地理范围和灾害范畴缩小,比如陈颖和赵景波的专项研究,探讨了北京这一地区在明代 1425—1643 年间所经历的干旱灾害的情况。③ 但在二十世纪六十年代初就提出此理论,王嘉荫的眼光不能不说是独具一格的。该理论打破诠释

---

① 参见刘昭民:《中国历史上气候之变迁》,第 142 页。

② 参见马宗晋,高庆华:《中国 21 世纪的减灾形势与可持续发展》,《中国人口·资源与环境》,2001 年第十一卷第 2 期。

③ 参见陈颖,赵景波:《明代 1425—1643 年北京地区干旱灾害与气候事件研究》,《地球环境学报》,2011 年第 4 期。

朝代灭亡的老套解释,成为政治和军事角度之外的一个有力补充。

王嘉荫的《中国地质史料》就其性质而言是一部地质专著,故没有收录任何文学资料。有趣的是,《醒世姻缘传》中的很多细节,却能完美地被用以支持王嘉荫假说。书中大量篇幅描写了洪水之后出现的严寒天气,饥荒和食人。

在所有的自然灾害中,旱灾被认为是最有可能引起食人的一种。① 加州大学洛杉矶分校政治系教授汤维强(James Tong)专治明代的自然灾害和暴力史,他将中国北方食人频发的现象归结于"北方农作物生长周期较短而降雨较少",这就"使得农作物收成在自然灾害面前更为脆弱"。② 要解释晚明的气象等自然变化和政治灾难之间的因果,我们仍认为王嘉荫假说更为合理,也更为系统。

《醒》书中写到,灾荒起于洪水之后。七月份的水灾不但将满坡谷黍的好收成通通冲没了不说,许多人家连房子、存粮、人畜都被冲得一干二净。

> 水消了下去,地里上了淤泥,耩得麦子,这年成却不还是好的?谁知从这一场水后,一点雨也不下,直旱到壬子,整整一年。癸丑、甲寅、丙辰、丁巳,连年荒去。小米先卖一两二钱一石,极得那穷百姓叫苦连天。后来长到二两不已,到了三两一石。三两不已,到了四两。不多几日,就长五两。后更长至六两、七两。黄、黑豆,稙秫,都在六两之上。麦子、菉豆,都在七八两之间。起先还有处去买,渐至有了银没有卖的。糠都卖到二钱一斗。树皮草根都刮掘得一些不剩。(31.235)

---

① 参见郑麟来:《中国古代的食人》,北京:中国社会科学出版社,1994年,第75页。

② James Tong, *Disorder under heaven: collective violence in the Ming Dynasty*, Stanford: Stanford University Press, 1991, p.82.

这里既然说到灾异之年的粮价,就稍再补充一点。日本东洋史学者加藤繁对中国历代粮价做过一个粗线条、以点带面的统计,其中的明代粮价可用下表表示:①

明年号	西　　元	米一石对应银价	米一斗对应银价
洪武九年	1367	1 两	1 钱
洪武三十年	1397	0.25 两	
宣德年间	1426—1435	0.25 两	2 分 5 厘
正统中	1436—1449	0.25 两	2 分 5 厘
嘉靖中	1522—1566		3 分到 4 分,涨到 7 分时就需要赈济了

以上与赵翼在《廿二史札记》中所记大致不差。赵翼也肯定明中叶以前米价维持在石米 0.25 至 1 两银之间。但补充了"及崇祯中始大贵。《李继贞传》:崇祯四年,斗米值银四钱,民多从贼。《左懋第传》,崇祯时,山东兵荒,米石二十四两。河南乃每石一百五十两"②的惊人信息。全汉升《中国经济史研究》里列有正统元年(1436)到万历十六年(1588)的江南米价变动图,因江南与我们要谈的北地山东关系不大,故不引用。

洪水过后,一个极为酷寒的冬季到来了:

> 偏偏得这年冬里冷得异样泛常。不要数那乡村野外,止说那城里边,每清早四城门出去的死人,每门上极少也不下七八十个,真是死得十室九空!(31.235)

---

① 参见[日]加藤繁:《中国经济社会史概说》,台北:台湾华世出版社,1978 年,第 104—105 页。

② (清)赵翼:《廿二史札记》(二)卷三十六,黄寿成校注,沈阳:辽宁教育出版社,2000 年,第 687 页。

严寒之后继之以连年的干旱,庄稼地里没有收成,存粮一点点地耗光了,粮价几倍地上涨,大户人家还能勉为其难地支撑,贫穷人家卖儿卖女穷尽一切生路之后,只好开始食人了。

> 莫说那老媪病媪,那丈夫弃了就跑;就是少妇娇娃,丈夫也只得顾他不着。小男碎女,丢弃了的满路都是。起初不过把那死的尸骸割了去吃,后来以强凌弱,以众暴寡,明目张胆的把那活人杀吃。起初也只互相吃那异姓,后来骨肉天亲,即父子兄弟,夫妇亲戚,得空杀了就吃。(31.235)

这惨烈的记录,不由令人联想到彼蒂里姆·索罗金(Pitirim Sorokin)笔下的俄国1918—1922年的大饥荒。索罗金写道:很多坟茔都必须派人看守,否则新近下葬的尸体马上就会被饥民们掘出来生吃掉。① 尽管上节出自小说创作,但明末很多地方志中的饥荒食人记录,并不输于此节的可怖。在河南卫辉县,"己卯年(万历七年,1579)三月大风沙,霾昼晦旱,蝗食麦,秋盗起,人相食,石米八两,石麦六两,公鬻人肉。""壬午年(万历九年,1581)蝗食春苗,忽有黑头蜂蔽空而下食蝗,蝗随灭,人饥疫死者十之八九,庄村尽成丘墟。"②这两段记录来自《卫辉府志》,其主持编纂者是顺治六年进士、顺治十六年(1659)任卫辉知府的程启朱。程主政卫辉时,值天灾,所以他"召集流亡,抚以慈惠"。程启朱以名吏称,其人"博物洽闻,有经济才",居官廉静。《卫辉府志》中记录灾异、流民、食人的情形格外翔实,在全志之后,附有侯三宝之跋,跋文长八百多字,详述该地区自明末六十年以来,蝗灾严重、人相食、

---

① 参见 Pitirim Aleksandrovich Sorokin, *Man and society in calamity*; *the effects of war*, *revolution*, *famine*, *pestilence upon human mind*, *behavior*, *social organization and cultural life*, New York, : E. P. Dutton and company inc., 1942, pp.50‑81.

② (清)程启朱:《卫辉府志》卷十九《艺文志》,北京:中国国家图书馆数字方志系统,1659年。

河患频仍、户减十九而赋役却倍于昔的苦状,①这种做法,这应该说也反映了编纂者希图以历史为今鉴的焦虑感。

有明一代,以山东为主的华北地区发生的饥荒特别多,留下的残忍记录也格外丰富。山东青州万历四十三年(1615)发生大饥荒,在"青州大饥,人相食"的大条目下,我们可以看到令人反胃的食人描写:"饿死者枕籍,乃有割尸肉而食者,继而递相食啖","剖腹剜心,支解作脍,且以人心味为尤美甚;有鬻人肉于市,每斤价钱六文,腌人肉于家,以备不时之需者;有割人头,用熟而食其脑者;有饥方倒,而众攒割立尽;有割肉将尽而眼瞪瞪视人者……"②这些反人类的行为——英文以"秃鹰主义"(vulturism)称之,其意不待言说——大量地、经常地被载于明代县志、特别是山东县志中,百世之后读之,仍令人感到惊悚震撼。做个统计的话,有明一代,共有337个县发生了食人的记录,值得注意的是,其中的四分之三都发生在中国的华北五省,而其中山东又是主要发生地。③

研究明代社会生活史的陈宝良认为,抛开灾荒年月的食人不说,远古食人的传统,是真真切切地反映在明代人的饮食风俗中的。他举了两例:一是在明代的大酒席中,常常用糖制成人的模样,或者用粉制成毛女、八仙,以供人们吃食;二是在明朝方士的养生术中,有种"延年剂",其法就是烹婴儿而食之,并且确实有人据此方而加以尝试。④

---

① 参见刘永之,耿瑞玲:《河南地方志提要》(上册),开封:河南大学出版社,1990年,第339页。

② (清)崔俊:《青州府志》卷二十《灾祥》,北京:中国国家图书馆数字方志系统,1673年。

③ 参见 Tong, *Disorder under heaven: collective violence in the Ming Dynasty*, p.82.

④ 参见陈宝良:《明代社会生活史》,北京:中国社会科学出版社,2004年,第312页。

诚然,《醒世姻缘传》作为小说家言,用它作为以无征不信为出发点的历史研究的资源库似乎不甚合理,可是当涉及特殊的饥荒(famine)与食人(cannibalism)题材时,由于题材的敏感性和材料限制,研究者往往难以获得完整的第一手资料,或第一手资料虽然可得、但并不如文学作品之生动翔实。在这种情况下,转而向小说中探求第二手资料,也是一个可行的选择。①

(二) 政府、社区和私人的赈济项目

政府的赈济终于到来了,然而这赈济一开始不是来自制度化的灾难赈救项目,却是来自两位官员的个人善举。书中称为"两尊慈悲菩萨"的守道副使李粹然和巡按杨无山,分别竭尽一己之力,在他们的政令能够到达的范围内,力行善政而救荒。

> 那李粹然先在地方把他的赎银搜括了个罄净,把衙内的几副酒器杯盘,多的两条银带,都拿来煎化了赈济贫民。但贫民就是大海一般,一把沙撒在里面,那里去显?四关厢立了四个保婴局,每局里养了十数个妇人。凡是道路上有弃撩的孩子,都拾了送与那局内的妇人收养。每月与他粮食二斗,按月支给。从八月里起,直到次年五月麦熟的时候才止。不止一处,他道属十三州县,处处皆是,只是多少不等。这也实实的救活了千数孩提。(31.237)

杨巡按则是这样做的:他"把那纸赎搜括得罄尽,将自己的公费都捐出来放在里边,前院裁汰了许多承差,他开了一个恩,叫他每名纳银五十两,准他复役。共是二十名,捐了一千两。共凑了三千五百两银子,差了中军、承差分头往那收熟的地方籴了五百石米来"。从九月二十日起,杨巡按下令,"预先叫乡约地方

---

① 　吴燕娜近年来就致力于利用《醒世姻缘传》及其他明清小说来研究古代的饥荒和食人。

报了贫民的姓名,登了册籍,方才把四城四厢分为八日,逐日自己亲到那里,逐名复审,给了吃粥的信票,以十月初一日为始,到次年二月终为止"。由于有二百多名贫困书生也加入了吃粥的队伍,巡按认为"士民岂可没有分别",故又另在儒学设立粥厂,专待那些贫生。而四门的粥厂又分男女两处,以严礼教之防。(31.237—238)

辛亥年起的水旱自然不止绣江一处,在晁夫人所在的武城,以前的良吏徐大尹行取离任,在继任官员的治下,武城一片民不聊生:

> 这样人也没得吃的年成,把那钱粮按了分数,定了限期,三四十板打了比较。小米买到八两一石,那漕粮还不肯上本乞恩改了折色,把人家孩童儿女都拿了监追。这还说是正供钱粮由不得自己。但这等荒年,那词讼里边,这却可以减省得的。一张状递将上去,不管有理没理,准将出来,差人拘唤要钱。听审的时候,各样人役要钱。审状的时候,或指了修理衙宇,竟是三四十两罚银。或是罚米折钱,罚谷折钱,罚纸折钱,罚木头折钱,罚砖瓦折钱,罚土坯折钱。注限了三日要,你就要到第四日去纳,也是不依。卖得房产地土出去,虽说值十个的卖不上一个的钱,也还救了性命。再若房屋地土卖不出去,这只得把性命上纳罢了。把一个当家的人逼死了,愁那寡妇孤儿不接连了死去。死得干净,又把他的家事估了绝产,限定了价钱,派与那四邻上价。每因一件小事,不知要干连多少人家。人到了这个田地,也怪不得他恨地怨天,咒生望死,看看的把些百姓死了十分中的八分。(32.241—242)

晁夫人就是在这种情况下"发出五千谷子来零粜与人",开始救荒的。晁家将四钱八分一斗的谷价只卖一分二厘一升,对于赤贫买不起谷子的人,又设东西两个粥厂施粥,后来得一位武乡宦相助,一方掌管粜谷、一方掌管施粥,人们肚子里有了饭食,街市上才

开始有人烟走动。(32.243—249)

仅以施粥粜谷的技术而论,武城比绣江要成功得多,"三绺梳头两截穿衣"的女流晁夫人,虽是以私人之力行此义举,在管理技术方面却比绣江的仁政官员做得到位多了。至少她懂得:一、堵截管理漏洞,任用可信任的专人查认,防止冒领;二、与其他乡绅合作,分工流程;三、贱价粜谷,但不等于免费,粜谷的收入,晁夫人谓"等好了年成,我还要籴补原数,预备荒年哩"。(32.242—243)——这个粜谷方案后来竟发展成为一个私人经营的"常平仓";四、公私分明,不以亲戚关系费坏公益。一位无赖族长晁思才想要以大头骰子来还换晁家的白谷,谎称说他带来是黄谷,晁夫人信以为真,同意对换,后来听说对方的是骰,立即发话:"要是秕子,不消换,各人守着各人的!"(32.248)

斯沃斯摩尔学院(Swarthmore College)大学的李明珠(Lillian M. Li)专治中国饥荒史和中国环境史。她对中国北部发生的饥荒和环境恶化着力最多,其研究的时间范畴上自清初、下至二十世纪九十年代。在探讨明清的赈灾项目时,她做了一个综合性总结,包括主要问题、常见困境及解决方案。李明珠所涉及的问题,在许多明清时代的赈灾著作中已经被探讨过,但是能给出优质解决方案的并不多。以下为其要点:①

1. 赈灾工作应该由官员和士绅领导。但对于后者来说,如何让他们去鼓励富户捐输钱粮,会是一个问题。后者本身往往也属于富户,在应派捐输之列;

2. 在钱粮二者之间,钱(银子)与粮食的相关重要性如何平衡;

3. 如何防止诈骗;

---

① 参见 Lillian M. Li, *Fighting famine in North China: state, market, and environmental decline, 1690s – 1990s*, Stanford: Stanford University Press, 2007, p.222.

4. 如何防止饥民弃离家园,成为流民;

5. 在使用了常平仓等调节米价和物价的手段后,如何防止其成为阻碍正常生产和市场经济的障碍机制。

李明珠谈到了诈骗的问题。诈骗可能出自组织者——那提供赈济的手,也未尝就不会是侵取善款和捐物的手;也可能出自饥民——那为了生存已经不顾道德的口,也未尝不会去抢吞别的饥民赖以生存的口粮。蒙元史专家窦德士(John W. Dardess)兼有研究明地方史的兴趣,他在对十四到十七世纪的明代泰和县的一份研究中,曾引用了一封出自明代士人陈昌济之手的长信,信中探讨了针对大灾荒时期管理层的应对措施。"如何将赈灾粮送到真正需要的口中"是陈关注的主要问题之一,他深深知道,"胥吏,里甲,保正等层层人事,还有赈灾环节上的其他人事,都会巧用各种手段来揩油"。有些名望清高的大户也会无耻地加入从饥民口中夺食的大军中来,他们将自家的佃农"装扮成饥民的模样,甚或将自家不知耻的少年小子打发去偷粮食"①。

晁夫人没有从政经验,但是做为一位经世故、见风雨的老封君,她具有妇人从治家管理经验里天然发展出来的理性和能力。灾情初起,她自家的庄园也岌岌可危,晁夫人未雨绸缪,让管家统计两个庄园的居民人口,按五日一支分与谷吃。

> 凡庄上一家有事,众家护卫,不许坐视。这等时候,那个庄上不打家劫舍?那个庄上不鼠窃狗偷?那个庄上不饿莩枕藉?惟晁家这两个庄上,也不下六七百人家,没有一家流移外去的,没有一人饿死的。本处人有得吃了,不用做贼。外庄人要来他庄上做贼的,合庄的老婆、汉子就如豺狗阵的一般。虽然没有甚么坚甲利兵,只一顿叉把扫帚撑得那贼老官兔子就

---

①　John W. Dardess, *A Ming society: T'ai-ho County, Kiangsi, fourteenth to seventeenth centuries*, Berkeley：University of California Press, 1996, p.69.

是他儿!(32.242)

不夸张地说,晁夫人的这些策略不但有效地对应了李明珠所提出的五个困境问题,而且简直都有点北宋王安石推行的保甲法的意思了。杨按院因为自己生长于湖广,天真地以为北地饥民只要熬到三月份,也可以靠榆钱野菜活命,从而使得一段功德,为山九仞,功亏一篑,这样不识稼穑的错误就绝不可能犯在晁夫人身上。这位老封君以仁德著称,但读者切勿将她想象成念经拜佛的懦善女流,她治家御人,带着斩断杀伐的决断。因为晁思才换谷事件,她遭到家中仆人的抱怨;只看以下她反击骂人的语言,近于粗俗,就可知她也有暴悍刚愎的一面,绝不容自己的权威受到质疑。

> 晁凤冤冤屈屈的对着晁夫人学那晁思才说的那话。晁夫人道:"王皮随他们怎么的罢,我只听天由命的!倒没的这们些前怕狼,后怕虎哩!"晁书娘子说:"何如?我说不该招惹他。没的舍了四顷地,好几十石粮食,四五十两银子,惹的人家撒骚放屁的!"晁夫人道:"狗!没的我做得不是来?您只顾抱怨我!"晁书娘子方才不做声了。(32.248)

晁夫人貌似服膺男权社会里三从四德的规范,然她对晁氏家族的实际统御,篡越了与她同辈的男性族长,本质上形成独裁的女主专权。她的地位的形成,虽是借了儒教所提倡的"孝道""尊亲""尊长""妻以夫荣""母以子贵"的势,但她统御家族及对外打交道的实力,实得自她的精明、泼辣和老练。她在赈灾一事上的成功,赢得本地儒教君子的赞誉,西周生本人也多次以重墨叹赞她的能力,认为她实在比文官集团里最具有仁民爱物之心的君子做得还要出色。其实此事的本质是晁夫人在人情往还和治家中所锻炼出来的经济理性,施于粜谷这一经济事宜,自然容易获得成功,这不能说明她的行事能力必然与儒家教诲有什么关系,即使我们承认她的行事动机里或许有儒家教诲的成分。西周生将晁夫人的救荒举措与儒家官员的救荒举措并置在一起描写,本意只是为了突出

"女菩萨"的仁慈,实则却暴露了后者的无效或低效。

（三）儒家的"仁政"理想与晚帝国荒政干预的实际功效

面对这样惨烈的人吃人的图景,西周生并未完全放弃宣扬神道设教的震慑立场。在描写流民惨状之余,他亦把饥民的苦境归于他们自己此前的作恶:

> 这些孽种,那未荒以前,作得那恶无所不至,遭了这样奇荒,不惟不悔罪思过,更要与天作起对来。其实这样魔头,一发把天混沌混沌叫他尽数遭了灰劫,更待十二万年,从新天开地辟,另生出些好人来,也未为不可。谁知那天地的心肠就如人家的父母一样,有那样歪憨儿子,分明是一世不成人的,他那指望他做好人改过的心肠,到底不死,还要指望有甚么好名师将他教诲转来。所以又差了两尊慈悲菩萨变生了凡人,又来救度这些凶星恶曜。(31.237)

西周生对"小人"中不知好歹的"恶人""顽民"是这个态度,但他对于普遍意义上的民众,并不乏儒家经典意义上的"仁"心。这个"仁"是从孟子的性善论的"人皆有不忍之心"出发,提倡万物皆我民胞,提倡将这不忍之心扩充开去,从保禽兽,渐至保妻子,保百姓,保天下。这一路数与孟子从齐宣王"不忍见牛觳觫,若无罪而就死地"而推导出齐宣王具有仁民爱物的潜质实出一辙,都具有儒家推己及人、无限扩大和过于天真的逻辑缺陷。

儒家的仁始于禽兽,落实到人,然其主要对象,却并不是"无恒产而有恒心"的"士人",而是"无恒产,因无恒心"、从而容易陷入罪恶的民。这个孟子口中具有一定原罪性质的"民",既不同于西方希腊罗马传统里"公民"的"民",也不同于文艺复兴中"大写的人",亦不同于启蒙运动中所称的"人,宇宙的精华,万物的灵长";它甚至也不同于唐太宗口中"民可载舟、亦可覆舟"的有历史决定力量的

"民"。西周生的"民"是懵懂、愚蠢、怠懒、后知后觉的大众，是离开了正确的导引就会"放辟邪侈，无不为己"的民。仁政的实施者所应避免的是让他们犯了过错再去"从而刑之"，这样的做法叫做"罔民"。正确的做法是应当给他们提供生存的基础——"制民之产"——这就是屡被黄仁宇批评为"取值太低"的"仰足以事父母，俯足以畜妻子，乐岁终身饱，凶年免于死亡"的孟子标准。

仁政的标准取值既然如此之低，那么，拥有高度成熟的儒家官僚体系的大明王朝做到了吗？从《醒世姻缘传》上看，很可存疑。如果说"仰足以事父母，俯足以畜妻子，乐岁终身饱"是这个标准的上线，则我们在西周生笔下反映民生的描写里，极少看到能够达到这个上线的情形。多数篇幅是有关政府、官员、士绅围绕着怎么能够使民众能够"凶年免于死亡"而忙碌打转。

昔者梁惠王治国，"河内凶，则移其民于河东，移其粟于河内。河东凶亦然。"这样的尽心尽力，还被孟子以"五十步笑百步""杀人以梃与刃，有以异乎？"来批评嘲笑。我们从孟子和梁惠王的对话中可以看出，荒政管理早在战国时代就已经存在了。梁惠王明明在谈荒政管理，却孟子不愿接这个技术性问题的话茬。他要梁惠王"王无罪岁"，即直接无视客观性的天灾，而去追求更大的仁政化境。

具体到仁政措施层面，孟子提出的方案是这样的：

> 五亩之宅，树之以桑，五十者可以衣帛矣。鸡豚狗彘之畜，无失其时，七十者可以食肉矣。百亩之田，勿夺其时，数口之家可以无饥矣。谨庠序之教，申之以孝悌之义，颁白者不负戴于道路矣。七十者衣帛食肉，黎民不饥不寒，然而不王者，未之有也。①

---

① （清）焦循：《孟子正义》，沈文倬校注，北京：中华书局，1987 年，第55—59 页。

言外之意,只要将仁政实施好,荒政管理的问题不消再考虑。孟子绕过对应天灾的方案,大谈树桑养猪,庠序之教,想当然地认为仁政之下不可能再产生灾荒。非但如此,做好上述几点,天下就可以臻于大治,故曰"然而不王者,未之有也。"其实,高度成熟的明代官僚系统在运作正常的时候,何尝没能达到劝农、轻徭、简役、谨庠序之教这些简单的 ABC 呢? 何以这个按照儒家最高仁政理想设立的制度,在天灾面前如此不堪一击呢?

孟子不愿意讲"齐桓、晋文之事",以为"仲尼之徒无道桓文之事者"——管仲帮助齐桓公成就春秋霸业,而孟子连谈都不屑谈,且将"比予於管仲"视为极大的羞辱;孔子的态度较为客观,一方面承认管仲"九合诸侯,不以兵车"的行仁术的能力,但同时又以为他"器小"。一言以蔽之,儒家创始人从根本上就对治国的手段、方术、办法怀有轻视之心,以为"术"用到再精湛,也不过是"术",能够成就霸业而不能成就王道。

儒家轻视方术的态度带来轻视管理技术的后果。熟谙孔孟之道的明朝文官集团中最关心民漠者如李、杨等人,其救灾的手段也并不比梁惠王高明到哪里去。我们透过李、杨两位"菩萨官儿"的救灾仁政,不难发现其过程中存在着惊人的技术漏洞。简言之,为简陋、疏忽、技穷、迷信。

简陋:赈济的方法就只限于消极的施粥。一顿稀粥,不过让穷人中的壮健者吊着命不死而已,这个方法,只够"存剩了十分中两分的孑遗"。

疏忽:杨按院原籍湖广,在他的故乡,"天气和暖,交了正月,过了二月以后,麦子也将熟了,满地都有野菜,尽就可以度日。他把这北边山东的地方也只当是他那湖广,所以要从三月初一停了煮粥,自己也便于二月初六出巡去了。"(31.238)其实北方三月,正是青黄不接的时候;这样一来,后续无粮,接连又死掉多人,功亏一篑。

技穷：绣江县官不得已向当地乡绅化缘，举人、乡宦、教官、士子一一俱到，除了少数人有涓滴之助外，多数士绅除了冷嘲热讽之外一毛不拔。

迷信：杨按院出巡回来，正当春旱，杨"惟恐麦再不收成，越发不能搭救，行文到县里祈祷。县官果然斋戒竭诚，于二月初七日赴城隍庙里焚了牒。"经过复杂的求雨过程，天上终于下起了雨，"县官备了猪羊，又叫了台戏，谢那城隍与龙王的雨泽。"（31.240）

明代文官集团中的上下成员，即使在真心关怀老百姓利益的前提下，往往也不过循规行事。即以上述春旱而言，杨按院官至院抚，手中握有巨大资源，但他唯知以具猪羊求雨为能事，却未能想到以开渠引水、开挖运河甚至打井等手段来解决问题。这是文官集团轻视技术的集体缺陷。

在西方汉学家中，对官仓和半私有的民仓制度进行过通透梳理的，有两位学者，分别是以做十八世纪荒政研究而闻名的法国人魏丕信（Pierre-Etienne Will）和洛杉矶加州大学的华裔史家王国斌（Bin Wong）。在两人合著的《养民：中国的国营民仓制度，1650－1850年》一书中①，他们调用了北京与台北所藏的明清档案及大量的粮储数字，对清代、特别是清代前期的国家荒政干预给予了较高的评价。

水利管理和荒政管理之出现于中华大地，远远早于秦的统一。依据德国汉学家魏复古（Karl August Wittfogel）的理论，正是传统东方社会对国家强力干预水利管理的需求，才导致在东方大地上、在人类文明的早期，就已产生了大型集权国家。魏复古发明了"东方专制主义"（Oriental Despotism）这一充满着贬抑色彩的名称，用

---

① 参见 Pierre-Etienne Will, Roy Bin Wong, *Nourish the people: the state civilian granary system in China*, *1650－1850*, Ann Arbor: Center for Chinese Studies, University of Michigan, 1991.

来形容这种以暴政集权为特色的政体。在他的著作序言中,他自己亲口定义,"水利社会"(Hydraulic Society)与"东方社会"(Oriental Society)、"亚细亚社会"(Asiatic Society)和"农耕管理社会"(Agromanagerial Society)往往就是同义词,都含有"极权主义"的色彩。① 我们在治中国史的过程中,应该注意辨识西方汉学家用以描述中国社会形态的自造式词汇,特别当某些词汇含有强烈贬义时更应留意。

魏丕信应该是自从魏复古的理论中得到了若干启发。在他的成名作《18 世纪中国的官僚制度与荒政》中,他认为中国的国家荒政干预,至晚帝国时期已经发展得相当成熟有效,这与他和王氏所著《养民》一书的基本立论一致。然而魏氏也注意到,明清在荒政管理中,曾大量实行委托与转契的方法,向非官僚团体与代理机构——主要是地方士绅精英阶级——寻求帮助。这,又是什么原因造成的呢?

魏氏在研究荒政的同时,也致力于中国的官僚制度的研究。他对明清国家的结构性弱点——或者说晚帝国的官僚制度问题——看得很清楚,将其总结如下:一、坚持低水平的财政征收,而不按人口与生产发展的比例增加赋入;二、通过文化考试招收官员,而不致力于保证其行政才干;三、维持人数非常少的品官,不给他们经济上的独立性(如不给他们世袭的俸禄);四、把大部分实际行政事务交给不能有效控制的吏役去做。以上种种,有的是前现代国家的物质限制带来的,有的则否。即使在受到前现代条件限制之处,明清中国并非完全没有其他的路径可以选择。很显然,晚帝国官僚体制的结构性弱点,是明清中国的一个自我选择的结果。

———————————

① 参见 Karl August Wittfogel, *Oriental despotism; a comparative study of total power*, New Haven; London: Yale University Press, 1963.

　　魏氏的基本立论是：与前近代的欧洲比，明清中国有一个显著特点，即拥有一个中央集权的国家——这是一件好事。它带来一个成熟稳定的官僚制度，使得中国有了比欧洲更强的抗灾能力。中国国家组织的救灾活动，周密详尽，而且已经制度化。大量救灾著作的存在就是它的明证。然而魏氏没有能够充分地解释"委托与转契"现象发生的机理，只是较为含混地说：明清政府体制中的矛盾与弱点，使这种体制具有不稳定性，所以它只有向非官僚团体与代理机构实行委托与转契，并依靠各种法外榨取（如附加税、手续费以及各种勒索）才能运转，国家对其官僚机构和对社会的控制，因此也就不可避免地走向削弱了。①

　　据《中国救荒史》的作者邓拓所言，明朝是中国有史以来遭受自然灾害最严重的一个朝代。在明朝存在的 276 年间，共发生了 1 011 起自然灾害，其中水灾 196 起，干旱 174 起，地震 165 起，冰雹 120 起，风暴 97 起，蝗灾 94 起，作物歉收 93 起，瘟疫 64 起，大暴雪 64 起。② 由于自然灾害的发生频仍，明代应该已经积聚了相当的赈灾经验。明代的赈灾著作确实不少，这也说明政府在实施赈灾项目时本已具有理论上的成熟度。③《明代荒政文献研究》的作者周致元指出，明代赈灾著作的众多，也反映出明统治阶级的焦虑感，一些不乏远见的有识之士希望能够通过缓解饥民的绝望感来斩绝农民揭竿而起、威胁政权的根子。可惜，成熟的理论并不见得一定会产生成熟的赈灾制度。在嘉靖和隆庆年间，社会矛盾加剧，赈灾制度也因之而变得更为废退，至晚明，已经成为一个百弊丛生

---

　　①　参见 Pierre-Etienne Will, *Bureaucracy and famine in eighteenth-century China*, Stanford：Stanford University Press，1990.

　　②　参见邓拓：《中国救荒史》，北京：北京出版社，1998 年。

　　③　参见今日现存的明代救荒专书共有十五部之多，而其他明代著述里涉及救荒这一题目的就更是不可计数了。周致元：《明代荒政文献研究》，合肥：安徽大学出版社，2007 年。

的制度。

在魏丕信之前，英国汉学家李约瑟（Joseph Needham）也曾注意到中国古代赈灾制度的建构。他曾专门研究过政府性质的常平仓、私人性质的义仓和社区性质的社仓等三种备荒粮仓的运作。理论上说，这三种粮仓都是为了调节粮价、储粮备荒以供应官需民食而设置的。李约瑟对明代隆庆年间的能吏兼清官张朝瑞的著作《常平仓纪》产生了相当大的兴趣，以至于他亲自动手翻译了此书的一部分。李约瑟看到了中国历史上不断重复的一个模式，"直至共产党革命之前，在中国历史上，成千上万的饥民为求食物，四处流散，这一现象的发生之频，实为可怕"。但他又坚持说："只要帝制官僚集团能够完善其救荒机制，则大规模的流民现象一般仅仅会出现于异族入侵或内乱期间。"①

这一论述未免太过粗糙了。无论是否有异族入侵和内乱，"帝制官僚集团"的"救荒机制"从来就没有被"完善"过。事实上，内乱通常正是由于无效的政府救荒机制造成的。随着内乱的发生，边患往往也会出现，汉族政府若抵抗不力，异族入侵就会随之而来。若明朝政府能够对 1627 年的陕西大饥荒处理得更有效一些，不至于使饥民走投无路加入李闯，则明代灭亡、清兵入关的历史也许会改写。无论是衡之于明代地方志中的无数可怕记录，还是衡之于《醒》书中的令人反胃的直白描写，这种反人类的"秃鹰主义"的食人现象，居然能够在有着强大中央政府、高度文明传统的人类社会中反复出现，就足以证明着这些天灾本身就是人祸，也足证政府的赈济不力与其脱不了干系。

---

① Joseph Needham, Francesca Bray, *Science and civilisation in China*, Cambridge：Cambridge University Press, 1984, pp.419 - 420. 亦见于 Brook, *The confusions of pleasure: commerce and culture in Ming China*, p.68.

第四章
旅行篇

一、妇女与旅行：当莲足迈到闺阁之外

（一）闺秀与非闺秀的旅行者及女性的幽闭传统

近年来，由于卜正民（Timothy Brook）、韩书瑞（Susan Naquin）和于君方（Chun-fang Yu）等明清史学者作品的出版①，我们得以了解到：至十六世纪，消闲性旅行已经成为被中国精英士子阶级所肯定的一项文化活动。于君方的两部重要著作：《中国的佛教复兴：袾宏与晚明的宗教融合》（*The Renewal of Buddhism in China: Chu-hung and the Late Ming Synthesis*）与《寻找佛法：一位当代中国佛教香客的回忆录》（*In search of the Dharma: memoirs of a modern Chinese Buddhist pilgrim*）②，检视了晚帝国时期自民间重新兴发的佛教狂热以及佛教徒的进香旅行风潮。她的另外一部著作《观音——菩萨中国化的演变》③，——"他"为何会被变性为"她"？这位变性后循声救苦的"慈悲女神"对中国深闺女性的精神世界

---

①　参见 Naquin, Yu, *Pilgrims and sacred sites in China*.

②　参见 Hua Chen, Chun-fang Yu, Denis Mair, *In search of the Dharma: memoirs of a modern Chinese Buddhist pilgrim*, Albany, N.Y.: State University of New York Press, 1992.

③　参见 Chun-fang Yu, *Kuan-yin, the Chinese transformation of Avalokitesvara*, New York: Columbia University Press, 2001, pp.3 - 10.

又产生了何等的影响？——于著诠释了这位原本为异国男性神祇的菩萨来到中土后的演变过程及中国女性群体观音崇拜的成因。

"闺秀"一词,特指中国历史上的一个享有特殊经济、社会和文化地位的女性精英群体。高彦颐(Dorothy Ko),曼素恩(Susan Mann)和达利娅·伯格(Daria Berg)等治晚帝国史中的女性汉学学者,都在她们近年来的著作中不约而同地发现并证明了明清闺秀群热爱旅行的特点。曼素恩对中国女性与旅行的研究,将明清闺秀旅行者与英国维多利亚时代的 adventuresses(女性旅游者,其旅行有漫游和冒险双重的性质)相提并论,指出两者都将旅行当作一种追求自由的方式,"既突出个性又享受隐匿,既审视自我又远离自我"。

曼素恩治晚帝国妇女旅游的研究,尝将女性旅游分为以下数类:

1. 闺秀互访交际。组织形式通常为诗社,茶酒会等。

2. 寻求宗教满足和性灵发展。

3. 已婚妇人归宁母家省亲。通常由丈夫和儿子陪伴。

4. 已婚妇人陪伴丈夫赴任远方。

5. 新寡妇人护送亡夫灵柩返回故乡埋葬。①

曼素恩认为,涉及妇女"寻求宗教满足和性灵发展"的旅行题目,目前好的研究尚不多。她承认"在晚帝制中国,在儒家价值系统内,旅行乃是男性的世界",但亦指出,闺秀旅行者已经对这个世界形成了"事实上的入侵"。在"新寡妇人护送亡夫灵柩返回故乡埋葬"的类别中,曼素恩使用了清代女作家张婉英的日记来分析女

---

① Susan Mann, "The virtue of travel for women in the late empire," in Bryna Goodman, Wendy Larson eds., *Gender in motion: divisions of labor and cultural change in late imperial and modern China*, Lanham, Md.: Rowman & Littlefield Publishers, 2005, p.70.

性之于旅行的个人感受。此日记完成于张婉英前赴江苏太仓葬夫的途中。她的丈夫客死他乡,这位新寡妇人携夫灵柩而行的愁绪,她作为女儿、妻子和母亲的责任感,都从她深具典型旧式闺秀教养的笔端流露出来。

我们应提请读者格外留意的是,中国传统社会与其他高度发达的前现代西方社会一样,在对待上层社会女性的态度上,都会要求女性无时无刻不表现出一种如白馥兰所云的"端庄的仪表"(demure behavior)。Demure 一词在英文中,既有"端庄"之意,又带有"矫揉造作""假装""端架子"之意。① 可见无论是在现实生活中还是在文学书写中,中西方都认为闺秀应尽力压制自己的真实情感,然而中式女性审美更有甚者。古代的闺阁琼英,除端庄娴静之外,还被期待具有一种"倦怠"(ennui)的神情态度,文学作品不如此就不足以显示其闲适富足的美好闺情;到了女性的旅行题材上,我们会发现,"倦怠"之外,又加上了"思乡"(nostalgia),共凑成两大审美元素。这些娇弱不胜的贵族小姐夫人们,其自画像式的诗歌,千篇一律地写作自己如何百无聊赖地倦怠,如何愁城万里地思乡。这些审美元素的不断重复,反倒是有损这一文学类别的总成就。研究者和读者在此前提下,常会希望发掘到真正反映女性旅游之乐的资料,即使旅游者未必出自高贵而有教养的背景。

旅行是《醒世姻缘传》中的一个重要写点,然而,书中虽不乏对人物穿山越水、舟车兼程的描述,却很少有哪一程旅行真正符合上述定义的"精英士子之旅"或"闺秀之旅"。在《醒》书中,如果一位男性角色旅行,则他或是赴任,或是经商,或是赶考;而女性角色的旅行,则多半是与其丈夫一起去远方赴任,或由家人和仆人陪

① 参见 Bray, *Technology and gender: fabrics of power in late imperial China*, p.143.

伴,前往丈夫的所在地谋家庭团聚。因为这些旅行都由实际的生存需要驱动,很难说得上是消闲性质的。女主角素姐是《醒》书里重笔刻画的"狮吼"型悍妇,由于她的强势能够无悬念地压倒其夫,故唯有她还曾得到过一次自主旅行的机会,在对这程旅行的规划中,素姐自主选择了要去的地方和同行的伴侣。考虑到素姐性格的暴悍、无羁和其夫狄希陈性格的软弱、疲萎,素姐应该就是明清文学女性形象中享有人身自由度最高的一位人妻了。因此,也只有素姐这一程进香泰山之旅,才称得上是具有充分消闲性和自由意志的真正旅行。

不过,素姐可不是那种以游历山水而养心见性的闺秀旅行者。首先,她并不具有这个条件。虽说生长于富家、也嫁入了富家,但素姐的背景和教育远远不足与晚帝国时期位于社会金字塔最顶尖层的精英女性相提并论。素姐的父亲为一名儒学老贡生,多年来辗转于河南和山东的若干乡县担任儒学训导、教谕、教授和纪善,积了点束修后,在山东明水占籍,开布店谋生。因原配夫人从来不曾生育,到了五十二岁上,为子嗣起见,他不得已纳了个小妾龙氏。而素姐就是小妾生的长女,也是唯一的女儿,她下面又有三个弟弟。素姐在家庭中的地位既特殊又尴尬。作为长期无子家庭的头生女,她无疑是很受重视的,不仅她的父亲和生母,就连嫡母薛夫人也是真心疼爱她。出嫁前的一晚,素姐做了个噩梦,梦到心被换掉:

> 一家子俱还没睡觉,各自忙乱,只见素姐从睡梦中高声怪叫。唬得薛婆子流水跑进去。他跳起来,只往他娘的怀里钻,只说是:"唬杀我了!"怪哭的不止。他娘说:"我儿,你是怎么? 你是做梦哩,你醒醒儿就好了。"醒了一大会子,才说的出话来。(44.340)

素姐的尴尬在于她那个既没有地位、也没有本事的生母。薛教授和薛夫人感情既洽、古板正统的道德观又一致,娶妾不过是借用一下龙氏的肚子;龙氏这个不折不扣的生育工具,虽然已经为薛家诞育了一女三子,却终日与厨娘为伍,处境并不好过普通的奴仆。为了管教素姐的事,薛教授几次动手打她,踢她。素姐若是家中唯一的孩子,或者还能得到读书识字的机会,但她肩下又有三个弟弟,注定会夺去她受教育的机会。就算是对儿子,薛教授也不过出钱把长子和次子栽培成秀才而已,至于幼子,本着撙节实用的原则他居然未提供像样的教育。就这样,虽然出生于儒门,素姐却成长为大字不识一斗的女人。她的容貌固然颇为标致,但她的教养却是相当缺乏的,这也与她生母的粗俗有关;薛教授夫妇灌输给她的做贤媳良妇的主张,素姐根本不屑一顾,而她最厌恶她父母的,乃是他们对她人身自由的束缚。她两个秀才弟弟的古板正经又与薛教授并无二致,每当素姐想要获得一点旅行或外出的权利,两人都会拼命劝阻,劝阻不成则施以道德鄙夷。不过,在父亲和嫡母死后,素姐的行动自由度还是增加了不少。秀才兄弟们虽然仍经常冷嘲热讽,但得益于她是长姐,按照尊卑秩序,他们并不好过分地管束她。素姐的幼弟薛再冬与她比较亲,无奈是个白丁,动辄就受两个秀才哥哥的打压。

　　素姐在娘家只有一个坚定的盟友,那就是她的生母龙氏,可惜以龙氏低微的身份,要听命于丈夫,丈夫死了以后要听命于大老婆,大老婆死了以后又要听命于儿子们,怪道某次她受了长子训斥后放声大哭:

　　　　我的皇天呵! 我怎么就这们不气长! 有汉子,汉子管着。等这汉子死了,那大老婆又象蚂蚍叮腿似的。巴着南墙望的大老婆死了,落在儿们的手里,还一点儿由不的我呀! 皇天呵! (68.527)

　　素姐因为坚持旅行,多次与婆家闹矛盾、在外被泼皮光棍侮辱、远行走失等,她的娘家兄弟绝不过问。只除了有一次,素姐在得知狄希陈已经娶妾生子、又甩掉她去成都赴任之后,实在气愤,乃向县官告发亲夫谋反,结果被县官当作不守规矩的女人捋指责打,幼弟再冬随她告状,也被掌板枷号。在一姐一弟都深陷囹圄的情况下,两名秀才不得已上诣县官,投禀求情。前章已述及,在明清两代,有最低科名的生员,在仅犯一般罪行的情况下可免体罚,但这并不意味着他们可以随意出入公堂、游说官司。若要获得这个资格,科名至少应在举人以上。① 孔斐力认为,乡试和会试的两种科名获得者,其特权的应用范畴颇广,当他们退隐到乡村成为士绅时,他们也就成为连接中国农村社会与官场的筋腱和纽带。②

最终县官还是看在两位秀才的份上将素姐二人释放了。但在释放之前,薛氏兄弟被县官叱责了一番:

> 做秀才的人,况且又是名士,齐家是第一义,怎么任他这等胡做,劝也不劝他一声? 这还可以借口说是女兄,又经出嫁。至于薛再冬是二生的弟,这是可以管束的,怎么也放他出来胡做?(89.686)

县官强调薛氏兄弟应该管教幼弟薛再冬,但他承认既已出嫁的长姐有不受兄弟束缚的权利。总之,素姐的出身,虽有儒门的因素,但她个人并不具有明清闺秀群的典型特质。她隶属于一个较少为今人所了解和研究的中产女性群体,由于经济相对富裕、不需亲自耕稼及持家,这个群体往往会在闺门之外的社会活动上多有

---

① 事实上,很多中乡试后无力再往上科考的举人,也安于在本地做乡绅,他们能游走公堂,结交官府,遇到本县官司事宜,打官司之家但求其一封写给县官的通融书信,便需使费银两若干。这就成为举人们常年的生财之道。有时候他们为童生出考做保结,也能得到童生家长的谢礼。如连举人为薛家兄弟保结后,居然因怜才而又将薛家长子薛如卞招为女婿,顺带对薛家的女婿狄希陈也格外照应。

② 参见 Philip A. Kuhn, *Rebellion and its enemies in late imperial China, militarization and social structure, 1796 - 1864*, Cambridge, Mass.: Harvard University Press, 1970, p.8.

寄情,如宗教结社、慈善捐馈、外出进香、经理经营等,但由于她们缺乏文学才能,也缺乏与同时代的男性精英士人交往的身份资本,故她们未曾在历史和文学史上留下什么记录。

而明清闺秀群则不同,她们作为一个写作群体,不仅自身留下了大量的日记、诗文和游记,而且她们的存在,又被同时代的男性文人记录了下来;两者之间除了形成互动性质的唱和之外,还有男性文人为之收编和刊刻文集、撰写序跋、予以揄扬;对既已亡故的才女,男性文人往往以回忆录、诔文等形式予以纪念;如袁枚这样的风雅文人,更是留下了收闺秀琼英为女弟子的风流轶事。明清闺秀群以此而完成了她们在历史上的“不朽”定位。据曼素恩依据胡文楷《历代妇女著作考》一书所做的统计,清代女作家共有3 684名,其中有籍贯可考的3 181名,远胜前代之规模,而长江下游占了70%以上,苏、松、常、杭、嘉、湖及周边各府,更是才女汇聚。①

与明清闺秀群性质相仿佛的是以秦淮八艳为代表的明清名妓群。这些青楼女子通过与明末清初精英文人的交往,亦留下了大量的文学和历史记录,其中有冒辟疆《影梅庵忆语》那种纪念缠绵悱恻的爱情生活的回忆录,也有陈子龙、钱谦益与柳如是之间的诗文唱和,有吴梅村为陈圆圆所写的古风体诗歌,也有孔尚任以戏剧形式书写的名妓与东林士子的爱情政治纠葛。时至晚清,名妓生平与国家政治动态的相关意义淡去,但文坛上出现了更为成熟的狎邪类散文和小说,有的甚至取得了相当高的文学成就,如雪樵居士所著的《青溪风雨录》和《花也怜侬》(即韩邦庆以纯吴语写成的《海上花》)等作品。

迄至二十世纪八十年代以前,西方汉学界对传统中国妇女、特别是贵族妇女的研究,格外强调其生活空间的幽闭性(cloistered

---

① 参见陈玉兰:《明清江南女性的文学生活》,《中国社会科学报》,2012 年第 392 期。

nature)。近年来,高彦颐(Dorothy Ko),魏爱莲(Ellen Widmer),孙康宜(Kang-i Sun Chang),茂林·罗伯森(Maureen Robertson),罗溥洛(Paul Ropp)和方秀洁(Grace Fong)等人已经以大量的研究证明,自晚明以降,明清闺秀群体的活动,实际上是远远突破了传统礼教所规范的物理束缚的。① 精英士女走出闺阁,吟咏名山胜水,结交文字同侪,在人文渊薮的江南地区,已被视为一种风流态度,更是富贵人家非钱不办的特权;贵族女性的幽闭性仍然大量被反映在诗文中,不过那更多是文学表达而非实写了。即使这些闺阁琼英确实出于某些限制不能出门旅行,江南发达的出版业也已将她们卷入了"公共领域",她们可以通过刊刻自己的诗文集和文学批评作品而参与到当地、甚至全国性的文化建构活动中来。② 江南兴盛的文风,世家间累代通婚而形成的家族网,造成了闺阁琼英不可能湮没无名的特殊现象——除了如贺双卿那样的极少数例外,一般的精英文学女性总是来自学力渊长的世家,她们一定会有早著文名的父亲、兄弟、舅氏等为她们的文学作品进行揄扬,而这样的家族,往往成串地产生才女,所以她们的诗文唱和对象往往又是同样有才女之名的母亲姊妹姑婶妯娌等。此一现象以明末才女叶小鸾一家为最盛。

明清才女现象令研究者痴迷。即如贺双卿,她能够在后世享有"清代李清照"的才名,完全是因为清代文学家史震林的《西青散记》对她的生平和作品进行发掘和记录的功劳。她曾引起近代文学家徐志摩、舒芜的关注,更使得美国汉学家罗溥洛为她倾情写了一部专书:《谪仙:寻找中国农民女诗人双卿》(*Banished Immortal:*

---

① 参见 Daria Berg, *Women Writers and the Literary World in Early Modern China*, London: Routledge, 2013, p.11.

② 参见 Tani E. Barlow, *The question of women in Chinese feminism*, Durham[N.C.]; London: Duke University Press, 2004, pp.21 – 22.

Searching for Shuangqing, *China's Peasant Woman Poet*)。① 罗溥洛以颇为幽默的口气自嘲道,自己的角色就是"一位末世文人,效颦于史震林及他的文人朋友,孜孜地在十八世纪的故纸堆里求索,只为迷恋着那美丽的农民女诗人。"罗溥洛还写道,常有人打趣他道:"罗教授,您就是美国版的史震林!"②

但是我们不应否认,中外学界对传统中国的非闺秀女性的研究,一直都是严重不足的。有关她们的人身自由度的问题,一般的看法仍然是:受制于礼教和风俗约束,非闺秀女性一般都过着大门不出、二门不迈的生活。

我们不应因为资料的缺乏,就放弃去了解那些未能留下很多文字记录的传统妇女,而仅简单地以老生常谈的"幽闭"(cloistered)二字来概括她们的生活形态。即使明清闺秀群的人数多达成千上万之众,相较于非闺秀女性的庞大人口,她们仍占少数。在非闺秀女性中,除去终日营役、仅及于口的下层妇女(包括农妇,仆妇和城市赤贫及温饱家庭的妇女),我们相信,在晚帝国时期的承平岁月里,社会上应该存在着一个富裕但识字程度不高的城乡女性群体,我们不妨称之为"城乡富家女眷群"。她们是佛经变文和说唱文学的主要消费者,也是当时物质生活中各项新奇昂贵之物的主力购买者,同时又是城乡节庆和宗教活动的主力参与者。如果把闺秀群比做现代社会中领文化时尚风潮的精英小资,则这个"城乡富家女眷群"就是具有相当购买力和消费愿望、但缺乏原创精神的跟风小资。分析中国传统社会的构成,我们有理由相信,这类妇女会有着强烈的参与世俗生活、享受物质快乐的愿

---

① Paul S. Ropp, *Banished Immortal: Searching for Shuangqing*, *China's Peasant Woman Poet*, Ann Arbor: University of Michigan Press, 2001.

② Paul Ropp, *Banished Immortal: Searching for Shuangqing*, *China's Peasant Woman Poet*, Ann Arbor: University of Michigan Press, 2001, p.5.

望,既然不为生计所累,则她们必然会有大量的时间精力可以用在家庭以外的地方。她们想要冲破社会和家庭束缚、走向外部世界的愿望也一定会很强烈;她们的人身自由度则取决于她们自身的经济和社会地位及在婚姻与家庭中的处境。外向、精力充沛、好斗如素姐,也要通过重重的斗争才能取得出外旅行的权利。于是我们想要知道:这个"城乡富家女眷群"会采用什么样的借口走出深闺呢? 她们会以何种形式来进行宗教结社活动? 她们旅行的资金从何处来? 她们旅行的目的地通常是什么地方? 在旅途中,谁会陪伴她们? 旅途中的吃喝拉撒问题怎么解决? 人们又是采取何种方式来保证旅行中的男女礼教之大防的呢? 素姐的泰山行香之旅给这些问题的回答提供了一个充满细节的样本。素姐那双缠过的小脚是如此健步如飞,追寻其莲步的踪迹,我们可以窥见明清之际勃然而兴的旅游业景况。

(二) 缠足与旅行

　　素姐这头暴悍的"河东狮"虐夫多年而未被休掉,究其原因还是因为狄希陈对她的美貌和身体的眷恋。早在他们的成婚之夕的描写中,作者就曾这样夸赞过她的外貌:

> 柳叶眉弯弯两道,杏子眼炯炯双眸。适短适长体段,不肥不瘦身材。彩罗袄下,烟笼一朵芙蓉;锦绣裙边,地涌两勾莲瓣。若使雄风不露,争夸洛浦明妃;如能英气终藏,尽道河洲淑女。(44.341)

　　第四十四回写素姐嫁到狄家,那时她年方十六,公婆俱全,下有小姑,而且婆婆还是性格颇为强势的妇人。婚姻生活之初,素姐先通过责骂、殴打等方式征服了丈夫,又在几场家庭矛盾中携其悍势,泼辣应对公婆,彻底降服了二老和小姑。至第六十八回,当文本进行到泰山之旅初议的时候,她已经年过二十,婆婆已经过世,小姑已经出嫁,能够代表父权和夫权话语的是她的公公和丈夫,而二人早已被她治得没有了脾气。

素姐那对象征着出身优越的小脚是否会妨害她的旅行能力呢？对缠足妇女的物理行动能力，史学家见仁见智。西班牙传教士胡安·门多萨(Juan Gonzalez de Mendoza)虽曾于1581年抵达菲律宾，但从未真正来到过中国。不过，他收集了颇多有关中国的资料，写成了《大中华帝国史》一书。他对缠足妇女的走路问题发表高见，认为中国女人长期被幽闭于家中，是出于"她们的跛足"之故，因为"她们的行动极为不便，动辄就会有巨大的痛苦。"① 当世学者中，很多人亦持"缠足痛苦说"。如罗溥洛在他发表于二十世纪七十年代中期的著名论文《变化的种子：清中期妇女地位的反应》(The Seeds of Change: Reflections on the Condition of Women in the Early and Mid Ch'ing)中曾提出，"缠足是最痛苦的象征，表示女性卑微地屈从于男性之性趣味"。② 此一视角可代表西方对于缠足问题的一般性传统认知，但近年来却遭到女性主义明清史学者的驳斥。高彦颐认为，缠足文化在康雍乾盛清时代的流行，根本不应被诠释作"对女性压迫的强化"，而应被当作"文化优越感和性感魅惑的象征"。这个理论的依据是：满人以清代明后，缠足成为汉人的心理所需，用以区划"我们，高等文化的汉人"和"他们，低等蛮夷的满洲人"两者。③ 高彦颐还认为，在满族入侵之前，缠足作为一个突出性别差异、制造性感魅惑的身体再造手段，已经成为颇受汉族人珍视的传统。高彦颐不但在汉学界被人称作缠足学说的"修正主义者"，而且她本人就是以成为"修正主义者"为荣的。她

---

① Patricia Buckley Ebrey, "Women and the family in Chinese history," London; New York: Routledge, 2003, p.207.

② Paul S. Ropp, "The Seeds of Change: Reflections on the Condition of Women in the Early and Mid Ch'ing," *Signs*, vol.2, no.1 (1976).

③ 参见 Ko, *Cinderella's sisters: a revisionist history of footbinding*, p.5.

的有关缠足的专著刻意起名为《灰姑娘的姐妹：缠足的修正主义历史》(*Cinderella's sisters: a revisionist history of footbinding*)。

　　高彦颐的"修正主义"后来发展到相当惊世骇俗的地步。她提出，上等家庭的女性，说是幽闭也好，说是大门不出二门不迈也好，这一传统确实是部分地由缠足引起的，但缠足给予上层妇女的，乃是一种人格上的自由和尊严，使她们更为认同自己身为贤妻良母的社会角色。这一理论的争辩点之一，即上层妇女并不感到"有任何需要去挑战有着渊长历史的、将两性进行空间隔离的意识形态"。这一观点并不能为另外一位女性汉学家白馥兰(Francesca Bray)所接受，后者指出，女性对两性隔离的做法一直是"有意识"的，不过迫不得已将其"作为自然事实而接受"而已。①

　　高彦颐对缠足这一传统所建构的"修正主义"理论，强调缠足是一种"身体美学"，是女性心甘情愿之所为，强调"缠足不是一种负累，而是一种特权"，我们是不能苟同的。高彦颐的理论建构，迎合着当今西方学界以后现代主义话语来重新诠释既有命题的风尚，借用所谓女性主义的"身体"理论，打着对追求进步的"现代性"进行深入反思的旗号，故作惊世骇俗之语，并将五四时期的以废缠足为代表的进步型妇女史观刻意简化为"野蛮/文明""压迫/解放"二元对立命题，这样的用心，绝不能为对中国妇女史有客观认知的研究者和读者所接受。任何一位不肤浅的中国历史学家(China Historian，即以中国历史为研究对象的历史学家，与国籍无关)，即使不见得会同意五四时期以国家民族生存为主题的妇女解放理论，但至少不会去拥抱高彦颐的"缠足，性别隔离及幽闭使得女性享受更多特权"的理论。

　　中国的废缠运动形成一种风潮，当在甲午战败后至戊戌变法期

————————

　　① 参见 Bray, *Technology and gender: fabrics of power in late imperial China*, p.146.

间,其后虽由变法失败而小受挫折,但因义和团之乱、八国联军入京、辛丑条约签订等国耻事件的发生,要求变革的声音重新洪大。最后,清廷自身的变革方案所迈的步伐比戊戌变法还要大。光绪二十七年(1902),慈禧太后下诏废除缠足。缠足的危害除了对女性身体造成痛苦之外,被林纾、梁启超等激烈的清末改良者总结如下:

1. 造成妇女不良于行,灾难发生时不宜于流亡逃难;

2. 造成妇女不能独立工作,养活自己;

3. 造成妇女的心智圈锢于琐屑无聊之事。①

梁启超尤其激愤于女性"不能自养,而待养于他人也,故男子以犬马奴隶畜之,于是妇人极苦,惟妇人待养而男子不能不养之也,故终岁勤动之所入,不足以赡其妻孥、于是男子亦极苦"②的情形,将女性不能工作自立归咎于女子不念书及缠足的束缚。

关于中国女性地位的卑下是何等原因造成,白馥兰有个新颖的看法。她反对将女性地位下降归结于理学兴起的陈词滥调,提

---

① 这些废缠理论正是高彦颐等"修正主义"者认为应该被深刻批判的"男性的女权主义者话语"。近年来的学术界,出现了大量的从所谓"真正的女权主义"视角来批判"男性的女权主义者话语"的著作。在中国近代史的废缠足问题上,"女权主义者们"认为,晚清时期的"男性的女权主义者"利用了女性被缠的双足做文章,以张扬男性想要鼓吹的民族主义和国家富强主张,而在其过程中并未考虑女性自身的利益。中国近代史的研究者们,无论在其他问题上的见解是如何的不一致,但基本都会同意,中国近代妇女运动是由男性精英知识分子所发起和领导的。这一性质的妇女运动,基本上也是所有的第三世界国家在现代化的过程中都要经历的。Wendy Larson 引用Peter Zarrow 的论断说:"直至 1907 年前,几乎所有的中国女权主义思想,也都同时是民族主义的。"Wendy Larson, "Women, writing, and the discourse of nationalism," in Wendy Larson eds., *Women and writing in modern China*, Stanford: Stanford University Press, 1998.

② (清)梁启超:《变法通议·论女学》,《饮冰室合集·文集》(第一册),上海:中华书局,1936 年,第 38 页。

出：中国在十一世纪,经北宋的税制变革,以白银取代实物租税,布匹丝绸的生产已经大量转移到发达地区的织机作坊中去了。妇女不再需要"三日断五匹""唧唧复唧唧"地亲织布匹丝绸为家庭和国家贡献实物税品,这样一来,她们就"被剥夺了技术"(deskilled),从而导致在家庭中和社会上的经济价值贬值——这也就解释了为何自宋代以后,妇女的地位就降低了。[①]

　　不管古今中外的学者们如何看待缠足问题和妇女在家庭中的地位问题,具体到素姐这位河东狮的个例上,她既未尝因一双小脚被缠束而不能出行,也不因经济上依赖于丈夫而在家庭中地位卑下。素姐的形象,打破了一般人对古代传统女性的成见,但在文学归类上,素姐还是有一个归处的:那就是"悍妇"类。有关"悍妇"类妇女的文学和历史形象,吴燕娜的《中国悍妇》一书是一部集大成的研究。然而,细研素姐这位明清悍妇形象中的最强者,我们发现,素姐之所以每与代表夫权话语的丈夫、婆家人及娘家人产生矛盾,十有七八都是因为对方干涉了她的行动自由。

　　明清两代,随着理学被树立为国家背书的意识形态,在地方律令中,常常会出现限制妇女人身自由的条文。这一现象在清代康雍乾的盛清(High Qing)时期尤盛。曼素恩注意到"因频繁撰文讲论国策而闻名的几个地方大员尹会一(1691—1748)、汪辉祖(1730—1807)、陈宏谋(1696—1771)、蓝鼎元(1680—1733)和黄六鸿(1633—1693)都各自写过明确指导妇女行为和妇女品德的文章。"[②]其中黄六鸿的《福惠全书》,乃是黄氏根据他本人对地方行政的阅历和体会、为后世仕者掌握朝廷典章及地方仕情所撰写官箴,其中有一段语气强硬的戒斥性文字:

---

　　① 参见 Bray, *Technology and gender: fabrics of power in late imperial China*, p.237.

　　② Mann, *Precious records: women in China's long eighteenth century*, p.28.

　　三姑六婆不许入人家哄诱货卖。少年妇女不得入寺观烧香、踏青游玩。里中有佚女私倡,令方甲严行驱逐。有佻游荡子弟,许方甲率同父兄戒饬务业。如此则嫌疑远而亵狎不生,礼义兴而淫风自戢。夫非立教之明验欤? 然而富贵之家,以放逸而生邪欲;贫贱之室,以衣食而丧廉耻。与夫凶悍之徒,窥艾色则顿起淫心,轻薄之流,悦冶容则遽忘名分。①

　　此类律令,虽说其背后不乏以减少女性出游而维护地方治安的用心,并且也往往会随着地方官的迁调而废止,但它们对于阻抑女性走出家门,肯定是起到了相当作用的。当然,非中央政府颁布的、随时损益的法令,从政府的角度来说执法成本太高,并不能全面执行;在法律管不到的角落,一般来说,能够辖制妇女的最大力量就是父系权威了。这个权威可以是她的父亲、丈夫、公公,甚至儿子。但是,事情总有例外。过分强调女性的三从四德,会使得女性中的个性较强者产生逆反心理,从而导致她们格外离经叛道地去破坏三从四德的原则。② 而父权的代表者也未必都有拘禁一个大活人、使之不能出门的能力,所以一家之中最终取得胜利的,往往不是与国家意识形态相一致的正统态度,而是强势的个性。

二、泰山朝圣之旅

(一)泰山香会

　　尽管古代中国缺乏现代意义上的旅行建制,更缺乏跟旅游业相配套的基础设施,但朝圣行香者的宗教热忱却是自古不息的,正

---

　　①　(清)黄六鸿:《福惠全书》,《四库未收书辑刊》第3辑第19册卷十九《刑名部九·奸情·总论》,北京:北京出版社,2000年,第1238—1239页。

　　②　参见 Wu, *The Chinese virago: a literary theme*, p.24.

是他们,播下了最早期中国旅游业的种子。① 中国固不乏有深具佛道色彩的名山,但也只有东岳泰山、西岳华山、中岳嵩山、北岳恒山和南岳衡山称"岳",此为"五大名山"或"五岳",其中东岳泰山又为五岳之首。泰山其实并不是最高——它主峰玉皇顶海拔只有1 532.7 米,逊于华山及恒山。但泰山因其封禅的历史,较之其他四岳,拥有着绝无可比的历史和政治风光。

　　泰山崇拜从人类文化学上讲,应该是东夷人的做法。一般认为,商朝人拥有的四方神观念、流行于战国初期的五行观念与五岳崇拜的形成有关。② 封禅的理论起于战国时代的齐、鲁之地,历史上第一次进行大规模封禅仪式的是秦始皇。自秦以降,正史记载秦汉唐宋共有六任帝王参与了十次大规模封禅:秦有始皇,西汉有武帝,东汉有光武,唐有高宗和玄宗(见图 19),宋有真宗;如果算上女帝武则天,则应该是七位。东汉章帝和安帝、隋文帝杨坚等,都曾柴祭和坛祭过泰山。明清两代虽未曾封禅,但一直有帝王礼祀泰山,或遣官员代祭,或亲临拜祭。如果按照司马迁在《史记·封禅书》中的记录,秦一统前还有十二位帝王曾到泰山祭祀。③ 正是因为封禅祭祀的人文传统给泰山带来的"轰动效应",使得泰山名闻四方。民国文人易君左尝著《泰山国山议》一书,广征博引,树立泰山"国山"的尊隆地位。易君左注意到,宋元以来泰山祭祀出现了一个大的转变,即原来不容民间染指的国家专祀

---

① 现代旅行业往往采用"主题旅游"来构建和营造旅游消费的环境。这一做法常见于主题公园,大型购物中心,节假日市场,主题餐厅等。Hai Ren,"The landscape of power: imagineering consumer behavior at China's theme parks," in Scott A. Lukas eds., *In the Themed Space: Locating Culture*, *Nation and Self*, Lanham: Lexington Books, 2007, p.97.

② 参见魏慈德:《中国古代风神崇拜》,台北:台湾古籍出版有限公司,2002 年,第 66—67 页。

③ (西汉) 司马迁:《封禅书》,《史记》,第 1361 页。

图 19　唐玄宗封禅（壁画）

的局面被打破,民间祭祀成为了主流。①

　　在《醒》书的描写中,泰山的尊崇地位并非由国家仪式带来,也与民间的东岳信仰关系不大,却与一个地方性的女性神祇崇拜相关,她的全名叫"东岳泰山天仙玉女碧霞元君"（见图20）。俗称"泰山奶奶教"的碧霞元君崇拜是一个以华北地区为中心的道教山神崇拜。其在汉族民间宗教信仰中的重要地位,可由"北元君,南妈祖"一语得到体现。此教历经上千年,进入明清时期以后,香火尤盛,对中国北方文化,尤其是妇女的内闱活动产生了巨大的影

　　①　易君左、王德林撰《定泰山为国山刍议》文,初刊于 1933 年《江苏教育》杂志第二卷,同年由泰安县立师范讲习所翻印为单行本,但其中不少讹误。下书由周郢校订和续纂而成。易君左:《泰山国山议》,北京:五洲传播出版社,2013 年,第 135 页。

图 20 碧霞元君像

响。"文革"结束后泰山奶奶教又在华北地区重新兴盛。碧霞元君坐镇泰山,在道教经典中又有"天仙玉女碧霞护世弘济真人""天仙玉女保生真人弘德碧霞元君"等名,民间俗称除"泰山奶奶"外,还有"泰山娘娘""泰山老奶奶""泰山老母""万山奶奶"等。这位女性神祇神通广大,慈悲救苦,能保佑谷物丰收、出行安全和身体健康,但她最重要和最著名的法力还是送子。明代首辅王锡爵《东岳碧霞宫碑》记载:"元君能为众生造福如其愿,贫者愿富,疾者愿安,耕者愿岁,贾者愿息,祈生者愿年,未子者愿嗣,子为亲愿,弟为兄愿,亲戚交厚,靡不相交愿,而神亦靡诚弗应。"①可以说,从明代中期开始,碧

① (明)王锡爵:《东岳碧霞宫碑》,葛延瑛,吴元禄修编,孟昭章纂,民国十八年泰安县志局排印本《重修泰安县志》卷十四,泰安:泰安县志局,1929 年。

霞元君的功能已经从单一的生育神转变为无所不能的神灵,普适着不同阶层、不同性别的信仰需求。其实,在碧霞元君信仰兴起之前,泰山的山岳崇拜以东岳大帝为主。但是,这个自北宋以来持续有一千多年之久的强势山岳崇拜仍然抵不过民间信仰的力量,这一转变之巨,令明代的士大夫大有本末倒置之感,斥为"岳不能自有其尊,而令它姓女主偃然据其上,而奔走四方之人,其倒置亦甚矣"。①

近年来,明清学者对佛教宝卷文学的研究,揭示了泰山奶奶教深得明清两朝政府垂青的史实。在历史上,这一密教除了极偶尔卷入过宗教性质的结社叛乱外,在多数时期,在意识形态上,它都是支持现实统治的,基于这一点,它也甚能获得政权投桃报李式的回馈与保护。②

晚帝国时期,由于泰山奶奶教的普遍流行,一个以迎合略有经济实力的民众、特别是内闱妇女需要的组织——泰山香会,遂应运而生。宗教朝圣者将行香与旅游的要求合二为一,诉诸民间香会的组织形式。泰山香会的最早形成可以追踪到唐代。③ 至宋代,泰山香会已在民众中享有相当的名声④,它的实力持续增长,到了明清时代终于进入了繁盛期。"香"这一名词,代表的是食物、衣饰、银钱及其他供奉给泰山奶奶的供品,当然也可解做"香"这个词的本意,毕竟,去拜泰山奶奶,在神像前也是要叩头烧香的。专门研究过"香"这一物质的周嘉胄对香钱的解释是"每岁乾元节,

---

① （明）谢肇淛:《五杂组》卷四《地部》(二),第 66 页。

② 参见 Daria Berg, "Reformer, Saint, and Savior: Visions of the Great Mother in the Novel Xingshi Yinyuan Zhuan and Its Seventeenth-Century Chinese Context," *Nan nü: men, women, and gender in early and Imperial China*, vol.1, no.2 (1999), p.246.

③ 叶涛:《泰山香社传统进香仪式研究》,《思想战线》,2006 年第 2 期。

④ 刘慧,陶莉:《关于宋代的泰山香会》,《民俗研究》,2004 年第 1 期。

醵钱饭僧进香,以祝圣寿,谓之香钱"①。

　　值得一提的是,碧霞元君崇拜及其行香活动未必一定要发生于泰山。明末京城内外共有二十多座碧霞庙②,其中香火隆盛者为东西南北中"五顶",最盛者又在涿州与通州。明末太监刘若愚所著《酌中志》载:"初旬以至下旬,要。西山、香山、碧云寺等,要西直门外之高梁桥、涿州娘娘、马驹桥娘娘、西顶娘娘,进香。二十八日,药王庙进香。"③又,"涿州去京师百余里,其涿郡娘娘,宫中咸敬之。中宫进香者络绎"④。马驹桥在通州,西顶在蓝靛厂。崇祯年间的文人刘侗、于奕正所撰的《帝京景物略》,既代表晚明竟陵派幽雅清秀的文风,又大量记录北京的名胜景观及市民风俗。其"弘仁桥"条目记载了晚明每逢四月十八日元君诞辰之日,北京男女老少从左安门出城,奔赴四十里之外去进香的繁华情形,并且记录了"五顶"所在的位置:

　　　　岁四月十八日,元君诞辰,都士女进香。先期,香首鸣金号众,众率之,如师,如长令,如诸父兄。月一日至十八日,尘风汗气,四十里一道相属也。舆者,骑者,步者,步以拜者,张旗幢、鸣鼓金者。舆者,贵家,豪右家。骑者,游侠儿、小家妇女。步者,窭人子,酬愿祈愿也。拜者,顶元君像,负楮锭,步一拜,三日至。其衣短后,丝裈,光乍袜屦,五步、十步至二十步拜者,一日至。群从游闲,数唱吹弹以乐之。旗幢鼓鸣金者,绣旗丹旐各百十,青黄皂绣盖各百十,骑鼓吹,步伐鼓鸣金者,称是。人首金字小牌,肩令字小旗,舁木制小宫殿,曰元君驾,他金银色服用具,称是。后建二丈皂旗,点七星,前建三

①　(明)周嘉胄:《香乘》卷十一,第 10 页。

②　Naquin, Yu, *Pilgrims and sacred sites in China*, p.337.

③　(明)刘若愚:《酌中志》卷二十《饮食好尚纪略·四月》,第 180 页。

④　同上卷二十四《黑头爱立纪略附》,第 218 页。

丈绣幢,绣元君称号。又夸儇者,为台阁,铁杆数丈,曲折成势,饰楼阁崖水云烟形,层置四五儿婴,扮如剧演。其法,环铁约儿腰,平承儿尻,衣彩掩其外,杆暗从衣物错乱中传。下所见云梢烟缕处,空坐一儿,或儿跨像马,蹬空飘飘,道傍动色危叹,而儿坐实无少苦。人复长竿掇饼饵,频频啖之。路远,日风暄拂,儿则熟眠。别有面粉墨,僧尼容,乞丐相,逼伎态,憨无赖状,同少年所为喧哄嬉游也,桥傍列肆,搏面角之,曰麻胡。饧和炒米圆之,曰欢喜团。秸编盔冠襆额,曰草帽。纸泥面具,曰鬼脸、鬼鼻。串染鬃鬣,曰鬼须。香客归途,衣有一寸尘,头有草帽,面有鬼脸,有鼻,有须,袖有麻胡,有欢喜团。入郭门,轩轩自喜。道拥观者,啧啧喜。入门,翁驱妻子女,旋旋喜绕之。然或醉则喧,争道则殴,迷则失男女,翌日,烦有司审听焉。①

但是进入清代中期后,无论是涿州、通州、还是被称为西顶的蓝靛厂,其碧霞元君信仰的风头,都被后起的京西门头沟的妙峰山盖了过去。妙峰山夺走了北京多处庙宇的香火,成为京畿地区碧霞元君朝圣之旅的不二之选,有"金顶"之誉。1925年和1929年,顾颉刚等北京学者两次考察妙峰山。顾颉刚将1925年的研究成果发表于《京报副刊》,后来又结集成为《妙峰山》一书。虽然有燕京大学社会学系的李景汉一行的妙峰山考察比顾颉刚等人的还早两天,但李景汉的论文晚出,且大量引用顾颉刚的材料与论点,故一般认为,顾颉刚的考察才是中国民俗学田野考察的开山之行。② 傅彦长甚至认为妙峰山调查的功绩更在顾颉刚威震史学界

---

① （明）刘侗,（明）于奕正:《帝京景物略》,北京:北京古籍出版社,1983年,第133、134页。

② 参见吴效群:《北京妙峰山碧霞元君信仰研究史》,《民俗研究》,2002年第3期。

的"古史辩"之上。①

顾颉刚对妙峰山香社组织的严密性给予了相当高的评价:"他们的组织是何等的精密! 他们在财政、礼仪、警察、交通、饷糈……各方面都有专员管理,又有领袖人物指挥一切,实在有了国家的雏形了"。② 妙峰山香社与山东泰山香社的重大不同是,前者不仅不许女性做"会首",而且举凡引善都管(香首和副香首)、催线都管(收取金费者)、清声都管(掌礼者)、钱粮都管(采办供品者)、司库都管(管理银钱者)、中军哨子(管理巡查防卫者)、车把都管(管理车辆者)和厨房茶房(管理饮食者)等职位都不能由女性来担任。香会中别立"信女"一项作为女性会众的名目。③

在素姐的家乡山东明水,有姓张和姓侯的两个中年道婆负责组织泰山香会,此二人因此也称为"会首",又称"香首"或"领袖"。两位道婆走街串户,深入大宅小院,广泛接触女眷,以转世功德为说法,以为寺院捐输为名目,诱导女眷参与佛道活动。值得一提的是,侯张二人虽被称为"道婆",而碧霞元君崇拜也实为道教系统下的民间宗教,但在实际操作中,侯张两道婆对佛道两家是一体供奉的。为了多多敛聚,凡是佛道两教仙圣的纪念日,两人都会好好利用起来,不放过任何一个可以自信众女眷中获取布施、同时也为自己敛财的机会。《醒》书作者因为厌恶此等三姑六婆式人物,故每提及侯张必以贬抑语气。作为读者和研究者,我们应注意考量人物的实际行为,而尽量不受原作者的道德评价的影响。侯张的所为,见于以下叙述:

---

① 参见王学典,孙延杰:《顾颉刚和他的弟子们》,北京:中华书局,2010 年,第 29 页。

② 顾颉刚:《妙峰山》,广州:国立中山大学语言历史学研究所,1928年,第 1027 页。

③ 参见同上,第 1026 页。

指了东庄建庙,西庄铸钟,那里铸甚么菩萨的金身,那里启甚么圣诞的大醮。肯布施的,积得今生见受荣华,来世还要无穷富贵。那样悭吝不肯布施的,不惟来世就不如人,今世且要转贵为贱,转富为贫……妇女们有那堂堂正正的布施,这是不怕公婆知道,不怕丈夫拘管。那铸像铸钟的所在,建庙建醮的处所,自己的身子便也就到得那里,在那万人碑上、缘簿里边,还有个查考。这两个盗婆于十分之中也还只可剋落得六七分,还有三四分安在里面。惟这瞒了公婆,背了夫主的妾妇们,你就有成百成千的东西布施了去,他"生受"也不道你一声。布施的银钱,攒着买地盖房。布施的米粮麦豆,大布袋抗到家去,噇他一家的屁股眼子。布施的衣裳,或改与丈夫儿子穿着,或披在自己身上。(68.521)

侯张早已闻名素姐手中银钱散漫,几番思与素姐交往,但都"千思万想,无处入脚"。这是因为,在素姐婆家,狄婆子活着的时候,"好不辣燥的性子,这明水的人,谁是敢在他头上动土的?"(68.521);狄婆子死了,两位道婆跑了几趟狄家,都被精明而忠厚的狄员外用少量金钱打发了她们的捐施要求,而不令其与素姐相见。在素姐娘家,因她父亲是"执鼓掌板道学薛先生",嫡母薛夫人又正经古板得"难捉鼻",两位道婆仍然无计可施。只有苦等到薛夫人老病死了之后,他们才敢去碰运气。素姐的两位娘家兄弟固然是极"有正经",但天假其便,侯张用的是为薛夫人吊孝的名义,"为他母亲烧纸,难道好拒绝他不成"所以薛家兄弟"待他到了灵前,叫孝妇孝女答礼叩谢"。(68.522)——侯张至此才真正开始接触到素姐。

以上种种,代表了男权社会为了保护宅家女眷所设置的屏除非正统影响的层层篱障。父权和夫权的压力未必一定要出诸父与夫,也可以来自认同父权和夫权的婆婆、娘家母亲、娘家兄弟等人。非正统势力要想绕过这层层障碍,最好的方法就是打起传统的旗帜(如为薛家嫡母吊孝),这样才能障正统人士之目。

　　侯张二人正属于"三姑六婆"中的道姑。元代开始出现"三姑六婆"的名目,世俗将尼姑、道姑、卦姑这"三姑"与牙婆、媒婆、师婆、虔婆、药婆、稳婆等"六婆"合在一起并称;从这个名目一出现开始,正统社会就对其表现出极为强大的防范意识。一般文学作品,固多将上类妇女描写为巧言利口、搬弄是非、贪财好利、媒奸介淫的负面形象,而说教性质的家训、警世书等更是视其为洪水猛兽。元末陶宗仪谓"人家有一于此而不致奸盗者,几希矣"。① 治妇女史的台湾学者衣若兰在所著《三姑六婆:明代妇女社会的探索》一书中,曾专章讨论"卫道士的不安"的成因,得出结论认为:知识阶层的伦常观念一向重视"内外有别"与"男女之防",而"三姑六婆"的穿门入户对礼教秩序的破坏,使得士人对日渐模糊的社会分际感到焦躁不安。② 杜德桥认为西周生将侯张二人两人称为"道婆",是别有一番道德说教用心的,因为这两字与"盗婆"同音,杜德桥在赞美这双关的妙思之余,因为在英文中找不到一个对应物,故自创了"寺贼"(temple thieves)一词。③ 对此,我们以为他实在是有点发挥过度了。侯张之所为,毕竟与偷窃不同;若拿掉道德评判的滤镜,我们甚至会发现,她们对丰富传统社会的内闺生活,有着巨大的贡献,这并不仅仅表现在组织泰山香会这一件事上。即以组织泰山香会论,若没有侯张的任事、灵活与效率,这个由七八十个人组成的旅行团要出这样的一次远门,也是不可想象的。

　　侯张二人在会中负责多职。她们除了担任会首和副会首(相

---

① 　(元)陶宗仪:《三姑六婆》,王雪玲校注,《南村辍耕录》(一),沈阳:辽宁教育出版社,1998 年,第 125 页。

② 　参见衣若兰:《三姑六婆:明代妇女社会的探索》,台北:稻乡出版社,2002 年,第 137 页。

③ 　参见 Dudbridge, "A Pilgrimage in Seventeenth-Century Fiction: T'ai-shan and the 'Hsing-shih yin-yüan chuan'," pp.234 - 235.

当于妙峰山香会的引善都管）之外，且负责收取交通费用（相当于催粮都管和），预定驴骡（相当于车把都管），为会友采买骑牲口用的眼罩和丝绸汗巾（相当于钱粮都管）和管理会中财务（相当于司库都管）。

进香泰山，最主要的问题是交通。香会对交通工具的处理方式，表现出相当的灵活性。女眷出游，原以乘轿为上，但是既然要迎合会友们旅游观光的目的，用侯张的原话说："这烧香，一为积福，一为看景逍遥，要死拍拍猴着顶轿，那就俗杀人罢了，都骑的通是骡马。"（68.524）侯张为会众所雇的长驴，来回是八钱银子，如果会友骑自己的头口，则从会费中返还这八钱银子给本人。入会的会费并不贵，"起初随会是三两银子的本儿，这整三年，支生本利够十两了。雇驴下店报名，五两银子抛满使不尽的。还剩五两买人事用的哩"。（68.254）我们以现代人的理财常识，很难相信所谓三两银子三年之内变十两——还是通过投资慈善事业——的说法，毋宁将其归于侯张两人舌灿莲花的一面之词，因为当素姐强烈要求加入的时候，侯张就将这会费提价到十两银子了——她们要求新来者必须"照着众人本利找上银子"。

然而泰山香会这种以现代理财手段都很难达到的生利目标，在当时亦并非天方夜谭。美国公理会传教士出身的汉学家明恩溥（Arthur H. Smith），早在其十九世纪末出版的专著《中国的乡村生活》（*Village Life in China*）中，就曾以社会学视角关注过泰山香社现象。明恩溥 1872 年来华，曾经历庚子拳乱，在东交民巷使馆受困，他在中国生活了近半个世纪，他的传教生涯使他深入中国农村，故他对农村社会现象的分析格外透彻。明恩溥提出，香社实应行香旅行者的需求而产生。明恩溥于泰山香会的财政运作，记叙尤详，兹录于下：

> 香会对每个成员都征收例钱，每月一百元。如有五十名成员，则首款就能集到五千。香会的管理者会将这笔钱贷出，

月息百分之二到三……时限到后，将本金和利息收回，再复贷出，这样一来，就确保了资金的迅速积累。一般来说，以三年的时间为限，反复施以短期、高利率的短期贷款，是非常奏效的。①

侯张鼓动妇女入会的心理战也是同样的高明。她们与素姐初见，并不马上提及泰山上香之事，相反却先东拉西扯一些别的事情，说起此前如何被狄员外阻住、不令入内宅与素姐见面，表示为素姐祈福的一番好意被枉待，甚感冤屈。及至博得素姐好感，要留她们吃饭多坐一会儿，二人又作势要起身，借机说出为组织香会近日正在奔忙的事实。这情绪悬吊得相当成功，素姐的兴趣一下就起来了。有关去泰山行香的好处，二人的说辞在方方面面都能打动内宅女眷的心思。其卖点可被总结如下：

1. 旅行的趣味性。"人说有二百九十里路。这路好走，顶不上别的路二百里走。沿路都是大庙大寺，一路的景致，满路的来往香客，香车宝马，士女才郎，看不了的好处，只恨那路不长哩。"

2. 泰山景致的可观性。"好大嫂，你看天下有两个泰山么？上头把普天地下的国度，龙宫海藏，佛殿仙宫，一眼看得真真的哩。要没好处，为甚么那云南、贵州、川湖、两广的男人妇女都从几千几万里家都来烧香做甚么？"

3. 行香的祈福性。"且是这泰山奶奶掌管天下人的生死福禄。人要虔上顶烧香的，从天上挂下红来，披在人的身上，笙箫细乐的往上迎哩；要不虔诚的，王灵官就把人当时捆住，待动的一点儿哩。心虔的人，见那奶奶就是真人的肉脸。要不虔诚、看那奶奶的脸是金面。增福赦罪，好不灵验哩。山上说不尽的景致，像那朝阳洞、三天门、黄花屿、舍身台、晒经石、无字碑、秦松、汉柏、金简、

① Arthur H. Smith, *Village life in China；a study in sociology*, New York：F. H. Revell company, 1899, pp.141－142.

玉书,通是神仙住的所在。凡人缘法浅的,也到得那里么?"

4. 加入香会的善缘性。"这可看是甚么人哩。要是咱相厚的人,叫他照着众人本利找上银子,咱就合众人说着,就带挈的他去了。要是不相干的人,平白的咱就不叫他去。"

5. 女眷旅游不与男子相掺的安全性。"这会里没有汉子们,都是女人,差不多够八十位人哩。"

6. 香会会众社会地位的高贵性。"要是上不得台盘的,他也敢往俺这会里来么? 杨尚书宅里娘儿们够五六位,北街上孟奶奶娘们,东街上洪奶奶、汪奶奶、耿奶奶,大街上张奶奶,南街上汪奶奶,后街上刘奶奶娘儿们,都是这些大人家的奶奶。那小主儿也插的上么?"

7. 兼作购物之旅的便捷性。"这是哄动二十合属的人烟,天下的货物都来赶会,卖的衣服、首饰、玛瑙、珍珠,甚么是没有的? 奶奶们都到庙上,自己拣着相应的买。"(68.523—524)

以上所列加入泰山香会的好处,确实为"城乡富家女眷群"中的个人旅行者所不能致。需要指出的是,虽然保守的社会观念会尽量阻拦妇女外出,但是行有余力人家的女眷进行个人旅行的愿望并非不能达成。只要盘缠充足,有牲口脚力代步或有钱雇轿子,又有男性亲属或仆人的陪伴,"城乡富家女眷群"中出外自助游的也自有其人。《金瓶梅》中的吴月娘,曾于西门庆重病期间,设香案为儿夫祈祷,许愿若是西门庆好了,她将上泰安州顶上,与娘娘进香挂袍三年。[①] 西门庆逝后,为还愿心,吴月娘决定往泰安州一行。她安排亲生兄长吴大舅随行,办了香烛纸马等祭品,又令玳安、来安两个小厮跟随,并为他们雇了头口骑,而她本人则乘一顶暖轿。按照风俗,行前烧纸通信,晚夕辞西门庆之灵,众妾置酒作别,次日一早启程。《金瓶梅》的故事发生地是一个虚构的山东

---

① (明)兰陵笑笑生:《金瓶梅词话》,第 1212 页。

"清河县",小说中写陈敬济自清河出发,去临大运河的码头城市临清照料酒店的生意,一天可以往返,这说明清河距临清很近。同时《金瓶梅》续借《水浒传》中武松在阳谷县打虎的故事,又声称清河为阳谷之临县。如约略以阳谷为出发点,则到泰安州的旅程应为200公里左右,《金瓶梅》书中写吴月娘"一日行两程,六七十里之地。未到黄昏,投客店村房安歇,次日再行"①。一直行了数日才到泰安州。由此可见,只要有旅行的意愿和需要,则200公里的距离、数日的脚程,都不在能够负担得起的女性旅行者的话下。

素姐将参加泰山香会的愿望通过狄希陈向公公提出后,狄员外虽不欲素姐与侯张二道婆厮混,却也没有完全驳倒她上泰山进香的计划。这位老者的担忧,主要是因为香社人员混杂,之于监生之妻的名誉不雅,而侯张又不是好人。他提出一个折中方案,"他既发心待去,咱等收完了秋,头口闲了去,收拾盘缠,你两口儿可去不迟。"但是这个折中方案,当然不为已经铁了心要加入香会的素姐所接受,她对丈夫大吼大叫道:"我只是如今就去!我必欲去!我主意待合老侯、老张去!怎么这一点事儿我就主不的呢?你快早依随着我是你便宜!你只休要后悔!"(68.525)既然这胭脂虎铁了心要求,狄家父子怎么还敢阻挠呢?只好允随该虎的尊意了。

(二)泰山之旅的经过

结社后进香泰山的一系列活动,每一种都有专门的称呼,其先后顺序严明,其中若干已经演化为民间风俗。进香泰山本身称"上顶",这与泰山奶奶又称"顶上奶奶"不无关系。香社成员出发前,往往有家人为之置酒践行,称"饯顶";至于素姐,她本是满心指望娘家的兄弟媳妇能为她张罗一桌酒席,结果这"饯顶"之说只成为她的兄弟骗她回到娘家、进行最后劝阻的借口。"饯顶"不仅限于

① (明)兰陵笑笑生:《金瓶梅词话》,第1267—1268页。

参拜泰山，一切为拜神佛进香者的伐行皆可称之，其中原因不言自明。古时之人外出机会少，尤其是女眷，长途拜神之旅涉水穿山，不知途中会有何变故，家人常置水酒为远行者道别祈福，祝其一路顺风，平安归来。

上顶之前，香社要给泰山奶奶"烧信香"，亦即在出发前，要向元君通风报信，《醒世姻缘传》中又称"演信香"：香社人员要抬着泰山奶奶的圣驾在本地街市上游演一番，使众人都知道香社要出发了。保守派反对妇女参加泰山香社，很大程度上正是因为"演信香"的游行活动在本土本乡进行，自家女眷若出街游行，"头上戴着个青屯绢眼罩子，蓝丝绸裹着束香，捆在肩膀上面，男女混杂的沿街上跑"（68.525），在有功名的人家看来颇不成体统。男性士人此外还有一虑，如素姐的长弟薛如下所指出的：女眷上山下山多半需要坐轿，"你没见坐着那山轿，往上上还好，只是往下下可是倒坐着轿子，女人就合那抬轿的人紧对着脸，女人仰拍着，那脚差不多就在那轿夫肩膀上。那轿夫们，贼狗头，又极可恶，故意的趁和着那轿子，一撅一撅的，怎么怪不好看的哩！这是读书人家干的营生么？"（68.526）

进香途中，香社的会众必须打着专门为进香而准备的小旗。会首要安排专门的香亭以供奉元君；在住宿前，会众要先去"安驾"，亦即安置好老奶奶的神像。娘娘驾有三种。一种是元君塑像，一种是元君画轴，还有一种是元君牌位。不论哪一种，都要安置在所住房间的正中，烧香上供以后才可以张罗其他事宜。凡安排住店，会众都必须在睡前"号佛"，即一人宣唱佛偈，众人齐声高叫"南无救苦救难观世音菩萨！阿弥陀佛！"这齐叫一声，声闻数里，声势惊人。（69.529）

登顶后，众人可以烧香许愿、舍钱施财，下山后则有店家安排接顶宴贺、唱戏玩耍，有条件的香社还会委托店家或者庙宇僧道为香社刻石立碑，为的是留名千古。现存泰山香社石碑中的绝大多数都为明清时期的结社香客所立，如《北斗盛会题名记碑》："北斗自明朝至今，相传数百年，此乃古会。"①从泰山下山，回到各自家中后，香客们还要再到当地的娘娘庙去"烧回香"，感谢泰山奶奶保佑平安归来。当然，以上所云，只是一种普遍性的程序，在不同区域和不同香社间，具体到每次行程的操作，定然会有差异，但应大同小异。②

素姐的旅程由狄希陈相伴，又带着家中的一名觅汉随行。夫妇俩本是从家中吵了架出来，虽然随行的头口有两只，那可怜的娄丈夫却不被允许骑驴，素姐宁要觅汉闲着，偏要狄希陈亲控其驴，走了二十里路，将那娇生惯养的富家子弟狄希陈磨出了一脚的泡来，疼不可忍。素姐发现，她本人是社里唯一身份高贵的女眷，过去侯张二人吹嘘会众都来自高门大宅，然而"杨尚书宅里娘儿们""北街上孟奶奶娘们"，其实都不过都是"杨尚书家的佃户客家"，或"孟家满出的奶子"之流。作者西周生竭力描写了这群下等阶级的妇人出行的种种不便和尴尬事体，其中如厕、女人月事、婴儿哺乳等困境都在"演信香"的过程一一涉及，在真正开写行香之旅后反没有再谈。

> 一群婆娘，豺狗阵一般，把那驴子乱撺乱跑。有时你前我后，有时你后我前。有的在驴子上抱着孩子，有的在驴子上墩吊鬏髻，有的偏了鞍子坠下驴来，有的跑了头口乔声怪气的叫唤，有的走不上几里说肚腹不大调和，要下驴来寻空地阿屎，有的说身上不便，要从被套内寻布子夹屄，有的要叫孩儿吃乳，叫掌鞭来牵着缰，有的说麻木了腿骨，叫人从镫里与他取

---

① 梁栋：《登名岳，祈洪福：泰山香社传承祈福文化》，《泰山晚报》，2014 年 2 月 12 日。

② 参见叶涛：《泰山香社研究》，上海：上海古籍出版社，2009 年，第107 页。

出脚去,有的吊了丁香,叫人沿地找寻,有的忘了梳匣,叫人回家去取,跐蹬的尘土扛天,臊气满地。这是起身光景,已是大不堪观。(68.527—528)

不过素姐并不介意同行者的身份低微。她与一位儿子是县里礼房的刘姓妇人结伴而行,又多亏那刘嫂子的规劝,她才允许狄希陈骑上那头闲着的头口。香客们一日之内尽力走了一百里,到了"济南府东关周少冈的店内"下榻,客店有名有姓,西周生写得这般有凭有据,倒像是曾经亲历。这一日吃的饭食是"菜子油炸的懒枝、毛耳朵,煮的熟红枣、软枣四碟茶果吃茶。讲定饭钱每人二分,赶油饼、豆腐汤、大米连汤水饭管饱"(69.529)。也就是在此日,素姐拜了侯张二人为师,正式加入了这个民间宗教组织。

次日行香队伍又行了一百里路,宿在弯德地方。第三日,走了数十里后经过火炉地方。

这火炉街上排门挨户都是卖油炸果子的人家。大凡香客经过,各店里的过卖,都乱烘烘跑到街心,把那香头的驴子狠命的拉住,往里让吃果子;希图卖钱。那可厌的情状,就如北京东江米巷那些卖褐子毡条的陕西人一般,又像北京西瓦厂墙底下的妓者一般,往街里死活拖人。素姐这一伙人刚从那里走过。一伙走塘的过卖,虎也似跑将出来,不当不正的把老侯两道的驴子许多人拉住,乱往家里争夺,都说:"新出锅滚热的果子,纯香油炸的,又香又脆,请到里边用一个儿。这到店里还有老大一日里,看饿着了身子。"老侯两道说:"多谢罢。俺才从弯德吃了饭起身,还要赶早到店里报名雇轿子哩。"再三不住,只得放行,去了。(69.530—531)

此处油炸果子人家强行拉客的描写甚为真实,与我们现代旅行者经常会在旅游区遭遇店家强销简直如出一辙。这一细节又透露出,泰山香社的发展,已经在泰安州周边地区带动起了相当规模的旅游经济,饮食业和旅店业都以途经的香客为目标顾客,强行拉客和强销甚至成为商家习惯。

香社队伍终于到达泰安州，早有旧时的熟店主宋魁吾家差人在那里等候了。他们对两位会首无限殷勤，嘘寒问暖，完全是一派对待熟主顾的套路：

> 飞跑迎将上来，拉住老侯两个的头口，说道："主人家差俺等了几日了，只不见来，想是十五日起身呀？路上没着雨么？你老人家这向身上安呀？"一直牵了他驴，众人跟着到了店里。宋魁吾看见，拿出店家胁肩谄笑的态度迎将出来，说些不由衷的寒温说话。洗脸吃茶，报名雇驴轿、号佛宣经，先都到天齐庙游玩参拜。回店吃了晚饭，睡到三更，大家起来梳洗完毕，烧香号佛过了，然后大众一齐吃饭。老侯两个看着一行人众各各的上了山轿，老侯两人方才上轿押后。那一路讨钱的、拨龟的、舍路灯的，都有灯火，所以沿路如同白昼一般。（69.531）

泰山神自从唐代封为"天齐王"后，历朝都有晋封，在民间称"天齐神"，由于东岳信仰的广泛流布，全国几乎每个乡镇都建有"天齐庙"，亦称东岳庙。拨龟，又称拨灶，是一种占卜术。拨很可能通"袯"。《史记·龟策列传》载："常以月旦拨龟，先以清水澡之，以卵袯之，乃持龟而遂之，若常以为祖。"[1]虽然古代多数占卜行为都是使用龟甲片，但我们认为此处泰山香客们所行的"拨龟"，使用的是活乌龟。西周生在讽刺侯张二人骗术高明时，曾说过"哄得那些呆呆老婆如拨龟相似，跟了他团团的转"（68.521）的比喻。泰山香客的"拨龟"，应与占卜的关系甚小，而与祈福的关系密切。"舍路灯"也是一种香客的慈善行为，正因为此，夜间登山的照明就不成问题了。

素姐由丈夫狄希陈陪伴，随香社人众一起乘轿登山。山轿与常轿不同，为求其轻，构造基本上就是一只柳木椅加一只脚踏而

---

[1]　（西汉）司马迁：《龟策列传》，《史记》，第 3239 页。

已,本来就无围帐遮拦,过往行客都能看到其中人,若碰到轿夫在下山路上恶意颠轿,则女客的双足就会在脚踏上立不住而摇晃,也确实够乘轿的大家宝眷难堪的。素姐的反应好生奇怪,一上轿就犯恶心呕吐,导致同行妇人纷纷喊道:"泰山奶奶捆住人了!""这是那里的香头?为怎么来,奶奶就下狠的计较呢?"(69.531—532)同行香客妇女纷说泰山奶奶"计较"了,依据的就是素姐一路上种种"降汉子"的行为。

> 老侯与众人道:"这是年小的人心不虔诚,奶奶拿着了。"那刘嫂子道:"我前日见他降那汉子,叫他汉子替他牵着驴跑,我就说他不是个良才。果不其然,惹的奶奶计较。咱这们些人只有这一个叫奶奶心里不受用,咱大家脸上都没光采。"老侯两个说:"他既是知不道好歹,惹得奶奶心里不自在,咱没的看得上么?说不的咱大家替他告饶。"(69.531)

根据宝卷文学的说法,泰山奶奶对修养道德程度不同的"香头"——即行香客——所展示的真面是不同的。① 而对人品恶劣的"香头",泰山奶奶有时还要稍事惩戒,此之谓为"拿人"或"捆人"。碧霞元君虽为一女性道教人物,又长期受到闺中妇女的供奉,但据众香客妇人的理论,很显然她却并不姑息父权社会中妇人凌虐丈夫的泼妇行为。

但其实素姐的犯恶心只是由于轿子太颠之故。根据《醒》书中设定的因缘,素姐前生原是一只修行千年的狐狸,泰山原是她的故地,所以她只消下轿就能健步如飞。她的一双小小金莲,"上那高山,就如履那平地的一般容易。走那周折的山径,就如走那行惯的熟路一般,不以为苦"。(69.532)倒把个狄希陈累得通身是汗,但素姐自己不上轿子,那萎丈夫有轿也不敢坐。两人就这样走到

---

① 参见南炳文:《佛道秘密宗教与明代社会》,天津:天津古籍出版社,2001 年,第 163—165 页。

山顶。

　　素姐和狄希陈挤到正殿圣母殿前,但殿门是封锁的;"因里边有施舍的银钱袍服金银娃娃之类,所以人是进不去的。要看娘娘金面的人,都垫了甚么,从殿门格子眼里往里观看。素姐蹦着狄希陈的两个肩膀,狄希陈两只手攥着素姐两只脚,倒也看得真实,也往殿里边舍了些银子"(69.532)。

　　上述描写真实而生动。香客们到碧霞祠集体参拜,一般都是在正殿前。会首站在队伍的前面,率领香社的善男信女们上香、叩头、行礼,并将所备的礼单在神前诵读,告知神灵。也有请庙中的道士代读的。读罢,他们将贡品一一拿出陈列,敬请泰山娘娘收下。香客们集体上香时,有的香社也会由会首带领大家唱诵经书,赞扬神灵,以表达对神灵的虔诚崇拜之心。集体仪式结束后,香社成员再根据各自的情况,单独向神灵许愿或还愿。圣母殿前的香头拥挤,非常人所能想象。四月十八是碧霞元君的生日,前来的香客会格外多,康熙年间的《泰安州志》记载,万历十四年(1586)四月十八日曾发生踩踏事件,导致61人死亡。①

　　及至众人下山之后,那位店主宋魁吾又预先治了盒酒,与众人"接顶"。严格意义来讲,只有客店在红门提壶设宴迎接,并且把酒浇在会首的足前,才构成"接顶"的正规程序。若是不太严格的话,回店后店家象征性端出酒菜,口称"道喜",也就马虎可算是"接顶"了。接顶之后,店家还要点戏招待香客,谓之"朝山归"。晚上看戏时,一定要把元君像挂在大厅中央,叫"请泰山娘娘看戏"。②

　　宋魁吾做得很到位。"接顶"之后,"在厂棚里面,男女各席,

———————————

　　①　参见(明)任弘烈:《泰安州志》卷一《灾祥》,《中国方志丛书·华北地方·第十号》,台北:成文出版社,1936年。

　　②　叶涛:《泰山香社研究》,第276页。

满满的坐定,摆酒唱戏,公同钱行。当中坐首席的点了一本《荆钗》,找了一出《月下斩貂蝉》,一出《独行千里》,方各散席回房。"(69.532)素姐看完了这几本戏,有点糊涂地向老侯提问:"侯师傅,刚才唱的是甚么故事? 怎么钱玉莲刚从江里捞得出来,又被关老爷杀了? 关老爷杀了他罢,怎么领了两个媳妇逃走? 想是怕他叫偿命么?"众人都道:"正是呢。这们个好人,关老爷不保护他,倒把来杀了,可见事不公道哩!"(69.533)西周生这样写,正体现出香众们都没怎么见过世面,即使出身富家的素姐,若不是加入香会,在明水本乡,恐怕终生连看几出戏的机会都得不到。

至临行,店主宋魁吾又送给侯张这两位金主每人"一把伞,一把藤篾子扇,一块腌的死猪子肉,一个十二两重的小杂铜盆"(69.533)。这丰足的人情,本身亦是高明的经营手段,正是因为店主懂得与香社的会首结好,会首才会年复一年地将规模可观的旅游住店生意带给此店。这与现代旅游经济下,酒店与旅行社之间常常达成某种带客入住提成的协议,或酒店经理分利与旅行团导游的做法是很相似的。

西周生认为,"大凡事体,只怕起初难做。素姐自从往泰安州走了一遭,放荡了心性"(69.532),从此以后素姐对走出家门的要求就更是一发不可收拾了。但现代读者却从这程泰山之旅中看到人文风景、名山大川、香寺宝马,而最值得称奇的,还是那个仍处于萌芽状态的旅游组织——宗教香会。如果没有这层宗教的外衣,很难想象明清"城乡富家女眷群"是怎样才能走出闺阁,成为登山临水的旅行者的。

(三)香市经济的模式和卖点

泰山自身的特色及其深厚的历史文化渊源、特别是碧霞元君即泰山奶奶作为中国最著名的生育神对女性信众的感召力,导致国人对登泰山、拜奶奶的热情从无稍减。在古代中国,虽说舟车不便,出行基础建设简陋,但常年都有行香客、文人学士、自发观光者及失意政客络绎不绝登临泰山。正是他们,形成了一直兴旺到如今的泰山香客经济。

宋姓店主的做法,颇可代表泰山客栈悠长的经营模式。有关泰山行客住店的记载,最早的可以追索到南北朝时期。旅店的住客主体就是香客,无论是以个人、家庭为单位,还是随香社而来者都不乏其人。自唐宋时起,泰山客栈的生意已经开始起步,至明清达到隆盛的顶点。客栈大致可分为两类:一是寺庙经营的,一是民营的。民营的客栈,同时还享受着来自当地政府的保护和税务优惠。明正德年间,泰山客栈曾被政府委托以向香客征收"香税"或"进山税"的任务。1644年满人入关,华北平原笼罩在异族入侵的刀光剑影中,旅游生意一落千丈,泰山客栈自不例外,但经过清初的休养生息,至康熙年间,旅店生意又恢复到与明末的繁荣相比肩的程度。[1] 泰山的香客店中,一般都设有小型的泰山娘娘庙。香客到店后,除安置自带的娘娘驾外,还要到店内的娘娘庙内叩拜,舍香钱,表示已向山顶上的泰山娘娘"报到"了。[2]

泰山香社在明中后期留下了极为充盈的史料、诗文和碑刻。与《醒》书中所载"春秋两季,往泰安进香的,一日成几十万经过"(28.214)类似,《岱史》《天眖偶闻》中都有泰山香火鼎盛的记载。山东所出的明代地方志,如嘉靖三十一年(1522)《临朐县志》、万历二十四年(1596)《章丘县志》、万历二十八年(1600)《东昌府志》、万历三十七年(1609)《邹县志》等,对于岁时伏腊及季春时节人们随香社上顶纳福的记载,可谓充牍斥简。

值得注意的是,明修山东地方志中有关香社的记载,已经不仅限于泰山一山。在晚帝国时期,香市经济在中国最著名的几个旅

---

[1]　参见周郢:《泰山古代香客店考》,《岱宗学刊》,1999年第二卷。
[2]　参见叶涛:《泰山香社研究》,第271页。

游、风景、朝圣城市都经历了蓬勃的发展。其中保持完好的香市经济生态,直到近现代不衰。

万历《兖州府志》谓"市里小民,群聚为会。东祠泰山,南祠武当。岁晚务闲,百十为群,结队而往,谓之香社"①。顾炎武于康熙初年编定的《天下郡国利弊书》,其载东阿县之风俗,完全使用了《兖州府志》的这段话。② 万历二十八年(1600)《东昌府志》:"又时裹嬴粮,走泰山、武当,渡海谒普陀,祈请无虚岁"。③泰山、武当、普陀的三山并举,形成了明清香客经济中著名的"三山进香"说,但叶涛和另外一位灵岩寺香社的研究者刘慧都认为"三山"是指连续三年来泰山进香之意。④ 梅莉、孟昭峰和秦海滢的研究都可证晚帝国时期香客来源和进香目的地的地理分散性。⑤ 无论"三山进香"的说法是否成立,在晚帝国时期,香市经济肯定是不仅仅限于泰山一山的。香市经济集宗教、旅行、贸易、休闲等元素于一身,它的特殊性格、它的今昔之比,都值得我们探研。

在西方有关中国香市经济的研究中,明尼苏达大学东亚系的汪利平所做的有关清末民初杭州城隍山的文章最可瞩目,可资为泰山香市研究的平行式参考资料。吴山,杭州人俗称城隍山,位于

① (明) 于慎行:《兖州府志》卷四《风土志》,济南:齐鲁书社,1985 年。

② 参见(清) 顾炎武:《天下郡国利弊书》,上海:上海书店,1987 年,第 449 页。

③ 《东昌府都汇考六》,收录于 (清) 陈梦雷编,《古今图书集成》第 83 册《职方典》卷二五四,上海:中华书局,1934 年,第 13 页。

④ 参见叶涛:《泰山香社研究》,第 95 页。

⑤ 见如下数人数项研究:秦海滢:《明代山东教化研究》,东北师范大学博士论文,2004 年;梅莉:《明清时期武当山朝香习俗研究》,《暨南史学》,2004 年总第 3 辑;孟昭锋:《明清时期泰山香客的地域分布研究》,《暨南史学》,2013 年总第 8 辑;孟昭锋:《明清时期泰山神灵变迁与进香地理研究》,暨南大学硕士论文,2010 年。

钱塘江北岸,西湖东南面,是西湖群山延伸进入市区的成片山岭。吴山自南宋以来一向是热闹喧哗的风景胜地,自明永乐年以来又开始祭祀周新为城隍,山上香市,山下集市,到杭州进香、观潮、游览、娱乐、购物、办事的人们,一年四季簇簇前来,云集此山。汪利平为传统意义上的中国香市构建了一个颇为现代化的"旅游娱乐空间"的概念,将香市经济引入了旅游学研究的范畴。在他的《旅游及空间变化,1911—1927》一文中,汪利平写道:

> 这一年一度的朝圣之旅证明了,有清一代,杭州这一城市与其农村内陆是紧密相连的。朝圣对杭州城市经济的影响巨大。香客的要求,行香的时间,香客云集杭州而形成的交易量等等,俱对手工业生产和城市商业生活的形成有着重要的塑造作用。香客们行香所需的物品,如灯烛,香,特别是用作冥钱的锡箔纸片,铸就了该城市手工业的一个主要部分。更为重要的是,香客同时也是进城购物的乡下农人。本地人会注意到,多数香客都来自富裕的农民背景,他们随身携带大量现金,花销起来颇为慷慨大方。[①]

"上有天堂,下有苏杭",杭州自古与苏州并称,其城市的消闲旅游文化,以物质的舒适性为代表,在中国内地几乎无与伦比;而泰安的城市形象,虽然同样具有黄金旅游点的性质,却与杭州完全不同。两个城市均严重依赖旅游收入,也都一直竭力保护它们的旅游资源,1949 年后,它们都安被政府认定为"文化名城"。杭州将其旅游城市的美誉完好地保持到了今日,其旅游收入仍然构成市政经济的重要部分。不过,随着现代旅行业与行香拜佛行为的

---

① Liping Wang, "Tourism and Spatial Change in Hangzhou, 1911 – 1927," in Joseph Esherick eds., *Remaking the Chinese city: modernity and national identity, 1900 – 1950*, Honolulu: University of Hawaii Press, 2000, pp.111 – 112.

剥离,那享有数朝香火的城隍山,却是风光不再了。自1911年辛亥革命后,杭州城经历了一系列空间和建筑改造,新杭州城的建设,着意经营以西湖景观为代表的、富有文化积淀的旅游空间,以符合现代旅游者的兴趣。城隍山也就相形见绌了。

与此形成对照的是,泰山的香市经济却没有遭逢上述问题。这当然还是应该归功于泰山及其神祇自古不衰的盛名。除了在文化大革命期间曾萎靡不振过一段时间外,泰山香市在近现代几乎一直都是繁荣兴旺的。其香市经济超越了晚帝国时期原始朴拙的形式,以旅馆业为代表的各种服务行业都能做到与现代化的硬件和服务意识同步并进。

《醒》书中亦提及征收香税的情形,说是素姐等一众香客走到泰山之顶以后:"那管香税的是历城县的县丞,将逐位的香客单名点进。"(69.532)泰山香税是到泰山进香的香客向国家缴纳的进香税,主要包括进香钱和混施钱两种。明末正德年间香税起征,本是为了修缮碧霞祠。由于祭祀碧霞元君这种民间神祇不符合明中叶的理学意识形态,有"淫祀"之嫌,在立这个香税名目的时候,在朝臣中还引起了颇大的争议。《明武宗实录》载:

> 东岳泰山有碧霞元君祠,镇守太监黎鑑请收香钱,以时修理,许之。工科给事中石天柱等言,祀典惟东岳泰山之神,无所谓碧霞元君者,淫祀非礼,可更崇重之乎? 况收香钱,耗民财,亏国典,启贪盗,崇邪慢,请毁之便。疏入,付所司知之。[1]

但是香税一旦开始征收,地方中央都尝到好处,便一发而不可止。从正德十一年(1516)起,泰山香税一直征收了220年,直到清乾隆元年(1736)才废止。《山东通志》载:"泰安香税,旧系泰安州经收,原额五千九百三十四两零。雍正四年后尽收尽解。"香税之

---

① 《明实录·武宗实录》卷一三九《正德十一年七月甲申》,台北:台湾中研院历史语言研究所,1963年。

废除,确切说发生在雍正、乾隆政权的交接时。雍正皇帝死于雍正十三年(1735)八月,而《山东通志》的记录也是说"香税于雍正十三年八月后永停征收"。① 乾隆即位后,次年改元为乾隆元年(1736),正月初一日,乾隆素服前往雍和宫——此处既是雍正的龙潜之地,也是乾隆的出生之所——行礼,其后他着手办理的第一件大事,就是除泰安州香税事务。那雷厉风行的速度,使人不由猜想:香税之废除,也许与雍正的临终遗愿相关。乾隆之圣谕中自承若此:

> 朕闻东省泰山有碧霞灵应宫,凡民人进香者俱在泰安州衙门输纳香税。每名输银一钱四分。通年约计万金。若无力输税者,即不许登山入庙。此例起自前明,迄今未革。朕思小民进香祷神,应听其意,不必收取税银、嗣后将香税一项永行蠲除。如进香人民有愿舍香钱者各随愿力,不得计较多寡。亦止许本山道人收存,以资修葺祠庙山路等费。不许官吏经手,丝毫染指。永著为例,该抚即通行晓谕知之。②

在前现代的条件下,正是由于香税的征收,泰山的旅游经济才得以经营其基础建设,其有羡余,更能做其他用途。泰山香税除上缴国库外,还有多种去处,主要用于布政司公务、修建庙宇、修筑城墙、协助科场、支山场公务、补里甲差银、补德鲁衡三王府禄米、襄助河工、济助军饷等。③

泰山香市经济繁荣的根本原因在于碧霞元君崇拜,这位女神祇固然有多种法力,其中最有力和最吸引人的还是赐子功能。虽

---

① (清)杜诏:《山东通志》卷十二《泰山香税》,《影印文渊阁四库全书》,台北:台湾商务印书馆,1986年。

② (清)庆桂:《高宗实录》(一)《雍正十三年十一月》(下),《清实录》,北京:中华书局,1985年,第285页。

③ 蔡泰彬:《泰山与太和山的香税征收、管理与运用》,《台大文史哲学报》,2011年第74期。

在武宗朝时尚惹理学君子憎嫌,但在短短十五六年间,碧霞元君的辐射力已经深入宫禁。明嘉靖十一年(1532),皇太后曾遣太子太保来到泰山,为明世宗向碧霞元君求子,这是现代能见到的最早的泰山求子史料之一。

> 皇帝临御海宇,十有二载,皇储未建,国本尚虚,百臣万民,无不仰望。兹特遣官敬诣祠下,祗陈醮礼,洁修禋祀,仰祈神贶,默运化机,俾子孙发育,早锡元良,实宗社无疆之庆,无任恳悃之至。①

传统香市经济虽不见得拥有设计"主题旅游"的市场营销能力,但泰山香市的确是成功地利用了皇室的推动,随着碧霞元君的送子神力变得闻名遐迩,在中国生育类神祇中成为法力最大者,一种非常近似于主题旅游的"求子旅游"在泰山兴起,至今仍吸引着来自整个华夏境内的求子男女前往。

求子人士进香泰山,其求子行为称"押子",更通俗的说法叫"拴娃娃"。发展到今日,它已经成为泰山信仰民俗中影响最大的民俗事项。碧霞元君只是一个总的生育神,她坛下有八位弟子,其中两位最著名,一是掌管生育的送子娘娘,二是掌管老年人和少年人视力的眼光娘娘;另外的六位弟子分别掌管从受孕到哺乳过程的各个不同环节。②

到泰山上拴娃娃,比较有名气的地方主要有三处:山顶碧霞祠送子娘娘殿,山下王母池以及登山半途中的斗母宫。这三处以外,泰山上几乎凡供奉碧霞元君的殿宇,都兼有送子的职能。在泰

---

① 马铭初,严澄非:《岱史校注》,青岛:青岛海洋大学出版社,1992年,第149页。

② 参见 Theodore Huters, Roy Bin Wong, Pauline Yu, *Culture & state in Chinese history: conventions, accommodations, and critiques*, Stanford: Stanford University Press, 1997, p.193.

山碧霞元君、送子娘娘和王母娘娘的神案上,常年摆放着很多涂了金色的泥娃娃。凡来"拴娃娃"者都必须向庙祝交钱,谓之"喜钱"。一般都是婚后多年不育的妇女由女性亲属陪同前来,到了神案前,烧香叩头,祷告一番,从神案上抱取一个泥娃娃,交给主持仪式的庙祝。古时人求子,多半只求男孩,所以早期的泥娃娃只是男孩:他们都光着身子,有的戴着红兜兜,带着项圈,或坐或爬,而且还故意夸张地露着"小鸡儿"(男性生殖器)。为了迎合现代香客求女的要求,现在的神案上也设有女泥娃娃。庙祝取出一根红绳,拴在泥娃娃的脖子上,红绳的一端系着一个铜钱,庙祝摇动红绳以钱击磬,一边口中念道:"有福的小子跟娘来,没福的小子坐庙台。姑家姥家都不去,跟着亲娘回家来。"接下来,庙祝给未来的小孩起一个通俗而吉祥的乳名,嘱咐求子的妇女回家把泥娃娃放到卧室里。求子者遂将泥娃娃用红包袱包起来带走,这时求子仪式也就结束了。① 日后若赖神助,如愿得子,求子者就必须为泥娃娃披红挂彩,并送回原处,谓之"还子",并要向泰山娘娘进香还愿。有一点需要注意,求来的孩子,一辈子不许登泰山,否则可能被奶奶收回去。若求子未成,则可以再来一次,但"求子不过三"。还愿的方式有很多种,有人供奉献礼,有人挂袍送匾,有人捐资修庙,也有现代的植树造林。

"挂袍"是泰山进香的又一项重要活动。"袍"是泰山奶奶的身上衣,从现代的挂袍供品看,"袍"的制作相当考究,有锦缎、金丝绒等质地,均为大红布面,需用布六尺。② 当然,"袍"之外,香客们还考虑到泰山奶奶作为一名女性神祇的其他衣饰和生活所需。进袍已经考虑到季节的变化,使袍有轻薄厚暖之不同,春袍多丝质,秋袍多绒质;举凡女性需要的头冠、绣鞋、花饰,甚至点心、水

---

① 参见叶涛:《泰山香社传统进香仪式研究》。
② 参见叶涛:《泰山香社研究》,第 156 页。

果,都有香客诚心供奉。在清末废缠足之前,按照当时的女性审美,孝敬奶奶的绣鞋一定都是勾莲小小的三寸鞋。东岳大帝(玉皇)信仰虽然已经衰微,但这位男性神祇的香火仍多有供奉。一般香客从碧霞祠出来,绕过青帝宫,就到了玉皇顶,在玉皇殿内供奉玉皇大帝,自有一套与供奉碧霞元君相似的进香挂袍程序,唯一的不同是,因为玉皇为男性,现代香客们往往假定他喜欢吸烟,故供品中多有整盒的香烟。①

香社某种意义上行使了旅行团的功能,它是前现代社会中旅游机制尚不完善时的一种替代品;行香行为拉近神祇与普通人的距离,满足了普通人的宗教情绪;碧霞元君因具赐子的神力,对于求子民众、特别是妇女的感召力可想而知。她对谷物丰收、出行安全和健康的保佑也深得人心。香税的征收使地方和中央都获得经济利益;香市的开办也促进了地方贸易。生于乌镇的茅盾于1933年发表散文《香市》,曾感慨说"从前农村还是'桃源'的时候,这'香市'就是农村的狂欢节"。我们认为这一视角非常珍贵。香市给前现代社会中一年到头辛苦耕作的农村民众提供了一个"逃离"日常生活轨道、尽情欢乐的机会,这种"逃离"可以与宗教、购物、旅游的诉求都无关。香市经济的蓬勃,受赐于以上多种元素。

但是,名山与神祇也有高下尊卑之分。当农村走出"桃源"的前现代社会后,行香行为中的宗教意义淡去,香社的旅游功能和贸易功都被现代分工行业所取代,农村民众可以不再依靠香市"逃离"日常生活轨迹。于是,那原本未曾拥有著名神祇、不具有强大祈福功能的香市,如城隍山,因为不能够抵御现代旅游业的争竞,就无可避免地衰微了。而拥有着强大祈福功能的神祇的名山,因仍旧能满足民众的宗教情绪,并能安抚人们对无子、行路风险和疾患的人生焦虑,其香市反而在近现代社会中变得愈为隆盛。

① 叶涛:《泰山香社研究》,第170—171页。

（四）阴阳理论与女性旅游权

素姐"踩着狄希陈的两个肩膀"才将圣母殿的娘娘金面看了个真切。如果我们将画面定格在此,仔细回味,则我们看到的不仅仅是一幅悍妇凌夫的滑稽画,还有对中国传统文化中根深蒂固的阴阳模式的颠覆。阴阳本出自中华先民朴素的自然观,先秦哲学著作中,《易传》和《道德经》对其已经有颇具体系的阐述,其基本观点是认为阴阳反映着自然界两极事物相互对立、相互依恃又相互消长的关系。及董仲舒《春秋繁露》出,其卷第十一第四十三章专论阳尊阴卑,有"丈夫虽贱皆为阳,妇人虽贵皆为阴"语,遂打破阴阳说原本所寓的两性势均力敌的平衡,使之分有高下。从此之后,在中国哲学的宇宙论中,阴更多与卑下、柔弱、容让等性质相关,而阳则寓意为优越、刚强、主宰。女性属阴,故此必然要卑附、臣服、容让于男子,否则就是于天道不合。[1]

董氏儒学既被汉武帝及其后多数的大一统王朝背书为国家意识形态,则正统儒学著作中多有以"贵阳而贱阴"的阴阳理论为男尊女卑张本者。既往之两千年间,女性被社会和家庭要求附庸、谦卑、幽闭,主内,都与这个基本理论有关。[2]

在素姐这一文学人物身上,虽说作者的意图是声讨这位悍娘子不尊闺阃之道,导致儒家关雎式伦常违和,但在写作的过程中,文学叙事的逻辑性必然要求作者要交代清楚素姐每每叛逆,与父系体系闹崩的原因;各个事件分析下来,原来素姐与娘家、夫家的家庭矛盾,十有八九都出于她力争个人的行动自由而又被打压之

---

[1]　参见 Lisa Ann Raphals, *Sharing the light: representations of women and virtue in early China*, Albany: State University of New York Press, 1998, p.2.

[2]　参见鲍家麟:《阴阳学说与妇女地位》,鲍家麟编著,《中国妇女史论集续集》,台北:稻乡出版社,2008 年,第 37—54 页。

故。在现代读者读来，实难不对其产生同情。

陈东原研究古代中国妇女生活，提出了一个理论，他认为中国妇女的痛苦，到了清代就已是登峰造极了，故不能不回头。陈氏对明清两代中国妇女的幸福指数认同感极低，基本上持"中国妇女是中国男人的永恒牺牲品，而明清为非人之甚"之论，其祸根正在于"万恶的儒家伦理"。当代西方治妇女史的汉学家们往往持相反意见，对陈氏这位中国妇女史先贤的"明清妇女恒常痛苦论"多有贬抑。尽管我们并不见得一定同意陈东原的观点，但不妨考量他所提出的晚帝国妇女恒常生活在儒家伦理规范中的事实，从而设想：性格温顺易从者固然没有问题，但世上总会有叛逆气质、刚硬性格、强势作风的女人存在。素姐的逆反，很大程度上是因她的娘家、夫家两处都时时以儒家伦理规范强加其身，激变而成的。

素姐在家中，一无幼子可抚，二无女红可理，三无书籍可读，她既不愿奉侍公婆，富裕的家境又使她免受稼穑烹饪之累。这样一个青春尚富、精力充沛的女性，每日要她屈憋在家中，不得迈到门外一步，岂不是要让她疯掉？她最终以宗教结社的方式融入社交生活，以行香拜佛的方式取得出门权，是个合理的选择。

曼素恩注意到一个吊诡的现象：官方话语虽对妇女的旅行权不断的否定，但官府同时又大力度地修建和修葺庙宇，这实际上构成了对妇女旅行的吸引。她说：

> 妇女的宗教活动经常成为官方话语的批评对象，但她们所拜谒的寺庙却是由官方出资修建的。尽管如此，妇女的宗教生活似乎明显地脱离于国家的垄断性支配和官员的控制。无论从社会上还是从文化上，国家出资捐勘和修复寺庙的政策与妇女对宗教的虔信都几乎毫不相干，即使妇女们的虔信产生了几分刺激作用……由于政府主要是通过儒家的教化来操纵和形成家庭关系，所以在这里，国家势力能够达到的领域

也是有限的。①

传统社会对妇人出门参加宗教活动,最大的恐惧就是她们会借机与外面的男子发生恋情,或者被街上的流氓青皮"揩油";而尤为可惧的是——在传统男性的想象中——妇女去参拜佛寺道观,一定会被近水楼台的和尚或道士玷污肉体。

素姐第一次因为外出而与婆家、娘家产生重大矛盾,是由于她要往三官庙看会,白云湖看放河灯。当时她的丈夫和公公都已前往北京"坐监",婆婆和娘家父亲二人阻挠不成,素姐毕竟还是去了。

> 他在庙里寻见了候、张二位老道,送了些布施,夹在那些柴头棒仗的老婆队里,坐着春凳,靠着条桌,吃着麻花、馓枝、卷煎馍馍,喝着那川芎茶,掴着那没影子的话。无千大万的丑老婆队里,突有一个妖娆佳丽的女娘在内,引惹的那人就似蚁羊一般。他旁若无人,直到后晌,又跟了那伙婆娘,前边导引了无数的和尚道士,鼓钹喧天,往湖里看灯,约有二更天气,一直竟回娘家。(56.431)

结果两亲家听说后,居然同时气得中了风,瘫倒在床上! 其后,素姐上京耽搁在丈夫的表弟相于廷家,形同变相软禁,为了相家不许她去皇姑寺游玩,她干脆上吊抗议,被救下来之后,大发悲声:

> 人家拿着当贼因似的防备,门也不叫我出出! 别的寺院说有和尚哩、道士哩,不叫去罢么,一个皇姑寺,脱不了都是些尼僧,连把门的都是内官子,掐了我块肉去了? 连这也不叫我去看看! 我再三苦央,只是不依,我要这命待怎么! 我把这点子命交付给了他,我那鬼魂,你可也禁不住我,可也凭着我悠

---

① Mann, *Precious records: women in China's long eighteenth century*, pp.199－200.

悠荡荡的在京城里顽几日才托生呀！（77.596）

和尚道士会勾引随喜寺庙的良家妇女的成见在传统社会中发酵日久，几乎每个成年男性讲笑话，都必然要将其编入黄段子。相于廷与表兄狄希陈吃酒，说到素姐厉害，狄希陈辖制不住，那爱恶作剧的小弟便要为兄长进一奇计：

> 相于廷道："要不，我再与哥画一策。嫂子鸡猫狗不是的，无非只为你不听说。你以后顺脑顺头的，不要扭别，你凡事都顺从着，别要违悖了他的意旨。他说待上庙，你就替他收拾轿，或是备下马。待叫你跟着，你就随着旅旅道道的走。待不用你跟着，你就墩着屁股，家里坐着等。他待那庙里住下，你就别要催他家来。他待说那个和尚好，你就别要强慀给他道士。他待爱那个道士，你就别要强慀给他和尚。你叫他凡事都遂了心，你看他喜你不。"（58.446）

相于廷是借此讽刺素姐四处乱跑，有让狄希陈戴绿帽子之嫌。素姐生活在对女性外出充满严密防范意识的环境中，又不肯忍受父权社会视为天经地义的女性幽闭文化，那么她欲取得外出的权利，势必要与周围人大闹决裂。

明清文学中，有关女性旅游者的形象，不能不提的是自传体叙事散文《浮生六记》中的芸娘。[①] 作者沈复是她的丈夫，也是一位仕途潦倒的清中叶苏州士人。林语堂对芸娘这位清新可喜的女性形象大为赞赏，用英文全篇翻译了《浮生六记》。在沈复原著和林氏英译的笔下，芸娘美丽、聪明、幽默、有诗情，但更难得的是她对爱情的信仰和忠诚。沈复是否出于悼亡之情，将芸娘形象美化拔高了？林语堂反对这个说法。他认为芸娘堪称"中国文学中最可爱的女子之一"，"她不过就是渴望眼见和理解生活中的美好事物而已——而这些美好的事物，并不在古代中国的良家妇女所能触

---

① 《浮生六记》两章已佚，其实只余四章。

及的范围内。"①我们格外注意此文,是因为芸娘的形象有别于千人一面的中国古典闺秀样式。芸娘是生机勃勃,对生活充满挚爱的,她身上没有莫名其妙的矫揉闲愁、无聊倦怠;她爱美食,爱赏花赏月,爱男扮女装与闺密们把臂同游,也爱跟丈夫恶作剧,开玩笑。她对于美的热爱甚至发展到了要为其夫谋娶一位美妾的程度。

芸娘和素姐一样,都需要冲破重重的家庭束缚才能获得外出的权利。她们都有颇为强势的婆婆;当然,芸娘能够得到丈夫的支持和理解,毕竟还是幸运得多了。芸娘女扮男装的那次外出,彻底惹怒了婆婆,这与素姐因外出而招致家姑之怒其实是颇为相似的。沈复身处儒家社会的孝亲框架下,只能压抑着悲愤控诉——他的爱妻就是因为这一点爱好旅游的追求,竟然成为全家人,特别是自己母亲的眼中钉,家中勃溪,舆论都不同情那做儿媳的,这就导致芸娘因思虑郁闷而病倒,最终香消玉殒。

细研芸娘和素姐这两位晚帝国时期的女性旅游者,我们认为她们的旅行诉求不得满足,主要是因为她们都不属于闺秀群体,也就无法以风雅的诗会、茶会等名目取得交际权,更不能得到同阶层男性的赞许和支持。在芸娘身后,也不过只有她丈夫这一位支持者而已。

后殖民主义理论家萨义德批评白种人的历史为"胜利者的历史"和"强者的历史",他别出心裁的提法是,这种历史书写缺乏一种"对位法视野"(contrapuntal perspective)。其实在女性研究问题上又何尝不然。若我们抛除掉对文学人物的审美和道德成见,使用"对位法视野"来看待素姐和芸娘二人,再考量她们在很多方面的行事处境之相似,不免会怀疑两者形象之截然相反是否源自书写者的视角不同:一个是悲情满怀的悼亡夫子,一字一血地追忆他幸福婚姻生活中的可恋光阴;一个是誓以悍妇形象警世的道学

① (清)沈复:《浮生六记》,第20、21页。

家,从不忘记以文字进行儒家关雎风化的说教使命。

素姐强悍,遇到反对力量直接与之对抗,就被贴上"悍妇"的标签;芸娘柔顺,偷偷追求外出的机会,及被发现,遂在家庭毁誉的漩涡里纠结成疴,最后因病而死。以女性主义的观点判断,两人的做法,孰高孰下,一目了然。如果能够廓清两文作者的情绪和成见,从而客观看待这两个文学女性形象在出外旅行方面的诉求,我们不难发现,其实两人都是受驱动于热爱自由的天性,两人的性情也不应有如此可爱和如此可憎的云泥之判。

三、非香社的陆路旅行

香社旅行之于晚帝国时期的城乡富家女眷群固然重要,但还是有很多女性旅行的情况,并非由香社达成。我们强调富家女眷与闺秀和名妓的区别,是因为后两者的旅行常带有会诗论酒的特殊性,又常得到男性精英的赞助,其"为旅行而旅行"的性质反而不如前者纯正。富家女眷这一群体,主要构成者为富裕家庭的已婚妇女,一般为主妇,通常掌有财政权,或至少也是有相当经济独立性的"两头大",很难想象举动仍处处受制于正室的小妾可以自主出外旅行。《金瓶梅》中,除吴月娘在夫亡后曾赴泰山"上顶"之外,西门庆的另外数妾却都没有出远门的记录。孟玉楼和李瓶儿都是以有钱孀妇的身份嫁给西门庆的,婚后仍然保持相当的经济自主权,但即使是城内的行人情,赴宴会,或依照气节习俗女眷可以享受外出之日——如元宵节观灯和"走百病",清明踏青或上坟——她们若出门,仍需获得吴月娘的许可,与她同进退,听她的安排;地位最低的孙雪莲常常被安排"看家",实际就是剥夺她外出进行社会交游的机会。

素姐的婆婆狄婆子,虽然作为夫权代言人一再试图挫败素姐的旅行意图,但她自己也不愿放弃旅游观景的机会。狄希陈在济南贪恋着妓女孙兰姬,不肯回家,狄婆子带上狄周夫妇和觅汉李久强,亲自到"府里"抓儿子回来,她的丈夫狄员外打发她上骡子出门,又殷殷叮嘱她不要为难了儿子:

> 说着,打发婆子上了骡子,给他掭上衣裳,趿上了镫。又嘱付李九强好生牵着头口。狄员外说:"我赶明日后晌等你。"他婆儿道:"你后日等我! 我初到府里,我还要上上北极庙合岳庙哩。"狄员外心里想道:"也罢,也罢。宁可叫他上上庙去。既是自己上庙,也不好十分的打孩子了。"(40.307)

北极庙位于大明湖北岸,始建于元代,明永乐、成化年间曾两次整修。它背城面湖,庙基高耸,门前有三十多级台阶,是大明湖北岸最高的地方。正殿及其后面的启圣殿都建得富丽堂皇,供奉着"真武大帝",两殿多处有道家人物的壁画,惟妙惟肖,又有所谓龟蛇铁铸像供妇女触摸求子。每年七月三十日地藏菩萨成道之日,北极庙的道士们会身穿法衣,焚烧法船,放河灯,照得大明湖湖面通明,轰动济南城邑。[①] 北极庙前可观湖,后可观山,下可荡舟,又有这些热闹景观,易为女眷所钟爱,那狄婆子当然也向往去"上上庙"了。狄婆子一行游了北极庙,到大明湖上游了湖,又上了岳庙和千佛山大佛头,玩得心满意足,同时也结交了一位尼姑李姑子。她因玩得高兴,又兼与李姑子相得,听她说了孙兰姬与自己儿子的"缘法"后,决定比原计划再多耽搁一天。因资费不够了,还特特打发狄周回家去给她捎二两银子。狄婆子游济南,发生在狄家娶素姐过门之前。观狄员外的反应,其实并不赞同他老婆在外游逛,不过他的反对并不作数,正室的地位和主妇的经济权都决定了她可以在出门这件事上拿定了主意就做。李姑子照样不脱"三姑六婆"的范畴,狄婆子与她的结交,本质上与素姐和侯张的结交

---

① 参见张润武,薛立:《图说济南老建筑:古代卷》,济南:济南出版社,2007 年,第 104—107 页。

没有什么不同,西周生却给这一回目起名叫"义方母督临爱子,募铜尼备说前因",其道德上的赞许之意露于笔端。

《醒》书中还写到另外几次素姐的长途旅行,都是出于寻夫的缘故。第一次是因相于廷家的仆人漏出狄希陈京中娶妾的口风,素姐上京去找丈夫算账,让她的幼弟再冬陪行,"算计雇短盘头口就道"(77.590)。书中没有详细写从山东到京是怎么走的,但她在京中相于廷家赌气上吊,连再冬也打骂在内,再冬气得回道:"姐姐,你倒不消哩,好便好,不好,我消不得一两银子,雇上短盘,这们长天,消不得五日,我撩下你,我自己跑到家里!"(77.596)走旱路、沿路分段以畜力为客户作短程运输者,称为"短盘"。在《警世通言》的"苏知县罗衫再合"故事里:"苏雨领命,收拾包裹,陆路短盘,水路搭船,不到一月,来到兰溪。"①清纪昀《阅微草堂笔记》里"庐江孙起山先生谒选时,贫无资斧,沿途雇驴而行,北方所谓短盘也"②。

联系到第五十六回《狄员外纳妾代疱,薛素姐殴夫生气》里面写狄员外父子从京中"坐监"结束后回山东的过程:

> 狄员外雇了四个长骡。那时太平年景,北京到绣江明水镇止九百八十里路,那骡子的脚价每头不过八钱。路上饭食,白日的饭,是照数打发,不过一分银吃的响饱,晚间至贵不过二分。夜住晓行,绝无阻滞。若是短盘驴子,长天时节,多不过六日就到。因是长生口,所以走了十日方才到家。(56.428)

又,第四回《童山人胁肩谄笑,施珍哥纵欲崩胎》一节中,晁源原计划带珍哥自武城前往父母在上海华亭的任上,后因珍哥小产

---

① (明)冯梦龙:《苏知县罗衫再合》,《三言二拍之——警世通言》,天津:天津古籍出版社,1997年,第84页。

② (清)纪昀:《滦阳续录四》,《阅微草堂笔记》,上海:上海古籍出版社,2001年,第455页。

而阻了行程：

> 晁大舍从此也就收拾行李,油轿帏,做箱架,买驮轿与养
> 娘丫头坐,要算计将京中买与计氏的那顶二号官轿,另做油绢
> 帏慢与珍哥坐,从新叫匠人收拾;又看定了二月初十日起身;
> 又写了二十四个长骡,自武城到华亭,每头二两五钱银,立了
> 文约,与三两定钱。(4.26)

更精确地说,所谓"短盘"是脚力比较快但只能走短程的驴子
按路段走,中间需要换畜力,空身一人走划算,带大量行李则不划
算。所谓"长盘"是脚力比较慢但适合走长路的骡子。短盘快而
赶路紧张,驴价也稍贵,适合于夏秋天长的日子;长盘慢但不必赶
路,骡价便宜,中间不必换牲口,适合于冬春天短的日子,又方便驮
运行李。以山东明水到北京计约千里的行程论,短盘需五六天,长
盘需十天左右。胡旦与晁家仆人带着一千两银子进京行贿那次也
是雇了长骡,从上海华亭走到北京用了二十八天,计以晁源所订的
从武城到华亭的骡子价格"每头二两五钱银",我们可计算出,骡
价大致为一天八分到一钱银,驴价大致为一天一钱五分银。

但骑骡起旱走长路是男性旅行者的便宜方式,女性旅行者如
有条件,一般还是自己乘轿,再由男性旅行者骑骡相伴。晁源带珍
哥回武城,"携着重资,将着得意心的爱妾,乘着半间屋大的官轿,
跟随着狼虎的家人,熟鸭子般的丫头仆妇,暮春天气,融和丰岁,道
途通利,一路行来,甚是得意"(8.54)——这是不着急赶路、资费又
富裕的起旱情形。

素姐由京中姑表小叔相于廷家返回山东明水的一程也是乘
轿,书中明确写道:"(相家)雇了四名夫,买了两人小轿,做了油布
重围,拨了一个家人倪奇同着再冬护送,择日起身。"(78.597)不承
想素姐因游皇姑寺的心愿未了,以自杀威胁,逼得长班陆好善将她
接到自己草帽胡同的家中,再谋进入皇姑寺的办法。天假其便,定
府徐太太和恭顺侯吴太太要往皇姑寺挂幡,陆好善因认得定府虞

侯伊世行——虞侯在宋代是可以是殿前司、侍卫亲军马军司的
"都"一级高级军官,也可以是"院"一级的低级军官,明代仍设,为
低级武职——遂将素姐掺入两府家人娘子队中,又派了自己的母
亲与妻子跟随游观:

> 次早起来梳妆吃饭,素姐换了北京鬏髻,借了陆好善娘子
> 的蒲绿素纱衫子,雇了三匹马,包了一日的钱,骑到徐国公门
> 首卖饼折的铺内。伊世行已着了人在那里照管。等了不多一
> 会,吴太太已到。又等了一会,只见徐太太合吴太太两顶福建
> 骨花大轿,重福绢金边轿围,敞着轿帘。二位太太俱穿着天蓝
> 实地纱通袖宫袍,雪白的雕花玉带;前边开着棕棍。后边扛着
> 大红柄金掌扇;跟着丫头家人媳妇并虞侯管家小厮拐子头,共
> 有七八十个,都骑马跟随。陆好善同倪奇、小再冬直等两府随
> 从过尽,方才扶素姐合陆家婆媳上了马,搀入伙内,跟了同行。
> (78.600)

吴太太在书中被明写为恭顺侯之正妻。明代有旧名为把都帖
木儿的鞑靼人吴允诚于永乐年间率部归附,封恭顺伯,其子吴克忠
与吴克勤都于土木堡之变中死国,其孙吴瑾封恭顺侯。永乐与宣
宗祖孙俩都立吴氏女为妃。吴家于勋功之外,又成为皇亲,其性质
相当于《红楼梦》中元妃受封后的贾家,是不折不扣的勋戚世家。

而徐太太的"定府"则属定国公徐达,此处又称"徐国公",亦
为弈世勋戚,今之北京西城区东北部的定阜街,在明即称"定府大
街",今名系由谐音转来无疑。按照《明史·舆服志》里面所记载
的"百官乘车之制",徐、吴太太的轿舆都为逾制。

> 洪武元年令,凡车不得雕饰龙凤文。职官一品至三品,用
> 间金饰银螭绣带,青缦。四品五品,素狮头绣带,青缦。六品
> 至九品,用素云头青带,青缦。轿同车制……弘治七年令,文
> 武官例应乘轿者,以四人舁之。其五府管事、内外镇守、守备
> 及公、侯、伯、都督等,不问老少,皆不得乘轿,违例乘轿及擅用

八人者,奏闻。盖自太祖不欲勋臣废骑射,虽上公,出必乘马……嘉靖十五年……乃定四品下不许乘轿,亦毋得用肩舆。隆庆二年……乃谕两京武职非奉特恩不许乘轿,文官四品以下用帷轿者,禁如例。万历三年奏定勋戚及武臣不许用帷轿、肩舆并交床上马。①

皇姑寺又称"保明寺",始建于明天顺初年,其立寺人吕牛,女性,据传曾在土木堡事变中营救过明英宗朱祁镇,英宗复辟后,诏封吕牛为"皇姑",故其寺俗称皇姑寺,又赐额"顺天保明寺"。它的遗迹今位于北京石景山区西黄村。有明一代,皇姑寺不断得到明皇室的保护和赞助。② 而以孝宗对它的保护尤力。③

两位太太能够进入这处禁所,应与恭顺侯太太的勋戚身份有关,虽然西周生没有明写。他对皇姑寺之华丽深邃的皇家气息,却是大写特写,同时以惊人触目的笔致写了两位太太的盛装和排场:

> 朱红一派雕墙,回绕青松掩映,翠绿千层华屋,周遭紫气氤氲。狮子石镇玄门,兽面金铺绣户。禁宫阉尹,轮出司阍;

---

① 张廷玉编纂:《明史》卷六十七《舆服一》,第1611—1622页。

② 参见 Thomas Shiyu Li, Susan Naquin, "The Baoming Temple: Religion and The Throne in Ming and Qing China," *Harvard Journal of Asiatic Studies*, vol.48, no.1 (1988).

③ 弘治十二年(1499)六月十五日颁布敕谕曰:"皇帝敕谕官员军民诸色人等:朕惟佛氏之教,自西土流传中国已久,上以阴佑皇度,下以化导群迷,功德所及幽显无间,是以崇奉之者,遐迩一焉。顺天府宛平县香山乡黄村女僧吕氏,先年置买田地六顷七十六亩,起盖寺宇一所,奏乞寺额,并蠲免粮税。特赐额曰顺天保明寺,俱蠲免地亩、粮草。今仍与其徒弟女僧杨氏居住管业,颁敕护持之。凡官员军民诸色人等,自今已往,毋得侵占田土,毁坏垣宇,以沮坏其教。敢有不遵朕命者,论之以法。故谕。"《石景山寺庙碑文选编》,收录于北京市石景山区委员会编,《石景山文史》卷十四,北京:政协北京市石景山区委员会,2006年,第387—388页。

光禄重臣,迭来掌膳。香烟细细,丝丝透越珠帘;花影重重,朵朵飞扬画槛。莲花座上,高擎丈六金身;贝叶堂中,娇美三千粉黛。个个皆陈妙常道行,灌花调鹤,那知蚤晚参禅;人人是鱼玄机行藏,斗草闻莺,罔识晨昏念佛。满身纱罗段绢包缠,镇日酒肉鸡鱼豢养。惹得环佩朝来,千乘宝车珠箔卷;轮蹄晚去,万条银烛碧纱笼。名为清净道场,真是繁华世界!

　　两顶大轿将到寺门,震天震地的四声喝起,本寺住持老尼,率领着一伙小尼迎接。谁知那二位夫人虽是称呼太太,年纪都还在少艾之间。徐太太当中戴一尊赤金拔丝观音,右边偏戴一朵指顶大西洋珠翠叶嵌的宝花。吴太太当中戴一枝赤金拔丝丹凤口衔四颗明珠宝结,右戴一枝映红宝石妆的绛桃。各使扇遮护前行。丫鬟仆妇黑鸦鸦的跟了一阵。素姐合陆家婆媳挽在里面,就如大海洒沙一般,那里有处分别?随了两家太太登楼上阁,串殿游廊,走东过西,至南抵北,无不周历。素姐心满意足,喜不自胜。(78.600)

徐、吴二太太的身份,远超于"城乡富家女眷群",属于高级别的朝廷命妇。对这一阶层的女性的旅行情况,相关研究也不是很丰富,文学作品中所呈现的记录,多倾向于细描她们的盛装,而具体的旅行情形则少。这方面,《醒》书中也只有关于她们的乘舆的少量细节。她们所乘的"福建骨花大轿",应与第一回里晁思孝得官后"往东江米巷买了三顶福建头号官轿,算计自己、夫人、大舍乘坐;又买了一乘二号官轿与大舍娘子计氏乘坐,俱做了绒绢帏幔"是一家所出。羽离子的《明清史讲稿》录有明代地方政府置办凉暖轿及骨花轿的年费,为三十两。① 由"百官乘车之制"我们可以看到,乘舆制度特别要约束的两类人就是武官与勋戚。但专门研究明末乘舆制度的于宝航曾指出,破坏乘舆制度最剧者就是皇帝

---

① 参见羽离子,《明代地方的日用摊派》,《明清史讲稿》,第 39 页。

身边的权贵集团,勋戚为其一,律令对他们的制约根本无用。① 吴
太太的发饰也严重逾制了。逾制到什么地步了呢? 定陵出土的明
代万历孝端皇后的"金镶玉龙牡丹珠宝首饰"头面中,有编号为
"D112：11"的一只金簪,通长十五点三厘米,重十四点九克,金簪
脚上刻着云龙纹,簪首桃形的金托里,嵌着一颗红宝石。据出土位
置,它是侧簪在鬓角的。因为该簪的形制和簪戴方式与《醒世姻缘
传》中吴太太所戴的"赤金拔丝丹凤"右侧的宝石非常相似,故这
只簪子就被命名为"映红宝石妆的绛桃"。②

　　素姐沾了徐、吴两位太太的光,陆家婆媳又沾了素姐的光,得
游禁宫般的皇姑寺,可称人生快事。陆家婆媳以其经济情况,勉强
能达到"城乡富家女眷群"的下缘,这不光从陆好善招待素姐的饮
食情况可得知,且看陆家自己住的房子,也还不怎么浅窄,而陆家
婆媳待素姐的态度,也还算体面大方。

　　　临街过道,三间向北厅房;里面中门,一座朝南住室。厨
　　屋与茅厕相对,厢房同佛阁为邻。布帘画丹凤鸣阳,粉壁挂八
　　仙过海。前行五十多岁的魔母,应是好善的尊堂;后跟三十年
　　纪的妖娆,莫非长班的令阃。盐木樨,点过绍兴茶;折瓜钱,忙
　　买蓟州酒。狄奶奶倒也家怀,不嫌褒渎;陆夫人兼之和气,甚
　　喜光临。(78.598)

观光完了皇姑寺,素姐仍不愿起身,定要再游过高粱桥才心
足。陆家婆媳也自上次的皇姑寺之行中大大得趣,不顾这次要花
自家的钱的事实,仍撺掇同去。

　　　又兼陆好善的母亲、妻子帮虎吃食,狐假虎威,陪看皇姑

---

　　① 参见于宝航:《晚明世风变迁的观察角度与解释模式——以乘舆制
度为研究中心》,《大连大学学报》,2007 年第二十八卷第 1 期。

　　② 扬之水,《古诗文名物新证合编》,天津:天津教育出版社,2012 年,
第 67 页。

寺,然实有趣,也要素姐再走一遭。陆好善心知不可,但是母亲的意思还好违背,也奉了老婆的内旨,还敢不钦此钦遵?这却没有两个太太带挈,有人管待,这却要自己"乃积乃仓,乃裹糇粮",才好"爰方启行"。连忙打肉杀鸡,沽酒做菜,定蒸饼,买火烧,预先雇了一顶肩舆,两匹营马,以为次日游玩之用。(78.601)

明人文集中记京郊游踪者不能算太多,盖当时出郊非易。但高粱桥因系京师旅游胜地,闻名遐迩,故文人颇有所载。"三袁"中的袁宏道就曾留下一篇相关游记:

> 高粱桥在西直门外,京师最胜地也。两水夹堤,垂杨十余里,流急而清,鱼之沉水底者,鳞鬣皆见。精蓝棋置,丹楼珠塔,窈窕绿树中。而西山之在几席者,朝夕设色以娱游人。当春盛时,城中士女云集,缙绅士大夫非甚不暇,未有不一至其地者也。①

但素姐等尚未得前去,已有相于廷派人来查问,催促起身,于是她只好不情愿地离开北京。在顺成张翼门正路上,她被轿夫骗着看了一座假高粱桥后,就"一头钻在轿里,逼直的到了芦沟桥"(78.602)。从那里就回了山东。

素姐再次出远门,是去追赶刚回明水上了坟、乘船前往成都赴任的狄希陈,这次她从厨子吕祥口中明白无误地印证丈夫已在京娶妾生子了。他们赶船的方式,按照吕祥的建议,不从水路走,而是骑骡起旱径到济宁,因为狄希陈的官船有勘合,逢驿支领口粮廪给,他们可以询问而得知。

素姐赶船未遂,反被吕祥拐跑了两头骡,流落淮安,幸得好人韦美帮助,先安置在尼姑庵里住了一段时间,每日送柴米供她食用,后来又"买了一个被套,做了一副细布铺陈,做了棉裤、棉袄、背

---

① (明)袁宏道:《游高粱桥记》,江问通选编《三袁随笔》,成都:四川文艺出版社,1996年,第72页。

心、布裙之类。农隙之际,将自己的空闲头口,拨了两人,差了一个觅汉宋一成,雇了一个伴婆隋氏"(88.676),将素姐送回明水。"伴婆"为职业的女性旅游陪伴人。

　　综合以上可以得知,城乡富家女眷群的非香社旅行,一般都有着非观光性的目的,但在旅行过程中借机看景游玩,也是常事。非香社旅行的旱路走法,有条件的多采用乘轿,无条件的则依据日程及资费情况,可采取短盘骑驴或长盘骑骡的方式,但以长盘更为常见。女性旅游需有人陪伴,若非自己丈夫、家人,就是自家仆佣;如都没有,就需要雇佣职业的旅游陪伴者"伴婆"来同行上路。驴和骡可以是自家所出,也可以是雇来的。客栈的饮食,在太平年景极为便宜,没有负担不起的问题。城乡富家女眷群对旅游的各种可能性都极为欢迎,不惜顶着整体男性社会的不赞成的皱眉,自创机会,在本应赶路或办事的行程中谋求游山玩水,登寺访庙。无论是这个阶层的下缘妇女如陆家婆媳,还是这个阶层中与男性夫权话语保持一致的狄婆子,在真正的旅游机会面前,都暴露出乐逸游、喜外出、渴望观赏自然和人文景观的真面目。通过旅游拓展社会生活的地平线,走出内闱结交其他的女眷,甚至寺庙尼僧,对她们来说也构成一大吸引。而社会地位远高于城乡富家女眷群的女性,如定府徐太太和恭顺侯吴太太,其出游的排场、舆马服制仪仗的华贵,已经超过了明代政府所定的规格,这些都呼应着前章中所探讨的舆服逾制乱象。

四、水 路 旅 行

　　从淮安回来后年余,素姐一来在明水家乡的经济情况支撑不下去,二来心头恨意难平,"恰好侯、张两个道婆引诱了一班没家法、降汉子、草上跳的婆娘,也还有一班佛口蛇心、假慈悲、杀人不迷眼的男子,结了社,攒了银钱,要朝普陀,上武当,登峨嵋,游遍天下"（94.726）。素姐就与侯张二人结伴，又一次托着香社的名目，"万里亲征"跑到四川。

这次的行程，是由薛家的小男仆小浓袋陪伴，走水路而行。原书中的描写，如"一路遇庙就进去烧香，遇景就必然观看"（94.728）等，极易使人误会为这一程是水陆结合、舟轿进发的，而他们弃陆登舟的地方在淮安。但细读第九十四回"薛素姐万里亲征，狄希陈一惊致病"的文本，我们认为，这一程应是完全的水路，素姐所属的香社旅行团所包的船只使用了一种类似现代游轮旅游（cruise travel）的机制，不以赶路为要，却以观光为主，沿路走走停停。船到淮安，时间充裕到可以让素姐到她曾寄寓的尼姑庵去拜望以前熟识的老尼，再与恩人韦美宴聚。韦美收了素姐的礼物后，又"收拾了许多干菜、豆豉、酱瓜、盐笋、珍珠酒、六安茶之类，叫人挑着，自己送上船去"（94.728）。在这一程水路朝圣的香社旅行里，"素姐朝过了南海菩萨，参过了武当真武，登过峨嵋普贤，迤逦行来，走到成都境内"。她只是在下船之后才换了轿子，"雇了一个人挑了行李，雇了一顶两人竹兜，素姐坐在里面，小浓袋挽轿随行"（94.729）。这些都说明了，这次侯张组织的水路旅行团，比起泰山香社，宗教意义更低，基本以消闲、观景为目的。

在第八十五回中，狄希陈携眷远赴成都上任，毫无疑问地必须走水路，①他先是托骆校尉至张家湾"写船"：

---

① 　山东大学文学院终身教授、明清小说专家袁世硕先生校审拙稿，指出此处的表述"没有疑问地必须走水路"其实是"有疑问的"。蒙袁先生相告，从北京赴成都可走旱路，路线为北京—西安—汉中—剑门关—成都，自唐代已沿此。笔者之所以保持原表述者，盖因第八十四回"童奶奶指授方略，骆舅舅举荐幕宾"一章中，童奶奶曾切嘱狄希陈"这们远路，断乎莫有起早的事，必径是雇船。张家湾上了船，你从河西浒也罢，沧州也罢，你可起早到家。叫船或是临清，或是济宁，泊住等你"（84.645）。——本文一是就原文本之说，二是结合狄希陈家乡扫墓之需，走旱路则不可能途经山东章丘了。

骆有莪问狄希陈要了十两银子，叫吕祥跟随到了张家湾，投了写船的店家，连郭总兵合狄希陈共写了两只四川回头座船。因郭总兵带有广西总兵府自己的勘合，填写夫马，船家希图揽带私货，支领廪给，船价不过意思而已，每只做了五两船钱。狄希陈先省了这百金开外的路费，便是周景杨"开宗明义章"功劳。且路上有何等的风力好走。（85.653）

狄希陈经由他的幕宾周景扬结识郭总兵。郭这次入川，虽是因失机流放，但毕竟仍有广西总兵府的身份，"回头座船"是指从四川出发的返程坐船，图的就是捎揽私货，路上关卡少做盘查。有了郭总兵的勘合，来回的利润就抵得过这一百多金的单程船价。此中我们亦可窥见明末走私船运的一点机窍。

狄希陈一行赴蜀，从张家湾开船，家人送行也是直送到通州。几年以后，当他做完官返回的时候，坐船也是走到张家湾泊住的。（100.769）当时的京师，不许罢闲官吏前往居住，于是他在通州赁房暂居，从此他的人生与他前生作为晁源的际遇关联了起来。

晁源第一次带珍哥北上，当时他还未曾向在通州任上的父母禀过娶妾之事。从武城起早直接上京，先将珍哥安置在北京的沙窝门——即今广渠门——附近，此后便借口"坐监"，常驻北京。晁源安顿好珍哥后：

自己还在京中住了两日，方才带了几个家人自到通州任内，说计氏小产，病只管不得好，恐爹娘盼望，所以自己先来了。晁夫人甚是怨怅，说道："家门口守着河路，上了船直到衙门口，如何不带他同来，丢他在家？谁是他着己的人，肯用心服事？亏你也下得狠心！况且京里有好太医，也好调理。"他埋怨儿子不了，又要差人回去央计亲家送女儿来。晁大舍也暂时支吾过了。（6.40）

晁夫人怨怅儿子没有走水路带儿媳来，甚有道理。武城是大运河经过之处，通州是大运河的北终点，晁源如果不是要去北京先安置珍哥,则水路本是他最好的选择,从武城直接上船到通州极为便利。事实上他后来第二次去通州,就是走水路了。

> 晁大舍看定了四月十三日起身,恐旱路天气渐热,不便行走,赁了一只民座船,赁了一班鼓手在船上吹打,通共讲了二十八两赁价,二两折犒赏。又打点随带的行李,又包了横街上一个娼妇小班鸠在船上作伴,住一日是五钱银子,按着日子算,衣裳在外,回来路上的空日子也是按了日子算的,都一一商量收拾停当(14.108)

> 往河边下了船,船头上烧了纸,抛了神福,犒赏了船上人的酒饭。送的家人们都辞别了,上岸站着,看他开船。鼓棚上吹打起来,点了鼓,放了三个大徽州吉炮。那日却喜顺风,扯了篷,放船前进。晁大舍搭了小班鸠的肩膀,站在舱门外,挂了朱红竹帘,朝外看那沿河景致。那正是初夏时节,一片嫩柳丛中,几间茅屋,挑出一挂蓝布酒帘。河岸下断断续续洗菜的、浣衣的、淘米的,丑俊不一,老少不等,都是那河边住的村妇,却也有野色撩人。(14.109)

船只开航时祭祀神祇,属于船户禁忌文化。中原一代多信龙王,古时祭水神河伯。祭祀的目的,不外乎要取悦水神,使之不为邪祟,使人旅途平安。① 素姐赶船追狄希陈未遂,流落淮安,气愤之下,对吕祥说:"你去打听那里有甚河神庙宇,我要到庙里烧纸许愿,保护他遭风遇浪,折舵番船,蹄子忘八一齐的喂了丈二长的鲇鱼!"主仆二人找到"东门里就是金龙四大王的行宫,今日正有人祭赛还愿的时候,唱戏乐神,好不热闹"。素姐买了纸马金银,在神前亲手拈香,叫吕祥宝炉化纸,祷祝道:"河神老爷有灵有圣,百叫百应,叫这

---

① 参见黄红军:《船户禁忌》,《车马・溜索・滑竿——中国传统交通运输习俗》,成都:四川人民出版社,1993 年,第 180 页。

伙子强人番了船,落了水,做了鱼鳖蟹的口粮,弟子专来替三位河神老爷重挂袍,杀白鸡白羊祭赛。要是扯了谎,还不上愿心,把弟子那个好眼滴了!"(86.662)——这就是相信水神有破坏舟程的力量了。

再说晁源,那一程走了近一个月才到,"五月十二日,晁大舍到了张家湾,将船泊住"(15.111)。走得这样慢,自然与他携妓图消闲有关。狄希陈赴任,自通州行船出来,不十日到了沧州,通州至沧州约等于通州至武城的一半距离,以此约算,晁源若是赶路的话,大约二十日就能到通州。

京杭大运河从通州到北京城四惠有通惠河段,在不淤塞的情况下,漕粮和各种货物可以直接运至今西城区的积水潭。明代最后一次疏浚通惠河的工程,由巡仓御史吴仲于嘉靖七年(1528)主持进行。疏浚后的通惠河稍短了一些,但仍可通达至今朝阳区杨闸村附近。此处距离晁源安置珍哥的沙窝门住处,直线距离只有16公里,以正常的经济理性推论,如果通惠河可用,则晁源第一次与珍哥上京,从武城走水路仍是划算的——前提是如果他们不赶路的话。从晁源、狄希陈北行都泊船于张家湾,南行则以张家湾为起点,我们可以推知,通州的张家湾就是大运河客运的北终点。这个推论亦可以自我国著名的历史水利学家姚汉源的书中得到印证:"明清通惠河只能驳运漕粮,不通商旅。"[1]实际上,京杭大运河中的通惠河一段,虽经嘉靖年间的吴仲疏浚,在京通之间,仍是水陆兼运的,从大通桥至京城东仓一段使用的是陆运。[2] 而元代通惠河通航时,不光漕粮可以北运到积水潭,就连客商出京的船只,也可以从积水潭出发南行。嘉靖八年(1529)去通惠河竣工时的至元三十年(1293)近两个半世纪,明代的水利工程的实效,反不

---

[1]　姚汉源,《京杭运河史述略》,《黄河水利史研究》,第 309 页。

[2]　参见王培华:《元明北京建都与粮食供应:略论元明人们的认识和实践》,北京:文津出版社,2005 年,第 242 页。

及前代之"通"且"惠"。另外值得一提的却是,通惠河从修筑到竣工,郭守敬只用了一年。吴仲的疏浚,也用了一年。

在前章"饮食篇"我们曾提及,晁家早年的幕宾邢皋门升为兵部侍郎,从湖广上京途经山东时曾下船到晁思孝坟上致祭。为此,武城县礼房循例迎接,特意到晁家提出要在晁思孝坟上建"一座三间的祭棚,一大间与邢老爷更衣的棚,一间伺候大爷,一间伺候邢老爷的中军"(46.359)。晁家本要预备起来,礼房则仍坚持让"地方催办"。及至邢侍郎到时,"匆匆的赴了一席,连忙的上船,要往晁乡宦坟上致祭,祭完还要连夜开船。到了坟上,武城县官接着相见过,辞了开去。却是姜副使迎接入棚,更衣上祭。祭完,让至庄上筵宴"(47.360)。明代侍郎为正三品官员,这一段描写虽略,却使我们窥见地方政府招待沿途经过的高级官员的形式化做法。

据《大明会典》记载,明代设有水马驿 1 295 处,后稍裁并为 1 036 处。较大的水驿站会配备驿船 60 艘,较小的也有 5 艘。[1] 驿站之设,主要职能原本是公文传递,方便官员旅行不过为其附带功能,但明中叶以后,公文传递的功用已经不再重要,而应付过往官员的夫马则是地方行政的一件大事。不仅其所需的役力财物是地方上的一种无形的负担,迎送本身更成为地方官的债责。仅以水路而论,官员行经地方,不仅需要动用船只迎接,还可能需要征用到吹鼓手、炮手(发船前需要点炮起行)、挽船的纤夫、开关水闸的闸夫等,官员上岸后的活动,则不免用到马夫、膳夫、门子等,这些都要靠地方从民众中佥派。

说起来,当年晁思孝在华亭官场上闯的一个大祸就是未曾应付好一位辛翰林的夫马:

　　那辛阁下做翰林的时节钦差到江西封王,从他华亭经过,

---

[1] 参见秦国强:《明代的邮驿》,《中国交通史话》,上海:复旦大学出版社,2012 年,第 520—521 页。

把他的勘合高阁了两日,不应付他的夫马,连下程也不曾送他一个。他把兵房锁了一锁,这个兵房倒纠合了许多河岸上的光棍,撒起泼来,把他的符节都丢在河内。那辛翰林复命的时节,要具本参他,幸而机事不密,传闻于外,亏有一个亲戚郑伯龙闻得,随即与他垫发了八百两银子,央了那个翰林的座师,把事弥缝住了。(17.127)

后来辛翰林由南京礼部尚书钦取入阁,到了通州。这一番晁思孝倒也万分承敬,但辛翰林有了成心,一毫礼也不收,也不曾相见,不用通州一夫一马,自己雇了脚力人夫,起早进京。最终参了贪污腐败的晁思孝一本,将他收入刑部监中,若不是有钻天本事的衙役相救,晁老的乌纱性命都险些不保。(17.127—130)

有关刑侍郎、辛翰林的水路旅行记录,在《醒》书中都甚简略,且也只有地方接待,没有实际行程的描述。狄希陈赴川的行程却很可一记,除了上文提及的带"勘合"行走可以抵消船价的现象,他的携眷而行、沿路的驻泊、购物、观光,都颇能代表晚明中下级官吏远程赴任的情形。他与郭总兵两船之间通讯的情况,也是个有趣的现象。

狄希陈与周总兵联船而行,到了沧州,他带仆人从河间武定竟到明水,让两船到临清泊住等他。(85.655)临清是大运河沿途八大钞关里最繁华的一座码头,在当地购物甚方便。狄希陈从家中上完坟回到船上,一路行来,过淮安,过扬州,过高邮,屡次经过大码头时:

> 只要设个小酌,请郭总兵、周景杨过船来坐坐,回他的屡次席,只因恼着了当家小老妈官,动也不敢动,口也不敢开。喜得顺风顺水,不觉得到了南京。歇住了船,约了郭总兵、周景杨同进城去置买那一切的礼物。住了两日,各色置买完备,然后开船起行。(87.667)

因寄姐擅自裁剪了一匹刚在南京买的、价值九两银子的"大红六云纻丝"给自己做衣服,导致狄希陈不满,说了她两句。夫妇俩开始怒吵,寄姐撒泼,先嚷叫得一切人等知道:"前船、后船、梢公、外水、拦头、把舵,众人都一齐听着!"——这是各色掌船的职役。接下来闹着要抱孩子跳河。狄家养娘仆妇们计无所出,派一名男仆划了个小艇子,赶上周总兵的船,想请周总兵的两个妾权奶奶和戴奶奶过这边船上来劝劝。"原来这一日不知是个甚么日子,合该是牛魔王的夫人翠微宫主、九子魔母合地杀星顾大嫂、孙二娘这班女将当直。"谁想权、戴二妾也因争与周总兵睡觉的权利打闹起来,那边船上一样不可开交。(87.667—671)最后还是靠周景扬出来破了这个僵局:

> 座船将次到了九江,周景杨开了一个鸡、鱼、酒、肉的大单,称了一两五钱银子,差了管家卜向礼上岸照单置办,叫厨子安排两桌酒,叫卜向礼先对权奶奶道:"这彭蠡湖内有座大姑山,是天下名胜第一个所在,上面极齐整的庙宇,不可错过,这也是千载奇逢。"周相公办了一桌酒在上面,要请二位奶奶同狄奶奶都到上面游玩一番。(87.673)

三位女眷本来还都矫情不去,恰逢船泊在大姑山下,周景扬叫人上山收拾两处坛场,雇了十来乘山轿,临期分头邀请。女眷们都怕失去了游山的机会,纷纷"平素浅妆,搭扶手,安跳板,登上岸上。三人见完了礼,问了动定,依次上了肩舆,抬到山上。郭总兵、周景杨、狄希陈也随后步了上去。果然是座名山,许多景致,观之不足,玩之有余"(87.674)。后来船上的日子,寄姐无一日不与狄希陈相打相闹。整整熬了四个月,才到成都。

> 离成都不远,只有三站之地,央了便人传了信与本衙衙役。这成都是四川省会之地,财赋富足之乡,虽是个首领衙门,却有几分齐整,来了十二名皂隶、四个书办、四个门子、八名轿夫、一副执事、一顶明轿,齐齐的接到江边。望见狄希陈座船将到,各役一字排开,跪在岸上,递了手本。船上家人张朴茂分付起去,岸上人役齐声答应,狄希陈在船上甚是得意……初一日,狄希陈自

己进城宿庙。到任以后,着人迎接家眷入衙。差人与郭总兵另
寻公馆。初二日,狄希陈到过了任,向成都县借了人夫马匹,搬
接家眷,又迎接郭总兵合家眷属到了公馆。(91.699—700)

这程水路旅行至此才算结束。狄希陈的职位是正八品府经
历,乃是知府官署的首领官,习惯上,地方官吏犯罪等待审讯的,往
往发交府经历厅看管。[①] 狄希陈后来能盈其宦囊而归,与他以经
历而代署成都县有很大关系,而能够代署成都县,又与经历的工作
性质有关。有些讲职官制度的书上,将府经历仅仅诠释为知府下
面负责出纳文书的属官,这就忽略了府经历可以审案的默认属性。
成都府前来迎接狄希陈的阵仗不小,这很可能是因为,“风俗淳厚
的地方,乡宦士民都不妄自尊大,一般都来拜贺,送赆见,送贺礼,
倒比那冷淡州县更自不同”(91.700)。——但迎接的规格之高,更
与府经历的实权职位有关。

入衙前先宿庙的做法,来源于前已介绍过的城隍信仰。新官
上任前一日或前三日,需至城隍庙斋宿。地方官破案不顺,也有到
城隍庙行香或宿庙以乞求灵感的传统。《五美缘》里的林经略,
《狄公案》里的狄公,都为破解冤案而这样做过。

水路旅行舒适,不必风餐露宿,但也有其明显的缺陷:速度太
慢。狄希陈入川竟然走了四个月,同时期发生的“五月花”号渡洋
旅行才不过用了一半时间。[②] 晁源从北山东的武城到北京足足用

---

① 参见俞鹿年:《历代官制概略》,哈尔滨:黑龙江人民出版社,1978
年,第484页。

② 与《醒》书中所描绘的内河航行的发生时间相去不远——有可能更
早,因为小说的时间不能确定给出——在1620年秋冬之交,“五月花”号迎着
大西洋的西风带(Westerlies)驶往美洲,全程不过用了两个多月;1621年四、
五月间,未受风向影响,时间缩短一半多,只用一个月就完成了。欧洲的造船
术本落后于中国,但至十六世纪末十七世纪初则奋起直追,出现了从克拉克
(carrack)帆船到盖轮(galleon)帆船的转变,载重量也大为提高。

了近一个月。这两次"慢生活"的内河旅行都与旅行者自身的耽搁或诉求有关。

内河旅行者可以自己掌握速度,这一特色若与明清官场的政治形势相结合,有时会产生耐人寻味的结果。遭贬谪或者赌气辞职的官员,可以用慢慢行船的方式,等待朝廷的风云变化中出现新机,或等待主上的回心转意。邢皋门就是一例,他的情况借由武城县礼房之口表述如下:

> 他原是湖广巡抚,合陵上太监合气,被太监参了一本。查的太监说谎,把太监处了。邢爷告病回家,没等得回籍,路上闻了报,升了北京兵部侍郎,朝廷差官守催赴任,走的好不紧哩。(46.359)

但赶路的水路旅行也常常快不起来,尤其是在大运河航道内行船,这已经不是船速的问题。明代中叶以后,黄河屡次决口,冲击运河,导致堤岸崩溃,闸门失效。黄河夺淮以后,黄河水倒灌入运河,泥沙内侵,运河的河身也日趋垫高。明政府为保漕运,只知治标,采用牺牲下游百姓的办法,加高河堤,建平水闸,泄水东注。而秋季水减之后,漕舟上闸,难于上天,每舟用纤夫三四百人,犹不能过,用力急则断缆沉舟。漕舟如此,客船可想。《明史·河渠志》里载有长篇累牍的朝臣议论治河策略,但都不能于大运河每况愈下的行舟情况有所补益。① 水闸建多了以后,需要重复关合才能保证水位,势必羁迟旅途。明代订有"漕河禁例"十七条,第一条就是有关启闭闸门的规定:除了贡鲜船外,非积水满不能开闸过船,违者虽权贵豪强亦重罚。"漕河禁例"又禁止普通船只敲锣鼓响。② 从《醒》书的描写看,这一条完全失败。所有船只,开船时

---

① 参见朱偰:《中国运河史料选辑》,北京:中华书局,1962 年,第 83—90 页。

② 参见姚汉源,《京杭运河史述略》,《黄河水利史研究》,第 312 页。

无有不"点鼓"或"点炮"者。

黄仁宇在密歇根大学的博士论文即为《明代的漕运》,他其后的明经济史巨著《十六世纪明代中国之财政与税收》即由其博士论文所来。黄在其的论文中,分析了政府投入和大运河的实际运输成效后认为,这条水道并不如一些现代学者所认为的那样对于中国的经济有很大的刺激作用。① 此一观点他亦在《十六世纪明代中国之财政与税收》书中反复陈述。②

我们认为,中国十七世纪的内河航行比之同时代的欧洲仍占先机,但渐渐失去了如马可·波罗时所见的优势。那种"樯桅林立,遮天蔽日"的内河繁荣景象,在欧洲的重要城市,特别是阿姆斯特丹,也在渐渐生成中。③ 布罗代尔一一分析过的欧洲中世纪的重要商港:威尼斯、布鲁日、安特卫普和阿姆斯特丹,都兼具有海港与河港的特征。欧洲中世纪的内河航行,实是追随海航之后的,并没有形成独立发展的风貌;中国虽出过郑和这样的伟大旅行家,但海航在实际经济生活中起作用的时段既少又短,以大运河为主动脉的内河航运才真正承担着国计民生。这又意味着:大运河的任何一截一旦出现问题,国家的生命粮线就中断了。④ 明代相较于它之前的元和它之后的清,运输更为严重地依赖内河,朝廷为严

---

① 参见 Ray Huang, *The Grand Canal During the Ming Dynasty*, University of Michigan Press, Dissertation, 1964, pp.21‒37. 此书已经有中文版,黄仁宇:《明代的漕运》,张皓、张升译,北京:新星出版社,2005 年。

② 参见黄仁宇:《十六世纪明代中国之财政与税收》,第 421 页。

③ 参见[法] 布罗代尔:《十五至十八世纪的物质文明、经济和资本主义》(上),第 195 页。

④ 1842 年,英国人攻占京杭大运河与长江交汇处的镇江,封锁漕运,致使道光皇帝迅速作出求和的决定,不久就签订了《中英南京条约》。晚清漕粮北运彻底转向海漕方式,直接的原因是太平天国占据南京和安徽沿江一带,间接的原因,亦与 1842 年吃过这一堑有关。

保漕粮运输,不惜牺牲客旅的行途方便。官员携带勘合,走得既风顺,沿路又有关卡补给,又可为船家带私货以减免舟资,但除此之外,低级官员与一般商旅无异,也都是自家订船上路。高级官员在内河旅行,则排场就大得多了,常不免给地方造成种种负担。在一般性的客航中,则已经有类似游轮式的旅行船,旅行者仍多依托着香社机制,沿途朝圣观景。

结　论

本书从十七世纪的长篇章回体小说《醒世姻缘传》出发，考量明代的社会制度及风俗习惯，着重于衣、食、行三个领域。《醒世姻缘传》是一部波澜壮阔的古典世情小说，在中国文学史上，它虽已是卓富声名，但又未能排到古典小说的"四大"或"五大"之头列；在学术领域，采其文本做语言、方言分析或致力于作者及成书年代考据的研究固已颇众，但仍欠以其内容打底，进行十七世纪社会风俗史的深度探讨。正如绪论中所申，本书无意参与有关《醒世姻缘传》的成书年代及作者身份的考据辨论，亦无意步该小说的西方研究者之后，将视野落在文学或性别批评上。本书所致力的工作，为名物考证，并梳理与衣、食、行和奢侈品消费相关的民生习俗和制度。

既然小说原著中没有充足的资料支持对"住房"的研究，本书遂能舍"衣、食、住、行"中的"住"这一项而未予探研了。但是，在"衣饰篇"之后，"饮食篇"之前，本书以"奢侈品经济与金融制度"为题独立形成一章，专以探讨明代物质消费文化的一个重要的滞阻性力量：禁奢性社会气质。

明代的物质文化是本书的主题。作为主体的四个章节，各自有各自的侧重点。四章之间的关联性，却并不仅仅在于它们都反映重大民生；每一章的主题都代表着世俗物质生活的一个或两个层面，每一章也都会深度考量如下：法律精神的表现，社会经济的运作，成规行为和习俗，道德规范的施用。从这层意义上说，每章的外延都涉十七世纪的中国社会风俗史，这个共同点又能保证各章之间视角的连贯性。

　　衣饰部分重在反映明代不同阶层所呈现的如万花筒般的衣着风貌。研究发现,进入明代中晚期,社会分界开始变得模糊,穿衣的逾制越界行为开始变得严重:通过穿戴,新富暴发可以模仿高门巨族,卑微下贱可以篡矫达官清贵,妾侍小星可以宠灭原配正嫡。但是,再经细研的话,我们也会发现,两个世纪之前所制订的法律成规,仍然在少数角落里制衡着这些逾制越界的人们。明末社会呈现漫漶的末世主义精神,乱象叠出,人们对物质的狂热仿佛添薪以火,但是王朝奠基者所制订的法律,即使在一派乱象中,仍然隐隐存在着。正统的舆服制度固然在多种方面被忽视,践踏和弃置,但逾矩者并非完全不受来自周边社会的道德谴责,也并非能够完全无顾法律惩罚的隐然威胁。固守着法令而穿衣戴帽的人诚然有之,但他们这样做,却并非强制的结果,而是诚服的表现。他们中有循循然的良民,也不乏自认为可率民德的官吏乡绅——后者完全是因为在理念上赞同政府以舆服辨贵贱的政策,才减抑自己本应享用的奢侈性衣饰,从而给社区作出表率的。如要探究明人衣饰世界中乱象与秩序共生的问题,我们的目光必须折回到王朝肇始,去参研明代立国者们制订舆服制度的动机。

　　明代内质机理复杂的舆服制度,说到底反映的是国家意欲以服饰将人民分贵贱、别等差的一种焦虑性心态。洪武皇帝的心思多疑褊厄,手段暴虐简单;不幸的是,他又意志强大如雷霆;他活到了古稀之年,其在位时间之久,足以保证他对王朝的铸模力度不会轻易被时间冲淡。

　　与前代王朝的建立者不同,洪武皇帝起于赤贫,他的父母在饥荒中饿死,他曾为人牧牛,落发出家为行乞僧人,最终加入红巾军行伍,自刀头舔血的生涯中打来天下。他是元末同侪起义者和叛军领袖中唯一的生存者,也是达尔文适者生存理论的一具活化石。在多年的内战、外战中,残酷的竞争压力滋长了他的动物生存本能,也将疑心病和褊隘深植入他的内心世界。除了他贤惠的皇后马氏,他从不相信任何人,也从不对人性留有任何幻想的余地。孟子所道的人性本善,在他来说根本不成立。汉朝初年以黄老之道治天下的先例,对洪武皇帝来说不是一个有效的可模仿对象。诚然,在农业政策上,洪武采用了多种手段劝农,恢复耕地,轻税敛以与民休息,但他对明代社会的终极设计还不是仅仅止于让人民足于衣食而已。在他的心目中,一个完美的社会,各阶层分等应该具有相当的外在视觉辨识度,也只有士民各安其分,别无他绪,才能保证他的王朝万世久安。他既然认定只有这样安定整齐的结构才能保社稷于长久,他就会不惜采取一切代价去建构,维护这个结构。让他治下的人民按照社会等级穿上一目了然可辨贵贱的衣服,正是第一步——建构这个社会金字塔;而创造一套刑罚系统来惩治不按规矩穿衣者,则是第二步——维护这个社会金字塔。

　　然则,正如秦亡后的一切王朝建立者都自苛法灭秦中学到了深刻的教训,洪武皇帝也不例外,他不愿公然采取法家之道,至少表面上不能。卜正民说洪武皇帝之于农本社会秩序的视野是"道家理念铸模的自给自足式小型村落,由贤良的村老管理"。① 在"自给自足"方面,卜氏是没有错的,但将洪武的乌托邦蓝图归于道家则不准确。制订一套高度精密复杂的舆服制度,其关切点却并不在舆服,也并不在人民的穿衣外表。舆服制度的核心在于它被视为保障王朝长治久安的必行手段:长治久安需要社会结构坚实,社会结构坚实需要人民各安其分,人民各安其分需要阶级分等严格,阶级分等严格需要从舆服外貌上表现出来——这才是舆服哲学的逻辑链。

---

① Timothy Brook, "The confusions of pleasure: commerce and culture in Ming China," Berkeley, Calif.; London: University of California Press, 1998, p.19.

我们在"衣饰篇"中,不但检视新富阶层,且亦关注赤贫阶层的穿衣情形及其贫困生活状态。在人身市场上,一个小丫头的身价竟是如此低廉,购买她所需的银子简直不比为她制办一身冬衣要多出多少。赤贫阶层的民众,一旦遭逢星点儿变故,就会举家陷入经济绝境,不得不卖儿鬻女,甚至自己卖身为奴。贫家父母卖掉十几岁的女儿,理由是如此简单:在自己家里,孩子得不到一袭棉衣,照样冻死。由此出发,我们也探讨了孟子所谓"仁政"的标准——到底什么才是"凶年免于死亡"的底线。在古代帝王中,洪武皇帝有着不遗余力推行儒学以教化士民的记录——虽然就其个人来说,他是极为反感孟子的,而明代的国家机器也被认为具有文官统治的高度成熟性,故此,从理论上说,明代政府应该相当熟稔仁政的运作,毫不困难地达到孟子所定义的最低标准。但春莺和小珍珠被卖的实例以及书中所提及的其他人身交易案例都证明着,所谓"仁政"的信条,尽管为儒式官僚系统和国家理念崇奉为至圣,但在实际运作中,却连人民的基本生存底线都不能保证。如果说小说中的事例不能采为信史,则在同期史料中,我们若搜求丫鬟、仆妇、长工等低等劳力的身价,也并不是件困难的事,所得结果与《醒》书中的描写并无差别。

针对舆服制订的禁奢令,同样也施用于其他器物。明代的禁奢立法是一套完整的体系,其关切不在物质,而在物质所代表的有序社会分级。本书第二章以奢侈品为切入点来论述禁奢性社会气质,更加深入地论述禁奢哲学,将国家关切与社会关切剥离,从而进一步指出,禁奢性社会气质源自农本社会的农桑自然主义经济和节俭传统,它不具有律法的强制性,但它能够有效阻滞奢侈消费,而奢侈品的离奇高价、交易的无规则性又挫顿了本已初见端倪的明代商业精神。禁奢性社会气质的绵长力道,反为国家法令所不及。

从对白银和铸币的讨论,我们可以看到,明代的金融制度,比之同时期的欧洲,明显发展迟滞,它的规范性、普适性和高端性都远远瞠乎欧洲之后。即或偶尔,个别机构和个别地方曾出现过貌似进阶的金融现象,但细考之下,我们发现其背后会有"特例"和"特权"的气息。《醒世姻缘传》及其姊妹明清文学作品中有关白银长途、大宗转徙的不计其数的记录,都指向异地汇兑机制在明中晚期的阙如。《醒世姻缘传》中的黄钱和黄边钱在民间广受欢迎的现象,可证嘉靖之后几个优质币种的成功和以银为主、以钱为辅的流通格局的形成,而多种劣质钱名被编入歌谣,又说明了明末劣钱流行,私铸猖獗。《醒世姻缘传》中十折子钱被收回的过程和它与白银兑价产生的浮动,体现出政府对制钱的调控。证以天启年间的政治风潮,我们可以看到,政治和经济会以相互作用的方式影响人民的心理,使人民做出不完全基于经济理性的金融选择,造成优质制钱也会因受抵制而退出流通领域的情况。

因为第二章对奢侈消费与金融经济两大话题的触及,我们已深入探讨了明代奢侈品消费的阶层下移现象,而同一现象也在第三章论及明代方物食品时再次被提起。在此框架之下,对明中后期繁荣的经济生活做出一个性质判断便成为必要。于是,我们从奢侈品消费与禁奢性社会气质两者间角力的角度,提出"近世"社会性格未必会发生资本主义走向的论点,同时认为,汇兑制度的阙如、白银和货币的计量不精确、劣币泛滥、良币在金融市场上受驱逐等乱象,都说明明代金融制度仍瞠乎同时期的欧洲。阐释这些现象,使我们能更接近理解所谓"近世性"经济繁荣的局限,看到使明末资本主义不能发生的阻滞因素在何处。

在四个主章节中,第三章"饮食篇"所涉的子题最多。中华大地历史悠久的俗语"民以食为天"将这些看似松散的子题串联在一个区域内。此章所涉及的多种社会经济表象,有机地反映着食品的生产、消费、供应、短缺及赈济过程中的问题,其具化形式则是此章的各个子题:作物种植、主食的构成、如何为短工备饭、自耕农经济的桃花源式形态、黄宗羲定律、一条鞭法、有关食品消费和食品加工的道德律、食盐专卖和贩私、奢侈品方物、北京的饮食文化、儒者的理想饮食境界、取用食物和水的饮啄律、饥荒、食人及饥荒赈济等等。在其他各章中，也偶有涉及饮食之处，但本章的重点，在考释具体的饮食名物之外，特别考量与饮食相关的道德律、宗教因果律和社会气质。它们不是空洞的概念，而是在传统农本社会中有着渊长根茎的意识形态，深彻贯穿于一切食品的生产、供给、消费的过程中。尽管《醒世姻缘传》的主题是反讽"惧内"这一反常的婚姻形态，两条主线都清晰地指向"恶姻缘为前生作孽的恶果报"这一主导思想；但在"警世"这一宏大的创作目标下，《醒》书又在两条主线之外，不惮笔墨地描写了几十则非主要人物的小故事。我们试图阐明，为何每则故事的始终、每个人物的命运，都反映着某种如数学公式般精确的因果律。食盐为民生之必须，自西汉以来就被置于国家专卖之列。我们通过《醒》书中的一则小案例，说明了困扰明代的盐课问题：专卖不得人心、私盐猖獗、政府执法不力、缉盐配额的拙劣使用，这些都导致盐价高昂，以致民俗口语以盐来类比生命。

在绪论中，我们曾谈到《金瓶梅》和《醒世姻缘传》两书都展示出来一种"对物的狂热迷恋"。这恋物式描写在《醒》书里的集大成体现，莫过于西周生两次罗列名吃方物。为此，我们检视了明代文人墨客对美馔的追求和弘治年间宽松的朝政风气对美食文化形成的催化作用，并提出，北京的地理位置和历史对于奠定它的龙头美食地位起到了决定性的作用。如《马可·波罗游记》中所载的元代诸民族的共居史，使它乐于吸收游牧民族的美食传统；而作为政治、经济和文化的中心，它又成为全国的方物集中地。在描写明代的饮食器具时，我们提请读者注意，与舆服制度相似的禁奢令同样也作用于食器、酒器的质地、样式以及不同社会阶层的宴饮规范。

在饥荒、食人及政府、公众和私人的赈济项目这些子题中,我们探讨了当"食"这个"民"之"天"坍塌的时候所发生的一系列链式反应,通过详细分析《醒世姻缘传》的文本,揭示如流民图般的灾荒景象:饥荒下惨绝人寰的食人现实、官府救灾赈济的不力和乡绅的推诿自保。当然,其中也有成功的私人和社区自救举措,如"女菩萨"晁夫人的赈灾善政等。

"旅行篇"从泰山香社的历史、组织形式、领导权和财经方案等诸方面考量了这个组织。在前现代社会,旅行机制尚未发展成熟,宗教香社常常具有旅游团的性质。在山东的农村地区,泰山香社的流行性及其对内闱妇女的感召力都巨大到不可估量。"城乡富家女眷群"即使经济上能够负担,要出门到百里以外的地方,也是困难重重。泰山香社迎合女眷的旅游需要和宗教结社要求,提出了行香、看景、购物三结合的方案,在舆马交通、住店饮食的安排上,都比个人出行更具有便捷性和安全性,因此也更具有吸引力。它的财政运作似颇合理:会费提前三年收集,会首将其投资于慈善工程而生利,会众又从中得到心理安慰,认为自己的钱财被用于结了善缘。

泰山香市经济有着悠久的历史,最初是向香客提供食宿、供品和香料,其后则发展出整套的娱乐项目和风俗传统。分析《醒》书中对于素姐这程泰山之行的种种描写——小饮食店如何揽客、在山顶如何给泰山奶奶敬香、政府如何征收进山香税等——有助于我们还原前现代香市经济的运作情形。

第四章也探讨了杭州城隍山的平行式香市经济,并将其与泰山香市做了比较。城隍山除了上述香市之外,更兼作杭州腹地农村人进城购物的一个重要商市。但是,城隍山香市没有泰山香市那么幸运,它进入近代以后就衰退了,这与杭州城致力于开发其他的旅游空间,分流了它的旅游功能有关,也与它的贸易功能被取代有关。而泰山的香市经济,由于拥有强大的名山效应和强大的神祇吸引力,故能够抵御现代旅游业对它的争竞,遂避免了衰落的命运。泰山供奉的碧霞元君除具求子神力外,对谷物丰收、出行安全和健康的保佑也深得人心。

本章还讨论了明清文学中的另一著名女性旅游者、《浮生六记》中的芸娘形象,并指出,在追求人身自由和旅行权、突破父权社会禁囿方面,可爱的芸娘和可憎的素姐其实并没有什么大的不同。芸娘是中国古典文学中最被人欣赏和热爱的女性人物之一,她之潜出闺阁,男扮女装与闺密同游,与丈夫玩笑,都被视为经典的古代女性热爱生活的片段;而素姐在今人的文学批评中,则反复被作为悍妇吼狮的样本。即使较为同情她的女性主义评论者,也不过多将她视为"虐恋"(S/M)的施方而已。她对旅行权的诉求及不能得之的挫败感,未尝得到来自女性主义视角的足够关注。我们还审视了非香社的旅行情形,分为起旱与水路两种。素姐入川虽是追随了香社,但其宗教意味已经极淡,侯张组织的四川旅行团使用了类似今日游轮观光的机制,行香船走走停停,充分满足旅行者观景的需要。

本书不断提及明代奠基者洪武皇帝以其强大的个人意志为王朝铸模的力量。即使在他死去二百年之后,他的精神遗产——常常是负面的——也仍存在于这个王朝的典章制度和社会风俗中。在此,我们承认伟大历史人物拥有只手逆反经济规律和历史大势的强大力量,并认为即使亚当·斯密再世,也会因之而称奇。洪武理政之勤,自奉之简,在历朝帝王中都数得上前列,但国家兴治与领导者的私德殊不相关。另一方面说,伟大人物严重的个性缺陷却会如沸点时的铜铁般,使他在铸就时代的荣光同时,也铸就时代的缺陷。世易时移,他的德行留给世界的遗馈也许会消失,他留下的缺陷却会历久长存。洪武少年和青年时代的赤贫饥饿、刀光血影的生活,到底在多大程度上创伤了这位天子的心理和人格,我们是永不可能准确推知了。

即使在大陆的左倾年代,洪武作为成功的农民起义领袖本应享有受正面的历史话语描述,但史家在美化他的过程中,往往不能不受到良知的折磨。明史专家吴晗是《朱元璋传》的作者,在1965年"文革"前夕,这位当时的北京市副市长已经深陷政治风暴的中心。他受命于毛泽东,被要求修改《朱元璋传》,消除书中有关这位农民起义领袖皇帝的消极内容,美化其形象,使《朱元璋传》加入全国性的工农翻身大合唱。吴晗强压对洪武暴政的厌恶感,增添了部分正面内容,强调洪武领导的起义解放了元末人民;但即使在修改后的版本中,我们仍然可以发现吴晗激烈地批判洪武之愚固、心胸狭隘及短视于历史大势。他在书中谈到:

> 政治上的措施是必需随社会、时代的变化而改变的。朱元璋却定下皇明祖训,替他一二百年后的子孙统治定下了许多办法,并且不许改变。这就束缚了限制了此后政治上的任何革新。阻碍了时代的前进。①

洪武这个框架制订者从焦虑到暴虐的心态,投射到法律层面,遂形成禁奢性立法。明初政府极力以外在形式来制造不同社会阶层的视觉辨识度,那些用以区划人民的一系列禁奢令极为琐碎与繁复,其不现实性与不易操作性,在世界历史上都难求其匹。然而即使是充分认识到英雄人物铸造历史之作用的吴晗,对既往历史撰述中的夸大性结论亦颇有微辞,他提出,在文化史专著中,这一倾向尤其要不得。吴晗在一篇文化史书评中深入地谈到"英雄造时势"和"时势造英雄"的关系:

> 英雄对于历史的贡献,固然是不可否认的,但是一部文化史的性质决不等于一本英雄传之以专门描写英雄们的性格,行动和功业来满足浅薄者的夸大狂。譬如我们叙述十五世纪末年的地理发现,虽然不能不述亨利亲王,伐司哥达伽马,哥

---

① 吴晗:《朱元璋传》,天津:百花文艺出版社,2000年,第325页。

伦布,地亚士,和麦哲伦等等的事迹,但决不能限于描写这些伟大的人物,而把注意力完全集中在"英雄造时势"的偏见上面。除此之外,我们还得知道这时代的经济背景,社会组织,个人主义的勃兴,陆路交通的梗塞,意大利诸城市的垄断商业,中古时代的地理知识,以及马哥孛罗等等所曾给予欧洲的传说……而后才能明白地理的发现毕竟不是一件突如其来的史事。亨利亲王等等,诚然是了不得的,但若没有这些历史的凭借,社会的背景,和经济的条件,试问怎样可以凭空建树他们的伟业?须知"英雄造时势"和"时势造英雄"是两句连带的格言,拆开来是不成立的。从环境论者看来,所谓英雄也者,只不过是时代的幸运儿。依此见解,则在中国的文化史上,几个雄主的优点和劣点,以及黄巢李自成等的成败与性格,其重要远不如黄河的河道数迁,西北方土壤与气候的改变,乃至汉民族的渐向东南发展。①

在本书的概念范畴内,禁奢令不妨被认为代表着"英雄造时势"的努力;禁奢性社会气质,则是由"历史的凭借、社会的背景和经济的条件"自然形成的,与"雄主的优点和劣点"无关。比较明代的禁奢令和禁奢性社会气质,我们可以得出结论:禁奢令原意在于将人民的世俗物质生活固囿在一个朴质而少变化的界面上,但至中晚明,多数人在舆服、车马、器皿、住房上的用度,都只与个人的购买能力相关,而无关其社会身份,这就远远超出了洪武皇帝对王朝的初始设计,这也充分证明着代表"雄主的意志"的禁奢性立法精神的失败。然而,禁奢性社会气质仍然是广泛存在的,它与兴盛的明末消费主义文化顶针相逢,在很多时候,两者像是进入了

---

① 吴晗:《李继煌译述的高桑氏〈中国文化史〉》,《吴晗史学论著选集》(第一卷),北京:人民出版社,1984年,第436页。原载1934年《图书评论》第二卷第5期。

一个互不能让的僵局。在中国北方的广大农村社会,这一社会气质的存在最明显,脉搏也最强劲,儒家和法家抑商重农的哲学赋予它以法理性,"简朴"的农本美德给它以道德支撑,交通的不便、交易的不规范提高了消费的门槛,最终的结果是:禁奢性社会气质损害了公平商业交易的原则,抑制了明末资本主义发生的可能。

附 录

《醒世姻缘传》主要人物表

人物姓名	身份及主要行事	转世为	前世为
晁思孝	华亭知县，北通州知州，为官不仁		
晁夫人	晁思孝嫡妻，晁家主母，治家有力，乐行赈济，处事精明		
晁源	晁思孝、晁夫人之子，作恶多端，宠妾灭妻，因与村妇偷情，被其夫所杀	狄希陈	一个极贤极善的女子
计氏	晁源嫡妻，善妒，气性大，因耻蒙与和尚偷情的污名而上吊自尽	寄姐	爱惜粮食的贫贱丫头
被晁源猎杀的狐精	本有千年道行，因被晁源斩杀剥皮，发誓来世报仇	素姐	
春莺	晁夫人使女、晁思孝之妾，为晁家诞子延宗，夫死守节不嫁		
沈裁缝	春莺之父，偷裁客户衣料		
晁梁	晁思孝、春莺之子，侍奉嫡母终老，仁孝双全		梁生
珍哥	晁源之妾，本为娼妓，恃娇生宠，污计氏不贞致其身亡，遂论狱收监。晁源死后与狱监偷情，瞒天过海越狱后，隐姓埋名在外生活了九年，暴露后再次入狱，死于酷刑	小珍珠	

（续表）

人物姓名	身份及主要行事	转世为	前世为
小班鸠	妓女,为晁源所包养,陪伴他从武城坐船前往通州父亲任上	孙兰姬	
梁生	与胡旦交好,二人本为戏子,遭晁源坑骗,落发为僧。感晁夫人之德,发誓托生为其子报恩	晁梁	与胡旦同为地藏王菩萨前的司香童子,因贪看地戏误了司香,罚在阎浮世界做戏子
邢皋门	晁思孝在通州时的西宾,后科举成功,官至尚书。水路经武城时曾去晁思孝坟上致祭		
杨尚书	明水地方的致仕乡宦,虽已做到宫保,但自奉俭朴,以德服人		
狄员外	章丘明水富户,忠厚长者		
狄婆子	狄员外之妻,性格"辣躁",与儿媳素姐冲突不断		成夜站立伺候大老婆的妾侍
狄希陈	狄员外、狄婆子之独子,乾纲不振,好色,但亦不失普通人的善良		晁源
薛素姐	狄希陈之妻,悍妇之集大成者		被晁源猎杀的狐精
巧姐	狄员外、狄婆子之女,狄希陈之妹,配与薛家第二子薛如兼。孝顺父母公婆,不出内闱,为儒家女德的样板人物		狄婆子前生所侍奉的大老婆
调羹	狄员外在京买的"全灶"厨娘,后收为妾,生有一子,狄员外逝后随狄希陈生活		

（续表）

人物姓名	身份及主要行事	转世为	前世为
薛教授	素姐之父,儒学教授,端方古板		
薛夫人	薛教授嫡妻,素姐嫡母,虽疼爱素姐但反对她的叛逆行为		
龙氏	薛教授之妾,素姐生母,在家中地位卑微低下,无条件支持素姐的一切行为		
薛氏三子:薛如卞、薛如兼、薛再冬	皆为龙氏所出,是素姐的同胞弟,如兼娶其狄希陈之妹巧姐。如卞、如兼皆为狄希陈同窗,皆中秀才,思想的古板与其父一致。唯再冬与素姐亲近,然无功名		
相于廷	狄婆子亲侄,狄希陈表弟,幼时与薛家二子及狄希陈一起读书。举进士,官至工部主事,厌恶表嫂素姐不守闺范的作风		
陆好善	相于廷的长班,招待素姐在他家居住,让自己的母、妻陪伴素姐游玩皇姑寺		
童寄姐	狄希陈之妾,驭夫之彪悍不亚素姐		计氏
童七	寄姐之父,早年曾是狄氏父子的房东,银匠,因生意败落走投无路而自杀		
童奶奶	童七之妻,寄姐之母,聪明能干有计谋		
骆校尉	童奶奶之兄,原为制造皮衣帽的"毛毛匠"		

（续表）

人物姓名	身份及主要行事	转世为	前世为
小珍珠	狄希陈买给寄姐的丫头,被寄姐虐待而自杀		珍哥
孙兰姬	妓女,狄希陈的婚前情人,后嫁当铺秦家为"两头大",嫁后与狄有一面之缘		妓女小班鸠
张茂实	狄希陈幼时同窗,受其表弟宋明吾开南京货店成功的启发,也下南方采买货品开店		
智姐	张茂实之妻,因狄希陈戏言与她有奸情,遭丈夫毒打,发誓报仇,一言赚得素姐兴起顾绣风波		
李旺	张茂实店里的伙计,与张合计演双簧,赚狄希陈以五六倍的价格购买顾绣		
白姑子	莲花庵的尼姑,用因果报应理论骗得素姐建醮作忏,并以此得了一大笔银子,后失盗被奸		
侯、张二道婆	泰山香会及其他宗教旅游活动的组织者,被素姐认为师傅		
宋魁吾	泰山一家客栈的店主,与侯、张长期合作,接待她们带上山来的香社旅行团		
郭总兵	广西征蛮挂印总兵,被遣戍四川,娶有权、戴二妾,是狄希陈一家赴成都的旅伴		
周景杨	郭总兵的幕宾,受聘成为狄希陈的幕宾,一起赴成都		

参 考 资 料

（以下书目按朝代、国别分类，以书中出现先后为序）

（西汉）司马迁：《史记》，北京：中华书局，1959 年。

（东汉）郑玄，（唐）孔颖达：《礼记正义》，《十三经注疏》，北京：
　　北京大学出版社，2001 年。

（三国魏）何晏，（宋）邢昺：《论语注疏》，收录于李学勤编，《十
　　三经注疏》，北京：北京大学出版社，1999 年。

（晋）皇甫谧：《高士传》，刘晓艺校注，上海：上海古籍出版社，
　　2014 年。

（南北朝）释慧皎：《高僧传》，汤用彤校注，北京：中华书局，
　　1997 年。

（唐）段公路：《北户录》，收录于陆心源编，《十万卷楼丛书》，
　　1880 年。

（唐）刘恂：《岭表录异》，《丛书集成新编》，台北：台湾新文丰出
　　版公司，1985 年。

（唐）张鷟：《朝野佥载》卷二，赵守俨点校，《唐宋史料笔记》丛刊，
　　北京：中华书局。

（宋）李昉编纂：《太平广记》，北京：中华书局，1961 年。

（宋）苏轼：《苏轼诗集合注》，朱怀春校注，上海：上海古籍出版
　　社，2001 年。

（宋）苏易简：《文房四谱》，《生活与博物丛书·器物珍玩编》，上
　　海：上海古籍出版社，1993 年。

（宋）叶梦得：《石林诗话》，收录于（清）何文焕编，《历代诗话》，
　　北京：中华书局，1981 年。

（宋）张孝祥：《六州歌头》，《张孝祥诗词选》，合肥：黄山出版社，
　　1986 年。

（宋）周承勋：《食河豚》，陈起编著，《前贤小集拾遗》。

（元）陶宗仪：《三姑六婆》，王雪玲校注，《南村辍耕录》（一），沈阳：辽宁教育出版社，1998 年。

（元）《朝天子·嘲妓家匾食》，《雍熙乐府》，上海：上海商务印书馆，1932 年。

（元）邱庞同等：《居家必用事类全集·庚集饮食类》，《中国烹饪古籍丛刊》，北京：中国商业出版社，1986 年。

（明）沈榜：《宛署杂记》，北京：北京古籍出版社，1983 年。

（明）沈德符：《万历野获编》，北京：中华书局，1997 年。

（明）陈颀，（明）劳铖：《成化湖州府志》，《日本藏中国罕见地方志丛刊》，北京：书目文献出版社，1991 年。

（明）陈舜系：《乱离见闻录》（卷上），《明史资料丛刊》（第三辑），南京：江苏人民出版社，1983 年。

（明）陈子龙：《钞币论》，王鎏编著，《钱币刍言》，上海：上海古籍出版社，2002 年。

（明）董复亨编纂：《明万历章丘县志》，万历二十四年刻本。

（明）范濂：《云间据目抄》，奉贤：民国十七年奉贤褚氏重刊铅印本，1928 年。

（明）冯梦龙：《三言：喻世明言、警世通言、醒世恒言》，济南：齐鲁书社，1993 年。

　　　　　《苏知县罗衫再合》，《三言二拍之一：警世通言》，天津：天津古籍出版社，1997 年。

（明）冯梦龙，（清）华广生：《明清艳情词曲全编》，广州：广州出版社，1995 年。

（明）顾起元：《客座赘语》，北京：中华书局，2001 年。

（明）过庭训：《本朝分省人物考》，《续修四库全书》，上海：上海古籍出版社，2002 年。

（明）侯震旸：《劾客氏疏》，（明）陈子龙编著，《皇明经世文编》，北京：中华书局,1962年。

（明）黄一正：《事物绀珠》,收录于四库全书存目丛书编纂委员会编,《四库全书存目丛书》,济南：齐鲁书社,1995年。

（明）黄虞稷：《千顷堂书目》,《影印文渊阁四库全书》,台北：台湾商务印书馆,1986年。

（明）焦竑：《玉堂丛语》,《元明史料笔记丛刊》,北京：中华书局,1981年。

（明）兰陵笑笑生：《金瓶梅词话》,北京：人民文学出版社,1985年。

（明）李东阳,（明）申时行,（明）赵用贤：《大明会典》(影印明万历内府刻本),《续修四库全书》,上海：上海古籍出版社,2002年。

（明）李时珍：《〈本草纲目〉详译》(上册),钱超尘、董连荣编,太原：山西科学技术出版社,1999年。

　　　　　　《〈本草纲目〉详译》(下册),钱超尘、董连荣编,太原：山西科学技术出版社,1999年。

（明）刘侗,（明）于奕正：《帝京景物略》,北京：北京古籍出版社,1983年。

（明）刘若愚：《酌中志》,北京：北京古籍出版社,1994年。

（明）陆容：《菽园杂记》(1—2),上海：商务印书馆,1936年。

（明）陆世仪：《论钱币》,（清）贺长龄编著,《皇朝经世文编》,北京：中华书局,1980年。

（明）任弘烈：《泰安州志》,《中国方志丛书》,台北：成文出版社,1936年。

（明）宋濂编纂：《元史》,北京：中华书局,1976年。

（明）宋应星：《天工开物》,管巧灵校注,长沙：岳麓书社,2002年。

（明）谈迁：《国榷》,张宗祥校注,北京：中华书局,1958年。

（明）屠隆，赵菁：《考槃馀事》（中国古代物质文明史彩色图文版），北京：金城出版社，2012 年。

（明）王圻：《三才图绘》卷二，上海：上海古籍出版社，1988 年。

（明）王世贞：《弇山堂别集》，北京：中华书局，1985 年。

《弇州续稿》，《影印文渊阁四库全书》，台北：台湾商务印书馆，1986 年。

（明）王锡爵：《东岳碧霞宫碑》卷十四，葛延瑛，吴元禄修编，孟昭章纂，民国十八年泰安县志局排印本《重修泰安县志》，泰安：泰安县志局，1929 年。

（明）文震亨：《长物志校注》，陈植校注，南京：江苏科学技术出版社，1984 年。

（明）无名氏：《梼杌闲评》，李虹校注，《中国古代禁毁小说文库》，西安：太白文艺出版社，2000 年。

（明）谢肇淛：《五杂组》，上海：上海书店，2001 年。

（明）徐阶：《请停止宝源局铸钱疏》，（明）陈子龙编著，《皇明经世文编》，北京：中华书局，1962 年。

（明）叶盛：《水东日记》，北京：中华书局，1980 年。

（明）于慎行：《万历兖州府志》，济南：齐鲁书社，1985 年。

　　　　　《元明史料笔记丛刊：谷山笔麈》，北京：中华书局，1984 年。

（明）余继登：《典故纪闻》，北京：中华书局，1981 年。

（明）周嘉胄：《香乘》，《影印文渊阁四库全书》，台北：台湾商务印书馆，1986 年。

（明）祝文冕编纂，《嘉靖章丘县志》，上海：上海书店出版社，1990 年。

《明实录》，台北：台湾中研院历史语言研究所，1963 年。

（明）于谦：《于谦诗选》，林寒校注，杭州：浙江人民出版社，1982 年。

（明）袁宏道：《游高粱桥记》，江问道选编《三袁随笔》，成都：四川文艺出版社，1996年。

（明）张岱：《陶庵梦忆》，上海：上海古籍出版社，1982年。

（明）周玺：《论治化疏》，顾沅编著，《乾坤正气集》卷二百四十二，周忠愍公垂光集，清道光二十八年戊申袁江节署求是斋刊版：同治五年丙寅印行，1848年。

（清）曹雪芹：《红楼梦》，北京：人民文学出版社，1996年。

（清）曾国藩：《曾文正公文集》，《传忠书局刻本曾文正公全集》，同治十三年。

（清）查继佐：《罪惟录》，《续修四库全书》，上海：上海古籍出版社，2002年。

（清）查慎行：《敬业堂诗集》，上海：上海古籍出版社，1986年。

（清）沈复：《浮生六记》，林语堂译，北京：外语教学与研究出版社，1999年。

（清）程启朱：《卫辉府志》，北京：中国国家图书馆数字方志系统，1659年。

（清）崔俊：《青州府志》，北京：中国国家图书馆数字方志系统，1673年。

（清）杜诏：《山东通志》，《影印文渊阁四库全书》，台北：台湾商务印书馆，1986年。

（清）顾炎武：《日知录集释》（下），上海：上海古籍出版社，2006年。
　　　　　《日知录集释》（中），上海：上海古籍出版社，2006年。
　　　　　《天下郡国利弊书》，上海：上海书店，1987年。

（清）和珅：《大清一统志》，《影印文渊阁四库全书》，台北：台湾商务印书馆，1986年。

（清）黄六鸿：《福惠全书》，《四库未收书辑刊》，北京：北京出版社，2000年。

（清）计六奇：《明季北略》，北京：中华书局，1981年。

（清）纪昀：《滦阳续录四》，《阅微草堂笔记》（下），上海：上海古籍出版社，2001 年。

（清）焦循：《孟子正义》，沈文倬校注，北京：中华书局，1987 年。

（清）李斗：《扬州画舫录》，周春东校注，济南：山东友谊书社，2001 年。

（清）李汝珍：《镜花缘》，北京：人民文学出版社，1955 年。

（清）李渔：《闲情偶寄》，李树林译，重庆：重庆出版社，2008 年。

（清）梁同书：《频罗庵遗集》，北京：北京大学图书馆。

（清）刘鹗：《老残游记》，陈翔鹤校注，北京：人民文学出版社，1982 年。

（清）梅成栋：《津门诗钞》，卞僧慧，濮文起校注，天津：天津古籍出版社，1993 年。

（清）庆桂：《高宗实录》（一），《清实录》，北京：中华书局，1985 年。

（清）田文镜：《抚豫宣化录》，郑州：中州古籍出版社，1995 年。

（清）王原：《学庵类稿》，赵忠格编著，《古钱钞文存》，北京：台海出版社，1998 年。

（清）文康：《三千里孝子走风尘，一封书义仆托幼主》，泽润校注，《儿女英雄传》，南京：凤凰出版社，2008 年。

（清）吴陈琬：《私禁天启钱》，《旷园杂志》卷四十七清康熙刻说铃本。

（清）吴骞：《拜经楼诗话》，《拜经楼丛书》，上海：上海博古斋，1922 年。

（清）吴璋，（清）曹楙坚编纂：《清道光章丘县志》，道光十三年刻本。

（清）叶梦珠：《阅世编》卷八，北京：中华书局，2007 年。

（清）英廉：《钦定日下旧闻考》（第四册），北京：北京古籍出版社，1985 年。

（清）允禄：《钦定协纪辨方书》，《影印文渊阁四库全书》，台北：台湾商务印书馆，1986 年。

（清）张廷玉编纂：《明史》，北京：中华书局，1974 年。

（清）朱彝尊：《静志居诗话》，姚祖恩编，北京：人民文学出版社，1990 年。

（清）赵翼：《陔馀丛考》卷三十三，石家庄：河北人民出版社，1990 年。《廿二史札记》（二），黄寿成校注，沈阳：辽宁教育出版社，2000 年。

（清）黄宗羲：《财计》，季学源、桂兴沅编著，《明夷待访录导读》，北京：中国国际广播出版社，2008 年。

　　　　　《田制》，季学源、桂兴沅编著，《明夷待访录导读》，北京：中国国际广播出版社，2011 年。

（清）梁启超：《变法通议·论女学》，《饮冰室合集·文集》（第一册），上海：中华书局，1936 年。

　　　　　《论公德》，《饮冰室合集·专集》（第三册），上海：中华书局，1936 年。

　　　　　《中国之旧史》，《饮冰室合集·文集》（第九册），上海：中华书局，1936 年。

鲍家麟：《阴阳学说与妇女地位》，鲍家麟编著，《中国妇女史论集续集》，台北：稻乡出版社，2008 年。

鲍家麟，刘晓艺：《娥英两花并蒂开》，鲍家麟编著，《中国妇女史论集》卷六，台北：稻乡出版社，2008 年。

鲍晓兰：《美国的中国妇女研究动态分析》，李小江、朱虹、董秀玉编著，《平等与发展》，北京：生活·读书·新知三联书店，1997 年。

鲍义来：《徽州工艺》，收录于《徽州文化全书》编纂出版工作委员会编，《徽州文化全书》，合肥：安徽人民出版社，2005 年。

北京史编写组：《明代北京的经济》，《北京史·初稿》卷一，北京：

北京大学历史系,1960 年。

蔡泰彬:《泰山与太和山的香税征收、管理与运用》,《台大文史哲学报》,2011 年第 74 期。

曹鸿涛:《大明风物志》,汕头:汕头大学出版社,2008 年。

曹玲:《美洲粮食作物的传入对我国农业生产和社会经济的影响》,《古今农业》,2005 年第 3 期。

沈从文:《中国古代服饰研究》,上海:上海书店出版社,2002 年。

陈宝良:《明代社会生活史》,北京:中国社会科学出版,2004 年。
　　　　《飘摇的传统——明代城市生活长卷》,长沙:湖南出版社,1996 年。

陈炳藻:《蒲松龄也是西周生吗》,《中报月刊》(台湾),1985 年第六十九卷。

陈诚:《陈诚西域资料校注》,王继光校注,乌鲁木齐:新疆人民出版社,2012 年。

陈春声,刘志伟:《贡赋、市场与物质生活——试论十八世纪美洲白银输入与中国社会变迁之关系》,《清华大学学报(哲学社会科学版)》,2010 年第 5 期。

陈诗启:《明代的工匠制度》,《从明代官手工业到中国近代海关史研究》,厦门:厦门大学出版社,2004 年。

陈学文:《明代契约文书考释选辑》,王春瑜编著,《明史论丛》,北京:中国社会科学出版社,1997 年。

陈寅恪:《柳如是别传》,上海:上海古籍出版社,1980 年。

陈颖,赵景波:《明代 1425—1643 年北京地区干旱灾害与气候事件研究》,《地球环境学报》,2011 年第 4 期。

陈玉兰:《明清江南女性的文学生活》,《中国社会科学报》,2012 年第 392 期。

《东昌府都汇考六》,收录于(清) 陈梦雷编,《古今图书集成》,上海:中华书局,1934 年。

董文超：《中国当代金银管理通览》，北京：中国金融出版社，
　　1994 年。

杜恂诚：《"黄宗羲定律"是否能够成立？》，《中国经济史研究》，
　　2009 年第 1 期。

冯沅君：《古优解补正》，袁世硕主编，《冯沅君古典文学论文集》，
　　济南：山东人民出版社，1980 年。

　　　　《古优解》，袁世硕，张可礼主编，《陆侃如冯君合集》，合
　　肥：安徽教育出版社，2011 年。

傅斯年：《史学方法导论》，黄振萍、李凌己编著，《傅斯年学术文化
　　随笔》，北京：中国青年出版社，2001 年。

傅衣凌：《我对于明代中叶以后雇佣劳动的再认识》，厦门大学历
　　史研究所中国经济史研究室编著，《中国经济史论文集》，福
　　州：福建人民出版社，1981 年。

盖志芳，黄继红：《以孝管官：孝与古代丁忧制度》，北京：中国国
　　际广播出版社，2015 年。

高道安：《般涉调·哨遍·皮匠说谎》，陈思思、于湘婉编著，《元曲
　　鉴赏大全集》（下），北京：中国华侨出版社，2012 年。

贡德·弗兰克：《白银资本：重视经济全球化中的东方》，刘北成
　　译，北京：中央编译出版社，2008 年。

谷霁光：《明清时代之山西与山西票号》，《中国古代经济史论文
　　集》，南昌：江西人民出版社，1980 年。

　　　　《战国秦汉间的过农轻商之理论与实际》，《中国社会经济
　　集刊》1944 年 7 卷第 1 期。

顾颉刚：《妙峰山》，广州：国立中山大学语言历史学研究所，
　　1928 年。

郭沫若：《郭沫若剧作全集》，北京：中国戏曲出版社，1983 年。

韩建业，王浩，朱耀廷：《明清钱币》，《中国古代钱币》，北京：北京
　　大学出版社，2007 年。

杭间,郭秋惠:《中国传统工艺》,北京:中信出版社,2006年。

何柄棣:《读史阅世六十年》,桂林:广西师范大学出版社,2005年。

何炼成:《货币管理思想》,《中国经济管理思想史》,西安:西北大学出版社,1988年。

侯厚培:《中国货币沿革史》,上海:上海书局,1930年。

侯杰:《试论历史人类学与中国近代史研究中的几个问题》,《史学月刊》,2005年第9期。

胡适:《四十自述》,《胡适文集·第二册》,合肥:安徽教育出版社,2001年。

　　《〈醒世姻缘传〉考证》,易竹贤编著,《胡适论中国古典小说》,武汉:长江文艺出版社,1987年。

黄红军:《船户禁忌》,《车马·溜索·滑竿——中国传统交通运输习俗》,成都:四川人民出版社,1993年。

黄仁宇:《从〈三言〉看晚明商人》,《放宽历史的视界》,北京:生活·读书·新知三联书店,2001年。

　　《黄海青山——黄仁宇回忆录》,张逸安译,《黄仁宇作品系列》,北京:生活·读书·新知三联书店,2001年。

　　《黄河青山——黄仁宇回忆录》,北京:生活·读书·新知三联书店,2001年。

　　《明代的漕运》,张皓、张升译,北京:新星出版社,2005年。

　　《十六世纪明代中国之财政与税收》,《黄仁宇作品系列》,北京:生活·读书·新知三联书店,2001年。

　　《中国大历史》,《黄仁宇作品系列》,北京:生活·读书·新知三联书店,1997年。

　　《资本主义与二十一世纪》,北京:生活·读书·新知三联书店,2001年。

黄云眉:《明史考证》(第一册),北京:中华书局,1979年。

吉村怜：《论古代如来像和比丘像的衣服及其名称——僧祇支·右袒衫·偏衫·直裰》，李振刚编著，《2004年龙门石窟国际学术研讨会文集》，郑州：河南人民出版社，2006年。

蒋廷黻：《历史学系的概况》，清华大学校史研究室编著，《清华大学史料选编》第二卷（上），北京：清华大学出版社，1991年。

解缙：《谢学士文集·大庖西室封事》，《明经世文编》卷十一，北京：中华书局，1962年。

金性尧：《〈醒世姻缘传〉作者非蒲松龄说》，《中华文史论丛》，1980年第4期。

孔德明，陈卉：《汉族服饰的艳丽余晖·皇权极至时代的帝后百官服制》，《中国服饰造型鉴赏图典》，上海：上海辞书出版社，2007年。

老舍：《正红旗下》，北京：人民文学出版社，1980年。

罗根泽：《古代经济学中之本农末商学说》，《诸子考索》，北京：人民出版社，1958年。

雷海宗：《中国文化与中国的兵》，长沙：商务印书馆，1940年。

黎翔凤：《管子校注》（上），北京：中华书局，2004年。

李大钊：《史学要论》，《李大钊史学论集》，石家庄：河北人民出版社，1984年。

李国庆：《〈醒世姻缘传〉版本新探》，《明清小说研究》，2005年第七十六卷第2期。

李剑农：《中国古代经济史稿：宋元明部分》，武汉：武汉大学出版社，2011年。

李莉莎：《质孙服考略》，《内蒙古大学学报（哲学社会科学版）》，2008年第2期。

李隆生：《明末白银存量的估计》，《中国钱币》，2005年第1期。

李天石：《中国中古良贱身份制度研究》，南京：南京师范大学出版社，2004年。

梁栋：《登名岳，祈洪福：泰山香社传承祈福文化》，《泰山晚报》，
　　2014年2月12日。

梁方仲：《明代赋役制度》，北京：中华书局，2008年。

　　　《一条鞭法的名称》，《明代赋役制度》，北京：中华书局，
　　1984年。

　　　《中国历代户口、田地、田赋统计》，上海：上海人民出版
　　社，1980年。

辽宁省地方志编纂委员会编：《重修广佑寺宝塔题名记》，《辽宁省
　　志·宗教志》，沈阳：辽宁人民出版社，2002年。

廖奔，刘彦君：《装扮与服饰的发展》，《中国戏曲发展简史》，太
　　原：山西教育出版社，2006年。

林锡旦：《苏绣漫话》，南京：江苏人民出版社，1981年。

林尹：《周礼今注今译》，北京：书目文献出版社，1985年。

林毓生：《中国传统的创造性转化》（增订本），北京：生活·读
　　书·新知三联书店，2011年。

刘光临：《银进钱出与明代货币流通体制》，《河北大学学报》（哲
　　学社会科学版），2011年第三十六卷第2期。

刘洪强：《〈醒世姻缘传〉的作者为章丘文士考》，《江汉大学学报：
　　人文科学版》，2010年第二十九卷第3期。

刘慧，陶莉：《关于宋代的泰山香会》，《民俗研究》，2004年第
　　1期。

刘阶平：《醒世姻缘传作者西周生考异》，《书目季刊》（台湾），
　　1976年第十卷第2期。

刘精诚，李祖德：《明中后期铜钱的流通》，《货币史话》，北京：社
　　会科学文献出版社，2012年。

刘永之，耿瑞玲：《河南地方志提要》（上册），开封：河南大学出版
　　社，1990年。

刘玉峰：《一条鞭法得失评价》，《资治通鉴：中国历代经济政策得

失》,济南:泰山出版社,2009 年。

刘昭民:《中国历史上气候之变迁》,台北:商务印书馆,1982 年。

鲁德才:《古代白话小说形态发展史论》,天津:南开大学出版社,
　　2002 年。

鲁迅:《致钱玄同》,《鲁迅选集·书信》,北京:中国文史出版社,
　　2002 年。

路大荒:《蒲松龄年谱》,济南:齐鲁书社,1980 年。

马铭初,严澄非:《岱史校注》,青岛:青岛海洋大学出版社,
　　1992 年。

马宗晋,高庆华:《中国 21 世纪的减灾形势与可持续发展》,《中国
　　人口·资源与环境》,2001 年第十一卷第 2 期。

梅莉:《明清时期武当山朝香习俗研究》,《暨南史学》,2004 年总
　　第三辑。

孟森:《天启朝之阉祸》,《孟森明史讲义》,长春:吉林人民出版
　　社,2013 年。

孟昭锋:《明清时期泰山神灵变迁与进香地理研究》,硕士论文,暨
　　南大学,2010 年。

《明清时期泰山香客的地域分布研究》,《暨南史学》,2013 年总第
　　8 期。

闵宗殿:《中国历史名鸡》,华南农业大学农业历史遗产研究室编
　　著,《农史研究》(第七辑),北京:农业出版社,1988 年。

南炳文:《佛道秘密宗教与明代社会》,天津:天津古籍出版社,
　　2001 年。

南炳文,何孝荣,陈安丽:《明代文化研究》,北京:人民出版社,
　　2006 年。

聂水南:《明"天启通宝"折十大钱考述》,《钱币研究与收藏》,北
　　京:中国经济出版社,2013 年。

宁致:《初谈醒世姻缘》,《橄榄树文学月刊》,1999 年第 11 期。

牛建强：《明代人口流动与社会变迁》，郑州：河南大学出版社，
　　　1997年。

牛建军，赵斌：《中华传统民俗工艺常识》，河南：中州古籍出版
　　　社，2014年。

潘重规：《大目干连冥间救母变文并图一卷并序》，《敦煌变文集新
　　　书》，台北：中国文化大学中文研究所，1982年。

彭信威：《中国货币史》，上海：上海人民出版社，1958年。

钱锺书：《史记会注考证二十》，《管锥编》，北京：生活·读书·新
　　　知三联书店，2007年。

秦国强：《明代的邮驿》，《中国交通史话》，上海：复旦大学出版
　　　社，2012年。

秦海滢：《明代山东教化研究》，博士论文，东北师范大学，
　　　2004年。

秦晖：《并税式改革与"黄宗羲定律"》，《农村经营管理》，2002年
　　　第3期。

邱靖宜：《〈目连救母变文〉之地狱形象研究》，《环球科技人文学
　　　刊》，2012年第15期。

邱永志：《明代货币白银化与钱并行格局的形成》，博士论文，清华
　　　大学，2016年。

瞿同祖：《中国法律与中国社会》，北京：中华书局，1995年。

　　　　《石景山寺庙碑文选编》第十四卷，收录于北京市石景山
　　　区委员会编，《石景山文史》，北京：政协北京市石景山区委员
　　　会，2006年。

上海市文物保管委员会编辑：《上海地方志物产资料汇辑》，北京：
　　　中华书局，1961年。

孙光慧：《元明的金融》，《中国金融简史》，兰州：甘肃科学技术出
　　　版社2010年。

孙强：《商业汇兑——以"会票"为中心的考察》，《晚明商业资本

的筹集方式、经营机制及信用关系研究》,长春:吉林大学出版社,2007 年。

唐德刚:《胡适口述自传》,北京:华文出版社,1992 年。

《胡适杂忆》,北京:华文出版社,1990 年。

唐文基:《16—18 世纪中国商业革命》:社会科学文献出版社,2008 年。

田璞:《〈醒世姻缘传〉作者新探》,《河南大学学报》(哲学社会科学版),1985 年第 5 期。

童万周:《后记》,童万周校注,《醒世姻缘传》,郑州:中州古籍出版社出版,1982 年。

屠燕治:《南宋金叶子考述——兼论南宋黄金的货币性》,《钱币博览》,2002 年第 1 期。

万明:《明代白银货币化的初步考察》,《中国经济史研究》,2003 年第 2 期。

汪荣祖:《导言》,《史学九章》,北京:生活·读书·新知三联书店,2006 年。

《回顾近代史学之父兰克的史学》,《史学九章》,北京:生活·读书·新知三联书店,2006 年。

汪有民:《万历金背、火漆、镟边钱初探》,《西部金融》,2000 年第 12 期。

王春瑜:《明代商业文化初探》,颜章炮编著,《新编中国古代史教学参考资料》(第三册),厦门:厦门大学出版社,2003 年。

王家范、谢天佑:《中国封建社会农业经济结构试析——兼论中国封建社会长期停滞问题》,中国农民战争史研究会编著,《中国农民战争史研究 集刊》(第三辑),上海:上海人民出版社,1983 年。

王嘉荫:《中国地质史料》,北京:科学出版社,1963 年。

王苗:《"三事儿"与"七事儿"》,《珠光翠影:中国首饰史话》,北京：金城出版社，2012年。

王培华：《元明北京建都与粮食供应：略论元明人们的认识和实践》，北京：文津出版社，2005年。

王清和：《古典小说里的地方名吃》，《美文》，2012年第12期。

王晴佳：《中国文明有历史吗——中国史研究在西方的缘起、变化及新潮》，《清华大学学报》（哲学社会科学版），2006年第1期。

王赛时：《唐代饮食》，济南：齐鲁书社，2003年。

王守义：《〈醒世姻缘传〉的成书年代》，《光明日报》，1961年5月28日。

《明代会（汇）票制度和山西票号的关系》，山西大学中国古代史教研组编著，《山西地方史研究》（第二辑），太原：山西人民出版社，1962年。

王素存：《醒世姻缘传作者西周生考》，《大陆杂志》（台湾），1958年第17卷第3期。

王天有：《辅助皇帝处理政务的禁直机构》，《明代国家机构研究》，北京：北京大学出版社，1992年。

王颋，屈广燕：《芦林兽吼——以狮子为"贡献"之中西亚与明的交往》，《西北民族研究》，2004年第1期。

王熹：《明代松江府服饰风尚初探》，《中国地方志》，2007年第2期。

王学典：《新时期史学思潮的演变》，山东大学历史文化学院编著，《历史文化论集》，济南：山东大学出版社，2000年。

王学典，孙延杰：《顾颉刚和他的弟子们》，北京：中华书局，2010年。

王莹：《〈金瓶梅〉本事时代考四题》，临清金瓶梅学会编著，《临清与金瓶梅》，临清：山东聊城出版社，1992年。

王永斌：《北京的商业街和老字号》，北京：燕山出版社，1999年。

王裕巽：《明代钱法变迁考》，《文史哲》，1996 年第 1 期。

王越：《明清推崇胡同》，《源远流长话胡同：北京胡同的起源及胡同文化研究》，北京：中国环境科学出版社，2009 年。

王赠芳，成瓘：《道光济南府志》，济南史志办编，北京：中华书局，2003 年。

魏慈德：《中国古代风神崇拜》，台北：台湾书房出版有限公司，2002 年。

吴晗：《李继煌译述的高桑氏〈中国文化史〉》，《吴晗史学论著选集》（第一卷），北京：人民出版社，1984 年。

　　《朱元璋传》，天津：百花文艺出版社，2000 年。

吴树国：《明代白银的货币化》，《民之通货：历代货币流变》，长春：长春出版社，2005 年。

　　　《制钱与旧钱的杂用》，《民之通货：历代货币流变》，长春：长春出版社，2005 年。

吴晓龙：《〈醒世姻缘传〉与明代世俗生活》，上海：上海师范大学，2006 年。

吴效群：《北京妙峰山碧霞元君信仰研究史》，《民俗研究》，2002 年第 3 期。

夏薇：《〈醒世姻缘传〉研究》，北京：中华书局，2007 年。

萧登福：《汉魏六朝佛教之"地狱"说》（上），《东方杂志》，1988 年第二十二卷第 2 期。

萧清：《中国古代货币思想史》，北京：人民出版社，1987 年。

谢国桢：《晚明史籍考》，上海：华东师范大学出版社，2011 年。

徐城北：《中国京剧》，北京：五洲传播出版社，2003 年。

徐复岭：《〈醒世姻缘传〉作者为兖州府人贾凫西续考》，《济宁师范专科学校学报》，2005 年第二十四卷第 4 期。

许承尧：《歙事闲谭》，安徽：黄山书社，2002 年。

许星：《中国服饰配件的演变》，《服饰配件艺术》，北京：中国纺织出版社,1999 年。

许友工:《鲁迅没见过〈醒世姻缘传〉吗?》,《读书》,1987 年第
2 期。

严葭淇:《"红学"之争背后的利益链》,《华夏时报》,2015 年 12 月
17 日。

杨春宇:《〈醒世姻缘传〉的研究序说——关于版本和成书年代问
题》,《明清小说研究》,2003 年第六十八卷第 2 期。

杨东方:《也谈〈醒世姻缘传〉的成书年代——与夏薇女士商榷》,
《蒲松龄研究》,2008 年第 2 期。

杨琳:《天津民俗》,甘肃省古籍文献整理编译中心编著,《中国民
俗知识》,兰州:甘肃人民出版社,2008 年。

杨肃献:《吉朋与〈罗马帝国衰亡史〉》,《历史月刊》(台湾),2004
年第二百零二卷。

杨鑫基,唐西林,苏颐忠:《顾绣三女性——韩希孟、缪氏、顾兰玉
绣艺活动新探》,江明惇编著,《守望与开拓:上海非物质文化
遗产保护的理论与实践》,上海:上海社会科学院出版社,
2009 年。

扬之水:《古诗文名物新证合编》,天津:天津教育出版社,
2012 年。

姚汉源:《京杭运河史述略》,《黄河水利史研究》,郑州:黄河水利
出版社,2003 年。

叶桂桐:《〈醒世姻缘传〉研究述评》,《蒲松龄研究》,1994 年第
1 期。

叶世昌:《会票、银票和钱票的使用》,《中国古近代金融史》,上
海:复旦大学出版社,2001 年。

　　《会票和民间的纸币流通》,《中国金融通史:先秦至清鸦
片战争时期》(第一卷),北京:中国金融出版社,2002 年。

叶世昌,李宝金,钟祥财:《崇祯年间的货币理论》,《中国货币理论

史》,厦门:厦门大学出版社,2003 年。

叶涛:《泰山香社传统进香仪式研究》,《思想战线》,2006 年第 2 期。

《泰山香社研究》,上海:上海古籍出版社,2009 年。

衣若兰:《三姑六婆》,台北:稻乡出版社,2002 年。

易君左:《泰山国山议》,北京:五洲传播出版社,2013 年。

于宝航:《晚明世风变迁的观察角度与解释模式——以乘舆制度为研究中心》,《大连大学学报》,2007 年第 1 期。

余英时:《中国近世宗教伦理与商人精神》,合肥:安徽教育出版社,2001 年。

俞鹿年:《历代官制概略》,哈尔滨:黑龙江人民出版社,1978 年。

羽离子:《明代地方的日用摊派》,《明清史讲稿》,济南:齐鲁书社,2008 年。

袁良义:《清一条鞭法》,北京:北京大学出版社,1995 年。

詹姆斯·汤普森:《中世纪晚期欧洲经济社会史》,徐家玲译,北京:商务印书馆,1992 年。

张爱玲:《烬余录》,《张爱玲作品集》,太原:北岳文艺出版社,2004 年。

《小团圆》,北京:北京十月文艺出版社,2009 年。

张保丰:《古代的缎绒织物》,《中国丝绸史稿》,上海:学林出版社,1989 年。

张彬村:《明朝纸币崩溃的原因》,《中国社会经济史研究》,2015 年第 3 期。

张勃:《〈宛署杂记〉中的岁时民俗记述研究》,李松、张士闪编著,《节日研究》(第二辑),济南:山东大学出版社,2010 年。

张冬:《嘉靖铸钱述略》,国学网,http://www.guoxue.com/?p=465.

张家国,殷耀德,李红卫:《试析明代盐法变迁之轨迹》,《法学评论》,1997 年第 5 期。

张亮采:《中国风俗史》,台北:商务印书馆,1993 年。

张清吉:《〈醒世姻缘传〉作者补证》,《明清小说研究》,1995 年第
    1 期。

    《〈醒世姻缘传〉作者是丁耀亢》,《江苏师范大学学报》
    (哲学社会科学版),1989 年第 3 期。

张润武,薛立:《图说济南老建筑:古代卷》,济南:济南出版社,
    2007 年。

张显清:《论明代官绅优免冒滥之弊》,《中国经济史研究》,1992
    年第 4 期。

    《明代官绅优免和庶民"中户"的徭役负担》,《历史研
    究》,1986 年第 2 期。

张政烺:《十二寡妇征西及其相关问题——〈柳如是别传〉下册题
    记》,北京大学中国中古史研究中心编著,《纪念陈寅恪先生
    诞辰百年学术论文集》,北京:北京大学出版社,1989 年。

郑麟来:《中国古代的食人》,北京:中国社会科学出版社,
    1994 年。

郑拓:《中国救荒史》,北京:北京出版社,1998 年。

中国社会科学院文学研究所编纂:《中国文学史》,北京:人民文
    学出版社年,1962 年。

中国文物学会专家委员会:《顾绣》,《名家点金文物知识系列》
    (工艺卷),济南:山东教育出版社。

周彭,钟益,吴越:《江苏特产》,南京:江苏科学技术出版社,
    1982 年。

周卫荣,戴志强:《明代铜钱化学成分剖析》,《钱币学与冶铸史论
    丛》,北京:中华书局,2002 年。

周郢:《泰山古代香客店考》,《岱宗学刊》,1999 年第二卷。

周致元:《明代荒政文献研究》,合肥:安徽大学出版社,2007 年。

周作人:《角先生》,陈子善、张铁荣编著,《集外文》(下),海口:海

南国际新闻出版中心,1995 年。

朱偰:《中国运河史料选辑》,北京:中华书局,1962 年。

朱燕静:《〈醒世姻缘传〉研究》,台湾大学博士论文,1978 年。

邹宗良:《〈醒世姻缘传〉康熙成书说驳议——〈醒世姻缘传〉写作年代考之一》,《社会科学》,1989 年第 6 期。

[法] 安德烈·比尔吉埃尔:《历史人类学》,姚蒙译,上海:上海译文出版社,1989 年。

[法] 布罗代尔:《十五至十八世纪的物质文明、经济和资本主义》(上),顾良、施康强译,北京:生活·读书·新知三联书店,1987 年。

[法] 马克·布洛赫:《历史学家的技艺》,黄艳红译,上海:上海社会科学院出版社,1992 年。

[日] 加藤繁:《中国经济社会史概说》,台北:台湾华世出版社,1978 年。

[日] 藤井宏:《开中的意义及其起源》,刘淼译,收录于刘淼编,《徽州社会经济史研究译文集》,合肥:黄山书社,1988 年。

[日] 中山八郎:《开中法与占窝》,《池内宏博士换历纪念东洋史讲座》,东京:座右宝刊刊行社,1940 年。

[日] 足立啓二:《明清时代の小经营と地主制に関する覚书》卷一百四十三,《新しい歴史學のために》,1976 年。

[意] 马可·波罗:《马可·波罗行纪》,冯承钧译,上海:上海书店出版社,2006 年。

Appadurai, Arjun. "Introduction: Commodities and the Politics of Value." In *The Social life of things: commodities in cultural perspective*, edited by Arjun Appadurai Cambridge; New York: Cambridge University Press, 1988.

Barlow, Tani E. *The Question of Women in Chinese Feminism*. Durham

[N.C.]; London: Duke University Press, 2004.

Berg, Daria. *Carnival in China: A Reading of the Xingshi Yinyuan Zhuan*. Leiden; Boston: Brill, 2002.

"Reformer, Saint, and Savior: Visions of the Great Mother in the Novel Xingshi Yinyuan Zhuan and Its Seventeenth-Century Chinese Context." *Nan nü: men, women, and gender in early and Imperial China* 1, no.2 (1999).

　　Women Writers and the Literary World in Early Modern China. London: Routledge, 2013.

Berry, Christopher. *The Idea of Luxury: A Conceptual and Historical Investigation*. Cambridge England; New York, NY: Cambridge University Press, 1994.

Boswell, James. *The Life of Dr. Johnson*. London: J. M. Dent & Son, 1933.

Braudel, Fernand. *Civilization and Captialism, 15th-18th Century: The Structure of Everyday Life*. Berkeley: University of California Press, 1992.

Bray, Francesca. *Technology and Gender: Fabrics of Power in Late Imperial China*. Berkeley, Calif.; London: University of California Press, 1997.

Brecht, Bertolt. "Questions from a Worker Who Reads." In *Poetry and Prose*, edited by Reinhold Grimm New York: Continuum, 2003.

Brokaw, Cynthia. "Supernatural Retribution and Human Destiny." In *Religions of China in practice*, edited by Donald Lopez Princeton: Princeton University Press, 1996.

Brook, Timothy. "The Confusions of Pleasure: Commerce and Culture in Ming China." edited Berkeley, Calif.; London: University of

California Press, 1998.

The Confusions of Pleasure: Commerce and Culture in Ming China. Berkeley, Calif.; London: University of California Press, 1999.

Burke, Peter. *New Perspectives on Historical Writing.* University Park: Pennsylvania State University Press, 2001.

Chang, Chun-shu, Shelley Hsueh-lun Chang. *Redefining History: Ghosts, Spirits, and Human Society in P'u Sung-Ling's World, 1640 – 1715.* Ann Abbor: University of Michigan Press, 1998.

Chen, Hua, Chun-fang Yu, Denis Mair. *In Search of the Dharma: Memoirs of a Modern Chinese Buddhist Pilgrim.* Albany, N.Y.: State University of New York Press, 1992.

Clunas, Craig. *Superfluous Things: Material Culture and Social Status in Early Modern China.* Cambridge: Polity, 1991.

Dardess, John W. *A Ming Society: T'ai-Ho County, Kiangsi, Fourteenth to Seventeenth Centuries.* Berkeley: University of California Press, 1996.

Ding, Naifei. *Obscene Things: Sexual Politics in Jin Ping Mei.* Durham: Duke University Press, 2002.

Duby, Georges. "Forward." In *Le Dimanche de Bouvines*, edited Paris: Gallimard, 1973.

Dudbridge, Glen. "A Pilgrimage in Seventeenth-Century Fiction: T'ai-Shan and the ' Hsing-Shih Yin-Yüan Chuan '." *T'oung Pao* (1991).

Ebrey, Patricia Buckley. "Women and the Family in Chinese History." edited London; New York: Routledge, 2003.

Fairbank, John King, Denis Crispin Twitchett. "Alien Regimes and Border States, 907 – 1368." In *The Cambridge history of China*, edited Cambridge; New York: Cambridge University Press, 1994.

Fine, Ben, Ellen Leopold. "Consumerism and the Industrial Revolution." In *Consumption: critical concepts in the social sciences*, edited by Daniel Miller London; New York: Taylor & Francis, 2001.

Finnane, Antonia. *Changing Clothes in China: Fashion, History, Nation.* New York: Columbia University Press, 2008.

Fortune, Robert. *A Residence among the Chinese: Inland, on the Coast, and at Sea. Being a Narrative of Scenes and Adventures During a Third Visit to China, from 1853 to 1856.* London: J. Murray, 1857.

Franke, Wolfgang. *An Introduction to the Sources of Ming History.* Kuala Lumpur: University of Malaya Press distributed by Oxford University Press London, 1968.

Fuchs, Eckhardt, Benedikt Stuchtey. *Across Cultural Borders: Historiography in Global Perspective.* Lanham: Rowman & Littlefield, 2002.

Gibbon, Edward. *Memoirs of My Life.* London: Nelson, 1960.

Grieder, Jerome B. "Preface." In *Hu Shih and the Chinese renaissance; liberalism in the Chinese revolution, 1917 - 1937*, edited Cambridge: Harvard University Press, 1970.

Hegel, Robert. "Book Review: Carnival in China: A Reading of the *Xingshi Yinyuan Zhuan* by Daria Berg." *Harvard Journal of Asiatic Studies* 63, no.2 (2003).

Huang, Ray. *1587, a Year of No Significance: The Ming Dynasty in Decline.* New Haven: Yale University Press, 1982.

Broadening the Horizons of Chinese History: Discourses, Syntheses, and

Comparisons. Armonk, N.Y.: M.E. Sharpe, 1999.

The Grand Canal During the Ming Dynasty. University of Michigan, Dissertation, 1964.

Taxation and Governmental Finance in Sixteenth-Century Ming China. London; New York: Cambridge University Press, 1974.

Huters, Theodore, Roy Bin Wong, Pauline Yu. *Culture & State in Chinese History: Conventions, Accommodations, and Critiques.* Stanford: Stanford University Press, 1997.

Jiang, Yonglin. *The Great Ming Code: Da Ming Lü.* Seattle: University of Washington Press, 2005.

Ko, Dorothy. *Cinderella's Sisters: A Revisionist History of Footbinding.* Berkeley: University of California Press, 2005.

Kuhn, Philip A. *Rebellion and Its Enemies in Late Imperial China, Militarization and Social Structure, 1796 – 1864.* Cambridge, Mass.: Harvard University Press, 1970.

Rebellion and Its Enemies in Late Imperial China: Militarization and Social Structure, 1796 – 1864. Cambridge, Mass.: Harvard University Press, 1980.

Larson, Wendy. "Women, Writing, and the Discourse of Nationalism." In *Women and writing in modern China*, edited by Wendy Larson Stanford: Stanford University Press, 1998.

Lee, Young-Suk. "A Study of Stage Costume of Peking Opera." *The International Journal of Costume Culture* no.6 (2003).

Li, Lillian M. *Fighting Famine in North China: State, Market, and Environmental Decline, 1690s – 1990s.* Stanford: Stanford University Press, 2007.

Li, Thomas Shiyu, Susan Naquin. "The Baoming Temple: Religion and the Throne in Ming and Qing China." *Harvard Journal of*

Asiatic Studies 48, no.1 (1988).

Lin, Yutang. *Moment in Peking*. Beijing: Foreign Language Teaching and Research Press, 1999.

Mann, Susan. *Precious Records: Women in China's Long Eighteenth Century*. Stanford: Stanford University Press, 1997.

"The Virtue of Travel for Women in the Late Empire." In *Gender in motion: divisions of labor and cultural change in late imperial and modern China*, edited by Bryna Goodman、Wendy Larson Lanham, Md.: Rowman & Littlefield Publishers, 2005.

McMahon, Keith. *Misers, Shrews, and Polygamists: Sexuality and Male-Female Relations in Eighteenth-Century China*. Durham: Duke University Press, 1995.

Miyakawa, Hisayuki. "An Outline of the Naito Hypothesis and Its Effects on Japanese Studies of China." *The Far Eastern Quarterly* 14, no.4 (1955).

Morgan, David. *The Mongols*. Oxford: Wiley-Blackwell, 1990.

Mote, Frederick W. *Imperial China, 900 - 1800*. Cambridge, Mass.: Harvard University Press, 1999.

Murray, James M. *Bruges, Cradle of Capitalism, 1280 - 1390*. Cambridge: Cambridge University Press, 2005.

Naquin, Susan. *Funerals in North China*. Berkeley: University of California Press, 1988.

Naquin, Susan, Chun-fang Yu. *Pilgrims and Sacred Sites in China*. Berkeley: University of California, 1992.

Neal, Larry. *A Concise History of International Finance: From Babylon to Bernanke*. Cambridge: Cambridge University Press, 2015.

Needham, Joseph, Francesca Bray. *Science and Civilisation in China*. Cambridge: Cambridge University Press, 1984.

Newman, Jacqueline. *Food Culture in China.* Westport, Conn.: Greenwood Press, 2004.

Nyren, Eve Alison. *The Bonds of Matrimony.* New York: Edwin Mellen Press, 1995.

Ōki, Yasushi. "Textbooks on an Aesthetic Life in Late Ming China." In *Quest for Gentility in China: Negotiations Beyond Gender and Class*, edited by Daria Berg、Chloe Starr Hoboken: Taylor & Francis, 2007.

Orzech, Charles D. "Mechanisms of violent retribution in Chinese hell narratives," *Contagion: Journal of Violence, Mimesis, and Culture*, vol.1 (1994).

Owen, Stephen. *Traditional Chinese Poetry and Poetics: Omen of the World.* Madison: University of Wisconsin Press, 1985.

Plaks, Andrew H. "After the Fall: Hsing-Shih Yin-Yuan Chuan and the Seventeenth-Century Chinese Novel." *Harvard Journal of Asiatic Studies* 45, no.2 (1985).

Polo, Marco. *The Travels of Marco Polo.* Harmondsworth, Middlesex: Penguin Books, 1958.

Pomeranz, Kenneth. *The Making of a Hinterland State, Society, and Economy in Inland North China, 1853 – 1937.* Berkeley: University of California Press, 1993.

Qu, Tongzu. *Law and Society in Traditional China.* Paris and The Hague: Mouton, 1961.

Raphals, Lisa Ann. *Sharing the Light: Representations of Women and Virtue in Early China.* Albany: State University of New York Press, 1998.

Ren, Hai. "The Landscape of Power: Imagineering Consumer Behavior at China's Theme Parks." In *In the Themed Space:*

Locating Culture, *Nation and Self*, edited by Scott A. Lukas Lanham: Lexington Books, 2007.

Robertson, H. M., M. Weber. *Aspects of the Rise of Economic Individualism*, *a Criticism of Max Weber and His School.* Cambridge: Cambridge University Press, 1933.

Ropp, Paul. *Banished Immortal: Searching for Shuangqing*, *China's Peasant Woman Poet*. Ann Arbor: University of Michigan Press, 2001.

Ropp, Paul S. *Banished Immortal: Searching for Shuangqing*, *China's Peasant Woman Poet*. Ann Arbor: University of Michigan Press, 2001.

"The Seeds of Change: Reflections on the Condition of Women in the Early and Mid Ch'ing." *Signs* 2, no.1 (1976).

Shakespeare, William: *As You Like It*, *Woodstock*, Ontario: Devoted Publishing, 2016.

Shen, Guangren. *Elite Theatre in Ming China, 1368 – 1644*. New York: Routledge, 2005.

Simoons, Frederick J. *Food in China: A Cultural and Historical Inquiry*. Boca Raton: CRC Press, 1991.

Smith, Arthur H. *Village life in China; a study in sociology*. New York: F. H. Revell company, 1899.

Sorokin, Pitirim Aleksandrovich. *Man and Society in Calamity; the Effects of War, Revolution, Famine, Pestilence Upon Human Mind, Behavior, Social Organization and Cultural Life.* New York,: E. P. Dutton and company inc., 1942.

Spence, Jonathan D., John E. Wills. *From Ming to Ch'ing: Conquest, Region, and Continuity in Seventeenth-Century China*. New Haven: Yale University Press, 1979.

Sullivan, Michael. *The Arts of China*. Berkeley: University of California Press, 1999.

Sumptuary Law: Social Stratification, Morality, Clothing, Food, Luxury Good, Discrimination, Nobility, Privilege, Bourgeoisie, Dress Code. Mauritius: Betascript Publishers, 2009.

Tang, Xiaobing. *Global Space and the Nationalist Discourse of Modernity: The Historical Thinking of Liang Qichao*. Stanford, Calif.: Stanford University Press, 1996.

Teiser, Stephen F. *The Ghost Festival in Medieval China*. Princeton: Princeton University, 1988.

Tong, James. *Disorder under Heaven: Collective Violence in the Ming Dynasty*. Stanford: Stanford University Press, 1991.

Tsai, Shih-shan Henry. *The Eunuchs in the Ming Dynasty*. Albany: State University of New York Press, 1996.

Tu, Wei-ming. " Probing the ' Three Bonds ' and ' Five Relationships' in Confucian Humanism." In *Confucianism and the Family*, edited by George De Vos Walter Slote New York: SUNY Press, 1998.

Ueki, Masatoshi. "The Blood Tray Sutra." In *Images of women in Chinese thought and culture: writings from the pre-Qin period through the Song dynasty*, edited by Robin R. Wang Indianapolis: Hackett, 2003.

Wang, Liping. "Tourism and Spatial Change in Hangzhou, 1911 – 1927." In *Remaking the Chinese city: modernity and national identity, 1900 – 1950*, edited by Joseph Esherick Honolulu: University of Hawaii Press, 2000.

Weber, Max. *General Economic History*. New Brunswick, N. J.: Transaction Books, 1981.

The Religion of China: Confucianism and Taoism. Glencoe, Ill.,: Free Press, 1951.

Weidner, Marsha. "Women in the History of Chinese Painting." In *Views from Jade Terrace: Chinese Women Artists, 1300 – 1912*, edited Indianapolis; New York: Indianapolis Museum of Art; Rizzoli, 1988.

Will, Pierre-Etienne. *Bureaucracy and Famine in Eighteenth-Century China*. Stanford: Stanford University Press, 1990.

Will, Pierre-Etienne, Roy Bin Wong. *Nourish the People: The State Civilian Granary System in China, 1650 – 1850*. Ann Arbor: Center for Chinese Studies, University of Michigan, 1991.

Williams, Paul. *Mahayana Buddhism: The Doctrinal Foundations*. London; New York: Taylor & Francis, 2008.

Windschuttle, Keith. *The Killing of History: How Literary Critics and Social Theorists Are Murdering Our Past*. New York: Free Press, 1997.

Wittfogel, Karl August. *Oriental Despotism*; *a Comparative Study of Total Power*. New Haven; London: Yale University Press, 1963.

Wu, Yenna. *Ameliorative Satire and the Seventeenth-Century Chinese Novel, Xingshi Yinyuan Zhuan-Marriage as Retribution, Awakening the World*. Lewiston: E. Mellen Press, 1999.

"The Anti-Hero in the Xingshi Yinyuan Zhuan." *Journal of the Chinese Language Teachers Association* (*Kalamazoo, MI*) 28, no.3 (1993).

The Chinese Virago: A Literary Theme. Cambridge, Mass.: Council on East Asian Studies distributed by Harvard University Press, 1995.

"From History to Allegory: Surviving Famine in the Xingshi Yinyuan Zhuan." *Chinese Culture* (*Taipei*) 38, no.4 (1997).

"Morality and Cannibalism in Ming-Qing Fiction." *Tamkang Review: A Quarterly of Comparative Studies Between Chinese and Foreign Literatures* 27, no.1 (1996).

"Of Body and Boundary: Portrayals of Cannibalism in Xingshi Yinyuan Zhuan." Paper presented at the Guest Lecture of Department of Comparative Literatures and Languages, Riverside, CA, 1998.

"Repetition in 'Xingshi Yinyuan Zhuan'." *Harvard Journal of Asiatic Studies* 51, no.1 (1991).

"Repetition in Xingshi Yinyuan Zhuan." *Harvard Journal of Asiatic Studies* (*Cambridge, MA*) 51, no.1 (1991).

"Satiric Realism from Jin Ping Mei to Xingshi Yinyuan Zhuan: The Fortunetelling Motif." *Chinese Culture* (*Taipei*) 39, no.1 (1998).

Xu, Hui-lian, J. F. Parr, Hiroshi Umemura. *Nature Farming and Microbial Applications*. New York: Food Products Press, 2000.

Yang, Yu-chun. *Reorientation of Jinpingmei and Xingshiyinyuan*. Dissertation, Princeton University, 2003.

Yu, Chun-fang. *Kuan-Yin, the Chinese Transformation of Avalokitesvara*. New York: Columbia University Press, 2001.

Zelin, Madeleine. *The Merchants of Zigong: Industrial Entrepreneurship in Early Modern China*. New York: Columbia University Press, 2005.

Zurndorfer, Harriet T. *Change and Continuity in Chinese Local History: The Development of Hui-Chou Prefecture, 800 to 1800*. Leiden; New York: E. J. Brill, 1989.

跋　一

本书的主体来自我在亚利桑那大学东亚系读博士时完成的同名英文论文，《衣食行：〈醒世姻缘传〉中的明代物质生活》（Clothing，Food and Travel：Ming Material Culture as Reflected in *Xingshi Yinyuan Zhuan*）。在美国读文科，如果从硕士到博士没有换过专业方向，一般博士生会选择扩充硕士论文成为博士论文，这个通行的做法简捷实用，有利于尽快毕业。我未曾换过专业方向，但硕士和博士并没有连着来——硕士毕业后，我先去旧金山一家金融公司做事了，直到博士又回到亚大的原项目，因为有这层缘故，我原来修过的一些旧学分都不能计入，要先补修一部分课程才能组成答辩委员会，其后才能准备中期考试，中期考试过后才能真正着手论文。这种情况下，赶快戴帽毕业，缩短游离于学术圈外的间隙期，其实才是最要紧的。

我的硕士英文论文做的是《中国近代女学的兴起》，篇幅并不短，且已结为论文发表。在那之前，我与业师合作过有关秋瑾诗词与生平的一部中文书稿，且协助业师梳理过蒋经国基金会资助下的四个小项目，分别为清末的兴女学、废缠足、女子从军和女子参政。可以说，我对清末女子运动的预备是充分的，"功课"是做足了的，无论我拣选秋瑾或清末女学的任一题目，都应该很快可以将论文写出，上交毕业。

博士项目第三年，在需要提交论文完成时间表的时候，我决定换题目。换到不能称熟悉的明史、物质史，且是与文学交切非常大的一个题目，这在我，是个很大胆的决定。就像三线城市里的大龄剩女,忽然宣布要去"追求爱情",不愿跟七姑八姨都看好的经济适用男未婚夫结婚了——我当时的情形大抵就跟这个差不多。

　　张爱玲说被红楼梦"魇"了十年,自笑"唯一的资格是实在熟读《红楼梦》,不同的本子不用留神看,稍微眼生点的字自会蹦出来"。我那时也差不多被《醒世姻缘传》"魇"了有十年了,不敢说熟悉文本,但带在手边那本硬封面齐鲁书社版已经被我翻破,断了书脊。《醒世姻缘传》这部书,我用装有 Window CE 的厚笨 PDA读过,在排版排得错误百出的网络小说网站上读过,用图书馆借来的不知猴年马月的泛黄竖繁版读过。我发现我在任何嘈杂的环境里——潦草啃个三明治的公司餐室、等待被叫号的公事衙门、通勤的地铁、出差的飞机——都能读下去,翻开任何一页都能读下去。我试过不那么中意的古典小说,如《儿女英雄传》,如《歧路灯》,结果是不行。这部书,当时我已经读了前后不下十五遍。而《红楼梦》与《金瓶梅》二书,我读的年头只有更长,遍数只有更多。

　　我是山东济南人,但从童年起就没怎么讲过济南话。幼儿园、小学都在父母单位所属的高校大院里,中学进入另外一所高校的附中,周边未曾有过浓厚的方言环境。济南话我能说,但肖得不太像。除济南话之外,我能仿烟台话、青岛话、东北话等北方方言,都是"有那么点意思"的点到为止。我的方言能力比较像"哑巴英语",更适合于阅读,《海上花列传》我初读也不觉吃力,《千江有水千江月》里的闽南话,胡兰成散文里的浙方言,我都能从眼中看到心里去。而《醒世姻缘传》真是可以把乡愁都读到云山外的一部书,读着读着,家乡、山东、古中国都近得就像在睫下。在多雨的旧金山,难得闲下来的周末下午,泡壶茶慢慢消磨着,那些山东方言熟稔地敲打在耳边,就如檐外的雨。

　　以《醒世姻缘传》为素材做英文的物质史论文,面临的第一个问题就是:成筐累篑的物质描写,怎么还原为英文? 若仅仅需要对付原文里的"水红纱藏头膝裤""羊皮里天青劈丝可脚的鞡鞋"

还就罢了,问题是还要援引平行文本中的"细撮穗白绫挑线莺莺烧夜香汗巾儿"之类,时不时又会冒出大段的古代文献,如明律里对七品至九品孺人所应戴珠冠的规定:"冠用抹金银事件,珠翟二,珠月桂开头二,珠半开六,翠云二十四片,翠月桂叶一十八片,翠口圈一副,上带抹金银宝钿花八,抹金银翟二,口衔珠结子二。"

严复说:"一名之立,旬月踟蹰。"译事之难,可见一斑。《醒世姻缘传》在英文学术界,毕竟不如四大名著之盛名倾动——如《红楼梦》之有杨宪益和戴乃迭夫妇、霍克斯和闵福德翁婿,《水浒传》之有赛珍珠、杰克逊、沙博理和登特·杨父子,《西游记》之有詹纳尔和余国藩,《三国演义》之有泰勒和罗慕士。《醒世姻缘传》只有一个不完全的英译本,为 Eve Alison Nyren 所译,仅有其前 20 回,虽然它的翻译质量是优秀的。据夏志清的回忆,王际真参与了一部分译写修饰的工作。① 但无论如何,篇幅只有原文总长度五分之一的译文,作研究用只好算聊胜于无。

我念博士的时候,硕士组有个老美同学,也在为敲定论文方向而头疼。他的中文已经好到足够可以说俏皮话,但阅读生涩点的古典文本就会打怵。他颇迷《金瓶梅》,一直对芮译赞不绝口。当时芮效卫的五卷本已经出齐了四卷,但他老人家年事实在过高,那两年学界纷传芮教授健康状况不佳,甚至偶有他中风或过世的谣

---

① 王际真是译《红楼梦》出名的,他的节译版比霍克斯的本子早了近半个世纪。他也是因为这层缘故被富路特罗致到哥大教书——尽管他并没有一张"打工卡"(博士学位)。我听到过几位汉学界前辈的意见,惋惜王际真既不能把《红楼》译完整,又未曾做出更大部头的翻译。以他的功力,译《醒世姻缘传》应该是不二人选。王际真以《吕氏春秋》为课题拿到了国家人文科学基金(National Endowment for the Humanities),但他也只翻译出了其 160 篇中的 5 篇。全职的教学工作是与名著翻译相克的,芮效卫就是认识到这一点,才在 65 岁就申请提前退休,屏绝一切交游,全力以赴才将最后一卷《金瓶梅》翻译完成的。

言。我那同学一夕数惊了几次,最终把方向锚定到一个当代政治
选题:新儒家主义。他说他实在受不了"屏气等待"参考资料出炉
的焦心,万一运气不好,自己的论文会跟着断鞭。

写到这里,我好像通篇都是在谈翻译之艰难而不是在谈《醒世
姻缘传》的研究过程了。这不知不觉的跑题,实在是有其不得已的
情由。我的英中两稿,其两次写作的过程,都无非是与另一语言做
逆向之角力。初稿为英文而面临大量的文献中译英,不光前 20 章
以外的引文,所有找不到对应英译的古籍文献,都必须自己一字一
句译出。这样做有意义吗? 我时不时需要问自己这个问题。

更糟糕的是,从理论上说,对文学文本的陷入深了,研究的历
史性就会相应降低。这是我面临的第二个问题:《醒世姻缘传》,
作为一份文学文本,足以撑起一份史学性质的研究吗?

美国大学东亚系的史学专业,有其自身的定位问题,说来话
长。王晴佳有篇题为《中国文明有历史吗?》的文章,道出美国东
亚系系科建制的"妾身未分明"处,又道出东亚系所属的"汉学研
究"与历史系所属的"中国研究"在西方学术环境中的区别:

> 在哈佛大学,只有研究中国近代史、现代史的教授,才在
> 历史系任职,而研究中国传统文明的学者,则在"(远东)东亚
> 文明与语言系"供职,至今如此。……这一现象,不仅在美国
> 如此,在欧洲表现更为明显。①

美国的大型综合性大学,一般都会设有东亚/亚洲系。视其侧
重点为何,这个系可以叫不同的名字:"东亚研究""东亚文明与语
言""亚洲研究""亚洲语言和文学"等。一个东亚系的标配是这样
的:中国组、日本组;每组各下设文学、历史、宗教/哲学、语言等分
支专业。一个加强版的东亚系还会包括韩国组。如果系名是"亚

---

① 王晴佳:《中国文明有历史吗——中国史研究在西方的缘起、变化
及新潮》,《清华大学学报》(哲学社会科学版),2006 年第 1 期。

洲"而非"东亚",则会包括一两个东南亚语种专业。通常,东亚系
的语言项目会同时担任该校针对本科生的中日文语言教学,总课
目会由系里的教授或讲师规划,但多数的教学任务由助教承担;同
时东亚系的文学或历史专业会承担本校的一至两门中日文明通
史,侧重点可在文学,也可在历史,一般是教授任课四分之一,助教
任课四分之三左右。

　　国内中文出身的学生去美国留学,念东亚系是一个常见的选
择。非近现代方向的历史系学生往往也是这个选择,因为美国历史
系没有或很少有针对前现代中国史专业的培养计划。念文科奖学
金难拿,东亚系的助教职位可以提供生计之需。但在东亚系攻读史
学方向,一般市面上会认为其训练不如历史系出身的学生来得纯
正。作为博士生,如欲弥合这一点不足,就需严格加强其论文的史
学性;狭窄地理解,就是最好在选题时,就先把社会史、文学史、文化
史——与严格意义上的史学范畴有轩轾的"史"——都当杂草拔掉。

　　好在这也只是论调之一而已。自十九世纪以来,史学的概念
和范畴定义就已开始遭遇挑战。在史学的源流里,既产生了像兰
克那样严于文献考订和精确叙事的实证主义流派,也产生了注重
取样与数据的计量史学。布罗代尔所代表的年鉴学派(Annales
School),不重视史学叙述的时间性,倾向于弱化战争、外交、政治
事件等传统史学的基本面,而强调气候、土壤、植被、地理位置、山
川河流等下部构造,布氏获讯被称"布罗代尔的史神赤裸裸"(the
nakedness of Braudel's muse)。他的同事乔治·杜比(Georges
Duby)也承认他们这一学派的作风是"不喜欢去简单地叙述事
件……相反地,会挑去事物表面的浮花浪蕊,而专注于观察长时期
及中等长度时间内的经济、社会与文明的进化"①。二十世纪七八

---

① Georges Duby, "Forward," *Le Dimanche de Bouvines*, Paris:
Gallimard, 1973.

十年代以来,经由福柯、德里达、阿尔都塞、萨义德等人的推动,又兴起了一股后现代"文化研究"的潮流,其脉络源流极多极杂,其中最为激进的门派根本否定归纳求知与实证研究的可能性,认为人文世界完全是基于语文或文化的应用,除了"文本"与"权力"之外没有第三样物事存在。按照他们的看法,即使是历史档案,也不免为一种"文本",如萨义德所谓"过去乃是今日的小说"(The past is the fiction of the present),因此历史研究也就与文学研究无异。这有如将"诗无达诂"加于历史研究的解释,我个人是不能赞同的。

　　后现代理论虽有过激之处,又否认确切知识的存在,具有"自毁性格",但它对于我们开阔视野的作用也是明显的。正如台湾出身的历史学家汪荣祖所总结:

　　　　后现代主义对文学面的重视,可以重新考虑历史的文学性与叙事史;对弱势群体的重视,可以宽广史识;对次文化的强调,更可以扩大历史的园地……后现代正是促使史学再度摆脱既有的限制,拓宽范畴,从事前所忽略的课题,诸如女史、儿童史、医药史,以及身体、情欲、隐私等研究,可称新的"新史学",自能更加丰富史学的内涵,譬如长江黄河之外,包揽众多的旁支细流,始见江河之全。①

　　这番言论真可以为我的选题问题张目。我"作死"地临阵哗变,抛掉了史学性更强的熟题目,投入了《醒世姻缘传》的怀抱,针对此,答辩委员会中不是没有导师就论文能否"正当辩护"(justify)其史学属性提出过质疑的。这是一个有益的质疑,它使我时时留意论文的立足点在哪里。正如在绪论部分曾谈起过的,《醒世姻缘传》的其他研究者也并非未曾困惑于使用文学文本来做史学研究的双刃性。一方面,文本的诱惑如"一口诱人的美食",另

---

① 　汪荣祖,《导言》,《史学九章》,第8—9页。

一方面,这样做本身具有"人所共知的困难",因为文本并非每一处都在写实。切实的做法是将文学描写结合实际史料进行考察,其次是要注意使用技术性的、中性的视角,避免被文本中的道德判断或审美因素带跑。

我在国内原毕业于山东大学中文系,出国后因为某些个人际遇,专业上由文入史。我不否认对旧专业的余情未断。我努力选择一个兼跨文史的题目,确然有将旧有的文学背景和训练都动员起来的意思。这其中不能没有一点情绪因素。母校最引为骄傲的学术期刊即名《文史哲》,寓意这三个领域的浑然一体。本科时候亲炙的几位治古典文学和训诂学的老师,承章黄之余绪,其功力都是打通文史的任督二脉的,特别是鲍思陶(已故)与郑训佐二师。就我记忆所及,他们都曾在课上与课下强调过《文史通义》中开宗明义所言的"六经皆史也""六经皆先王之政典也"的要旨,但又不完全拘于章学诚的套路。诸师的意见,可略述为此:《春秋》与《尚书》誓诰,自出史职;乐经或以为毁于秦烬,或以为是《周礼》中的《春官宗伯章》,则其所载亦与《礼记》一般为典章制度的记录;《易》中史的成分少,但若质以它的先驱产品《归藏》的辑佚文,则亦有少量的史学分量;《易》又特宜于与《诗经》同看,可用以钩沉隐藏的历史元素,如:

明夷于飞,垂其翼。君子于行,三日不食。(《周易·明夷》)

鸿雁于飞,肃肃其羽。之子于征,劬劳于野。(《诗经·小雅·鸿雁》)

鸿渐于陆,夫征不复,妇孕不育。(《周易·渐》)

鸿飞遵陆,公归不复,于女信宿。(《诗经·豳风·九罭》)

选择《醒世姻缘传》为研究素材,从情感上说是因为我的旧训练里已包含有汇通文史的因素,而我不愿意与这个传统轻易断绝,即使以延迟毕业、推长间隙期为代价。有关文史之分野和小说之于正史的补佚作用,钱锺书先生更有一段精彩论述,虽稍长而不得不敬录:

> 古人编年、纪传之史,大多偏详本事,忽略衬境,匹似剧台之上,只见角色,尽缺布景。夫记载缺略之故,初非一端,秽史曲笔姑置之。撰者己所不知,因付缺如;此一人耳目有限,后世得以博稽当时著述,集思广益者也。举世众所周知,可归省略;则同时著述亦必类其默尔而息,及乎星移物换,文献遂难征矣。小说家言摹叙人物情事,为之安排场面,衬托背景,于是挥毫洒墨,涉及者广,寻常琐屑,每供采风论世之资。然一代之起居服食、好尚禁忌、朝野习俗、里巷惯举,日用而不知,熟狎而相忘;其列为典章,颁诸法令,或见于好事多暇者之偶录,鸿爪之印雪泥,千百中才得什一,余皆如长空遍雁之寒潭落影而已。陆游《渭南文集》卷二八《跋吕侍讲〈岁时杂记〉》曰:"承平无事之日,故都节物及中州风俗,人人知之,若不必记。自丧乱来七十年,遗老凋落无在者,然后知此书之不可缺。"遍去习常,"不必记"之琐屑辄成后来掌故,"不可缺"之珍秘者,盖缘乎此。曩日一法国史家所叹"历史之缄默",是亦其一端也。①

正史书写中既出现"历史之缄默",则由小说家言中如辑佚般采出,岂非宜当?其实,仅仅考求名物,印证典章,仍非史家之大道。著有《罗马帝国衰亡史》的伟大史家爱德华·吉本认为人类有一种"普遍的欲求",需要去了解过去。在其自传中,他感喟了人生之短暂后说道:

---

① 钱锺书:《史记会注考证二十》,《管锥编》,北京:生活·读书·新知三联书店,2007 年,第 492—493 页。

因此,我们努力向死亡的背后去伸展去探求,怀抱着如宗教和哲学所建议的那些希望,通过把我们自己与那些我们存在的创造者进行关联,我们填补起存乎我们出生之前的沉默空白。我们乃似在我们的祖先身上重新活了一遍一样。①

基于此,吉本认为,理想的历史家既不应是考古学家或博学之士,也不应是编纂学家或年鉴学者,而应是能够建构哲学式历史叙述的学者。②

蒋廷黻先生也认为考据与注疏只应被视为服务于历史学的工具,而不应成为学术目的本身。针对当时"我们有某书的注疏考证,而没有一个时代或一个方面的历史;我们有某书的专家,而没有某一时代或生活的某一方面的专家"的过重考据的学界风气,他曾大声疾呼"实在治书仅是工具学。我们虽于工具务求其精,然而史家最后的目的是求了解文化的演变",③为此,他在任清华大学历史学系主任时,极力推行"历史学和社会科学并重,历史之中西方史与中国史并重,中国史内综合与考据并重"的教学方针,主张考据与综合并重,打破已往的以专治一书为治史的学风。④

我在选题落定之后,运气实在是不坏。论文在结构将近成形、内容仍待填充时,以选题大纲的形式参选本校的博士生奖学金竞赛,获得该年度的最大奖项"1885 艺术人文学会奖学金"(AHSS Fellowship。亚利桑那大学建校于 1885 年,故云)一万美元。研究

---

① Edward Gibbon, *Memoirs of My Life*, G. A. Bonnard *eds.*, London: Nelson, 1960, p.3.

② 杨肃献:《吉朋与〈罗马帝国衰亡史〉》。

③ 蒋廷黻:《历史学系的概况》,清华大学校史研究室编著,《清华大学史料选编》第二卷(上),北京:清华大学出版社,1991 年,第 337 页。原载《清华周刊》第四十一卷第 13—14 期《向导专号》。

④ 参见何柄棣:《读史阅世六十年》,桂林:广西师范大学出版社,2005 年,第 68 页。

生院负责科研的副院长 Andrew C. Comrie 写信来贺,称这一奖项脱颖而出自"一份出色的研究生名单"。

明史专家查尔斯·贺凯(Charles O. Hucker),二十世纪六十年代初在亚大东亚系任教。他于 1965 年去了密歇根大学——也因此而成为黄仁宇的博士答辩委员会导师之一,①但他热爱亚利桑那的阳光,退休后又与妻子返回图桑,并且直到二十世纪九十年代初去世前一直活跃在我系。② 他的藏书大部分捐给了亚大图书馆,有一部分赠给了他的同专业同事、业师鲍教授,又经鲍教授传到我的手上。我们今日翻译中国古代,特别是明代的职官制度,仍以贺凯的译本为准。许多不可思议的古涩官职名称,贺凯都给出了准确完美的英译。贺凯间接的藏书遗馈,实在让我受益良多。

亚大的图书馆是我永远怀念的一处地方。博士生借书的条款慷慨无比,上限可达百本之多。英文资料几乎都可在本馆一索而得,中文藏书也堪称丰实。每次去借书,都需开车前往,且将车泊在离图书馆最近的位置,因为所借一定会达到自己所能抱得动的重量上限。本馆所无的资料,填张单子,馆际借书无远弗届,北美域内几天就到,国外书籍约候十天左右能到;若并不需要全书,只要书中的部分章节,则网上填单,注明章节页数,不日内 PDF 文件就会发到电子邮箱。图书馆阅读环境本已上佳,中期考试过关后,

---

① 贺凯指导黄仁宇论文,应始自 1961 年他去奥克兰大学(原称"密歇根州立大学")任教后的次年,该校离黄仁宇所在安亚堡只有 20 英里。黄仁宇:《黄河青山——黄仁宇回忆录》,第 163 页。

② 我系至今还设有贺凯奖学金给本科生。而每年奖学金颁发仪式上,必然要讲一个经典段子。话说贺凯在芝加哥大学悬梁刺股,苦读文言文,终于毕业了,拿到洛克菲勒奖学金,前往台湾进修。那时候飞机很少,国际旅行多是乘船,所以贺凯在基隆下船,下来后到处打听下一步怎么走。在基隆码头,贺凯逢人就问,问的是:"吾欲之台北! 吾欲之台北!"——结果那些讲闽南话的台湾人没一个人听得懂他搞什么鬼。

博士生称候选人,可以申请到单间小自习室,书籍电脑都可放置在内,困了还可以小眠。法学院听说还有 24 小时不休的图书馆,不过我从来没有使用过。写论文期间,我的笔记本电脑几次染上病毒,需要完全格盘才能救出来,然而"卫青不败由天幸",我的文件每次都能保住。

跌跌撞撞终于走到毕业。毕业前有次在电脑上看了个老片子,是二战战斗英雄"小德克萨斯"奥迪·墨菲的自传电影,中文名叫"百战荣归",英文名叫"To Hell and Back",意为"去了地狱又回来了"。片名打出来时,内容为何我还不知道,但着实引动思绪,我盯着那行标题良久,眼睛如看久了视力表一样涩涩的。

英文论文照例有个题献,我将之献给了其时已谢世四年的外公王兆祥和其时已 84 岁高龄的外婆张玉勤。外公的父亲是宁阳人,少小时来济南闯天下,赤手空拳建起一份家业,及至为长子娶亲,仍旧回老家聘宁阳的姑娘作儿妇,就是我外婆。外公外婆说一种半宁阳半济南的方言,我儿时就听惯了的。我读《醒世姻缘传》,常有一种在温暖的小火炉边烤火的感觉,那是同为山东方言文学的《金瓶梅》不曾给予我的私人化感受。我也是要读这书几遍之后才惊觉,原来自幼起便听惯的二老细声细语的家常闲谈,其方言词汇与《醒世姻缘传》有惊人的重合。"远处"一般是"遥地里","东西"一般是"行行子","将就地拥挤住着"叫"浓济","慢腾腾做事"叫"魔驼"。我外祖父母是在济南沦为日据期间结的婚,两人年龄都不足二十岁,据说花轿都是从日本人刺刀下抬进的城门。他们是盲婚但一生都很恩爱,稳稳地过到了钻石婚。五十年代,太外公的财产不动产被没收,外公家一夜之间沦为贫民,就靠外公一份菲薄收入,养大五个子女,有了孙辈之后又兢兢业业带大第三代。两人都超级好脾气,对孙辈尤其慈爱。

毕业后忙着教书,《醒世姻缘传》这个课题便算是马放南山了。"自从弃置便衰朽,世事蹉跎成白首",直到 2014 年左右,这压箱底的稿件竟然被两家小出版社惦记。那两家的名字我忘了，它们很可能是所谓"掠食出版社"（Predatory Publishers），从密歇根大学的 ProQuest 论文数据库中找到感兴趣的题目出击的。但是被这样一提，倒是促使我将旧稿拿出来重新打量。打量的结果，是必须要大修。既然要修，我想，就不若先将英文稿回译为母语，可以方便补入近期出来的新资料。我以为这一过程总应该是容易的。

从学生时代起，我为刊物、报纸、公司、研讨会、书法展览、艺术表演作过多次小规模的口译、笔译。① 我在旧金山的工作，是全职的金融翻译与本地化（localization），回归学术圈后，我亦开始为一家澳门的双语刊物做文史类专栏的中英笔译。过去为人译稿，单篇动辄上万字。我在将英文稿开始进行中文回译的时候，曾经想过：原文，毕竟是我自己一个单词一个单词敲出来的，总长度呢，也无非就相当于十几篇长稿，这回译的功夫，还不该是倚马可待？满打满算两个月足够了。然及至落笔，我却发现事情并不是那么简单。

---

① 最离奇的一次，我被当地的一家武术协会请去，给四位来自天津的武功师父和八十多位学练中国功夫的老美学员做了一整天的同声传译。四位师父年纪多在五六十岁间，其一长得像郭德纲，其二像郭的搭档于谦，其三像大号的郭德纲，其四像大号的于谦。一水儿剔着铮亮的光头，一水儿穿着对襟白马褂，一水儿的逗死人不偿命的天津哏儿。教习的内容为五行拳与五禽戏的结合。盛夏的酷暑中，师父们演示搏击，学员们练习搏击，我则在听来并不比佛经更亲民的一串串武功大咒里差点被淹死，载沉载浮之余，努力将天津口音的"崩拳变炮拳，为木生火""吐故纳新，熊经鸟伸"等段子翻成英文讲给学员听，间或还要把学员的问题转达给四位师父。说不清楚的地方，师父、学员和我就直接上比划。一天下来，居然师徒两组交流无碍。黄昏时分，学员散去，图桑的夕阳照得满天彩霞如烧，四位师父在教学的院落中设下桌凳，请我坐坐。他们取出国内带来宜兴紫砂壶和体己铁观音，以矿泉水烹茗。茶色匀停，师父们逐一奉杯来谢。那天，我听他们说的最多的话就是："姑娘啊，介也实在是难为你咧！"

《东观汉记·光武帝纪》谓"家有敝帚,享之千金",我本经年为人做罗衣,于他人文字,尚不殚竭十指之巧,力使译文措辞精当,文辞妍美;而况今年压金之线,乃是为已绣嫁? 于是重检原稿,析毫剖厘,欲取北齐颜之推"沉侯文章用事,不使人觉,若胸臆语也"自期。要将一篇原为取洋功名而作的应制英文八股换化为句句如出胸臆的中文作品,则保留原结构的同时,章句辞谈,必使其不违汉语特有的经律韵致;引书举证,务期以就范中文著述的体例成规。为求遣言置辞切近得当,有时吟安一字未定,神游诗府,终日如驴上贾僧然,自笑唯不曾于紫陌冲韩京尹耳。俞樾论文,尝谓"若舍注疏而立异论,不可辄许",本书原重在考据明代的物质生活及其相关的典章制度,故凡书中枚举,无论名物来历、典制本籍、史实源本,乃至文字正假、左道旁说,都必逐一详备其出处。有时一注不得,未免眠食皆为之废,倾筐倒箧于书房,上穷下搜于网络,必待文中阙疑处补足后方能复有啄饮。

就食于野,漂泊海隅,全时工作之余,每晚漏夜打字,其状已如苏子美所谓"羁愁虽得著书乐,风物能伤迁客心"。作者的初心、译者的添笔、检点旧稿而不识前迹的迷惘、为学日益而愿更上层楼的志气、英文格式与中文标准的冲突、文献援引英文原注还是直取中文出处的纠结……贯穿了整个翻译和再创作的过程。就这样,原以为两个月可以完成的项目延长到了一年。其后又每有增补。

本书所源自的英文论文,是在我的博士导师、亚利桑那大学的鲍家麟教授指导下完成的,她对我的帮助和厚爱远远超越了一位导师对其弟子的职责范畴。我在赶写此中文稿的同时,还与鲍教授合作另外一个项目,《侠女愁城:秋瑾的生平与诗词》,我们的邮件交流几乎日日不断。博士委员会的另外三位导师马伯良(Brian E. McKnight)、吴疆和任海,都对英文原稿的形成给出了很多可贵的建议。马伯良教授治宋代法律史,他提示我从政府立法者的心态角度来看待禁奢性风俗习惯中存在的禁奢性法律的遗迹;吴疆教授治明清佛教史,他对本书中的功过格、地狱文学、引啄前定论部分的指导最多,他很关注学术规范的细节,我在写作格式上多曾参考吴教授的哈佛博士论文,实感受益;任海教授则指导我阅读后现代理论,本书有关妇女旅行部分的若干思路得之于任教授所荐的参考书目。

马萨诸塞大学安姆斯特分校的东亚系主任师岱渭(David Schneider)、乔治梅森大学现代与古典语文系中文部主任张宽(Karl Zhang)、德国海德堡大学汉学系主任纪安诺(Enno Giele)都是我以前的老师,也都在我的学术方向上给予过重要的指点和鼓励。康涅狄格大学历史系退休教授王冠华在学术写作上给予我许多忠言;他慷慨地将他的 Kindle 书库分享与我,在阅读的视野上,王教授向我推荐的好书——有些甚至并不与文史相关——极大地拓展了我的地平线。

我在一家老牌文学论坛里结交的始终未曾谋面但意气相投的女友小赌——网名叫"赌徒是天生的"——看过初稿后,给出了颇为不低的评价。我要到很久之后才知道,她是挪威克里斯蒂安米凯尔森研究所(Chr. Michelsen Institute)的研究员李树波,也是艺术史专栏"齐物学堂"的作者 ChillyatOslo。她摇曳生姿的文字一直是我的心头好,得她肯定初稿,也令我在初始阶段有种放心之感。

本书的出版,得到了山东大学《文史哲》期刊总编王学典先生、文学院院长杜泽逊、儒学高等研究院和上海古籍出版社的支持。在此,我向诸位师长及相关机构表示衷心的感谢。

跋 二

穷年治《醒世姻缘传》之衣食行今毕事其稿因有感焉

之 一

谁从平世询莞说①,最是才流乐食箪。②

丁甲文搜能讶鬼③,坎离道反定分鸾④。

奉中大史原擎筭⑤,授矢微臣累执纴⑥。

---

① 《诗·大雅·板》:"先民有言,询于刍荛。"郑玄笺:"古之贤者有言:有疑事当与薪采者谋之。"鲁迅《且介亭杂文二集·六朝小说和唐代传奇文有怎样的区别?》:"《隋书·经籍志》抄《汉书·艺文志》说,以著录小说,比之'询于刍荛',就是以为虽然小说,也有所为的明证。"此处用以指贴近世俗的小说创作。

② 才流,犹才士。《论语·雍也》:"贤哉,也! 一箪食,一瓢饮,在陋巷,人不堪其忧,也不改其乐。"后因以喻生活简单清苦。

③ 文章精妙感动神灵。丁甲,神名,即六丁六甲神。

④ 《易·说卦》:"坎为水……离为火。"分别为中男与中女,可喻男与女。《醒世姻缘传》作者西周生认为男女秩序颠倒是妨害夫妇伦常的和谐之道的。

⑤ 《周礼·春官·大史》:"凡射事,饰中舍。筭(算),执其礼事。"郑玄注引郑司农云:"中所以盛筭也。"《礼记·投壶》:"投壶之礼,主人奉矢,司射奉中,使人执壶。"孔颖达疏:"中,谓受算之器。中之形,刻木为之,状如兕鹿而伏,背上立圜圈,以盛算也。"这里是说史职的起源原不与历史书写密切相关。

⑥ 微臣,指大史的助手小臣师。《仪礼·大射》:"小臣师以巾内拂矢,而授矢于公稍属。"郑玄注:"稍属,不搢矢。"胡培翚正义引张尔岐曰:"稍属者,发一矢乃复授一矢,接属而授也。"这里同样是说,小臣师的工作与历史书写也不密切相关。历史,完全可以从非正史中搜求到。

欲传成周淳厚意,可怜汉阙事将阑①。

之　二

独恨离词揔阙什②,稍笺名物③暂成篇。
弘农诂雅④期来者,孔氏通经⑤谏往年。
一代兴亡知故事,三生遭际论因缘⑥。
杨枝翻尽前朝曲⑦,观史争如读此编。

---

①　《醒世姻缘传》作者取用西周生作笔名,显然寓意他的理想社会是西周时代。但是作者著书的时代,明朝气数已将终,明清鼎革的发生已经迫近。有研究者甚至认为《醒世姻缘传》完全写作于清代。成周为西周的东都洛邑,可喻西周的鼎盛时代。

②　晋郭璞《尔雅序》:"夫《尔雅》者,所以通诂训之指归,叙诗人之兴咏,总绝代之离词,辩同实而殊号者也。"邢昺疏:"离词犹异词也。"什,篇什也。

③　事物的名称、名目等。此处指明代的有关物质的名目与制度。

④　东晋郭璞,追赠弘农太守,故亦称郭弘农,曾花了十八年时间注释《尔雅》。

⑤　唐孔颖达,曾注疏《周易》《尚书》《诗经》《礼记》和《左传》,称《五经正义》。

⑥　《醒世姻缘传》作者认为人的姻缘际遇都有三世因果在起作用。

⑦　汉乐府横吹曲辞《折杨柳》,至唐易名《杨柳枝》,开元时已入教坊曲。至白居易依旧曲作辞,翻为新声。其《杨柳枝词》之一云:"古歌旧曲君休听,听取新翻《杨柳枝》。"

之 三

中岁通名唯一艺,览书半豹①欲惶惶。

禹轻尺璧②光阴短,纳好围棋③刻晷长。

仰屋有纱宁效绎④,下帷无苑可窥梁⑤。

金人销尽秦灰后,蠹册⑥仍教出伏堂⑦。

---

① 《晋书·殷仲文传》:"仲文善属文,为世所重,谢灵运尝云:'若殷仲文读书半袁豹,则文才不减班固。'言其文多而见书少也。"一说这是傅亮的话。见南朝宋刘义庆《世说新语·文学第四》。袁豹字士蔚,好学博闻,多览典籍。后以"半豹"谓读书不多。

② 西晋皇甫谧《帝王世纪》:"尧命(禹)以为司空,继鲧治水,乃劳身勤苦,不重径尺之璧,而爱日之寸阴。"《晋书·陶侃传》:"大禹圣者,乃惜寸阴,至于众人,当惜分阴。"

③ 《晋书·祖纳传》:"纳好弈棋,王隐谓之曰:'禹惜寸阴,不闻数棋。'"此处是指著书需珍惜光阴。

④ 仰屋,卧而仰望屋梁。《梁书·南平王伟传》:"恭每从容谓人曰:'下官历观世人,多有不好欢乐,乃仰眠床上,看屋梁而著书,千秋万岁,谁传此者?'"。"仰屋著书"是专心勤奋的从事著述工作。梁元帝萧绎《金楼子·自序篇》:"吾小时,夏日月中,下降纱蚊绹,中有银瓯壹枚,贮山阴甜酒。卧读有时至晓,率以为常。"

⑤ 《汉书·董仲舒传》:"(仲舒)下帷讲诵,弟子传以久次相授业,或莫见其面。盖三年不窥园,其精如此。"颜师古注:"虽有园圃,不窥视之,言专学也。"此处以"苑"通"园",梁苑,西汉梁孝王的著名园林。

⑥ 被虫子蛀坏的书。

⑦ 秦火后,有济南伏胜传《书》。此处是说,学者总会从事著述,这工作是不会因外力作用而被破坏的。

之　四

读史应观平准书①,郡仓民粟腊时猪。

桑羊②设市边敷用,王莽分田赋未除③。

南亩十千丰谷醴④,北漕百万费河渠⑤。

秦家制度今犹见,书肆说铃⑥德大樗⑦。

---

①　司马迁著《史记》,八书中有《平准书》,特记西汉武帝时期的平准均输政策的由来。《平准书》对于东汉史学家班固所作《汉书·食货志》有重要的影响。《平准》《食货》被认为是古代经济史著作的代表。

②　"桑羊"是西汉经济学家、武帝的财政大臣桑弘羊的省称。桑弘羊先后推行算缗、告缗、盐铁官营、均输、平准、币制改革、酒榷等经济政策,开市肆,大幅度增加了国用。

③　王莽改革,分王田,而赋税仍重。此处寓指拙著中提到的"一条鞭法"改革之事。

④　《诗经·甫田·倬彼甫田》:"倬彼甫田,岁取十千。我取其陈,食我农人。自古有年。今适南亩,或耘或耔。黍稷薿薿,攸介攸止,烝我髦士。"此处寓《醒世姻缘传》第二十四章"善气世芳淑景,好人天报太平时"所描述的明英宗复辟后的太平丰收年景,在拙著中有所讨论。

⑤　明代例从东南地区通过大运河运输漕粮至京师,一年平均约四百万石,运河破蔽、行路艰难的情况,在拙著中有所讨论。

⑥　西汉扬雄《法言·吾子》:"好书而不要诸仲尼,书肆也;好说而不见诸仲尼,说铃也。"李轨注:"卖书市肆,不能释义。"又注:"铃,以喻小声。犹小说不合大雅。"小说旧称"说铃"。此处指不合于正统的学问、学术。

⑦　《庄子·逍遥游》:"惠子谓庄子曰:'吾有大树,人谓之樗。其大本拥肿而不中绳墨,其小枝卷曲而不中规矩,立之涂,匠者不顾。今子之言,大而无用,众所同去也。'"常以喻无用之材。致力于小说这种"小道"写作的作者,常被正统文人贬抑为"致远恐泥",因此他们不免自比"大樗""散樗"以自解;然伟大的小说中,实可见一代之文物制度,这正是我们今人所应格外德之的。

已出书目

第一辑
目录版本校勘学论集
秦制研究
魏晋南北朝文体学
李焘学行诗文辑考
杜诗释地
关中方言古词论稿

第二辑
两汉文献与两汉文学
秦汉人物散论
秦汉之际的政治思想与皇权主义
文心雕龙学分类索引
宋代文献学研究
清代《仪礼》文献研究

第三辑
四库存目标注（全八册）

第四辑
山左戏曲集成（全三册）

20 世纪 50 年代山东大学民间文学采风资料汇编

先秦人物与思想散论

《论语》辨疑研究

百年"龙学"探究

晚明士人与商业出版

衣食行:《醒世姻缘传》中的明代物质生活

清代杜诗学文献考(增订本)